Maria Linke
Himmel und Erde

MARIA LINKE

Himmel und Erde

PIPER

Mehr über unsere Autoren und Bücher:
www.piper.de

Wenn Ihnen dieser Roman gefallen hat, schreiben Sie uns unter Nennung des Titels »Himmel und Erde« *an empfehlungen@piper.de*, und wir empfehlen Ihnen gerne vergleichbare Bücher.

Das Zitat von Elke Heidenreich stammt aus:
Elke Heidenreich, Alles fließt. Der Rhein. Eine Reise / Bilder / Geschichten. Fotografie Tom Krausz © Corso Verlag in der Verlagshaus Römerweg GmbH, Wiesbaden, 2018.

FSC
www.fsc.org
MIX
Papier aus verantwortungsvollen Quellen
FSC® C083411

ISBN 978-3-492-06152-0

Lektorat: Dr. Clarissa Czöppan
Satz: Fotosatz Amann, Memmingen
Gesetzt aus der Cormorant Garamond
Druck und Bindung: CPI books GmbH, Leck
Printed in the EU

Im Hintergrund weiß ich das Gebiet vom Braunkohle-Tagebau Garzweiler, einer der schlimmsten Anblicke auf dieser Erde, dagegen sind Mondlandschaften putzig. Was Profit bedeutet – hier sieht man es.

Elke Heidenreich

Für Josy

Tonis Brief

Koblenz, den 10. Oktober 2017

Liebe Birte,
wir haben lange nichts mehr voneinander gehört – ich glaube wahrhaftig, das letzte Mal 2013, als meine Mutter gestorben ist. Wie schnell doch die Jahre vergehen, immer noch schneller, je älter wir werden. Ich werde dich in den nächsten Tagen anrufen, einfach, weil ich auch endlich mal wieder hören will, wie es dir und den Kindern geht. Die Zwillinge kommen ja nächstes Jahr schon in die Schule! 2013 waren sie erst knapp ein Jahr alt. Und wie stolz musst du als zweifache Oma sein! Oder sind es mehr Enkel geworden? Ist Dominik vielleicht auch schon Vater? Und was macht Jana? Wir sind ja gar nicht mehr auf dem Laufenden übereinander! Das muss anders werden! Wir müssen einfach häufiger telefonieren, wenn es schon mit den gegenseitigen Besuchen nicht klappt.
Heute allerdings mochte ich nicht anrufen, heute muss ich dir schreiben, und auch keine Mail oder Whatsapp, sondern einen Brief, weil ich mir die traurige Gewissheit erst einmal selbst vor Augen führen und meine Gedanken ordnen muss.
Du wunderst dich vielleicht, wenn nicht über den Brief, dann doch bestimmt über meine Adresse auf dem Briefumschlag, und ich falle auch gleich mit der Tür ins Haus. Es ist jetzt alles letztlich ganz schnell gegangen, und in einem Jahr wird es Lommerich nicht mehr geben. Nichts wird übrig bleiben. Die Häuser, die Gärten, die Straßen und Gassen, die Geschäfte, die Ranch und das Schulhaus – das

gesamte, bis vor Kurzem noch blühende Dorf wird dem Erdboden gleichgemacht. Noch nicht einmal die Kirche bleibt erhalten. Sie steht zwar nicht unter Denkmalschutz, aber sie ist doch ein historisch interessantes Bauwerk.

Es war schon lange bekannt, dass Lommerich dem Tagebau weichen muss, das weißt du ja, aber es gab natürlich auch heftigen Widerstand. Kundgebungen und Podiumsdiskussionen fanden statt, eine Delegation aus verschiedenen Dörfern hier in der Gegend fuhr nach Düsseldorf zum Landtag und reichte eine Petition ein. Vor anderthalb Jahren war dann noch einmal eine Bürgerversammlung, und wir hatten irgendwie alle die Hoffnung, dass wir das Ruder herumreißen können und der Spuk doch an uns vorübergeht. Natürlich siehst du, wie um dich herum andere Dörfer in der Grube versinken, aber du hoffst trotzdem immer, dass ein Wunder geschieht. Schließlich wissen doch alle, dass es so nicht weitergehen kann und wir in viel stärkerem Maße auf alternative Methoden umsteigen müssen. Braunkohle zur Energieerzeugung ist schon lange nicht mehr zeitgemäß, und nicht nur das, der billige Strom wird ja auch noch zum größten Teil ins Ausland verkauft, weil er hier gar nicht so sehr gebraucht wird. Auch das ewig angeführte Argument mit dem Wegfall der Arbeitsplätze zieht meines Erachtens nicht mehr. Es ist alles technologisch so ausgefeilt, dass immer weniger Arbeitskräfte im Tagebau benötigt werden, und für die müsste der Konzern doch auch andere Verwendung haben. Außerdem dachten wir natürlich, naiv wie wir waren, dass die Naturschützer, die vor Gericht gegangen sind, um unseren uralten Wald vor der Vernichtung zu bewahren, recht bekommen würden. Stammt er nicht noch aus der letzten Eiszeit? Und wenn auch die Überreste der fränkischen Bauernsiedlung im Wald nur noch zu erahnen sind, so ist sie doch sicher ebenfalls schützenswert.

Du siehst, alles gute Gründe, um innezuhalten und neue Wege zu gehen – so dachten wir. Nun, wir wurden eines Besseren belehrt. An der Tatsache, dass das Dorf mitsamt der Umgebung in der

Grube verschwinden wird, ist nicht mehr zu rütteln. Der Vertrag, den der Konzern mit der Regierung hat, ist offensichtlich hieb- und stichfest, und darauf pocht das Unternehmen. Wo Neu-Lommerich entstehen sollte, stand schon lange fest, und mittlerweile ist die Umsiedlung so gut wie abgeschlossen. Einzig der Wald ist noch umkämpft, aber der wäre sowieso noch nicht dran gewesen.

All diese Themen wurden damals auf der Versammlung auch angesprochen, und es ging natürlich hoch her. Um uns zu beschwichtigen, erklärte man uns, dass beim Abbau von Braunkohle zur Energiegewinnung gar nicht so viel CO_2 in die Luft ausgestoßen werde (das übliche Blabla, alles andere ist angeblich immer schlimmer), man zeigte uns schöne Bilder, wie das gesamte Gebiet der Tagebaue in der niederrheinischen Ebene mal aussehen soll, denn es gibt ehrgeizige Pläne für die Entstehung eines riesigen Freizeitgeländes mit Parks, Seen so groß wie der Bodensee und neuen Wohngebieten. Bis das alles realisiert ist, haben wir allerdings nichts mehr davon – vor 2090 wird das wohl kaum fertig sein. Und mit Bestimmtheit weiß sowieso niemand, ob das alles so realisiert werden kann und was es für Auswirkungen gäbe, wenn wir hier auf einmal eine riesige Seenplatte hätten, die von der Natur nicht vorgesehen war. Und es ändert ja auch nichts an der Tatsache, dass fruchtbarer, über Jahrtausende entstandener Boden und gewachsene Dörfer immer weiter zerstört werden, weil so lange wie möglich an Braunkohle zur Stromgewinnung festgehalten wird.

Am Ende der Versammlung zeichnete sich schon deutlich ab, wer resignierte und sich in sein Schicksal ergab oder wer sich vielleicht sogar auf einen Neuanfang freute.

Seitdem sind, wie gesagt, anderthalb Jahre vergangen, und in der Zwischenzeit haben sich im Dorf gewaltige Gräben aufgetan. Die Dorfgemeinschaft, auf die wir immer so stolz waren, hat deutliche Risse bekommen. Monat für Monat sind Leute weggezogen. Und du kannst mir glauben, es macht schon einen Unterschied, wenn an manchen Häusern dauerhaft die Rollläden heruntergelassen sind und die Gärten verwildern. Manche konnten dir beim Gespräch auf einmal nicht mehr offen in die Augen blicken, hauptsächlich die, die sich erhofften, einen besseren Preis als der Nachbar herauszuschlagen. Dazu gehörten unter anderem auch Honings, die rechts neben uns wohnten. Du erinnerst dich doch sicher – Eduard, so ein ekliger, gemeiner Typ, war eine Klasse über uns. Er wollte dich immer verprügeln, wenn du vor der Schule gewartet hast, dass wir aus der Kirche kommen. Eduard Honing, so heißt es im Dorf, ist sofort nach der Versammlung zur Konzernleitung gerannt und hat sich das seiner Meinung nach beste Grundstück in Neu-Lommerich gesichert. Und er scheint auch gut verhandelt zu haben, denn er hat sich einen ziemlichen Palazzo Protzo dahin gesetzt.

Bis vor Kurzem hat es noch Läden hier in Lommerich gegeben, erstaunlich genug für ein Dorf in der heutigen Zeit, aber die Geschäftsleute müssen natürlich auch an die Zukunft denken, und viele haben heftig darüber diskutiert, ob sie ins neue Dorf mitgehen oder woanders hinziehen sollen. Bei den meisten ist die Entscheidung gegen Neu-Lommerich ausgefallen. Am neuen Standort sind die großen Discounter einfach zu nah, und sowieso ist im neuen Ort keine Gewerbefläche vorgesehen, die gäbe es höchstens am Rand. Was für ein Blödsinn: Kannst du dir einen Dorfladen in einem abseits gelegenen Industriegebiet vorstellen? Die Gaststätte wird es auch nicht mehr geben, der Wirt – den kennst du übrigens noch, das ist Albert Rademacher, der die Wirtschaft von seinen Eltern übernommen hat – sagt, für ihn lohne sich das Ganze nicht mehr. Er ist zwar ein paar Jahre jünger als wir – war er nicht bei deiner Schwester in der Klasse? –, aber der Zeitwert für das alte Haus war wohl nicht mehr so hoch, und er wollte sich auf keinen Fall für eine neue Wirtschaft verschulden. Er war ja immer schon pfiffig, und dieses Mal hat er, finde ich jedenfalls, den Vogel abgeschossen. Er hat die Gaststätte an das Freilichtmuseum verkauft. Jetzt wird sie Stück für Stück abgetragen und im Museumsdorf in der Eifel wieder aufgebaut, damit die Besucher sehen können, wie in den

1960er-Jahren eine ordentliche Wirtschaft auf dem Land ausgesehen hat. Genial, oder? Albert hat sich jetzt erst einmal ein Wohnmobil gekauft und ist auf große Fahrt gegangen.
Nicht jeder geht so locker damit um wie er. Wir, der harte Kern, die Lommericher, die immer schon hier gewohnt haben, haben lange gebraucht, um uns zu sortieren, und im Grunde haben wir resigniert. Wir haben ja alles versucht, um unser Dorf zu retten, aber nichts hat funktioniert. Ich habe sogar Kontakt zu Ralf Weseloh aufgenommen. Ich weiß, es ist lange her, aber du erinnerst dich doch sicher noch daran, dass er damals mein erster Freund war. Er ist mittlerweile ein hohes Tier im Konzern, und ich hatte die Hoffnung, dass er vielleicht aus alter Verbundenheit ein gutes Wort für Lommerich einlegen würde. Aber das war natürlich naiv von mir. Er hat nur bedauernd abgewinkt und gemeint, er könne gar nichts für uns tun. In der Zwischenzeit habe ich erfahren, dass er und seine Familie Morddrohungen bekommen haben und jetzt unter Polizeischutz stehen. Er hat wohl immer zu den Hardlinern gehört, war dafür, entschlossen gegen Aktivisten vorzugehen, und hat sich gar nicht auf Diskussionen eingelassen, aber so etwas geht natürlich gar nicht. Irgendwie wird einem angst und bange, wenn man sich die Entwicklung anschaut.
Michael Rother aus der Burg in Anrath, das in fünf Jahren umgesiedelt werden soll, prozessiert gegen den Konzern. Und weißt du, wer ihn vertritt? Hans-Willi Brendel, der bei uns in der Klasse war. Er hat ja Jura studiert und ist Anwalt geworden. Zwar wohnt er jetzt in Berlin, aber er hängt sich wohl richtig rein. Michael sagt, er hat seitdem wieder Hoffnung, dass für seinen Hof und für Anrath vielleicht doch noch alles gut ausgeht. Hans-Willi hatte uns angeboten, auch uns zu vertreten, aber unsere Häuser stehen nicht wie die Burg unter Denkmalschutz, und deshalb haben wir geschlossen abgelehnt. Ich denke, irgendwann ist man auch so zermürbt, dass man nur noch seine Ruhe haben will. Bei Michael sind die Voraussetzungen einfach besser.

Wolfgang und ich haben also das Angebot vom Konzern angenommen. Und du kannst mir glauben, es ist uns furchtbar schwergefallen. Mittlerweile habe ich mich ein bisschen beruhigt, aber den ganzen Sommer über habe ich eigentlich nur geheult. Ich hänge an unserem alten Haus, wir haben so viel Mühe und Arbeit hineingesteckt – wenn ich allein bedenke, wie Wolfgang damals den Speicher ausgebaut und alles renoviert hat. Was hat der Mann nach der Arbeit geschuftet, um ein bewohnbares, großzügiges Haus daraus zu machen! So was findest du doch heute gar nicht mehr! Der Preis war dann in Ordnung, aber wir wollten auf keinen Fall in das neue Dorf. Zwar sind die Straßennamen die gleichen, aber das ist es auch schon. Es hat so gar keine Atmosphäre und nichts Schönes mehr. Die Häuser sehen alle irgendwie gleichförmig aus, und die Gärten, na ja, wie das halt in einem Neubaugebiet so ist. Ach, unser schöner Garten. Mir kommen schon wieder die Tränen, wenn ich an die Rotbuche denke, die mein Vater damals gepflanzt hat, als ich auf die Welt gekommen bin. Das ist doch auch ein Lebewesen! Ach, Birte, es ist ein Jammer! Ich hatte mir meinen Lebensabend in Lommerich, behütet in der Gemeinschaft, immer so schön vorgestellt.

Aber es nützt ja nichts. Jetzt ist alles verriegelt und verrammelt, und in zwei Wochen kommen die Abrissbagger. Wir werden nicht mehr hinfahren. Es tut zu weh. Wir haben uns in der Nähe der Kinder eine Eigentumswohnung gekauft, mit Blick auf den Rhein, stell dir vor! Wolfgang sagt, er hat immer schon von einer Wohnung mit Blick aufs Wasser geträumt, und so richten wir uns im Moment gerade in unserem neuen Leben ein.

Birte, es tut mir leid, dass ich das alles so vor dir auskippe. Du bist in deiner bayerischen Idylle so weit weg, dass ich gar nicht weiß, ob es dich überhaupt interessiert, zumal dieses Thema bei euch ja wohl kaum relevant sein dürfte. Wer hätte schon einmal von einem bayerischen Bauerndorf gehört, das in einer riesigen Grube untergebaggert und an anderer Stelle neu erbaut worden wäre? Aber ich

musste mir das alles einmal von der Seele schreiben, und vor allem wollte ich es jemandem erzählen, der nachvollziehen kann, wie es für mich ist, dass Lommerich einfach so verschwindet. Manchmal habe ich das Gefühl, dass auch ein Teil von mir sich zusammen mit unserem Dorf aufgelöst hat und in der Braunkohlengrube verschwunden ist.
Ich rufe dich nächste Woche an, dann habe ich endlich auch Festnetz, und wir können in Ruhe miteinander reden.

Alles Liebe
deine Toni

1

Ich saß am Schreibtisch, den Brief meiner ältesten Freundin in der Hand, und blickte nachdenklich aus dem Fenster über den herbstlichen Garten zu den Kopfweiden an unserem kleinen Bach. Der vertraute Anblick verfehlte eigentlich nie seine beruhigende Wirkung auf mich, aber heute sah ich auf einmal alles so überdeutlich, als ob hinter der friedlichen Stimmung der Landschaft eine Gefahr lauerte. Ich war so tief in Gedanken versunken, dass ich zusammenzuckte, als es plötzlich an der Tür läutete. Der Intensität nach zu urteilen, mit der der Klingelknopf malträtiert wurde, konnte das nur meine Tochter sein.

Mit dem Brief in der Hand ging ich zur Haustür und öffnete sie. Jana stürmte an mir vorbei. »Mann, hast du mich nicht gehört? Ich muss ganz dringend …« Wie der Blitz schoss sie an mir vorbei zur Toilette.

Ich machte die Haustür wieder zu und fragte mich nicht zum ersten Mal, von wem sie diese ungestüme Art geerbt hatte. Hannes, mein Mann, hatte ja immer behauptet, er verstehe die Frage nicht, die Antwort liege doch auf der Hand, von mir natürlich, aber ich fand das gar nicht. »Du hast doch einen Schlüssel«, rief ich ihr nach.

»Der liegt zu Hause. Puh, das war dringend!« Wasser rauschte, dann kam sie in die Diele. »Hallo, Mami. Was guckst du mich so entgeistert an? Ist was?«

»Ja«, sagte ich, »deine Haare. Warum hast du sie abschneiden lassen?« Ich hatte Janas lange, dunkle Haare immer wunderschön gefunden. Als Kind hatte ich mir die Haare nicht wachsen lassen dürfen, weil meine Mutter das unpraktisch fand, und als ich dann selbst Mutter einer Tochter geworden war, arbeitete ich sozusagen von Anfang an darauf hin, mir meinen Traum über den Umweg meiner Tochter zu erfüllen. Jana, in meinen Augen sowieso eines der schönsten Mädchen weit und breit, hatte die leicht gewellten, dunklen Haare ihres Vaters geerbt, aber jetzt waren sie raspelkurz, und zu allem Überfluss hatte sie sie knallrot gefärbt.

Jana griff sich an den Kopf. »Ach, das«, sagte sie. »Ich brauchte dringend eine Veränderung. Gefällt es dir nicht?«

»Na ja«, sagte ich gedehnt. »Einen schönen Menschen entstellt nichts. Warum brauchtest du denn unbedingt eine Veränderung? Ist René schon wieder Vergangenheit?«

»Wie kommst du denn darauf? Wegen der Haare? Hast du einen Kaffee?« Jana wandte sich zur Küche. »Ich hab nicht viel Zeit. Eigentlich bin ich nur vorbeigekommen, um mich zu verabschieden. Morgen früh um sieben geht der Flieger.«

Seit einem Jahr arbeitete Jana genau wie ihr Freund René bei Ärzte ohne Grenzen. Ich bewunderte sie sehr dafür, machte mir aber auch Sorgen um meine Jüngste, weil ihre Arbeit sie natürlich in Krisengebiete auf der ganzen Welt führte. Und jedes Mal, wenn sie wieder zu einer Reise aufbrach, wurde der Wunsch übermächtig, Hannes noch an meiner Seite zu haben, damit ich die Angst und die Sorgen mit jemandem teilen könnte. Seit dem Tod meines Mannes fühlte ich mich sowieso oft allein und unausgefüllt, und wenn dann noch Jana, die als einziges meiner Kinder in der Nähe wohnte, weg war, verstärkte sich dieses Gefühl.

»Wo geht's denn dieses Mal hin?«, fragte ich betont munter, während ich Wasser in die Kaffeemaschine füllte. Den Brief hatte ich auf den Küchentisch gelegt.

»Nach Bangladesch«, sagte Jana kauend. Sie war sofort an den Küchenschrank getreten und hatte sich die Tüte mit Lakritz herausgeholt, die ich dort immer für sie aufbewahrte. Das war die einzige Süßigkeit, die sie mochte. Sie war schon als Kind mit Eis oder Schokolade nicht zu locken gewesen, wie sie sich überhaupt wenig aus Essen machte. Ihre beiden großen Brüder hatten diese Abneigung gefördert, weil sie ihnen größere Portionen verschafft hatte. Sie waren sogar so weit gegangen, ihr einzureden, dass Burger nicht gut schmeckten, was dazu geführt hatte, dass Jana als kleines Mädchen bei McDonald's immer nur die Pommes gegessen und den Burger Kilian und Dominik überlassen hatte. Ich hatte zum Glück für Lakritz nichts übrig, doch bei der Schokolade und den Gummibärchen, die ich für meine Enkelkinder vorrätig hatte, war es leider anders. »Oma, du hast ja schon alles aufgegessen!«, hatten die Zwillinge mehr als einmal empört festgestellt, wenn sie mal wieder vor der leeren Süßigkeitenschublade gestanden hatten. Natürlich sorgte ich dann immer sofort für Nachschub und gelobte insgeheim Besserung. Aber dann kam garantiert wieder ein Abend, an dem ich unzufrieden mit mir und der Welt war, nichts mit mir anzufangen wusste und das Gefühl hatte, ein bisschen Schokolade könne nicht schaden.

»Die Situation der Rohingya ist unerträglich«, sagte Jana. »Es ist nicht abzusehen, wann sie wieder zurück nach Myanmar können. Schrecklich, so aus der Heimat vertrieben zu werden und dann in so einem Lager hausen zu müssen. Gerade als Anästhesistin werde ich in Kutupalong dringend gebraucht.«

»Wann bist du wieder zurück?«, fragte ich.

Sie zuckte mit den Schultern. »Keine Ahnung. Der Einsatz läuft erst einmal über ein halbes Jahr.«

»Du meldest dich doch mal, oder?«, fragte ich. »Ich möchte wenigstens wissen, wie es dir geht. Kommt René denn mit?«

Jana schüttelte den Kopf. »Nein«, sagte sie einsilbig.

»Geht er woandershin?«, fragte ich.

»Ja. Und, was gibt's hier bei dir Neues?« Anscheinend wollte sie über René nicht sprechen. Seufzend machte ich mich daran, Milch aufzuschäumen.

»Nichts«, erwiderte ich. Ich konnte auch einsilbig sein. Ich wollte doch nur wissen, ob es meiner beruflich erfolgreichen Tochter auch privat gut ging. War das denn zu viel verlangt?

Jana verzog das Gesicht zu einem leichten Grinsen.

»Ach komm, Mama, überhaupt nichts? Das kann doch gar nicht sein. Irgendwas passiert hier doch immer! Keine Katze überfahren worden? Vielleicht sind ja irgendwo Geranien geklaut worden?«

Ich schüttelte den Kopf. »Mach dich ruhig lustig über mich. Ich wohne hier nun mal ruhig auf dem Land. Es ist tatsächlich nichts passiert, jedenfalls nichts Erzählenswertes. Ich führe eben nicht so ein aufregendes Leben wie du.«

»Na ja«, sagte Jana. Jetzt grinste sie nicht mehr. »Das liegt doch an dir. Du könntest dich ja für irgendwas engagieren, was Ehrenamtliches machen oder so. Du kannst nicht erwarten, dass die Welt zu dir nach Hause kommt, wenn du dich hier an deinem Schreibtisch vergräbst und einsam deinen Technikkram vor dich hin übersetzt. Und du würdest etwas Sinnvolles machen. Es gibt so viel zu tun.«

Wie immer, wenn sie darauf zu sprechen kam, dass ich mich zu sehr zu Hause versteckte und nicht genug am öffentlichen Leben teilnahm, reagierte ich defensiv. Ich wusste ja, dass ich mir im Grunde nur selbst im Weg stand. »Du hast gut reden. Du bist jung, hast einen Partner, dir stehen doch alle Möglichkeiten offen. Bei mir sieht das anders aus. Ich bin nicht mehr die Jüngste. Und ich bin allein. Seit Papa tot ist ...«

»Ach, Mama.« Jana klang ein bisschen gereizt. »Als Papa noch gearbeitet hat, war er dauernd unterwegs. Da warst du doch auch aktiver.« Sie schaute auf die Uhr. »Ich habe nicht viel Zeit. Gleich muss ich los.« Sie griff nach ihrer Kaffeetasse. Dabei fiel ihr Blick auf den Brief, der auf dem Küchentisch lag. »Oh, cool. Wer hat dir denn geschrieben? Und dann noch so einen langen Brief ...«

»Toni«, sagte ich. »Sie sind aus Lommerich weggezogen. Das Dorf wird abgebaggert.«

»Ah ja.« Jana trank noch einen Schluck Kaffee. »Na, wenn das keine erzählenswerte Neuigkeit ist! Ich habe kürzlich zufällig eine Dokumentation in irgendeinem der dritten Programme gesehen, darüber, wie die Dörfer nach und nach von der Landkarte verschwinden und die Braunkohlegruben immer größer werden. Man kann sie sogar vom Weltraum aus deutlich sehen. Das war ein interessanter Film. Und unter anderem ging es auch um Lommerich, weil wohl lange Zeit nicht klar war, ob der Ort tatsächlich abgebaggert wird. Aber das müsstest du doch eigentlich besser wissen als ich.« Fragend schaute sie mich an.

Ich zuckte mit den Schultern. »Ehrlich gesagt hatte ich andere Dinge zu tun, als mich um das Schicksal von Lommerich zu kümmern. Ich weiß nur das, was ab und zu in den Nachrichten war.«

»Warst du denn eigentlich noch mal da? Ich meine, immerhin bist du doch dort aufgewachsen«, fragte Jana.

Ich überlegte. »Nein, ich glaube, ich war tatsächlich nur zu Tonis Hochzeit noch mal da. Das muss jetzt vierzig Jahre her sein. Als vor fünf Jahren Tonis Mutter gestorben ist, wollte ich eigentlich hinfahren. Aber dann habe ich doch nur geschrieben. Am Tag drauf sind Papa und ich nach Südafrika geflogen.« Ich runzelte die Stirn. »Und ein paar Monate später ist er gestorben.«

Meine Tochter tat so, als hätte sie den letzten Satz gar nicht gehört. »Aber der Kontakt zu Toni ist nie abgerissen, oder? Sonst hätte sie dir doch jetzt nicht geschrieben.«

»Ich habe nicht viel dafür getan«, gab ich zu. »Toni ist diejenige, die den Kontakt hält. Sie ist einfach eine treue Seele. Es ist ihr sehr schwergefallen, aus Lommerich wegzugehen.«

Ich berichtete Jana, was in dem Brief stand.

»Mmh«, meinte Jana, als ich fertig war, »also, wenn ich du wäre, würde ich hinfahren. Einfach, um noch einmal alte Wege zu gehen und zu gucken, was dir von damals geblieben ist. Wenn ich mir vorstelle, sie würden unser Dorf hier abbaggern – was ich mir nicht so richtig vorstellen kann –, dann würde ich mir auch alles noch einmal einprägen wollen.«

»Ich weiß nicht ...«, sagte ich zögernd.

»Seit ich weiß, dass ich nach Bangladesch gehe, habe ich mir viele Gedanken gemacht über Vertreibung und verlorene Heimat«, fuhr Jana fort. »Natürlich ist es etwas anderes, ob du aus deinem Dorf wegmusst, weil du aus politischen Gründen vertrieben wirst, oder ob du – unter relativ sicheren Bedingungen – die Möglichkeit hast, dein altes Haus gegen ein neues in der Nähe einzutauschen, aber ich denke, der Grundgedanke bleibt gleich. Du musst weg aus deiner vertrauten Umgebung und gehst ins Unbekannte.«

Jana war schon als Kind so gewesen. Nachdenklich und aufmerksam hatte sie ihre Umwelt wahrgenommen und sich früh schon leidenschaftlich für Schwächere und Benachteiligte eingesetzt, gleich, ob es sich um Menschen oder Tiere handelte. Dass sie sich nach abgeschlossenem Medizinstudium für eine Organisation wie Ärzte ohne Grenzen engagierte, war nur logisch, und niemand, der sie kannte, wunderte sich darüber. Jetzt fuhr sie fort: »Und der Braunkohleabbau in deiner ehemaligen Heimat hat auch für die Natur Konsequenzen, die wir Menschen wahrscheinlich gar nicht überblicken können. In den Gruben im Rheinland führen zum Beispiel Erdheilerinnen immer wieder Rituale durch, um die Schäden zu begrenzen. Ich habe erst kürzlich einen interessanten Artikel darüber gelesen.«

»Wie?«, unterbrach ich sie. »Glaubst du an so einen Hokuspokus?«

Jana zuckte mit den Schultern. »Ob man daran glaubt oder nicht, für die Natur ist es nicht gut, auch wenn es ehrgeizige Pläne zur Rekultivierung des Landes gibt. Ich meine ja nur, das alles müsste dich doch auch interessieren, schließlich ist jetzt das Dorf betroffen, in dem du groß geworden bist.«

Sie hatte ja recht. Ein bisschen Interesse und Engagement würden mir guttun. Außerdem befand ich mich in einer Lebensphase, in der es nicht schaden konnte, wenn ich mich mit der Vergangenheit beschäftigte und mich sozusagen meinem inneren Kind zuwandte.

»Auf dem Weg dorthin könntest du Toni in ihrer neuen Wohnung besuchen. Und du kämest hier mal raus und würdest was anderes sehen. Das täte dir gut, Mama. Du vergräbst dich viel zu sehr in deiner vermeintlichen Einsamkeit«, fuhr sie fort.

Ich wollte schon auffahren und etwas Heftiges erwidern, aber dann besann ich mich. Jetzt war nicht der richtige Zeitpunkt, um mich mit meiner Tochter zu streiten. Was sie sagte, stimmte ja. Und wenn sie nicht mehr da war, dann würde es hier noch stiller werden. Was also hatte ich zu verlieren?

»Ja, vielleicht tue ich das wirklich«, lenkte ich ein. »Mal sehen.«

Jana lächelte mich erleichtert an. »Pass mal auf«, sagte sie scherzhaft, »am Ende wirst du noch zur Aktivistin und engagierst dich für den Erhalt der Dörfer im Rheinland. Ich fänd's ja cool!«

Ich zog sie in die Arme und drückte sie fest an mich. »Ach, meine Süße«, murmelte ich. »Mach dir mal um mich keine Gedanken. Pass lieber auf dich auf – ich hab immer ein bisschen Angst um dich bei deinen Einsätzen.«

Als sie gegangen war, setzte ich mich wieder an den Schreibtisch, um meine Arbeit aufzunehmen. Den Brief hatte ich in den Ablagekorb gelegt.

Aber ich konnte mich nicht konzentrieren. Schließlich fuhr ich den Computer herunter und nahm Tonis Brief noch einmal zur Hand.

Ich wohnte schon seit vielen Jahren in dieser kleinen Gemeinde im Voralpenland. Zwei Jahre, nachdem Hannes und ich geheiratet hatten, waren wir hier herausgezogen, weil uns die Mieten in München schlicht zu hoch geworden waren und wir keine bezahlbare Wohnung gefunden hatten, die groß genug für uns gewesen wäre. Die Zwillinge waren schon auf der Welt, und wir wollten auf jeden Fall noch mehr Kinder haben. Da war das Land einfach besser geeignet als die Stadt, fanden wir. Und ich sehnte mich nach einem Zuhause, nach einem Ort, an dem ich Wurzeln schlagen konnte.

Hannes glaubte nicht daran, dass Menschen Wurzeln brauchten, um ein erfülltes Leben zu führen. Deshalb war er wohl auch Pilot geworden. »Das wird maßlos überschätzt«, hatte er immer gesagt. »Ich bin da zu Hause, wo meine Familie ist, wo die Menschen sind, die ich liebe. Menschen haben nun mal im Gegensatz zu Bäumen keine Wurzeln. Sie laufen auf zwei Beinen und können sich fortbewegen. Außerdem waren unsere Vorfahren doch Nomaden.«

Auf ihn mochte das zutreffen. Seine Familie war immer überall und nirgends zu Hause gewesen. Sein Vater war bei der Bundeswehr gewesen, und sie waren alle drei bis vier Jahre umgezogen, manchmal auch schon eher. Meine Schwiegermutter packte bei jeder neuen Versetzung klaglos die Koffer und machte sich bald darauf mit den Kindern daran, die neue Umgebung zu erobern. Hannes hatte damit keine Probleme, zumal er die letzten fünf Jahre seiner Schulzeit in einem Sportinternat in Bayern verbrachte. Seine beiden jüngeren Schwestern taten sich da schon schwerer. Sie waren nicht so unabhängig wie ihr Bruder, sie litten darunter, dass Freundschaften nie wirklich Bestand hatten. Aber was war ihnen anderes übrig geblieben, sie hatten einfach mitgemusst.

Wir ließen uns also hier nieder, kauften das Haus, das wir zuerst nur gemietet hatten, und unsere Kinder wuchsen frei und unbeschwert in reichlich Natur auf.

Als die Kinder aus dem Gröbsten heraus waren, richtete ich mir zu Hause ein kleines Übersetzerbüro ein. Die freiberufliche Arbeit ließ sich gut mit meinen Pflichten als Hausfrau und Mutter verbinden. Hannes arbeitete auch frei als Pilot und befriedigte sein Fernweh, indem er Frachtmaschinen nach Übersee flog.

Mit Anfang sechzig ging Hannes in Rente. Wir entdeckten wieder neu, wie befreiend es war, Zeit füreinander zu haben, wie viel Freude es uns machte, zu zweit unterwegs zu sein, fremde Länder zu entdecken, Menschen kennenzulernen. Und dann starb er plötzlich. Sein Tod kam aus heiterem Himmel, im wahrsten Sinne des Wortes, ohne jede Vorwarnung fiel er an einem sonnigen Augusttag einfach um.

Er ging morgens laufen, wie er das schon seit Jahren machte, und kam nicht wieder zurück. Als der Hund alleine nach Hause kam und auf einmal vor der Haustür stand, machte ich mich auf die Suche nach Hannes. Ich fand ihn zwei Kilometer vom Haus entfernt auf seiner üblichen Laufstrecke, mitten auf dem Weg, der am Bach entlangführte. Er lag wie hingestreckt bäuchlings mitten auf dem Weg.

»Plötzlicher Herztod«, sagte der Notarzt, den ich sofort rief. »Er war auf der Stelle tot. Er hat nichts mehr gespürt.«

Die Dorfgemeinschaft, die Freunde, die wir in der Gegend hatten, waren ein großer Trost und eine immense Hilfe danach. Und natürlich waren auch die Kinder in der ersten Zeit immer um mich. Aber irgendwann kehrte der Alltag wieder ein, und ich begann, mich einsam zu fühlen. Ich wusste, dass es nur an mir lag. Ich allein hatte es in der Hand, wie ich mein Leben gestaltete, aber die Trauer um meinen Mann lähmte mich, und ich brachte es irgendwie nicht fertig, mich aus meinem Schneckenhaus hinauszubewegen. Alles erschien mir sinnlos und viel zu mühsam.

Jana gab sich große Mühe mit mir und kam mit immer neuen Vorschlägen an, aber ich wies alles zurück. Alleine verreisen? Ach du lieber Himmel, nein. Was sollte ich denn an den Abenden mit mir anfangen? Eine Gruppenreise vielleicht? Ach, da waren ja doch nur Ehepaare. Ich hatte keine Lust, fünftes Rad am Wagen zu spielen. In einen Verein eintreten, auf neue Menschen zugehen? Nein, das war Hannes' Stärke gewesen. Ich konnte das nicht, konnte es nicht mehr, seit er nicht mehr da war. Mich in einer Organisation für andere engagieren? Ach, um Himmels willen, ich hatte genug mit mir selbst zu tun.

Ihr heutiger Vorschlag, ich solle nach Lommerich fahren und mich auf die Spuren meiner Kindheit und Jugend begeben, war wahrscheinlich nur ein weiterer Versuch, mich aus meiner Lethargie herauszuholen. Sie hatte es vermutlich satt, sich immer Sorgen um ihre allein lebende Mutter zu machen. Und eines hatten ihre Worte und Tonis Brief auf jeden Fall bewirkt: Ich begann, mich mit meiner Vergangenheit auseinanderzusetzen.

Wir waren 1958 nach Lommerich gekommen, da war ich drei Jahre alt. Ich war mit dem Braunkohletagebau aufgewachsen. Ich kannte die Grube mit den großen Schaufelradbaggern schon als Kind, sie gehörte für mich zur Landschaft wie die Pappeln, die den kleinen Fluss säumten, der an unserem Dorf vorbeifloss. Natürlich veränderte sich diese Landschaft auch schon in den zwölf Jahren, die wir dort wohnten. Das nahm ich selbst als Kind wahr. Das Kopfsteinpflaster der Straßen wurde mit Asphalt überdeckt, Bürgersteige wurden angelegt, auf denen Kinderwagen leichter zu schieben waren und Rollschuhe rollten. Neue Häuser wurden gebaut, alte renoviert, Felder und Wiesen verschwanden und machten Ende der Siebzigerjahre Siedlungen mit Mehrfamilienhäusern Platz, als das Schlagwort auf dem Land »urbanes Wohnen« lautete.

Auch vor Lommerich hatten solche Veränderungen nicht haltgemacht, das wusste ich von Toni, aber nachdem seit Anfang der Neunzigerjahre immer häufiger die Rede davon war, dass der Tagebau unaufhaltsam näher kommen und das Dorf vermutlich irgendwann einmal abgebaggert werden würde, kam an großen Projekten nichts Neues mehr dazu. Nur wann es so weit sein würde, wusste keiner so recht, doch spätestens seit die Gruben so unmäßig gewachsen waren, dass man sie aus dem Weltall als kahlen, hellen Fleck in der Topografie der Erde wahrnahm, war die Bedrohung mit den Händen zu greifen gewesen. Zahlreiche Dörfer in der Umgebung waren ja schon verschlungen worden, die ersten bereits vor fast sechzig Jahren. Und jetzt schließlich war es so weit: Lommerich, dem Dorf meiner Kindheit, drohte das gleiche Schicksal …

Auch dort war ich verwurzelt. Ein Teil von mir war in dem Dorf geblieben, in dem ich einen großen Teil meiner Kindheit und Jugend verbracht hatte. Die Menschen dort, die Umgebung, ja, sogar der Braunkohletagebau, all das hatte mich geprägt und zu dem gemacht, was ich war. Wenn ich in einer Großstadt wie Frankfurt oder Berlin aufgewachsen wäre, wäre ich bestimmt eine andere geworden als die, die ich jetzt war – zumindest dachte ich das. Ich brauchte Kontinuität, konnte mich nicht so schnell auf Neues einstellen, und es war mir schon schwer genug gefallen, als Vierzehnjährige Lommerich verlassen zu müssen.

In den Jahren danach war ich, abgesehen von Tonis Hochzeit, gar nicht mehr ins Rheinland gekommen, zuerst aus Mangel an Gelegenheit, später dann aus Mangel an Interesse. Nur der Kontakt zu Toni blieb immer bestehen, auch wenn er mit den Jahren lockerer wurde. Aber unsere Freundschaft reichte so weit zurück, dass wir auch nach langen Pausen immer wieder zueinander fanden.

Wie mochte es wohl jetzt im Dorf aussehen? Toni hatte ja angedeutet, wie trostlos es wirkte mit den verschlossenen, unbewohnten Häusern. Ob ich überhaupt noch etwas wiedererkennen würde? Würde ich noch jemanden antreffen? Aber Tonis Brief hatte nicht nur die Erinnerung an das Dorf und die Landschaft wachgerufen. All die Jahre, die ich dort verbracht hatte, standen mir auf einmal wieder vor Augen, und die Namen, die Toni genannt hatte, ließen Erinnerungen aufsteigen. Hans-Willi Brendel … ich musste unwillkürlich lächeln. Der treue Freund und Vasall meiner Kindertage, der mir immer den Schulranzen und den Sportbeutel getragen hatte. Er war der erste Junge gewesen, den ich geküsst hatte. Noch vor Michael … Wie lange war das schon her. Nachdenklich blickte ich hinaus in den Nieselregen, und langsam nahm ein flüchtiger Gedanke Gestalt an. Entschlossen schob ich meinen Schreibtischstuhl zurück und stand auf. Ich würde hinfahren. Gleich morgen früh würde ich losfahren. Noch einmal wollte ich durch die Straßen und Gassen laufen, um mir den Ort, in dem ich zwölf wichtige Jahre meines Lebens verbracht hatte, ein letztes Mal einzuprägen und mich angemessen von ihm zu verabschieden. Und wer weiß, vielleicht würde ich auch einen Abstecher nach Anrath zur Burg machen …

2

»Hier sollen wir wohnen?« Fassungslos betrachtete Mama das große alte Haus mit dem weitläufigen, verwilderten Garten, das direkt neben einer Metzgerei mit eigener Schlachtung stand. »Ist das dein Ernst?« Skeptisch musterte sie die zahlreichen Fenster. »Wie soll ich das denn sauber halten? Und wie sollen wir den Riesenkasten im Winter warm kriegen? Du wirst ja wohl nicht von mir erwarten, dass ich von Zimmer zu Zimmer laufe und Öfen anfeuere.«

Papa schüttelte lächelnd den Kopf. »Nein, mach dir keine Sorgen, Ingrid. Das Haus hat Zentralheizung. Ich bin wirklich froh, dass ich es gefunden habe. Ich habe es nicht so weit ins Krankenhaus wie von Köln aus. Und für den Komfort und den großen Garten ist es noch nicht einmal besonders teuer. In der Stadt kriegst du so was jedenfalls nicht.« Das war seiner Meinung nach das beste Argument, denn er verdiente als Assistenzarzt im Kreiskrankenhaus nicht so besonders viel, und demnächst würde das dritte Kind zur Welt kommen.

Mama war nicht überzeugt. »Das sagst du. Was soll ich denn hier überhaupt anfangen?« Missmutig schaute sie die kopfsteingepflasterte Straße entlang. Einen Bürgersteig gab es nicht, und direkt neben dem Sandstreifen an den Häusern verlief die Soot, eine Rinne, durch die das Abwasser weggespült wurde, da es auch noch keinen Kanal gab. »Hier ist doch nichts.« Sie war in der Großstadt aufgewachsen und konnte sich nicht vorstellen, dass man auf dem Land überhaupt existieren konnte. Unschlüssig trat sie einen Schritt auf den Eingang zu. »Haben wir denn wenigstens ein Badezimmer? Es wird doch wohl kein Plumpsklo im Hof geben? Harald, bitte! Sag mir, dass das nicht so ist.«

Mein Vater lachte nur. Wenn er sich erst einmal etwas in den Kopf gesetzt hatte, war er nur schwer wieder davon abzubringen. »Ingrid, das Haus ist ideal für uns. Und guck dir den Garten an – du kannst auch Gemüse anbauen, wenn du willst.«

Mama schnaubte. »Das hättest du wohl gerne. Ich weiß gar nicht, wie das geht!«

»Nur wenn du willst. Zwingend notwendig ist es nicht. Hier im Dorf gibt es genug Geschäfte«, lenkte Papa ein. »Hier kriegst du alles, was du brauchst. Und für die Kinder ist es viel gesünder als in der Stadt. Riech doch nur die gute Luft.«

Mama rümpfte die Nase. »Ja, ich rieche das. Es riecht nach Sickergrube und irgendwie auch nach Ruß.« Aber sie war schon halb überzeugt, und als Papa ihr dann noch die modernste aller Waschmaschinen versprach, gab das wohl den Ausschlag. Jedenfalls sagte sie irgendwann zögernd: »Na ja, so übel ist es nicht.« Und so zogen wir aus unserer viel zu kleinen, engen Dachwohnung in der Stadt in den »Riesenkasten« aufs Land, den sich meine Eltern nur leisten konnten, weil Papas Papa, mein Opa, den ich kaum gekannt hatte, gestorben war und ihm etwas Geld hinterlassen hatte.

Mamas Bedenken aber waren nicht aus der Luft gegriffen, oder vielmehr doch, denn sie hatte ganz richtig gerochen. Ein Hauch von Ruß lag in der Luft. Die Zentralheizung, die mein Vater als komfortabel dargestellt hatte, wurde mit Braunkohlebriketts befeuert, dem Heizstoff, der in der Region unbegrenzt zur Verfügung stand. Einmal im Jahr lieferte der Kohlenhändler Briketts, kippte aus seinem Laster fünfzig Zentner auf die Straße vor dem Haus, und dieser Berg an Klütten, wie man im Rheinland sagte, musste dann durch das Kellerfenster über eine Schütte in den Keller geschaufelt werden. Im Winter war das Haus tatsächlich nur schwer warm zu kriegen, und Mama musste mehrmals am Tag in den Heizungskeller, um Kohlen nachzulegen, eine ziemlich schmutzige Angelegenheit.

Überhaupt merkte man überall, dass das Dorf von der Braunkohle lebte. Zum Schichtwechsel am späten Nachmittag und in aller Herrgottsfrühe knatterte eine ganze Armada von Mopeds, die neben Fahrrädern und ein paar wenigen Autos das Hauptfortbewegungsmittel waren, durch das Dorf. Die Arbeiter fuhren »auf Schicht« in das nahe gelegene Kohlekraftwerk oder in die zehn Kilometer weiter entfernte Grube, in der die großen Schaufelradbagger unermüdlich die Braunkohle freilegten. Aus den Schornsteinen der Klüttenfabriken in der Umgebung kam in dicken Wolken der Kohlenstaub und legte sich, je nach Wetterlage, auf Häuser und Gärten. Drehte sich unverhofft der Wind, musste die frisch gewaschene Wäsche, die zum Trocknen auf der Leine hing, hastig wieder hereingeholt werden, weil man sie sonst gleich noch einmal hätte waschen müssen. Und das wollte in Zeiten, in denen kaum ein Haushalt eine elektrische Waschmaschine besaß und die Wäsche an einem festen Tag in der Woche mühsam von Hand gewaschen wurde, niemand riskieren.

Die Fenster waren sowieso immer schmutzig, und die ordentlichen Hausfrauen putzten sie mindestens einmal in der Woche, aber Mama war keine ordentliche Hausfrau. Sie machte einfach die Läden zu, damit sie das Elend nicht sehen musste.

Anfangs muss es ihr so vorgekommen sein, als lebte sie in der Verbannung. Sie hatte das Leben in der Stadt geliebt, war es gewöhnt, sich mit ihren Freundinnen zum Kino oder in der Milchbar zu verabreden. Und jetzt saß sie hier auf dem Dorf mit zwei kleinen Kindern und kam nicht weg. Sie hatte keinen Führerschein, natürlich nicht, das war nicht üblich. Frauen fuhren kein Auto, und der Bus in die Stadt kam nur einmal am Tag. In den ersten Monaten machte sie die beschwerliche Reise ein paarmal, aber das gab sie schnell wieder auf. »Ich habe die Kinder extra fein gemacht«, beklagte sie sich abends bei Papa, wobei sie vor allem mir vorwurfsvolle Blicke zuwarf, »schließlich können wir ja nicht im Räuberzivil in die Stadt fahren, und dann hat Birte schon im Dreck gelegen, noch bevor wir überhaupt die Bushaltestelle erreicht haben. Und der Forscherdrang, den dieses Kind hat! Jeden einzelnen Dreckkrümel im Bus hat sie aus den Rillen im Boden gepult. Und dann war auch noch die Jüssen von gegenüber im Bus. Ihre Monika hat sich natürlich vorbildlich benommen und brav neben ihrer Mutter auf dem Sitz gesessen. Die Jüssen hat zwar nichts gesagt, aber die Blicke hättest du mal sehen sollen! Ehrlich, Harald, das ist mir alles zu anstrengend, da bleibe ich doch lieber zu Hause.«

Doch untätig herumsitzen und jammern lag ihr nicht, und so krempelte sie die Ärmel hoch und begann, sich mit ihrer Familie in der ungewohnten Umgebung einzurichten.

Die Lage entspannte sich zusehends, als meine verwitwete Oma, die in Köln im Hauptpostamt gearbeitet hatte, pensioniert wurde und aus der Stadt zu uns zog, um in der Nähe ihrer einzigen Tochter und ihrer Enkelkinder zu sein. Jetzt hatte Mama die Hände frei, um ihre Pläne zu verwirklichen.

Die »Frau Doktor«, wie Mama hartnäckig von den Lommerichern genannt wurde, entwickelte einen erstaunlichen Tatendrang. Fasziniert und ein wenig fassungslos beobachteten die Dorfbewohner, wie die junge Frau, die auch schon mal Hosen trug, nie in die Kirche ging und lieber mit den Kindern ins Freibad radelte, statt zu putzen, sich daran machte, bei ihnen alles durcheinanderzubringen.

Als Erstes gründete sie einen Frauenchor, der neben Volksliedern sogar ein paar englische und französische Stücke im Programm hatte. Mama hatte als Kind ganz gut Klavier gespielt, wie sie uns erzählte, aber ihr altes Klavier war im Krieg kaputtgegangen, und jetzt hatte sie ein Akkordeon, weil ein neues Klavier zu teuer war. Sie sang für ihr Leben gern, und vor allem konnte sie die Freude daran auch anderen vermitteln. Musik bringt die Menschen zusammen, war ihre Devise, und es fanden sich rasch interessierte Frauen, die sich einmal in der Woche abends trafen. Die ersten Chorproben wurden bei uns im Anbau abgehalten, aber schon bald bot Frau Rademacher, die Wirtin der größten Gaststätte im Dorf, ihren kleinen Saal an.

Manchen Männern im Dorf war es nicht recht, dass ihre Frauen ohne sie ausgingen und Spaß hatten. Kirchenchor wäre ja in Ordnung gewesen, aber dass sie Sekt tranken und dazu alle möglichen fremdsprachigen Lieder sangen, war vielen suspekt. Und dann noch in der Kneipe! Aber Mama war in ihrem Element. »Mir macht es eben Spaß, auf der Bühne zu stehen«, sagte sie.

Und das lebte sie auch aus. Bald schon reichte ihr der Chor alleine nicht mehr, obwohl sie auch Auftritte organisierte, bei denen die Frauen eine gelungene Mischung aus Volksliedern und Schlagern sangen.

Ich durfte schon früh bei den Proben dabei sein und lernte vom Zuhören. Mein Repertoire an populären Liedern und Schlagern war groß und reichte von Lale Andersen, *Lili Marleen*, über Marlene Dietrich, *Sag mir, wo die Blumen sind*, bis hin zu Margot Eskens, *Tiritomba*. Einmal kreierte Mama sogar ein Fantasielied, das sie auch uns Kindern beibrachte. »Owinga, owanga, o mandari, o melutschi a no«. Als sie das mit den Frauen vorführte, die dazu auch noch eine Art Tanz einstudiert hatten, fragten sich alle, welche Landessprache das wohl sei. Die meisten tippten auf Afrikanisch. Dass es nur erfunden war, darauf kam keiner, und manch einer aus dem Dorf regte sich darüber auf, dass die Frau Doktor den Frauen »Negerlieder« beibrachte.

Als echte Kölnerin trat Mama auch in den Karnevalsverein ein, hielt bei den Sitzungen lustige Büttenreden, die allgemein gut ankamen, und sang alte Kölner Karnevalslieder, bei denen sie sich selbst auf dem Akkordeon begleitete. Als ich im ersten Schuljahr war, musste auch ich in die Bütt, allerdings nur bei der Kindersitzung. Mein Bruder Lars weigerte sich standhaft, ihm war das alles zu peinlich. Für ihn bestand Karneval darin, sich als Cowboy zu verkleiden und mit der Knallblättchen-Pistole herumzuballern. Mir machte es nichts aus, oben auf der Bühne zu stehen, Karnevalslieder zu singen oder die Büttenrede, die Mama mir geschrieben hatte, vorzutragen. Ich war stolz darauf, dass ich mir alles auswendig merken konnte. Die Ballade *Jan un Griet*, die Geschichte des Kölner Knechts, der von der Magd verschmäht wurde, in den Krieg zog und als Feldmarschall wieder nach Köln zurückkam, wo er dann die Magd, die auf dem Markt Kohl und Gemüse verkaufte, zurückwies, hatte immerhin zehn Strophen. Ich ließ mich auch bereitwillig in alle möglichen Kostüme stecken, weil es mir einfach Spaß machte, in Rollen zu schlüpfen. Nur einmal streikte ich, als Mama mich zu Karneval als »kleine alte Dame« verkleidete und mir zu meinem eleganten Kostüm ein Kapotthütchen mit Gesichtsschleier verpasste, der am Hinterkopf zu einer großen Schleife gebunden war. Das sah zwar sehr putzig aus, hatte aber den Nachteil, dass ich weder essen noch trinken konnte, für mich ein Unding, zumal es an Karneval so leckere Sachen wie Muzemandeln gab, die Tonis Mutter ganz frisch in heißem Fett ausbackte. Um essen zu können, setzte ich den Hut samt Schleier einfach ab und »vergaß«, ihn wieder aufzusetzen, auch wenn das Kostüm dadurch »zerstört« wurde. »Wo hat man denn so was je gesehen, eine kleine alte Dame mit kurzen roten Haaren und Sommersprossen«, schimpfte Mama, als ich ohne Hut nach Hause kam.

Mir doch egal, dachte ich. Muzemandeln waren wichtiger.

Mein glühendster Wunsch jedoch war, Funkenmariechen zu werden und mit dem Tanzkorps aufzutreten.

Unsere Resi war Tanzmariechen bei den Blauen Funken in Lommerich, und wenn sie über die Bühne wirbelte und die Beine schwang, dann flog ihr kurzes Röckchen, und darunter blitzte ein Spitzenunterhöschen, das mit Tüllrüschen und Glitzerpailletten besetzt war. So gerne wäre ich auch eins von den Mädchen gewesen, die mit ihren Stiefeln und den kurzen Röcken paradierten und Kusshände ins Publikum warfen! Sie konnten Spagat und waren überhaupt alle unvorstellbar gelenkig. Ich dachte, dass Mama meinen Wunsch eigentlich unterstützen müsste, weil sie immer erzählte, dass sie als Kind im Turnverein gewesen sei und wie viel Spaß ihr das gemacht habe. Aber seltsamerweise war sie total dagegen. »Das hat gerade noch gefehlt«, sagte sie. »Nein, das ist nichts für dich. Und dann diese Spitzenhöschen! Die sind ja furchtbar.« Da konnte ich noch so sehr betteln, sie ließ sich nicht erweichen.

Von Beruf war Mama gelernte Hauswirtschaftsmeisterin, auch wenn sie nicht gerne Haushalt machte, und so nahm sie als Erstes eine Haustochter auf, die bei ihr Haushalt lernte. Resi kam ursprünglich aus Ostpreußen und war bei entfernten Verwandten ihrer Mutter in Morsdorf, einem Nachbardorf, aufgewachsen. Sie war siebzehn, als sie zu uns kam, und wir Kinder liebten sie vom ersten Moment an.

Deshalb war es auch kein Problem, dass wir mit ihr und Oma alleine waren, als Mama im Krankenhaus lag. Ich war noch nicht in der Schule. Lars war im zweiten Schuljahr.

Unser Haus war von einem weitläufigen Garten umgeben, so groß, dass wir darin wilde Verfolgungsjagden machen und Verstecken spielen konnten. Zur Straße hin grenzte eine niedrige Ziegelmauer mit Eisengittern den Garten ein, aber zur Seite, wo ein breiter Weg ins Feld führte, war ein Maschendrahtzaun. An diesem Feldweg wohnte Familie Dussmann. Sie hatten zwei Söhne. Der ältere, Hubert, war schon mit der Schule fertig, ging aber nicht in die Lehre, sondern lungerte den ganzen Tag zu Hause herum und machte, wie Mama immer sagte, seiner Mutter das Leben schwer. Der jüngere, Hans-Bert, war bei Lars in der Klasse, aber sie verstanden sich nicht besonders gut und hatten nicht viel miteinander zu tun.

Eines Tages spielte Lars mit seinen Freunden im Garten, und zwar ganz dicht am Maschendrahtzaun. Auch ich hielt mich in der Nähe der Jungs auf, weil ich immer neugierig war, was sie so spielten, als auf einmal aus dem Haus gegenüber ein dicker Stein über den Feldweg geflogen kam. Er musste wohl für Lars bestimmt gewesen sein, traf aber mich, und ehe ich wusste, was los war, hatte ich ein Riesenloch im Kopf. Alles ging so schnell, dass ich vor lauter Schreck vergaß zu weinen.

Es tat auch gar nicht weh, ich konnte nur nichts mehr sehen, weil mir das Blut in Strömen in die Augen lief. Lars und sein Freund Karl-Heinz schleppten mich, panisch um Hilfe schreiend, zu Mama.

Sie kam aus dem Haus gelaufen und erfasste die Situation mit einem Blick. Auch bei schlimmen Vorfällen blieb Mama immer ruhig, und ihre Ruhe übertrug sich auf uns. Sie gab uns einfach keine Gelegenheit, hysterisch zu werden. Sie nahm mich auf den Arm und brachte mich ins Badezimmer, wo sie mich verarztete.

Insgeheim hatte ich gehofft, sie würde mir einen großen weißen Kopfverband anlegen, wie ihn Tonis Onkel kürzlich gehabt hatte, als er auf dem Weg zur Arbeit mit dem Moped verunglückt war, aber Mama schnitt nur die Haare an der Wunde weg, zog die Ränder zusammen und klebte ein großes Pflaster darüber. Das war immer so. Bei Mama brauchte man gar nicht auf einen Verband zu hoffen. »Da reicht ein Pflaster«, sagte sie eigentlich immer. Papa war auch nicht viel besser.

»So«, sagte sie und betrachtete zufrieden ihr Werk. »Dir ist doch nicht übel, oder? Guck mich mal an.« Erschreckt riss ich die Augen auf und blickte sie an. Aber sie schüttelte nur den Kopf. »Alles in Ordnung. Papa kann sich das heute Abend auch noch angucken. Leg dich im Wohnzimmer ein bisschen auf die Couch. Resi bringt dir was zu trinken. Ich sag ihr Bescheid. Zur Sicherheit soll sie dir noch einen Eimer hinstellen. Falls dir doch noch schlecht wird.«

Dann ging sie nach draußen und schnurstracks zu den Nachbarn.

Die Dussmanns waren arme Leute, das hatten Mama und Papa uns erklärt. Herr Dussmann arbeitete so gut wie gar nicht, er trank wohl ganz gerne einen über den Durst und randalierte dann, und Hubert war auch nicht viel besser. Die ganze Last blieb an der armen Frau Dussmann hängen, die die Familie mit Näh- und Bügelarbeiten mühsam über Wasser hielt. Hinter dem Haus hatten sie außerdem noch ein Stück Land, wo Frau Dussmann Gemüse und Kartoffeln anbaute. Aber sie musste alles alleine machen, und die Männer, einschließlich des jüngsten Sohnes, tanzten ihr auf der Nase herum. Manchmal brüllte Herr Dussmann so laut mit seiner armen Frau, dass man es bis auf die Straße hörte.

Dorthin marschierte Mama jetzt, um herauszufinden, wer den Stein geworfen hatte, und dem Steinewerfer ein paar passende Worte zu sagen. Leider war Frau Dussmann nicht zu Hause, stattdessen öffnete Hubert ihr die Tür. Er ließ sie gar nicht erst herein, sondern ging sofort mit erhobenen Fäusten auf Mama los.

Das erzählte Lars jedenfalls später. Als Mama wieder nach Hause kam, war sie ganz blass. Sie ging ans Telefon, das in der Diele stand, und rief Papa an. »Ja, komm besser gleich«, hörte ich sie sagen, »er hat mich in den Bauch geboxt. Ich fürchte, das sind schon Wehen.« Ich lief in die Diele, um sie zu fragen, was los war, aber sie war schon nach oben gegangen. Resi kam aus der Küche und sagte: »Leg dich wieder hin, Birte. Der Mama geht's nicht gut. Dein Papa kommt gleich.«

Und dann kam Papa. Er guckte gar nicht nach mir, sondern ging gleich nach oben zu Mama, und nach einer Weile kamen sie zusammen die Treppe herunter. Mama sah ganz komisch aus, so weiß im Gesicht. Sie stützte sich schwer auf Papa, der einen kleinen Koffer in der Hand hielt. Eine Hand hatte Mama auf ihren dicken Bauch gelegt. Ich wusste, dass er so dick war, weil darin das Geschwisterchen wuchs, das im Dezember zur Welt kommen sollte.

Am Ende lag Mama eine ganze Woche im Krankenhaus, und als sie danach wieder nach Hause kam, musste sie sich auch noch schonen. Sie hatte sich über Hubert wohl so aufgeregt, dass sie Wehen bekommen hatte, »vorzeitige Wehen«, erklärte Papa uns, und die Gefahr bestand, dass das Baby statt Anfang Dezember viel zu früh zur Welt kommen würde.

Die Tragweite des Vorfalls war mir zuerst nicht so bewusst, weil ich mir unter einem »Frühchen« kaum etwas vorstellen konnte, aber Papa hatte ein altes Buch, in dem der Körper einer Frau zum Aufklappen war, und da konnte man das Baby im Bauch sehen. Papa setzte sich mit mir hin – Lars wollte nicht, ihm war das peinlich, er wollte das gar nicht sehen – und erklärte mir, wie die Geburt vor sich gehen würde und wie schlimm es wäre, wenn das Kind jetzt schon aus Mamas Bauch herausmüsste.

Oma regte sich auf und sagte zu Papa: »Birte ist doch noch viel zu klein! Das kannst du doch dem Kind nicht zumuten!« Aber Papa sagte bloß: »Sie versteht das schon, glaub mir.« Und so war es auch.

Hubert habe ich nach dem Vorfall nicht mehr gesehen, und irgendwann hat Mama erzählt, er sei in der Nähe der Kreisstadt in einem Heim für schwer erziehbare Jungen.

3

Eines Tages verkündete Mama: »Ab nächster Woche gehst du in den Kindergarten. Tante Leni freut sich schon auf dich.« Der Kindergarten war mir nicht fremd. Bis vor Kurzem hatten wir jeden Morgen meinen Bruder Lars dorthin gebracht, der jetzt im ersten Schuljahr war. Wenn Mama ihn morgens in dem flachen Backsteingebäude, das auf der einen Seite den Kindergarten und auf der anderen die Turnhalle beherbergte, in die Hände von Tante Leni übergeben hatte, wäre ich zu gerne auch dageblieben und hätte mitgespielt. Es gab einen großen Sandkasten und einen Spielplatz mit Schaukel, Wippe und Rutsche. Drinnen standen lauter Tische mit Stühlen in Kindergröße darum herum, und die Regale an den Wänden sahen so aus, als ob sie großartige Spielsachen enthielten. Aber Mama hatte mir erklärt, ich sei zu klein und müsse warten, bis Lars in die Schule komme.

Jetzt war es also so weit. Aufgeregt ging ich neben Mama her, wobei ich ihre Hand fest umklammert hielt, denn ein bisschen nervös war ich schon. Mama hatte mich für den ersten Tag besonders herausgeputzt, und ich trug mein neues, kurzes, weiß-blau kariertes Dirndl mit Puffärmeln und passendem Pumphöschen darunter. Ich kam mir ungeheuer schick vor.

An der Tür nahm Tante Leni, die ich ja schon kannte, mich in Empfang. Ich machte einen Knicks und sagte, wie

Mama es mir eingeschärft hatte: » Guten Tag, Tante Leni. Ich bin die Birte. «

» Na, dann komm mal mit «, erwiderte Tante Leni freundlich, aber ohne große Umstände, und schob mich zu den anderen Kindern. Mama, die noch nie etwas für Abschiede übrig gehabt hatte, hatte sich umgedreht und war bereits auf dem Heimweg. Wenn ich erwartet hatte, jetzt vorgestellt und eingeführt zu werden, hatte ich mich jedoch getäuscht, denn Tante Leni wurde von einer zweiten Kindergartentante mit Beschlag belegt und ließ mich einfach stehen. Ich kannte nur zwei Kinder: Monika von gegenüber, mit der ich noch nie gespielt hatte, weil sie immer nur bei sich im Garten spielte und weil Mama Frau Jüssen nicht leiden konnte. Das andere Mädchen war Toni. Allerdings kannte ich sie nur vom Sehen, weil sie in unserer Straße, ganz in der Nähe von unserem Haus, wohnte. Die anderen Kinder starrten mich mit offenem Mund an, als wäre ich eine Erscheinung. Ein Mädchen bückte sich, um mein Pumphöschen genauer in Augenschein zu nehmen, und ein Junge legte sich kurzerhand vor mir auf den Boden, um bessere Sicht zu haben. Weitere Kinder folgten dem Beispiel, und ehe ich begriff, was geschah, johlten die ersten schon: » Was hast du denn an ? Was ist das denn ? « Sie zupften am Gummizug des Pumphöschens, fassten mir an den Rock und kringelten sich vor Lachen. Im ersten Moment war ich wie erstarrt vor Schreck, aber sie jagten mir nicht wirklich Angst ein. Wut schoss in mir hoch, und da ich es gewöhnt war, mich gegen meinen großen Bruder zu wehren, fing ich an, nach meinen Peinigern zu treten. Im Nu herrschte ein wildes Durcheinander.

Da endlich griff Tante Leni ein, die offensichtlich mit dieser Reaktion nicht gerechnet hatte. Sie kam zu mir, nahm mich an der Hand und zog mich weg. » Wir treten hier nicht ! «, sagte sie streng. Dabei hatte ich mich doch nur gewehrt. »Mit wem möchtest du denn spielen?« Ich zeigte stumm auf Toni. Sie war die Einzige, die sich an dem allgemeinen Aufruhr nicht beteiligt hatte. Den Rest des Vormittags blieb ich auf meinem Stühlchen am Spieltisch sitzen und stand nur kurz auf, wenn ich etwas holen musste, damit keiner mehr Gelegenheit hatte, sich über mein Aussehen lustig zu machen. Die Spielsachen in den Regalen waren schon toll, und ich hatte auch Kasperlefiguren entdeckt, mit denen ich zu gerne eine kleine Aufführung gemacht hätte, aber dann wären die anderen Kinder nur wieder auf mein Kleid aufmerksam geworden. Toni gab sich große Mühe, mich bei Laune zu halten, aber ich wartete nur sehnsüchtig darauf, dass der Vormittag verging.

Irgendwann klatschte Tante Leni in die Hände, und wir mussten uns alle unser Frühstück aus der Kindergartentasche holen. Mama hatte mir eine Scheibe Brot mit Schinken belegt und zusammengeklappt. Sie hatte sie in Butterbrotpapier eingepackt und einfach so in die Tasche gesteckt. Die meisten anderen Kinder hatten Brotdosen. Weil ich kein Obst dabeihatte, gab Toni, die außer einem Butterbrot auch ein hart gekochtes Ei und einen geschnittenen Apfel aus ihrer Dose hervorzauberte, mir von ihrem Apfel ab.

Ich wollte gerade in mein Brot beißen, da rief Tante Leni: »Halt, wir müssen doch erst noch beten.«

Erschrocken hielt ich inne. Jetzt machte ich schon wieder etwas falsch. Ich warf Toni einen verstohlenen Blick zu und sah, wie sie die Hände faltete. Schnell machte ich es ihr nach. Dann sagte Tante Leni das Tischgebet, was alle anderen Kinder offensichtlich schon kannten. »Alle guten Gaben, alles, was wir haben, kommt, oh, Herr, von dir, wir danken dir dafür.«

»Ich wünsche euch einen gesegneten Appetit«, rief Tante Leni, und dann erst durften wir essen.

Als mich Mama mittags abholte, schwieg ich, bis der Kindergarten außer Sichtweite war. Dann sagte ich: »Da gehe ich nicht mehr hin. Da ist es nicht schön. Die Kinder sind doof.«

Toni, die mit uns ging, weil Mama sich mit Tonis Mutter abgesprochen hatte, nickte bestätigend. Aufgebracht berichtete ich, was mir passiert war. Mama seufzte. »Ich glaube, daran bin ich schuld, Birte. Ich hätte dir besser nicht dein bestes Kleidchen angezogen. Morgen ziehst du eine Hose an.«

Aber ich hatte die Nase voll. »Die spielen auch gar nicht schön«, sagte ich. »Schaukeln kann ich zu Hause. Und einen Sandkasten haben wir auch.«

»Ja, aber zu Hause bist du allein«, wandte Mama ein.

»Ist mir doch egal«, erwiderte ich trotzig, obwohl es mir eigentlich nicht egal war. »Und das Tischgebet kannte ich auch nicht«, fügte ich hinzu.

Mama zog die Augenbrauen hoch. »Ach, Birte«, sagte sie. »Das mit dem Beten ist hier im Kindergarten nun mal so. Aber es ist doch nicht schlimm, oder?«

Beim Abendessen erzählte sie Papa, dass ich nicht mehr in den Kindergarten wollte. »Da ist so Verschiedenes zusammengekommen. Ich hätte ihr kein Kleid anziehen sollen«, sagte sie. »Aber ich wollte nicht, dass sie das einzige Mädchen in Hosen ist.«

»Wahrscheinlich war es zu modisch für hier«, sagte Papa. Er fragte mich ebenfalls, ob ich es mir nicht noch einmal überlegen wolle, aber das wollte ich nicht, und schließlich gab Mama nach.

»Na gut. Aber du musst dann morgen früh zu Tante Leni gehen und es ihr selbst sagen.«

Das war mir nun eigentlich nicht so recht, und ich versuchte, mit Mama zu verhandeln, damit sie es ihr sagte, schließlich war sie doch die Mutter und ich nur das Kind, doch sie blieb hart, und so stand ich am nächsten Morgen vor Tante Leni und erklärte ihr die Sachlage. Sie guckte mich ganz traurig an.

»Ach, das ist aber schade«, sagte sie. »Gerade heute gibt es eine Aufführung mit dem Kasperletheater. Aber das macht dir sicher keinen Spaß.«

Ich runzelte die Stirn. Wie kam sie denn darauf? »Doch«, sagte ich. »Kasperletheater finde ich schön.« Ich sah Mama an. »Vielleicht gehe ich heute noch, oder? Ich kann ja auch ab morgen zu Hause bleiben.«

Mama lachte. »Na, guck es dir noch mal an«, sagte sie.

Toni war schon da, als ich reinkam. Sie strahlte, als sie mich sah, und fasste sofort nach meiner Hand. Sie war vom ersten Tag an meine beste Freundin, und auf sie konnte ich mich immer verlassen.

Und gespielt wurde doch ganz schön. Auf jeden Fall lernte ich neue Spiele, die man nur mit vielen Kindern spielen konnte. Bei einem Spiel mussten wir ein Lied singen, das ging so: »Machet hoch die Tür, machet hoch die Tür, es kommt ein goldener Wagen. Wer sitzet denn darin, wer sitzet denn darin? Ein Mann mit goldnen Haaren. Was will er denn, was will er denn? Die Schönste will er haben. Die Erste will er nicht, die Zweite will er nicht, er will die Dritte haben.«

Tante Leni und Tante Helga, die andere Kindergärtnerin, hielten sich an den hoch erhobenen Händen. Sie waren das Tor. Wir Kinder mussten einzeln in einer langen Reihe hindurchgehen. Und wenn dann die Zeile mit der Ersten, der Zweiten und der Dritten kam, musste man sich beeilen, dass man schnell durchkam, bevor das Tor runterging und man gefangen war.

Ein anderes Spiel war »Alle Vögel fliegen hoch«. Wir saßen

alle um den großen Tisch im Kindergarten und trommelten mit den Händen darauf. Dann sagte Tante Leni zum Beispiel: »Alle Vögel fliegen hoch«, und wir mussten aufhören zu trommeln und die Hände in die Luft strecken. Dann ging es weiter. »Alle Flugzeuge fliegen hoch«, »Alle Enten fliegen hoch« und so weiter. Manchmal sagte sie aber auch »Alle Pferde fliegen hoch« oder »Alle Katzen fliegen hoch«. Wenn man dann nicht aufpasste und auch die Arme nach oben streckte, musste man ausscheiden.

Oder wir stellten uns alle im Kreis auf, und ein Kind hüpfte mit einem Taschentuch in der Hand außen rum. Dann sangen wir: »Es tanzt ein Bi-Ba-Butzemann um unsern Kreis herum. Er rüttelt sich, er schüttelt sich, er wirft sein Säcklein hinter sich. Es geht ein Bi-Ba-Butzemann in unserem Kreis herum.« Bei der Zeile »Er wirft sein Säcklein hinter sich« musste man aufpassen und gucken, ob das Taschentuch hinter einem lag, denn dann musste man den Butzemann fangen. Wenn er schneller war und an der Stelle ankam, wo man gestanden hatte, war man selbst der Butzemann. Auch, wenn man nicht gemerkt hatte, wo er das Taschentuch hingelegt hatte.

Nach ein paar Tagen ging ich genauso gern in den Kindergarten wie Toni.

Toni lebte mit ihren Eltern in der unteren Wohnung eines großen Backsteinhauses, das von mehreren Familien bewohnt wurde. Ihr Vater gehörte auch zu den Männern, die morgens früh um halb sechs in die Brikettfabrik fuhren, aber er fuhr mit dem Auto, einem VW Käfer, und er war kein Arbeiter. Toni erklärte mir, er müsse nicht selbst arbeiten, er sei Kalkulator und müsse die Arbeit der anderen ausrechnen. In meiner Vorstellung war er etwas ganz Besonderes, weil er den Leuten anscheinend vorschreiben konnte, wie sie zu arbeiten hatten. Also eine Art Chef.

Außerdem war er blutarm, und Tonis Mutter servierte ihm ab und zu rohe Leber vor dem Essen. Fasziniert sah ich zu, wie er die wabbeligen, blutigen Bröckchen einfach so in den Mund steckte. Mama legte Leber immer in Milch ein, bevor sie sie in Mehl wendete und dann in der Pfanne briet. Dazu gab es bei uns gebratene Zwiebeln, Apfelringe und Kartoffelpüree. Dass man Leber auch roh essen konnte, war mir neu. Aber Toni erklärte mir, warum das für ihren Vater gut war. »Normal zum Essen brät Mama die Leber auch immer«, sagte sie. »Aber ich durfte mal probieren. So schlecht schmeckt es gar nicht.«

Ebenfalls unten auf der anderen Seite des Hauses wohnte Tonis Opa mit Tonis Onkel. Der Opa hatte keine Frau mehr, Tonis Oma war vor ein paar Jahren gestorben – »Da war ich noch gar nicht auf der Welt«, hatte Toni gesagt –, und jetzt wohnte er mit seinem jüngsten Sohn, Tonis Onkel Pitter, und dem Wellensittich Hansi zusammen.

Hansi war blau-grün und saß normalerweise in seinem Käfig am Fenster, wo er sich in einem kleinen Spiegel beguckte oder Körner pickte. Er bekam nur Trill Vogelfutter, Trill mit Jod-SII-Körnchen. »Trill schützt das Leben Ihres Sittichs«, sagte Opa.

Hansi war süß. Einmal am Tag durfte er aus seinem Käfig heraus und frei in der Stube herumfliegen. Dann mussten alle Fenster und Türen zu sein, und Opa guckte immer noch extra nach, ob sich auch keine Katze in seine Wohnung verirrt hatte. Hansi konnte auch sprechen. Er trippelte auf dem Tisch mit der Wachstuchdecke hin und her und sagte: »Hansi Casparek Hauptstraße 22 Lommerich.« Das hatte Tonis Opa ihm beigebracht.

Man musste sich ein bisschen anstrengen, um ihn zu verstehen, aber Toni und ich konnten nicht genug davon bekommen. Wir wollten es immer wieder hören.

Opa war ein richtiger Bilderbuch-Opa. Ich hatte nur noch meine Oma, die keinen Mann mehr hatte, und Papas Eltern waren beide schon gestorben. Deshalb fand ich es gut, wenigstens bei Toni einen Opa zu haben. Er zeigte uns, wie man aus Weidenstöckchen Flöten schnitzte, und wir durften in seinem Garten Obst und Gemüse ernten. Am besten fanden wir, dass er so viele Himbeeren und Kirschen hatte. Stachelbeeren mochten wir beide nicht so gerne. Allerdings waren in den Himbeeren oft weiße Maden. »Das macht doch nichts«, sagte er, als wir ihm das zeigten. »Die könnt ihr einfach mitessen. Das ist die Fleischbeilage.« Aber ein bisschen eklig fand ich es schon.

Die Erbsen durften wir bei ihm immer direkt aus der Schote pulen. Das mochte ich unheimlich gerne.

Sein großer Kirschbaum hing im Sommer immer voller fast schwarzer Süßkirschen. »Das sind Herzkirschen«, sagte Opa. Damit die Vögel sie nicht alle abpickten, legte er schon relativ früh im Jahr ein grünes Netz darüber. Wenn dann die Kirschen reif waren, lehnte er die lange Leiter an den Baum und machte sich mit Pitter daran, die Kirschen zu ernten. Der Baum war so hoch, dass sie nicht bis nach ganz oben kamen. Ich schlug ihm vor, dass Toni und ich doch bis in die Spitze klettern und die Kirschen runterwerfen könnten, aber davon wollte er nichts wissen. »Das ist viel zu gefährlich, Kinder!«, sagte er ernst. »Ihr esst mal lieber nur die Kirschen, die Pitter und ich pflücken.«

Und das taten wir. Man musste gut aufpassen, dass man die Kerne nicht mit runterschluckte, davon bekam man nämlich Blinddarmentzündung, hatte Opa erklärt. »Und ihr dürft kein kaltes Wasser trinken, wenn ihr Kirschen gegessen habt«, schärfte er uns ein. »Davon kriegt ihr schreckliche Bauchschmerzen, und im schlimmsten Fall kann man daran sterben.«

Einmal hatte ich aber nicht daran gedacht, und weil ich von den Kirschen Durst bekommen hatte, trank ich ein großes Glas Wasser aus der Leitung. Es passierte aber nichts.

Im oberen Stockwerk wohnte Opas Tochter Maria, für Toni und natürlich auch für mich »Tant' Marea«, mit ihrem Mann Kurt. Onkel Kurt war irgendwie komisch. Er musste wohl im Krieg schlimme Sachen erlebt haben, wie Toni mir erklärt hatte. Seine Stirn war an der einen Seite eingedellt. Toni flüsterte: »Dahinter ist der Knochen weg, deshalb haben sie auch keine Kinder.« Ich nickte verständig, konnte mir aber nicht vorstellen, wie das zusammenhängen sollte. Doch Genaueres wusste auch Toni nicht.

Auf der anderen Hausseite, wo Tonis Vater ein Badezimmer und eine Küche angebaut und die Wohnung damit wesentlich vergrößert hatte, war die erste Etage an eine Familie mit drei Söhnen vermietet. Die beiden älteren arbeiteten schon in der Brikettfabrik, aber der jüngste, Karl-Heinz, war bei meinem Bruder in der Klasse und sein bester Freund. Dass eine fünfköpfige Familie in so einer kleinen Wohnung lebte, war keine Seltenheit. So eine Wohnung galt noch nicht einmal als besonders beengt, vor allem nicht, wenn sie über den Luxus einer Küche und eines Badezimmers verfügte. Opa auf der anderen Hausseite hatte kein Badezimmer. Er wusch sich in der Wohnküche am Spülstein, und das Plumpsklo stand im Hof.

Im Hof stand auch ein niedriges Backsteinhaus, in dem sich die Waschküche befand. Alle zwei Wochen war dienstags Waschtag für das gesamte Haus, und dann gab es auch nur Vorgekochtes zu essen, meistens einen großen Topf Erbsen- oder Linsensuppe. Am Vorabend wurde die Wäsche eingeweicht, und am Waschtag dann wurde der Ofen in der

Waschküche angefeuert, damit die Wäsche in dem großen Kessel gekocht werden konnte.

Toni und ich fanden die Vorgänge in der Waschküche spannend, aber meistens wurden wir von den schweißüberströmten Frauen weggescheucht. »Geht spielen, hier ist es viel zu gefährlich«, sagten sie, wenn sie die Bettwäsche mit Holzstöcken aus dem Kessel holten, sie über dem Waschbrett rubbelten und anschließend noch einmal auskochten. Danach kam sie zum Abkühlen in einen Zuber mit kaltem Wasser, damit sie sie auswringen konnten. Nach dem Auswringen wurde sie aufgehängt, und wenn sie getrocknet war, musste sie noch gebügelt werden. Laken wurden oft nur glatt gezogen, und dabei durften manchmal auch wir Kinder helfen. Zuerst waren Toni und ich noch zu klein, um alleine an einer Seite zu ziehen, deshalb hielten wir jeder eine Ecke fest. Dann musste man schräg ganz fest daran ziehen. Wenn dann das Laken glatt gezogen war, wurde es gefaltet und anschließend in den Schrank geräumt.

Bei uns zu Hause gab es keinen Waschtag. Mama hatte eine Waschmaschine und einen extra Bottich, in dem die Wäsche geschleudert wurde, damit sie nicht so tropfnass war. Deshalb wusch sie auch viel häufiger als Tonis Mutter. »Das ist Schwerarbeit für Tonis Mama«, sagte sie immer. »Oma hat früher eine Waschfrau gehabt, aber das könnten wir uns nicht leisten. Was bin ich froh, dass ich eine Waschmaschine habe! Das Bügeln alleine ist schon schlimm genug! Zum Glück für Frau Casparek macht sich Toni nie schmutzig, ganz im Gegensatz zu dir.«

Das stimmte. Mama sagte immer, ich würde den Dreck magisch anziehen, deshalb steckte sie mich auch meistens in praktische Sachen. Toni trug nie Hosen, immer nur Röcke oder Kleider, aber meistens sah sie nach dem Spielen noch genauso aus wie vorher. Nur einmal, da war plötzlich doch ein großer Dreckfleck auf ihrem Kleid. Sie fing an zu weinen, und ich lief mit ihr zu Mama, die den Ernst der Lage zum Glück sofort erfasste.

»Weißt du was?«, sagte sie zu Toni. »Ich stecke dein Kleidchen schnell in die Waschmaschine, und bei der Hitze heute ist es bestimmt so gut wie trocken, bis du nach Hause musst. In der Zwischenzeit gebe ich dir eine Badehose von Birte, dann könnt ihr so lange im Hof in der Zinkwanne planschen.«

Das war wirklich lieb von ihr, aber ich glaube, schon die Badehose war eine Zumutung für Toni. Sie trug nie, wirklich nie Hosen, und sie besaß auch keine Badehose, sondern nur einen Badeanzug. Aber was blieb ihr anderes übrig, wenn sie nicht mit dem Fleck im Kleid ihrer Mutter gegenübertreten wollte?

Während Mama und auch Oma mir bei jeder Gelegenheit sagten, an mir sei ein Junge verloren gegangen, war Toni ein richtiges Mädchen, und sie hatte natürlich auch lange Haare. »Aua, aua, ziep nicht so«, hörte ich manchmal schon an der Tür, wenn ich hereinkam, um sie zum Spielen abzuholen. Meistens saß sie auf dem Barhocker am Küchenfenster, damit ihre Mutter ihr die Haare bürsten und zu zwei festen Zöpfen flechten konnte. Meistens wurden die Zöpfe von zwei Zopfspängchen zusammengehalten, aber manchmal band Tonis Mutter auch Schleifen hinein oder machte ihr einen Pferdeschwanz. Und einmal flocht sie ihr sogar einen Zopfkranz um den Kopf. Das sah so schön aus!

Ich bewunderte Toni für ihre Haarpracht. Offen fielen ihre dunkelbraunen Haare ihr wellig über den Rücken und reichten fast bis zum Po. Meine Haare dagegen, »tornisterblond«, wie Papa immer sagte, weil die meisten Ranzen damals rötlich-braun waren, waren so kurz geschnitten, dass ich auch aussah wie ein Junge. Mama gab offen zu, dass sie keine Lust hatte, mich jeden Morgen zu frisieren. »Das Theater tue ich mir nicht an«, sagte sie immer, wenn ich sie mal wieder darauf ansprach, wie gerne ich lange Haare gehabt hätte. »Du benimmst dich doch sowieso nicht wie ein Mädchen. Sei froh, dass du kurze Haare hast, das ist viel praktischer.«

Ich war aber nicht froh darüber. Ich fand lange Haare viel schöner, doch darüber ließ Mama, genau wie bei den Spitzenunterhöschen der Tanzmariechen, nicht mit sich diskutieren. Sie schnitt Lars und mir selbst die Haare. Bei Lars wurden sie mit dem Rasierer auf Mecki-Länge gebracht, während sie bei mir wenigstens die Schere benutzte. Aber schöner wurde der Schnitt davon auch nicht. So ein bisschen sah ich auf dem Kopf immer aus, als hätte sie einen Kochtopf darüber gestülpt und dann die überstehenden Haare rundherum abgeschnitten. Sie hatte es gern praktisch und wollte vor allem aus ihren Töchtern keine Modepüppchen machen, wie sie immer betonte. »Bei dir hat das sowieso keinen Sinn«, sagte sie. »Sei doch froh, dass du beim Spielen nicht aufzupassen brauchst und dich schmutzig machen kannst. Stell dir vor, ich würde bei jedem Fleck so schimpfen wie Tonis Mama.«

Natürlich hatte sie nicht ganz unrecht. Es war schon gut, dass ich so viel Bewegungsfreiheit hatte wie ein Junge und mich auch so verhalten durfte. Aber ich fühlte trotzdem auch diese andere Person in mir. Ich war mir sicher, dass ich ein ganz anderes Leben führen würde, wenn ich nicht immer nur praktische Hosen tragen würde. Ich liebte eben lange Haare, Kleider mit schwingenden Röcken und Petticoats darunter, und als Resi sich mit Herbert verlobte, bewunderte ich ihr Kleid sehr. Es war weiß, ärmellos, mit einem tiefen Ausschnitt, einem engen Oberteil und großen Blumen auf dem weiten Rock. Resi trug darunter sogar zwei Petticoats, und ich fand sie einfach wunderschön. Dazu hatte sie weiße, spitze Pumps mit ganz hohen, dünnen Absätzen, und ich durfte ab und zu üben, wie man damit lief. Sie waren mir zwar zu groß, aber weil sie hinten an der Ferse einen Gummizug hatten, hielten sie an meinen Füßen, und ich musste ziemlich aufpassen, damit ich nicht umknickte. »Das sind Pfennigabsätze«, sagte Resi. »Damit kann man ganz elegant laufen.«

Wenn ich groß war, nahm ich mir vor, würde ich all die Sachen tragen, die Mama so affig fand. Ich würde mir mehrere Petticoats zulegen, hochhackige Schuhe, schicke Kleider, und vor allem würde ich mir die Haare lang wachsen lassen. Und meinen sehnlichsten Wunsch, ein Funkenmariechen-Spitzenhöschen mit Glitzersteinchen, würde ich mir auch erfüllen. Insgeheim wusste ich nämlich, wenn ich das am ersten Tag im Kindergarten angehabt hätte, hätte kein Kind gelacht. Wenn man aber etwas anhatte, was sie nicht kannten, dann machten sie sich lustig über einen.

4

Normalerweise passierte in Lommerich nicht so furchtbar viel Aufregendes. Die meisten Bewohner waren, abgesehen vom Grubendirektor und den Geschäftsleuten im Ort, Arbeiter oder kleine Angestellte. Papa, der als Assistenzarzt im Kreiskrankenhaus arbeitete, gehörte, wie der Pastor und der Rektor der kleinen Dorfschule, zu den wichtigen Leuten, was vor allem beim Schützenfest von Bedeutung war. Das Schützenfest war ein großes Ereignis, das im Sommer stattfand. Ein ganzes Wochenende lang wurde auf den Vogel auf der Stange geschossen, und wer ihn herunterholte, war Schützenkönig. Auf dem Schützenplatz stand das Festzelt, und daneben war die Kirmes aufgebaut. Das war das Beste am ganzen Schützenfest. Es gab Buden mit Wurf- oder Angelspielen, an denen man Kuscheltiere oder Wasserpistolen gewinnen konnte, und Stände mit gebrannten Mandeln und Zuckerwatte. Mein liebstes Fahrgeschäft war die Schiffschaukel. Später gab es manchmal auch eine Überschlagschaukel, in der man in einem Drahtkäfig stand, aber sooft Toni und ich es auch versuchten, wir hatten nicht genug Kraft, um herumzuschlagen. In der Schiffschaukel hingegen kamen wir, wenn wir uns hinstellten, bis zum Anschlag. Dann hüpfte man richtig ein bisschen in die Höhe, und man musste sich gut festhalten.

Raupe fand ich auch gut, vor allem gegen Schluss, wenn

die Fahrt noch ein bisschen schneller wurde und das Verdeck sich senkte. Es war immer ein bisschen gruselig, in dem dunklen Abteil gegen den Nebenmann gedrückt zu werden, und wir achteten beim Einsteigen sorgfältig darauf, dass wir mit den »Richtigen« zusammensaßen.

Kinderkarussell war mir meistens zu langweilig. Ich hatte nichts übrig für Feuerwehrautos mit Glocke oder Polizeiwagen. Das war nur was für Babys. Schön fand ich die Pferde darauf, weil man sich da vorstellen konnte, auf einem echten Pferd zu sitzen und richtig zu reiten, aber es gab sie selten auf dem Kinderkarussell, und wenn, dann waren sie immer gleich belegt.

Da war der Autoscooter schon was anderes. Lars und Karl-Heinz fuhren immer zusammen, aber ich durfte noch nicht mit Toni alleine fahren, es musste immer ein Erwachsener dabei sein. Am liebsten fuhr ich mit Mama. Sie konnte zwar nicht Auto fahren, aber im Autoscooter-Fahren war sie gut. Lässig kurvte sie um alle herum, eine Hand am Lenkrad und den anderen Arm um mich gelegt, und wenn Lars und Karl-Heinz versuchten, sie zu rammen oder zu schubsen, wich sie ihnen geschickt aus. Die Männer, die beim Autoscooter arbeiteten, fuhren immer extra dicht an Mama heran, um sie zu ärgern, aber sie lachte nur und lenkte um sie herum. Papa konnte auch gut Autoscooter fahren, aber er war so groß und breit, dass er viel Platz einnahm und ich kaum noch neben ihn passte.

Der Höhepunkt des Schützenfestes war der Sonntag mit dem Umzug für die neuen Majestäten. Das Tambourkorps marschierte vorneweg – Piccolo-Flöte war ein Instrument, das ich gerne gespielt hätte, aber dazu musste man im Schützenverein sein, und das war ich nicht –, und dahinter zogen die Schützen mit all ihren Orden behangen durch das ganze Dorf. Auch Schützenvereine aus anderen Dörfern marschierten mit. Die alten Mitglieder saßen in mit Blumen geschmückten, offenen Kutschen. Die Männer hatten grüne Uniformen an, und die Frauen im Gefolge des Schützenkönigs trugen schöne, lange Kleider in leuchtenden Farben. Die Schönste war natürlich immer die Frau vom Schützenkönig. Es war sehr festlich.

Zwar waren Mama und Papa nicht im Schützenverein, aber zum Schützenball, der am Samstagabend im Festzelt stattfand, mussten sie natürlich gehen, ob Papa nun wollte oder nicht. »Du kannst nicht zu Hause bleiben, Harald. Du bist nun mal der einzige Arzt im Dorf und damit eine wichtige Persönlichkeit, und ob es dir passt oder nicht, die Leute wären beleidigt, wenn du nicht dabei wärst«, sagte Mama, die insgeheim gerne auf den Schützenball ging.

Er musste auch einen Pflichttanz mit der Frau des jeweiligen Schützenkönigs absolvieren – für ihn, den zurückhaltenden Norddeutschen, eine schwere Pflicht, für meine rheinische Mutter jedoch immer wieder ein großes Vergnügen. »Ich habe den ganzen Abend getanzt«, schwärmte sie uns am nächsten Tag mit leuchtenden Augen vor. »Aber nur einmal mit eurem Vater. Der musste mit den anderen Damen tanzen. Vor allem mit Dickmarie«, setzte sie vergnügt und ein bisschen schadenfroh hinzu.

»Ja«, sagte Papa, »mir tut jetzt noch das Kreuz weh«, und rieb sich den unteren Rücken. Uns tat Papa leid.

»Dickmarie« war eine Nachbarin, die zwar nicht sehr groß, dafür aber sehr rundlich war. Sie hatte eine besondere Vorliebe für Papa. Wenn er abends nach Hause kam und sein Auto um die Ecke bog, stand sie meistens vor der Haustür und lachte vor Freude so laut und kreischend, dass es quer über die Straße bis in unser Haus zu hören war. »Papa kommt nach Hause«, sagte Mama dann.

Es war bestimmt kein Vergnügen, mit ihr zu tanzen, zumal

Papa sehr groß und Dickmarie ja sehr klein war. Aber ihr Mann war dieses Jahr der Schützenkönig, was man an den grün-weißen Fähnchen sah, die vor dem Haus aufgestellt worden waren, und an der goldenen Girlande um die Haustür. Sie hatte ein langes hellviolettes Kleid mit vielen Rüschen an und in den sorgfältig frisierten, blond gefärbten Haaren ein Diadem. Ich fand sie sehr schön und schlug Mama vor, sich auch mal so ein tolles Abendkleid zu kaufen, aber sie lachte nur und sagte: » Das hat mir gerade noch gefehlt. «

Lommerich war ein typisch lang gezogenes rheinisches Straßendorf, auf der einen Seite, » unserer « Seite, nach nur einer Häuserreihe eingerahmt von Feldern und Wiesen. Die Seitenstraßen, die auf der anderen Seite von der Hauptstraße abgingen und den alten Teil des Dorfes bildeten, führten zum Bahndamm und zum Wald. Dort war im 19. Jahrhundert eine Siedlung für die Grubenarbeiter, die aus ganz Deutschland angeworben worden waren, entstanden. Es waren kleine Backsteinreihenhäuser, und ich liebte das Gewirr der Gassen hinter den großen Gärten, die durch gemauerte Torbogen wieder auf die Straße führten. Niemand hinderte uns daran, überall herumzulaufen, und es gab so viel zu entdecken.

Weiter hinten am Bahndamm standen zwei Bunker, die noch aus dem Krieg waren. Wir steckten vorsichtig die Köpfe hinein, zogen sie aber sofort wieder zurück, weil es drinnen durchdringend nach Urin stank. » Bäh, ist das eklig! «, flüsterte Toni.

» Wir gehen besser nicht da rein, vielleicht ist ja ein Tier drin «, flüsterte ich zurück. Laut zu reden trauten wir uns nicht, weil ein Stückchen weiter schon die Baracken standen, flache, rechteckige Häuser, die L-förmig um einen gepflasterten Hof angeordnet waren. Auf einem schmalen Rasenstreifen waren Wäscheleinen gespannt. Die Leute dort redeten in einer fremden Sprache, alles wirkte ein bisschen heruntergekommen und düster, und wenn es nicht unbedingt sein musste, vermieden wir es, zu dicht an der kleinen Ansiedlung vorbeizugehen. Aufregend jedoch fanden wir, uns im Gebüsch zu verstecken und das Treiben zu beobachten. Wie Indianer schlichen wir uns lautlos an und beobachteten, was da so vor sich ging. Meistens passierte nicht besonders viel. Frauen, die Wäsche aufhängten, alte Männer, die vor dem Haus saßen, rauchten und miteinander redeten, und kleine Kinder, die spielten. Aber allein das Gefühl, in verbotenes Terrain einzudringen, reichte schon, um uns Schauer der Erregung über den Rücken zu jagen. Wenn wir nach so einer Tour wieder in ungefährlichem Gebiet waren, gaben wir mächtig an und erzählten die unglaublichsten Geschichten, von Männern, die angeblich Fässer mit ominöser Ladung in den Keller gerollt hatten – »Da waren bestimmt irgendwelche Schätze drin!« –, von Frauen, die beim Kochen auf dem Hof seltsame Tänze aufführten. Je absurder die Geschichten waren, desto größer war unser Nervenkitzel im Nachhinein. Irgendwann glaubten wir selbst an das, was wir erzählten. Die meisten unserer Freunde durften dort sowieso nicht hin, also brauchten wir auch keine Angst zu haben, dass uns jemand beim Lügen ertappte – glaubten wir. Einmal banden wir Monika Jüssen einen Bären auf. Monika gehörte nicht zu unseren Freundinnen. Sie war klein und dick und brach aus den nichtigsten Anlässen, wenn man sie zum Beispiel aus Versehen schubste, in Tränen aus. Einmal sagte Toni, Monika Jüssen würde jeden Morgen drei Eier essen, deshalb sei sie auch so dick, das habe ihre Mama ihr erzählt. »Das ist doch ungesund«, sagte Toni empört.

Als ich das abends beim Abendbrot berichtete, sagte Papa: »Wer isst drei Eier? Das Elefäntchen?«

»Harald!«, sagte Mama und schüttelte den Kopf. Zu mir

sagte sie: »Das hast du jetzt nicht gehört, hast du verstanden? Kein Wort zu Monika.« Das tat ich auch nicht. Aber ich erzählte Toni, was Papa gesagt hatte.

Auf jeden Fall sagten wir zu Monika, wir hätten ganz genau gesehen, wie die Leute in dem Haus am Bahndamm ein großes Feuer auf dem Hof gemacht hatten, um ihre Katze Mieze darüber zu braten. »Wirklich«, bestätigte ich atemlos, während Toni zustimmend nickte, »wir haben gesehen, dass das Mieze war. Wir haben ja zugeguckt, wie sie ihr das Fell abgezogen und sie dann auf den Spieß gesteckt haben.«

Womit wir nicht gerechnet hatten, war, dass Monika, die uns mit schreckgeweiteten Augen zuhörte, sofort zu ihrer Mutter rannte und ihr die Geschichte erzählte. Sie hatte während unseres grausigen Berichts angefangen zu weinen, weil ihre Mieze tatsächlich seit einigen Tagen nicht nach Hause gekommen war. Das wussten wir natürlich, sonst hätten wir ja die Geschichte nicht erfunden. Frau Jüssen hatte nichts Besseres zu tun, als zu Mama zu gehen und ihr brühwarm zu berichten, was ich gesehen hatte. »Ich hab's ja immer gesagt«, keifte sie, »das sind Polacken, denen kann man nicht über den Weg trauen! Wer weiß, was denen sonst noch für Schlechtigkeiten einfallen!«

Mama schüttelte den Kopf. »Was ist denn das für eine Räuberpistole?«, sagte sie zu Frau Jüssen. »Das hört sich doch ganz nach der blühenden Fantasie meiner Tochter an! Ich werd sie mir mal vorknöpfen. Haben Sie denn mit den Leuten geredet?«

»Nein, natürlich nicht«, erwiderte Frau Jüssen empört. »Mit so einem Pack gebe ich mich doch nicht ab! Dass Sie aber auch Birte da hingehen lassen, das kann ich nicht verstehen! Am Ende fangen die noch kleine Kinder!«

»Ja«, sagte Mama, »und braten sie am Spieß, genau wie Ihre Katze. Das ist doch Unsinn, Frau Jüssen, jetzt sagen Sie doch mal selbst. Weiß der Himmel, wo Ihre Mieze ist, aber ich gebe Ihnen Brief und Siegel darauf, dass die armen Leute da am Bahndamm nichts damit zu tun haben. Und gebraten haben sie die Katze schon gar nicht.«

Frau Jüssen verzog unzufrieden das Gesicht, aber sie sagte nur noch: »Ja, wenn Sie meinen, Frau Doktor ...« Dann ging sie wieder nach Hause.

»Und ihr zwei kommt mal her!«, befahl Mama streng. »Ich hab euch gesehen, da hinter dem Schuppen. Dass mir das nicht noch einmal vorkommt, Birte! Ich will solche Geschichten nicht mehr hören. Das sind ganz normale Leute, die da am Bahndamm wohnen. Die meisten Männer arbeiten in der Brikettfabrik oder in der Grube. Sie kommen aus einem anderen Land und können vielleicht noch nicht so gut Deutsch sprechen, deshalb hört sich das für eure Ohren komisch an. Aber dass ihr zwei da dauernd auf der Lauer liegt und euch schreckliche Geschichten über sie ausdenkt, das ist nicht schön von euch. Das hört jetzt auf – habt ihr mich verstanden? Und Monika lasst ihr auch in Ruhe!«

Sie schaute Toni und mich so durchdringend an, dass wir nur noch nicken konnten. »Was sind denn Polacken?«, fragte ich Mama.

Mama seufzte. »Das ist ein Schimpfwort für Leute, die aus Polen kommen. Das braucht ihr euch gar nicht zu merken. Und lasst die Leute in Ruhe!«

Sicherheitshalber gingen wir einfach gar nicht mehr hin. Wenn Mama so ernst mit uns redete, dann war es besser zu gehorchen, und wenn wir keine Geschichten mehr über die Leute erfinden durften, war der Reiz sowieso verloren.

Es gab ja auch so genug zu entdecken. Im eigentlichen Dorf war ich schon mit fünf Jahren überall zu Hause. Jeder kannte mich, und auch ich hatte das Gefühl, jeden zu kennen. Wenn ich mit Papa, was selten genug passierte, einmal durch das Dorf spazierte, fragte er mich jedes Mal, wenn uns einer entgegenkam, leise: »Wer ist das? Wie heißt der?« Ich kannte alle und sagte es ihm rechtzeitig, damit er die Leute mit Namen begrüßen konnte.

Bei mir war die Sache klar. »Bist du nicht die Kleine vom Doktor?«, hieß es, und ich schloss daraus, vielleicht nicht immer ganz zutreffend, dass alle mich mochten. Diese Vertrautheit mit den Leuten brachte mich in eine peinliche Situation, weil ich beschloss, Mama in diesem Jahr ein besonders großes Geburtstagsgeschenk zu machen. Ich weiß gar nicht mehr, was es war, aber es war furchtbar teuer, um die zehn Mark. Da ich so gut wie gar kein Taschengeld bekam, sah ich keine Möglichkeit, aus eigener Kraft an so viel Geld zu kommen, deshalb hielt ich es für das Beste, bei meinen »Freunden« im Dorf zu sammeln. Toni als meine beste Freundin weihte ich natürlich in mein Vorhaben ein, und gemeinsam zogen wir los. Verschlossene Türen gab es nicht, und so konnten wir ungehindert jedes Haus betreten. Natürlich trafen wir eine Auswahl und gingen vor allem zu denen, bei denen Aussicht auf Erfolg bestand. Standen wir dann erst einmal in der Stube, sagte ich mein Sprüchlein auf: »Ich sammele für den Geburtstag meiner Mutter, weil sie dieses Jahr ein besonders schönes Geschenk bekommen soll. Sie wollen doch bestimmt gerne etwas dazugeben.« Der Plan funktionierte im Großen und Ganzen, auch wenn die Mütter unserer engsten Freunde seltsam geizig reagierten, aber die meisten gaben bereitwillig etwas dazu, man wollte sich ja nicht lumpen lassen. Immerhin war es doch für die Frau Doktor.

Als ich Mama am Geburtstag stolz mein teures Geschenk präsentierte (ich hatte sogar noch Geld übrig), gab es für mich ein böses Erwachen. Mama, die sich natürlich wunderte, woher ich so viel Geld hatte, gab keine Ruhe, bis ich ihr meine »Dorfsammlung« gestand. Sie hielt mir eine Strafpredigt, und dann musste ich erneut zu jedem Einzelnen gehen und das Geld zurückgeben. Und zwar alleine, da Toni keine Lust mehr hatte, mich zu begleiten.

Im Dorf gab es alles, was man für eine funktionierende Gemeinschaft brauchte. Neben Schützenverein, freiwilliger Feuerwehr, Turnverein, ja sogar einem Alpenverein hatten wir jede Menge Geschäfte.

Es gab allein drei Metzgereien, eine davon, die Metzgerei Goldbach, direkt neben unserem Haus. In den Ferien wachte ich morgens manchmal vom Geschrei und Quieken der Schweine auf, die zum Schlachten gebracht wurden. Anders als mein Bruder Lars, der das Geschehen fasziniert beobachtete und mit Vorliebe zusah, wie Frau Goldbach in der Wurstsuppe rührte, grauste mich allein schon der Gedanke, dass aus diesem Gemisch von Blut, Fleischstücken, Fett und Knorpel Wurst gemacht werden sollte. Einmal hing ein Schwein in zwei Hälften zerteilt an Haken von der Decke im Schlachthaus, und das Bild verfolgte mich lange.

Zwar aß ich auch gerne Linsensuppe mit Hämmchen, der gekochten Schweinehaxe, aber Füßchen, so wie Mama, mochte ich nicht, die sahen noch viel zu sehr nach lebendigem Schwein aus.

Die Finger von Metzger Goldbach glänzten irgendwie immer so fettig, fand ich, und davor ekelte ich mich so, dass ich ihm kaum die Hand geben wollte. Wenn mir Frau Goldbach als besondere Delikatesse eine Scheibe Brot mit hausgemachter Blutwurst oder mit Griebenschmalz anbot, lehnte ich immer schaudernd ab, während Lars, der so dünn war, »dass man ihm das Vaterunser durch die Backen blasen konnte«, mit Begeisterung alles in sich hineinstopfte, was es bei den Goldbachs so gab. Aber er strich sich ja auch, genau wie

Mama, dick Butter aufs Brot und streute sich sogar noch Zucker darauf. Das fand ich auch eklig.

»Birte stellt sich mal wieder an«, sagte meine Mutter und unterhielt sich mit Frau Goldbach lang und breit darüber, dass bei Lars einfach nichts anschlug.

Einmal stand sogar eine Kuh bei Goldbachs im Garten. Wir rupften Gras für sie aus und fütterten sie damit, und Lars traute sich sogar, sich auf ihren Rücken zu schwingen.

»Hü, hott«, schrie er und schlug ihr seine Hacken in die Seite, aber die Kuh machte gar nichts. Sie stand nur da und guckte mich aus ihren schönen, großen braunen Augen an. Ich fand, sie sah traurig aus.

»Das ist auch kein Wunder«, sagte Lars, als er wieder neben mir auf der anderen Seite des Zauns stand. »Sie wird ja bestimmt geschlachtet.«

Das wollte ich aber nicht. »Stimmt gar nicht«, rief ich wütend und rannte heulend zu Mama, um mich bei ihr zu vergewissern, dass die Kuh jetzt für immer bei Goldbachs im Garten stehen würde.

»Ich habe keine Ahnung, was sie mit der Kuh vorhaben«, sagte Mama ausweichend, als ich sie fragte. »Ich glaube, sie bleibt nur eine Zeit lang hier. Dann kommt sie bestimmt irgendwo auf die Weide.«

»Können wir sie denn nicht einfach zu uns nehmen?«, fragte ich.

Aber davon wollte Mama nichts wissen. »Was sollen wir denn mit einer Kuh? Du kommst immer auf Ideen!« Sie schüttelte den Kopf. »Geh wieder spielen.«

Auf jeden Fall hatte Mama recht gehabt. Eines Tages war die Kuh weg. Bestimmt hatten Goldbachs sie zu einer schönen Weide gebracht, malte ich mir aus. Dass sie denselben Weg gegangen war wie die armen quiekenden Schweine, wollte ich mir lieber nicht vorstellen. Ich hatte schon genug damit zu kämpfen, was mit den kleinen Kätzchen nach der Geburt passiert war.

Eines Tages hatte nämlich die Katze von Caspareks, die schwarz-weiße Muschi, einen dicken Bauch, und Toni erzählte mir, dass sie bald Junge kriegen würde. Eilig lief ich nach Hause und bestürmte Mama, eines von den kleinen Kätzchen zu nehmen. »Bitte, bitte, bitte!«, bettelte ich. »Ich wollte immer schon eine kleine Katze. Und wir kriegen sie auch ganz umsonst. Frau Casparek will gar nichts dafür haben.«

Mama schüttelte den Kopf und lehnte meinen Wunsch einfach ab. Manchmal war es aber auch zu schwierig mit ihr. »Nein, ich will keine Katze im Haus«, sagte sie. »Susanne ist noch zu klein, und überhaupt, ich bin nicht so für Katzen.«

»Aber ich durfte doch schon kein kleines Kaninchen haben«, beklagte ich mich. »Und eine Katze würde auch die Mäuse fangen«, wandte ich ein. »Als wir die Maus hinter dem Herd gehabt haben, hast du doch selbst gesagt, wie eklig du das findest.«

Bei uns hatte es nämlich eines Tages sehr komisch gerochen in der Küche. Tagelang hatten Resi und Mama alles abgesucht, aber der Geruch wurde nicht besser, im Gegenteil, er wurde immer schlimmer. Bis dann Papa eines Tages meinte, er hätte das dumpfe Gefühl, der Geruch käme vom Herd.

»Nein, da haben wir schon nachgeguckt«, sagte Mama. »Und Resi hat den Backofen noch einmal extra sauber gemacht.«

»Ich weiß nicht«, sagte Papa. »Habt ihr den Herd auch mal abgerückt?«

»Nein«, sagte Mama, »das war uns zu schwer.«

»Na, dann mal los«, sagte Papa. Er rückte mit Mama zusammen den Herd ein Stück von der Wand ab, und tatsächlich. Hinter dem Herd klemmte eine tote Maus zwischen den Kabeln, ein bisschen angebraten und angegammelt, wie Mama entsetzt feststellte.

»Iiih, mach sie weg«, schrie sie Papa an. »Das ist ja eklig! Wie kommt denn eine Maus in meine Küche?«

»Na ja, durch die Tür wahrscheinlich«, sagte Papa und warf die angesengte Maus in die Mülltonne.

Aber anscheinend wusste Mama nicht mehr, wie schlimm sie die Maus in der Küche gefunden hatte. Ich konnte so viel bitten und betteln, wie ich wollte, sie blieb hart. »Es mag sein, dass Katzen Mäuse fangen«, sagte sie nur. »Aber sie bringen sie auch mit nach Hause, so viel steht fest. Und um alle Jubeljahre eine Maus zu beseitigen, die sich in die Küche verirrt hat, reicht mir dein Vater.«

Schweren Herzens musste ich mich damit abfinden, dass ich wohl nie eine Katze haben würde. Aber, so tröstete ich mich, Tonis Katze bekam ja so oder so Junge, und dann konnte ich ja immer bei Caspareks damit spielen.

Und dann war es so weit. Toni berichtete mir, dass Muschi geworfen hatte. Sechs kleine Katzenbabys, erzählte sie mir. Aber als ich aufgeregt zu ihr kam, um mir die Kätzchen anzugucken, lag Muschi nur mit einem einzigen winzigen Babykätzchen in ihrem Korb im Schuppen. Es war noch ganz nackt und hatte die Augen zu.

»Wo sind denn die anderen?«, fragte ich Toni. »Du hast doch gesagt, es sind sechs.«

Toni zuckte mit den Schultern. »Wir behalten nur eins. Die anderen hat Papa an die Wand geschmissen.«

»Was?«, fragte ich entsetzt. »Davon sterben die doch.«

Toni nickte. »Ja«, sagte sie.

Frau Casparek, die unser Gespräch gehört hatte, kam zu uns. Sie strich mir über die Haare. »Das merken die Kätzchen gar nicht«, sagte sie. »Das ist die schmerzloseste Methode. Manche Leute ersäufen die neugeborenen Kätzchen, das ist viel schlimmer.«

Am Abendbrottisch erzählte ich die traurige Geschichte. »Warum haben Caspareks denn nicht einfach alle behalten?«, fragte ich. »Die armen kleinen Kätzchen ...«

»Das geht doch nicht«, sagte Mama. »Stell dir nur mal vor, sie würden jedes Mal, wenn Muschi kleine Kätzchen hat, alle behalten. Dann gäbe es bald mehr Katzen als Menschen hier im Dorf. Und außerdem hat Frau Casparek recht. Das ist kurz und schmerzlos.«

Aber ich fand es trotzdem schrecklich. Mindestens genauso schrecklich wie die Sache mit den Kaninchen, die Opa im Stall hinter dem Schuppen hielt. Da standen geschützt unter dem Dach zwei Käfige auf einem Gestell. In einem Käfig saßen zwei weibliche Kaninchen, und in dem anderen saß der Rammler, ein großes graues Kaninchen mit Hängeohren. Nur ab und zu ließ Opa ihn zu den anderen, damit sie Junge bekämen. Auf unsere Frage hin, warum er alleine in einem Käfig sitzen müsse, lachte Opa und sagte: »Wenn er immer mit den Frauen zusammen wäre, dann würden wir hier in Kaninchen ersticken.«

Bei schönem Wetter durften sie ins Freigehege, das mitten auf der Wiese hinten im Garten stand.

Die Kaninchen waren so süß. Toni und ich konnten ihnen stundenlang zugucken und immer mal wieder eins auf den Arm nehmen, um es zu streicheln. Komisch war nur, dass sie nicht mehr wurden, obwohl es regelmäßig kleine Kaninchen gab.

Toni wusste den Grund. »Opa verkauft sie«, sagte sie. »An Leute, die Kaninchenbraten essen wollen. Hast du das schon mal probiert? Das schmeckt gut.«

Ich konnte es nicht glauben. Das war doch bestimmt gelogen. So ein süßes Tier wie ein Kaninchen konnte man doch nicht essen. Ich erkundigte mich bei Mama, ob wir schon einmal Kaninchenbraten gegessen hätten. Mama schüttelte den Kopf. »Nein, das mag dein Vater nicht«, sagte sie. »Da ist ihm zu wenig dran.«

Das hörte sich zwar nicht so an, als ob Kaninchen bei uns verschont würden, weil sie so süß waren, aber wenigstens hatte ich noch nie eines gegessen. Das war die Hauptsache. Und ich würde es auch nie tun, das nahm ich mir fest vor.

Es gab auch mehrere Bäckereien und Lebensmittelläden in Lommerich. Einer davon war in einem winzig kleinen Haus. Man ging durch die Haustür und stand in dem kleinen Laden direkt vor der Theke. Dahinter füllte die dicke alte Frau Hutzel, die schlimme Beine hatte und nicht mehr gut laufen konnte, Bonbons aus dem Glas in eine Papiertüte. Für einen Groschen bekam man vier Karamellbonbons oder zwei Kirschlutscher, die so ein bisschen wie Brausepulver auf der Zunge prickelten. Es gab dicke Himbeerbonbons, von denen man einen rauen Gaumen bekam, Lutschmuscheln, die nach Honig schmeckten, und Brausetütchen. Im Sommer stand in der Ecke eine Kühltruhe, und daraus konnten wir uns ein kleines Vanilleeis am Stiel für zehn Pfennig holen. Es gab nur dieses Eis und dann eines, das Happen hieß und mit Erdbeer, Schokolade und Vanille war. Aber das war etwas Besonderes. Es kostete vierzig Pfennig und war zu teuer für uns.

Außerdem hatten wir einen Schuhmacher im Dorf, Herrn Appel, der nicht nur Schuhe reparierte, sondern sie im Laden nebenan auch verkaufte. Mama, die sich immer beklagte, wie schnell wir wuchsen, kaufte bei Frau Appel alle unsere Schuhe. Sie waren von Salamander, und dazu gab es immer ein Heftchen mit den Abenteuern von Lurchi, dem schwarzgelb gefleckten Salamander, und seinen Freunden. Im Schuhladen standen alle Figuren, die in den Heften vorkamen. Sie waren aus Gummi und ziemlich groß, und ich hätte sehr gerne eine gehabt, aber dafür wollte Mama kein Geld ausgeben.

Im Papierwarenladen Riegler in der Nähe der Schule gab es Hefte und alles, was man für die Schule so brauchte. Später verkauften sie dort auch Zeitungen und Zeitschriften. Bis dahin allerdings fuhr Papa jeden Sonntagmorgen mit uns zum Bahnhof in die Kreisstadt. Nur da gab es alle Zeitschriften, die er brauchte. Lars und ich freuten uns immer darauf, weil wir in der Bahnhofsgaststätte eine Sinalco trinken durften. Papa trank ein Kölsch. Danach kaufte er sich jede Woche eine Zeitschrift über Flugzeuge, weil die ihn interessierten, eine großformatige Zeitung, *Die Zeit*, und ein Magazin, das *Der Spiegel* hieß. Manchmal blätterte ich es durch, aber es war nicht besonders interessant. Es gab nur wenige Bilder und viel Text. Andere Zeitschriften, die speziell für Ärzte waren, kamen mit der Post. Für Mama holte Papa die *Constanze*, in der Mode und Frauengeschichten waren.

Später, als wir einen Fernseher hatten, kauften wir bei Rieglers auch noch die *Hör Zu*. Darin gab es »Original und Fälschung«. Das waren meistens Gemälde von berühmten Malern; links war das echte Bild und rechts die Fälschung, auf der extra eine bestimmte Anzahl von Fehlern versteckt war, die man suchen musste. Das machte ich immer mit Oma zusammen, und meistens fand ich die Fehler viel schneller als sie. Auf jeden Fall machte es Spaß, weil man ganz genau hingucken musste.

Lars und mir gefiel die *Hör Zu* vor allem deshalb so gut, weil darin immer Geschichten von Mecki waren. Mecki war ein Igel, der sich benahm wie ein Mensch. Toni hatte sogar eine Mecki-Puppe von Steiff. Die gezeichneten Geschichten waren fast so schön wie die in den *Fix-und-Foxi*-Heften, die Papa uns kaufte. *Micky-Maus*-Hefte, die uns eigentlich noch besser gefielen, durften wir leider nicht lesen, Mama war strikt gegen den »amerikanischen Kram«, wie sie die Comic-Heftchen nannte. Sie hatte wahrscheinlich noch nie eines gelesen, aber Karl-Heinz, der beste Freund von Lars, hatte manchmal eines, und dann lasen wir es einfach heimlich. Wir mussten es nur gut vor Mama verstecken, wenn er es uns auslieh. Und es gefiel uns ziemlich gut.

Neben dem Friseur Wunderlich war ein Milchgeschäft, in dem wir mit der Kanne Milch holten und auf dem Heimweg erste Bekanntschaft mit physikalischen Gesetzen machten, indem wir die volle Kanne ohne Deckel schnell herumschleuderten, ohne dass auch nur ein Tropfen Milch herausfloss. Man musste allerdings wirklich schnell sein – wer sich ungeschickt anstellte, bekam mit Sicherheit Ärger. Die Leute, denen das Milchgeschäft gehörte, Herr und Frau Klatten, waren sehr nett zu uns allen, am nettesten aber zu Lars. Der gefiel ihnen einfach am besten von uns Kindern. Eines Abends sagte Mama zu Papa: »Du wirst es nicht glauben, aber Herr Klatten hat heute tatsächlich zu mir gesagt, Lars würde er am liebsten adoptieren. Sie hätten ja nun keine eigenen Kinder, und so ein Sohn wie Lars sei genau das Richtige für sie.«

»Und, hast du einen Preis mit ihnen ausgehandelt?«, fragte Papa. Aber er meinte es zum Glück nicht ernst.

Er machte gerne so komische Witze, und ich war mir nicht immer sicher, ob er es ernst meinte. Manchmal guckte er mich beim Abendessen ganz erstaunt an und sagte: »Kleines Mädchen, wer bist du denn? Musst du nicht nach Hause gehen?« Dann sagte er zu Mama: »Ich glaube, das ist das kleine Mädchen von Müllers hinten in der Kirchstraße. Das geht aber nicht, dass sie bei uns zu Abend isst! Müllers vermissen sie doch bestimmt schon.«

Und erst, wenn ich dann sagte: »Papa, erkennst du mich denn nicht? Ich bin es doch, Birte!«, tat er so, als hätte er es gerade erst gemerkt. Manchmal hörte er gar nicht auf, und einmal weinte ich sogar, weil ich wirklich glaubte, er würde mich nicht mehr kennen. Da schimpfte Mama mit ihm, aber vorher hatte sie auch gelacht.

Auf der Hauptstraße gab es auch einen Haushaltswarenladen, der neben verschiedenen Haushaltsgegenständen und Elektrogeräten Fernseher verkaufte. Tonis Eltern hatten schon einen Fernseher. Wir nicht. »Wozu brauchen wir einen Fernseher, in Lommerich gibt es doch ein Kino«, sagte Mama immer. Wir hatten nur ein Radio beziehungsweise zwei, als Oma dann bei uns wohnte. Sie hörte am liebsten Radio Luxemburg, und mein absolutes Lieblingslied war *Der lachende Vagabund*. Der Sänger hieß Fred Bertelmann, und mir gefiel vor allem, wie er mitten im Lied immer lachte. Ich versuchte, das nachzumachen, kriegte es aber nie hin. Oma mochte Vico Torriani, und ganz besonders hatte es ihr die tiefe Stimme von Camillo Felgen angetan, der sang, *Ich hab Ehrfurcht vor schneeweißen Haaren*. Sie bekam bei dem Lied immer Tränen in den Augen, dabei hatte sie gar keine schneeweißen Haare, sie waren eher so grau und immer zu einem Knutz, einem Knoten, hinten am Kopf zusammengedreht. Ich mochte am liebsten, wenn sie abends vor dem Schlafengehen die Haare aufmachte, durchbürstete und sie zu einem dicken Zopf flocht. Dabei guckte ich ihr gerne zu.

Später, als ich schon in der Schule war, lief samstagabends *Allein gegen alle*, eine Hörfunksendung mit Hans Rosenthal, in der ein Hörer gegen eine ganze Stadt antrat. Ich fand die

Sendung ungeheuer spannend und klebte förmlich am Radio, wenn sie lief. Ab und zu durften wir uns auch ein Hörspiel anhören. Am liebsten hatte ich *Pumuckl* im Kinderfunk. Der Kobold hatte so eine lustige Stimme. Später erfuhr ich, dass er von einem Mann namens Hans Clarin gesprochen wurde, und da ich auch schon Bücher über Pumuckl und Meister Eder besaß, stellte ich mir Hans Clarin immer als rothaarigen Kobold vor. Als ich ihn dann das erste Mal im Fernsehen sah, war ich richtig enttäuscht, dass er aussah wie ein ganz normaler Mann.

Fernsehen durfte ich erst, als ich schon in der Schule war, und auch nur ab und zu mal bei Toni. Bei Caspareks in der Wohnküche war eine Schrankwand, in der sich hinter einer abschließbaren Tür der Fernseher befand. Freitags guckten wir immer *Sport, Spiel, Spannung*. Das war eine tolle Sendung, in der zuerst über sportliche Ereignisse erzählt wurde, beispielsweise darüber, dass Armin Hary der schnellste Läufer der Welt war, weil er hundert Meter in 10,0 Sekunden gelaufen war. Und dann zeigte auch immer noch Arnim Dahl so waghalsige Kunststücke, die er in Filmen für andere Schauspieler machte, die zu viel Angst hatten, sich in Gefahr zu begeben. Nach Sport kam Spannung, das war meistens ein kleiner Film, *Dick und Doof* zum Beispiel, und am Ende kam Spiel. Da mussten zwei Schüler gegeneinander antreten und ihr Wissen zeigen. Das gefiel Toni und mir immer am besten, und am liebsten hätten wir auch einmal in der Sendung mitgemacht. Aber das ging nicht, weil die Schüler aus unterschiedlichen Schulen sein mussten. Außerdem, sagte Frau Casparek, wurde die Sendung in München gemacht, und das war viel zu weit weg von uns.

Von den zahlreichen Gaststätten im Ort war *Haus Rademacher* die wichtigste und größte. Neben dem Gastraum gab es einen großen Gastgarten mit hohen Bäumen, unter denen man im Sommer schön im Schatten sitzen konnte, und es gab auch einen Festsaal für alle bedeutenden Veranstaltungen wie den Schützenball oder die Karnevalssitzungen. Der Höhepunkt in meinen Augen war die Kindersitzung, die an Karneval stattfand. Albert, der Sohn von Rademachers, war so alt wie meine kleine Schwester Susanne. Deshalb und weil die Chorproben stets im Saal stattfanden, bekamen wir dann immer die besten Plätze ganz vorne.

Die Wirtin, Mimi Rademacher, eine große, korpulente Frau mit sorgfältig frisierten schwarzen Haaren, war die Seele der Wirtschaft. Sie hatte eine durchdringende tiefe Stimme – Mama sagte immer, »wie Zarah Leander« –, und alle Gäste gehorchten ihr aufs Wort. Wenn sie sonntagvormittags zu einem Mann beim Frühschoppen sagte: »Du gehst jetzt nach Hause!«, dann ging er, egal ob er gerade mit den anderen Männern Skat gespielt hatte oder sein Kölschglas noch halb voll war.

Papa sagte zu Mama: »Mimi ist unglaublich! Eine wahre Landschaft von einer Frau! Wenn die dich in die Arme nimmt, kannst du an ihrem Busen glatt ertrinken.«

»Da ist doch gar kein Wasser«, sagte ich, aber Mama lachte nur.

»Hast du einschlägige Erfahrungen gemacht?«, fragte sie Papa.

Eine der größten Attraktionen im Dorf, jedenfalls für uns Kinder, war das Kino. Unser Kino hieß »die Ranch«, wahrscheinlich weil hauptsächlich Western gezeigt wurden. Samstagnachmittags liefen dort jedenfalls *Fuzzy*-Western, die ohne Altersbeschränkung freigegeben waren. Später sah ich dort auch meine ersten Karl-May-Filme: *Der Schatz im Silbersee* und *Winnetou I*, *II* und *III*. Nie wieder habe ich bei einem

Film so geweint wie bei *Winnetou III*, als Winnetou in den Armen seines Blutsbruders Old Shatterhand starb. Es war so schrecklich traurig.

Zwar wurden keine Horrorfilme gezeigt, die wir sowieso nicht hätten sehen dürfen, aber wir gruselten uns trotzdem immer ein bisschen in der Ranch, weil angeblich unter dem Holzboden des Kinosaals ein unterirdischer Fluss verlief, der jederzeit anschwellen und die nichts ahnenden Zuschauer in seine reißenden Fluten ziehen konnte.

Gegenüber von der Ranch stand die »Villa« des Grubendirektors, ein wunderschönes weißes Haus in einem großen Garten, umgeben von einem hohen Eisenzaun. Dass der Grubendirektor darin wohnte, hatte Tant' Marea, Tonis Tante, uns erzählt, weil sie dort zweimal in der Woche sauber machen ging. Sie schwärmte von dem Haus, wie schön alles darin sei, und von ihr wussten wir auch, dass der Grubendirektor, Herr Karsch, eine Familie hatte und dass außer ihm auch noch seine Frau und zwei Kinder in dem Haus wohnten. »Das Mädchen, Elisabeth, ist in eurem Alter«, sagte Tant' Marea.

»Warum spielt sie dann nicht mit uns?«, fragten wir. Wir hätten zu gerne mal das Haus und vor allem den Park erkundet. Da gab es bestimmt tolle Kletterbäume.

»Herr Karsch nimmt sie und ihren kleinen Bruder Peter morgens früh immer mit ins Werk. Da gibt es einen Kindergarten, wo die beiden den ganzen Tag über sein können.«

»Haben sie denn keine Mutter?«, fragte ich verblüfft. Das verstand ich nicht. Da hatten die Leute so ein schönes Haus mit einem tollen, großen Park, und dann waren sie den ganzen Tag lang weg.

»Doch, aber die Frau ist sehr krank. Das Gemüt«, sagte Tant' Marea geheimnisvoll.

Als ich beim Abendessen davon erzählte, konnten mir Papa und Mama auch nicht weiterhelfen. »Keine Ahnung«, sagte Papa. »Ich kenne die Leute nicht. Er hat sich bei mir noch nicht vorgestellt.« Das sagte er immer, wenn er irgendwen nicht kannte. Er war ja sowieso den ganzen Tag weg. Aber auch Mama, die doch eigentlich alle Leute im Dorf kannte, wusste nichts Genaues.

»Ja, ich hab auch schon gehört, dass die Frau krank sein soll. Aber ich hab da noch nie jemanden gesehen«, meinte Mama. »Und selbst wenn sie am Wochenende zu Hause sein sollten – der Park ist so groß, da kann man nicht reingucken. Und wenn ich die Leute nicht kenne, will ich lieber keine Gerüchte in die Welt setzen.«

Aus Frau Casparek bekamen wir auch nichts heraus, und so blieb Toni und mir nichts anderes übrig, als Haus und Garten von Weitem zu bestaunen. Wir erfanden Geschichten, was sich hinter der hohen Mauer, die den Park umschloss, wohl abspielen würde, und weil Lars gerade *Kalle Blomquist, der Meisterdetektiv* las und mir davon erzählt hatte, spielten wir, dass wir Detektive wären, die einem Verbrechen auf der Spur waren. Vielleicht gäbe es ja eines Tages doch eine Gelegenheit hineinzukommen, und dann würden wir das Geheimnis aufklären.

5

Unser Haus hatte zwar Zentralheizung, aber natürlich befand sich nicht in allen Räumen ein Heizkörper, und schon gar nicht in den Dachzimmern, in denen Lars und ich schliefen und später auch meine kleine Schwester Susanne, als sie aus dem Babybettchen im Elternschlafzimmer herausgewachsen war. Im Winter, wenn die Fenster voller Eisblumen waren, kostete es immer wieder Überwindung, das warme Plumeau zur Seite zu schlagen und aus dem Bett zu springen. Bibbernd rannten wir zwei Stockwerke hinunter in die Küche, wo Mama unsere Anziehsachen bereitgelegt hatte und wir uns am Spülstein die Zähne putzten. Gebadet wurde höchstens abends, morgens war es auch im Badezimmer zu kalt.

Eines Morgens, ich muss sieben gewesen sein, auf jeden Fall war ich schon in der Schule, kam ich wieder einmal in die Küche gelaufen, um mich anzuziehen. Am Küchentisch saß Resi. Sie fütterte Susanne und weinte dabei. Dicke Tränen liefen ihr über die Wangen, und ab und zu schniefte sie laut. Erschrocken blickte ich zu Mama, die am Herd stand und den morgendlichen Haferbrei für uns Kinder kochte.

»Was ist mit Resi, Mama?«, fragte ich leise. »Hat sie sich wehgetan?«

Mama schüttelte den Kopf. »Nein, Morsdorf wird weggebaggert. Setz dich hin und iss dein Frühstück.«

Morsdorf war das Dorf, in dem Resi nach der Flucht aus

Ostpreußen gewohnt hatte. Sie hatte mir die schlimme Geschichte von der Flucht erzählt. Ihr Vater war im Krieg gefallen, und ihre Mutter war mit ihr und ihrem kleinen Bruder, der damals erst drei gewesen war, aus dem Dorf in Ostpreußen, in dem sie gelebt hatten, vor den Russen geflohen. Mit Pferdewagen zogen sie los, und sie durften nur das Nötigste mitnehmen, weil für zu viel Gepäck kein Platz war. Und dann wurden sie von Flugzeugen beschossen, und als sie in den Wald rannten, um Schutz zu suchen, war auf einmal ihr kleiner Bruder Wolfram verschwunden. Er hatte sich von der Hand ihrer Mutter losgerissen und war nirgendwo zu finden. Einen Tag und eine Nacht lang suchten sie ihn und ließen dafür sogar den Treck mit den Pferdewagen weiterziehen, aber er blieb verschwunden. »Wir haben ihn einfach nicht mehr gefunden«, sagte Resi, und obwohl das alles schon lange her war, schließlich war sie mittlerweile erwachsen und feierte demnächst Verlobung, standen ihr Tränen in den Augen. »Wir sind dann weitergegangen und haben uns durchgeschlagen bis zu Tante Anna in Morsdorf. Aber ich hab das meiste vergessen, ich war ja auch gerade erst fünf Jahre alt«, sagte sie zu mir. »Und Mutti ist danach nie mehr dieselbe gewesen.« Vor allem über den letzten Satz musste ich lange nachdenken. Immer wieder hatte ich heimlich Mama angeschaut und mich gefragt, wie das wohl wäre, wenn sie nicht mehr dieselbe wäre. Würde sie dann anders aussehen? So ganz konnte ich mir nicht vorstellen, dass so etwas passieren konnte. Insgeheim war ich froh, dass wir offensichtlich an einem Ort lebten, von dem man nicht weggehen brauchte. Lars und ich hatten zwar ab und zu schon mal Streit, und einmal hatte er mir sogar mit einem dicken Stock den Zeh gebrochen, aber das war ein Versehen gewesen, und ich mochte mir gar nicht vorstellen, dass er irgendwo verloren ginge. Dass hingegen Kinder vermisst und gesucht wurden, die auf der Flucht verloren worden waren, wusste ich, seitdem ich lesen konnte. Bei uns auf dem Kirchplatz stand ein Schaukasten mit Fotos und Suchmeldungen. *Gesucht wird Helene Willig, geboren am 2. Januar 1939 in Manze/Strehlen. Zuletzt gesehen in der Nähe von Dresden am 20. Mai 1944.*

Dieser Schaukasten faszinierte mich. Oft stand ich davor, entzifferte die Namen und die Schicksale, die in kurzen Worten beschrieben waren, und fragte mich, ob wohl eines dieser Kinder, von denen die meisten wirklich noch ziemlich klein gewesen waren, jemals wieder zu seinen Eltern finden würde. Ich fragte Mama, ob sie wüsste, ob schon mal Kinder zurückgefunden hätten. »Ich glaube schon«, sagte Mama. »Manchmal liest man davon, dass ganze Familien wieder zusammenfinden.«

»Meinst du denn, Resis kleiner Bruder kommt auch wieder?«

Mama zuckte mit den Schultern. »Das weiß ich wirklich nicht. Der Krieg ist ja schon so lange vorbei, schon seit fast achtzehn Jahren. Er muss ja jetzt auch schon ein junger Mann sein. Wahrscheinlich erinnert er sich gar nicht mehr, er war ja erst drei.«

Das leuchtete mir ein. Und er wusste ja sicher auch nicht mehr, wie Resi ausgesehen hatte. Ihre Mutter lebte schon lange nicht mehr. »Sie hat den Kummer nie überwunden. Wir sind nach Morsdorf zu ihrer Cousine gekommen, und zwei Jahre später war sie tot«, hatte Resi mir erzählt. Auch das schien mir eine wirklich schreckliche Folge von Krieg und Flucht zu sein. Nicht nur, dass die Mutter nicht mehr dieselbe gewesen war, sie war auch noch gestorben. Manchmal lag ich abends wach, und ich bekam einen Kloß im Hals, weil ich mir vorstellte, ich könnte auch in so eine Situation geraten, und dann würde Mama sterben. Es war ein schrecklicher Gedanke, aber dann sagte ich mir, dass wir ja keinen Krieg hatten, und es würde schon alles gut gehen.

Die Verwandten in Morsdorf hatten Resi nach dem Tod ihrer Mutter angenommen wie ein eigenes Kind. »Dadurch hatten wir nie das Gefühl, Flüchtlinge zu sein«, hatte sie einmal gesagt. Zwar hatten ihre Verwandten nicht viel Geld, und Resi musste schon als Schulkind in der kleinen Landwirtschaft mithelfen. Doch im Großen und Ganzen, betonte sie immer wieder, hatte sie sich wohlgefühlt in Morsdorf. »Das ist doch mein Zuhause, an das andere kann ich mich gar nicht erinnern«, sagte sie zu Mama. »Und stellen Sie sich vor, alles wird umgesiedelt, sogar der Friedhof mit dem Grab meiner Mutter. Das ist doch nicht mehr dasselbe. Ich darf gar nicht daran denken.«

Als sie mittags in der Küche stand und den Abwasch machte, sang sie, wie sie das immer tat. Ich half ihr gerne beim Abtrocknen, weil sie mir dafür die schönsten Lieder beibrachte, aber ich hörte auch gerne zu. Manchmal, wenn Mama gute Laune hatte, sang sie mit, und zweistimmig gefielen mir die Lieder besonders gut. Sie waren nur oft schrecklich traurig. Eines hieß *Mariechen saß weinend im Garten.* Ich stellte mir dabei immer vor, wie ich auf der Wiese saß und spielte, und wenn ich mir das intensiv genug vorstellte, musste ich auch anfangen zu weinen. Mama sagte immer: »An dir ist eine Schauspielerin verloren gegangen.« Aber das stimmte nicht. Ich tat gar nicht so als ob, ich musste wirklich weinen.

Heute jedoch sang Resi ein Lied, das fing so an: »Sie war ein Mädchen voller Güte.« Mama war mit etwas anderem beschäftigt, und so standen wir zwei alleine in der Küche. Das Mädchen, von dem Resi sang, tanzte mit einem Gardeleutnant und bekam dann ein Kind. Den Text verstand ich nicht so richtig, und auch, was ein »Leutnant von der Garde«

war, hatte ich erst erfragen müssen, aber die Melodie war sehr süß, und es zog richtig ein bisschen in meinem Bauch, als Resi voller Gefühl sang: »Da rief sie ›Heimat, süße Heimat, wann werde ich dich wiedersehen?‹« Und auf einmal musste sie wieder weinen.

Beinahe hätte ich mit geweint. Ich schlang ihr die Arme um die Taille und drückte sie ganz fest. »Du bist doch bei uns zu Hause, Resi«, flüsterte ich. Da weinte sie noch mehr.

Als Resi an diesem Abend bei ihrem Verlobten war und Papa nach Hause kam, erzählte ich ihm die Geschichte. Aber er schüttelte nur den Kopf. »Das ist doch alles gar nicht so schlimm«, sagte er. »Resi ist ein bisschen nah am Wasser gebaut. Die Leute kriegen ein ganz neues Dorf, nur ein paar Kilometer weiter weg. Alles wird viel schöner und moderner. Wir fahren am Wochenende mit dem Auto hin, und dann zeige ich Lars und dir, was da passiert.«

Papa gehörte zu den wenigen Männern im Dorf, die ein Auto hatten. Eine Frau mit Auto gab es gar nicht, ich glaube, auch keine Frau mit Führerschein. Er war ziemlich autoverrückt und kaufte sich alle zwei Jahre ein neues Auto. Dann machte er ein riesen Tamtam, erzählte schon Wochen vorher davon, und wenn er mit dem neuen Wagen auf den Hof fuhr, mussten wir alle bereitstehen, um mit ihm eine Probefahrt zu machen.

»Du mit deinem Autotick«, sagte Mama. Sie hatte nichts für Autos übrig und verdrehte immer nur die Augen. Manchmal schimpfte sie auch: »Mir gibst du so wenig Haushaltsgeld, dass ich oft nicht weiß, wie ich das Essen bezahlen soll, aber für deine schicken Autos ist immer genug Geld da.«

Papa sagte dann: »So ein Auto ist doch auch für euch. Freu dich doch, dass du in einem Citroën mitfahren kannst und nicht im VW Käfer oder Mercedes sitzen musst. Mercedes gefällt dir doch auch nicht, das ist ein Metzgerauto.« Das stimmte tatsächlich, alle Metzgermeister im Dorf fuhren Mercedes! »Für mich muss es mindestens die Göttin sein«, sagte er und lächelte Mama an. »Ich hab ja schließlich auch dich geheiratet.« Ich verstand nicht, was er damit meinte, aber er war auf jeden Fall der Erste weit und breit, der einen Citroën fuhr. »Der Herr Doktor mit seinem Zitrön«, sagten die Leute im Dorf. Aber ich wusste besser, wie man den Autonamen aussprach, Papa hatte es mir erklärt. »Citroën« war Französisch, ein französischer Name, und die beiden Pünktchen auf dem e bedeuteten, dass man das E getrennt von dem O sprach. Und weil der letzte Buchstabe nach dem E ein N war, musste man auf Französisch einen Nasallaut daraus machen. Ich übte das so lange, bis ich es einigermaßen konnte, auch wenn es schwer war, aber es interessierte sich sowieso niemand für meine Belehrungen. Für die meisten im Dorf fuhr Papa einen Zitrön.

Besonders an diesem Auto war, dass man es hoch- und runterpumpen konnte, was wir großartig fanden. »Wuusch«, machte es, und der ganze Wagen hob sich – »Sehr praktisch, wenn man über holperige, unebene Wege fahren muss«, sagte Papa –, und »Wuusch«, und er ging wieder runter. Außerdem hatte er ganz weiche Polsterbänke ohne Unterteilung. Der Citroën hatte auch nicht so einen Tunnel in der Mitte wie die anderen Autos – »Kein Kardantunnel«, sagte Papa –, und wir konnten als fünfköpfige Familie bequem damit verreisen. Papa fuhr am liebsten nachts, damit wir Kinder schliefen und er nicht gestört wurde. Lars durfte oben auf der Rückbank schlafen, ich musste unten im Fußraum liegen. Und Susanne saß sowieso bei Mama vorne auf dem Schoß. Obwohl wir sonst immer eifersüchtig darüber wachten, dass jeder mal zu Mama auf den Schoß kam, war es uns in diesem Fall ganz recht, dass die kleine Schwester das Privileg hatte. Ihr wurde nämlich immer schlecht beim Autofahren, und manchmal musste sie plötzlich brechen. Wenn Papa dann gerade nicht anhalten konnte, und es ging eigentlich nie, kurbelte Mama einfach die Scheibe herunter, und Susanne übergab sich nach draußen.

Einmal allerdings war es so warm, dass wir an die drohende Gefahr nicht dachten und auch hinten die Scheiben ein Stück heruntergekurbelt hatten. Es kam, wie es kommen musste: Susanne wurde es übel, sie kotzte aus dem Fenster, und die ganze Kotze landete bei Lars, der schlafend auf der Rückbank lag, auf dem Kopf.

»Oh, Mann«, sagte Mama, als alles notdürftig abgewischt worden war und wir wieder weiterfuhren, und zündete sich eine Zigarette an. Sie rauchte Stuyvesant – »Peter Stuyvesant, der Duft der großen, weiten Welt«, hieß es in der Reklame, die ich schon alleine deshalb interessant fand, weil Mama mir erzählt hatte, dass Peter Stuyvesant der erste Gouverneur von New York gewesen war, als die Stadt noch gar nicht so geheißen hatte –, und zwar überall, wo sie ging und stand. Im gesamten Haus roch es nach dem Duft der großen weiten Welt. Es kam schon mal vor, dass im Flur oder im Wohnzimmer in einem Aschenbecher eine Zigarette vor sich hin kokelte, während sie schon längst mit einer neuen im Mundwinkel am Herd stand und kochte. Papa schimpfte immer und sah es nicht gerne, wenn Mama rauchte, aber Mama machte sich nichts draus. »Du rauchst doch auch manchmal eine Zigarre«, sagte sie zu ihm. »Und das stinkt erst! Lass mir meine Zigaretten.«

Sie rauchte, seitdem sie vierzehn war. »Wir hatten im Krieg nichts zu essen«, sagte sie. »Da war es ganz normal, dass wir alles rauchten, was wir in die Finger bekamen.« Fasziniert hörte ich zu, wenn sie erzählte, wie sie Blätter von den Obstbäumen im Garten getrocknet, zerbröselt und in dünnes Papier gewickelt hatten, um diese behelfsmäßigen Zigaretten dann zu rauchen. »Aber nicht, dass ihr das ausprobiert!«, warnte sie mich. »Manchmal ist mir ziemlich schlecht davon geworden!«

Papa sagte immer, er habe als Arzt schon zu viele kaputte Lungen gesehen, aber er konnte es ihr nicht verbieten. Uns Kindern war es egal – wir kannten Mama eigentlich nur mit der Zigarette in der Hand.

Mit dem Citroën also fuhren wir an einem Samstag zur Braunkohlengrube. Mitten in der Grube stand ein Schaufelradbagger, der mir riesig vorkam. Unermüdlich drehte sich das Rad mit den Schaufeln und schaufelte die Braunkohle ab, die dann über eine Förderbrücke abtransportiert wurde. Er sah beeindruckend aus, wie ein Ungetüm aus der Urzeit. Aber das war auch schon alles. Ansonsten gab es nicht viel zu sehen, fand ich. Einfach nur eine tiefe Grube, an deren Rändern stetig die braune Kohle abgebaggert wurde.

Papa begeisterte sich für die Technik und erklärte uns lang und breit, wie dieser Riesenbagger funktionierte und wie lange es dauerte, ihn über normale Straßen zu einem anderen Standort zu bringen, aber das interessierte mich nicht besonders. Und außer dem Bagger gab es doch nichts zu sehen. Die Landschaft war öde, einfach nur ein tiefes Loch. In der Ferne rauchten die Schornsteine der Klüttenfabriken, und unten, auf dem Boden der Grube, standen der Bagger und die Förderbrücke. Ich langweilte mich und drängelte, ich wolle weiterfahren. Schließlich gab Papa nach, und wir fuhren durch das neue Dorf, in dem auch Resis Verwandte schon ein Grundstück hatten, wie Papa uns erklärte, auf dem sie bald ein neues Haus bauen würden. Allerdings war auch das neue Dorf ziemlich langweilig – die Straßen waren breit und gerade, Gärten gab es noch gar keine, und zwischen den Häusern waren noch viele leere Grundstücke. Die Bäume waren dünn und klein und ganz sicher nicht zum Klettern geeignet. Es sah auch nicht so aus, als ob es hier Gässchen und verwunschene Ecken zum Spielen geben würde wie in Lommerich, aber Papa meinte, das sei ja erst der Anfang. Die Häuser würden alle ganz modern, und die Leute könnten eigentlich froh sein, dass dann alles neu sei. »In zehn Jahren sieht das hier schon ganz anders aus«, sagte er, aber zehn Jahre waren eine unvorstellbar lange Zeit. Jetzt fand ich es jedenfalls nicht schön, und ich war heilfroh, dass unser Dorf nicht untergebaggert wurde.

»Wir sind viel zu weit weg von der Grube«, sagte Papa. »Mit Sicherheit wird sie nicht so weit ausgedehnt. Uns passiert nichts.«

»Und wenn die Braunkohle alle ist?«, fragte Lars. »Was wird dann mit der Grube?«

Papa erklärte uns, dass die Gruben mit Wasser gefüllt und zu Seen wurden. »Drumherum werden Bäume gepflanzt, sodass ein neuer Wald entsteht und alles, was jetzt so kahl aussieht, wieder grün wird. Wir haben doch letzten Herbst diesen schönen Spaziergang um den See gemacht, wo ihr Susannes Kinderwagen geschoben habt, wisst ihr noch? Das war auch früher mal Braunkohlengelände.«

Ja, daran konnte ich mich sehr gut erinnern. Wir waren mit dem Auto auf einen Parkplatz am Waldrand gefahren und um einen See herumgelaufen. Es war gar kein richtiger Wald, weil die Bäume noch nicht besonders hoch waren und weit auseinanderstanden, wie ich fand. Der Weg war sehr holperig und sandig, und weil Susanne im Kinderwagen die ganze Zeit schrie, trugen Papa und Mama den Korb und schaukelten sie ein bisschen zwischen sich. »Das Schaukeln beruhigt eure kleine Schwester«, sagte Mama. Das Gestell sollten Lars und ich schieben.

Lars hatte aber keine Lust. Ständig rannte er weg und ließ mich alleine schieben. Das war ganz schön schwer, und ich wäre auch lieber geschaukelt worden. Außerdem hatte ich meine neuen braunen Halbschuhe an, und mir tat die Ferse weh, weil ich mir eine Blase gelaufen hatte. Das interessierte aber keinen. Als ich mich beschwerte, sagte Mama nur: »Stell dich nicht so an, Birte!« Nein, an das frühere Braunkohlengelände hatte ich keine allzu guten Erinnerungen. Mir hatte es da nicht besonders gut gefallen.

»Und das machen sie jetzt mit Morsdorf auch so?«, fragte ich.

Papa nickte. »Ja, auf lange Sicht schon. Das wird bestimmt ganz schön. Aber zuerst einmal wird Braunkohle abgebaut. So ein Riesenbagger ist schon toll, oder? Ihr habt ja gesehen, wie sich das große Schaufelrad ununterbrochen dreht.« Er unterhielt sich mit Lars über den Bagger und die ganze Technik in der Grube, und ich langweilte mich.

Ich konnte Resi gut verstehen. Ich hätte unser schönes Haus auch nicht einfach so verlassen mögen und in irgendein neues Haus in einem ganz anderen Ort ziehen wollen. Papa und Lars dachten immer nur an Technik, Autos und Bagger. Dabei gab es doch viel wichtigere Dinge.

6

»Es wird Zeit, dass du in die Schule kommst«, sagte Mama. »Du langweilst dich ja nur noch! Und dabei kommt nur Unsinn heraus!«

Sie hatte nicht ganz unrecht. Seit ein paar Monaten wusste ich nicht mehr so richtig, was ich mit mir anfangen sollte. Morgens, wenn Lars sich auf den Weg in die Schule machte, wäre ich am liebsten mitgegangen, aber stattdessen musste ich in den Kindergarten gehen, und wenn ich zu Hause blieb, sollte ich zu allem Überfluss auch noch so lästige Pflichten erfüllen, wie auf Susanne aufzupassen. Das machte mir nun wirklich keinen Spaß. Die kleine Schwester machte gerade erst die ersten Schritte, und reden konnte sie noch gar nicht. Dauernd fiel sie um, wenn man sie nicht festhielt, und dann fing sie immer an zu brüllen. Man konnte rein gar nichts mit ihr anfangen!

Aber nach Ostern war es endlich so weit! Ich war ein Schulkind! Den Tornister hatte der Osterhase gebracht, und jetzt verstand ich auch endlich, warum Papa immer sagte, ich sei »tornisterblond«. Meine Haare hatten tatsächlich eine ähnliche Farbe wie mein Ranzen.

Schon Tage vorher hatte ich ihn gepackt, mit einer Tafel, an der ein Schwämmchen baumelte, und einer Griffeldose aus Holz. Mein größter Schatz jedoch war ein ledernes Mäppchen mit Buntstiften, zwei Bleistiften, Radiergummi und Spitzer, das Oma mir geschenkt hatte. In den nächsten Tagen kam auch noch die Butterbrotdose dazu, aber am ersten Tag hatten wir ja keine Pause und brauchten sie nicht.

Stolz marschierte ich an Mamas Seite mit der Schultüte im Arm zu Caspareks, um Toni und ihre Mama abzuholen. Unsere Schultüten waren gleich groß, weil Mama und Frau Casparek im Schreibwarenladen die gleichen gekauft hatten, aber es gab auch Kinder, da war die Schultüte größer als sie selbst.

»Die Elisabeth Karsch vom Grubendirektor kommt auch zu euch in die Klasse«, sagte Tant' Marea, die schon im Hof auf uns gewartet hatte und jetzt Toni und mir rasch noch etwas Süßes in die Schultüte steckte. »Da lernt ihr sie ja doch mal kennen.«

Auf dem Schulhof warteten schon viele Mütter mit ihren Kindern. Elisabeth Karsch war leicht zu erkennen, weil sie die Einzige war, die nur mit ihrem Vater da war. Sie war klein, hatte lange, blonde Zöpfe und trug ein kariertes Kleid mit einem weißen Kragen und einer Strickjacke darüber. Neben ihr stand ein kleiner Junge von vielleicht drei Jahren, der fest ihre Hand umklammert hielt. Das war bestimmt ihr Bruder.

Dann ertönte die Schulglocke, und wir mussten uns, immer zu zweit, in einer Reihe hintereinander aufstellen. Ich sah, dass der kleine Bruder von Elisabeth Karsch gar nicht ihre Hand loslassen wollte, aber der Vater nahm ihn auf den Arm, und Elisabeth stellte sich neben ein anderes Mädchen. Schließlich kam unsere Lehrerin und führte uns in die Klasse. Die Mütter durften nicht mit, und ein Mädchen etwas weiter hinter uns fing an zu weinen. Ich kannte sie nicht, aber Toni, die die meisten anderen Kinder kannte, flüsterte mir zu: »Das ist Roswitha. Die heult immer!« Ich nickte verständnisvoll. Na, uns würde das nicht passieren.

In der Klasse sicherten Toni und ich uns sofort zwei Plätze nebeneinander in der vordersten Reihe. Die Erstklässler saßen links am Fenster, während die Kinder aus dem zweiten Schuljahr rechts an der Wand saßen. Sie waren schon vor uns drin gewesen und hatten auf uns gewartet. Die Kinder des dritten und vierten Schuljahres waren im Klassenraum nebenan. Und dann gab es noch zwei weitere Klassenräume, in denen die Klassen fünf bis acht untergebracht waren. Nach der achten Klasse war man mit der Schule fertig. Dann hatte man den Volksschulabschluss und konnte in die Lehre gehen oder als ungelernter Arbeiter anfangen. Die Schüler der achten Klasse kamen uns fast vor wie Erwachsene, weil sie schon vierzehn waren.

Unsere Lehrerin, Fräulein Maubach, war noch ganz jung. Sie hatte wellige braune, halblange Haare und ein liebes Gesicht. Sie begrüßte uns alle, und wir mussten einzeln aufstehen und sagen, wie wir hießen. Als Elisabeth Karsch leise ihren Namen sagte, flüsterte Toni mir zu: »Die sieht nett aus!« Ich nickte. Dann sangen die Kinder aus der zweiten Klasse ein Lied für uns. Anschließend fragte uns Fräulein Maubach, wer denn schon seinen Namen schreiben könne. Ich zeigte auf und durfte an die Tafel kommen und mit einem Stück Kreide meinen Namen schreiben. Fräulein Maubach lobte mich sehr, weil ich alle Buchstaben richtig geschrieben hatte. Nur bei dem B machte ich vor lauter Aufregung die Bäuche auf die falsche Seite, aber eigentlich wusste ich, wie es richtig ging. Außer mir traute sich nur noch ein Junge nach vorne, der Hans-Willi Brendel hieß. Ich hatte ihn noch nie vorher gesehen. Neugierig musterte ich ihn und stellte fest, dass er die Kreide in die linke Hand nahm. Komisch, dachte ich, sagte aber nichts. Das wusste doch jeder, dass die rechte Hand die richtige war. Die Erwachsenen redeten schließlich ständig vom »schönen Händchen«. »Gibst du mir auch das schöne Händchen?«, sagten sie, wenn man beim Händeschütteln aus Versehen die linke Hand ausstreckte.

Prompt sagte auch Fräulein Maubach: »Das ist die falsche Hand, Hans-Willi. Du musst die Kreide in die andere Hand nehmen.« Hans-Willi gehorchte, sagte jedoch: »So kann ich aber nicht gut schreiben.« Und entsprechend krakelig fielen die Buchstaben dann auch aus, und es sah irgendwie gar nicht so aus, als ob er seinen Namen schon schreiben könnte. Danach mussten wir alle die Schiefertafeln herausholen, und sie brachte uns den ersten Buchstaben bei, ein großes A. Und damit war der erste Schultag auch schon vorbei.

Von nun an mussten Toni und ich von montags bis samstags in die Schule gehen, und ich war heilfroh darüber. Ich ging gerne dorthin. Im Kindergarten hatte ich mich in der letzten Zeit gelangweilt, und es war auch viel unterhaltsamer, als den Vormittag allein mit Mama und Susanne zu Hause zu sein. Außerdem machte Fräulein Maubach einfach schöne Sachen mit uns. Meistens war sie lieb und geduldig, und sie schimpfte nur ganz selten.

Hans-Willi behielt ich im Auge. Es stellte sich heraus, dass er erst vor Kurzem nach Lommerich gezogen war. Seine Eltern hatten ein Haus hinter der Schule gekauft. Ich mochte ihn vom ersten Tag an, und wenn wir auf dem Schulhof in der Pause Nachlaufen oder »Fischer, Fischer, wie viel Schritte darf ich tun« spielten, holten wir uns immer gegenseitig in unsere Mannschaften. Und wenn wir einen Ausflug machten oder zum Turnen quer über den Kirchplatz zu den Sportanlagen laufen mussten, trug er immer meinen Ranzen oder meinen Sportbeutel.

»Du hast ja schon einen richtigen Kavalier«, sagte Oma immer, wenn sie das sah, aber das fand ich doof. Es war einfach nur nett von ihm.

Das Schreiben mit der falschen Hand konnte er sich nicht richtig abgewöhnen, und Fräulein Maubach musste ihn ständig daran erinnern. Ich sah ihm an, wie schwer es ihm fiel, auf die rechte Hand zu wechseln, und erzählte am Abendbrottisch davon. Mama sagte: »Hans-Willi ist bestimmt Linkshänder. Die machen alles mit links, so wie wir alles mit der rechten Hand machen. Aber ein richtig oder falsch gibt es da nicht.«

Papa schüttelte den Kopf. »Verbessert eure Lehrerin ihn denn immer?«, fragte er. »Sie weiß es wahrscheinlich nicht besser. Aber eigentlich macht man das heutzutage gar nicht mehr so. Das ist bestimmt nicht einfach für ihn.«

Wie schwierig es tatsächlich für Hans-Willi war, merkte ich, als er kurz darauf plötzlich im Unterricht fehlte. Nach ein paar Tagen sagte Fräulein Maubach, er sei sehr krank, und als ich fragte, ob ich ihn besuchen könne, sagte sie: »Da fragst du besser erst einmal deine Eltern.«

Als ich nach Hause kam, hatte Mama schon von der Geschichte gehört.

»Ich hab heute Hans-Willis Mama beim Bäcker getroffen«, sagte sie. »Sie hat mir erzählt, dass sie Hans-Willi ins Krankenhaus bringen mussten, weil er gar nicht mehr aufgehört hat, sich zu übergeben. Sie meint, das ist die Reaktion darauf, dass er immer mit der rechten Hand schreiben musste. Das quält ihn so. Der arme Junge! Aber jetzt ist er wieder zu Hause, und nächste Woche kommt er auch wieder in die Schule. Dann kannst du ihn bestimmt mal zu Hause besuchen und ihm berichten, was er im Unterricht verpasst hat.«

Am Montag darauf war er dann auch wieder da. Er war ganz blass und sah irgendwie mitgenommen aus. In der Pause erzählte er mir, seine Eltern meinten, er sei nur so krank geworden, weil er nicht mit links schreiben dürfe. »Mir ist immer schlecht geworden, wenn ich mit der rechten Hand schreiben oder malen musste. Ich kann das einfach nicht! Aber meine Eltern haben mit dem Rektor und mit Fräulein Maubach geredet, und jetzt darf ich auch die linke Hand nehmen, wenn ich will. Aber ich kann es jetzt auch mit beiden.«

Das fand ich dann schon wieder gut.

Auch mit Elisabeth Karsch freundeten Toni und ich uns an. Komisch war nur, dass sie nie wollte, dass wir sie besuchten, obwohl wir doch wirklich zu gerne im Park gespielt hätten. »Meine Mama ist sehr krank«, sagte sie. »Sie verträgt keinen Kinderlärm, und die meiste Zeit liegt sie im Bett. Darf ich denn zu euch spielen kommen?« Dagegen hatten wir nichts, aber ich fand es eine Verschwendung, so ein schönes Haus zu haben und sich nicht dort aufhalten zu dürfen. Außerdem waren wir doch zu neugierig und wollten gerne wissen, wie es da aussah.

Tant' Marea hatte erzählt, dass in den Zimmern Kronleuchter aus Kristall hängen würden. »Einmal im Jahr müssen wir die Kristallplättchen alle putzen, weil sie natürlich staubig werden, und dann funkelt das Licht nicht mehr so schön. Ich hole mir dann immer Elfriede dazu, ihr wisst schon, die Schwester von Onkel Kurt, und dann nehmen wir jedes einzelne Plättchen ab und waschen es in Seifenlauge. Das ist ganz schön viel Arbeit, aber wir machen es ja auch nur einmal im Jahr, und hinterher freut man sich, wenn alles wieder blitzt und blinkt.« Wir hatten keinen Kronleuchter aus Kristall zu Hause, was ich schade fand. Ich schlug Mama vor, dass wir uns doch auch einen ins Wohnzimmer hängen könnten, aber wie so oft wollte sie davon nichts wissen. »Birte, wirklich!«, sagte sie. »Du mit deinen Wünschen! Ich hab hier schon genug Arbeit, da brauche ich nicht noch Kristallkronleuchter aufzuhängen! Außerdem gefallen sie mir auch gar nicht.«

Besonders gerne kam Elisabeth nach der Schule gleich mit zu mir. Mama hatte nichts dagegen, wenn sie bei uns zu Mittag aß. Ihre Devise lautete sowieso: Einer mehr fällt gar nicht auf.

Einmal sagte Elisabeth zu mir: »Bei euch ist immer was los. Alle reden und lachen. Bei uns ist es immer still.«

»Redet denn deine Mutter gar nicht?«, fragte ich. Ob sie vielleicht stumm war?

»Doch, sie redet schon, aber sie ist immer so traurig, und sie weint die meiste Zeit«, sagte Elisabeth. »Und oft hat sie furchtbare Kopfschmerzen, und dann darf man sie nicht ansprechen.«

Das hörte sich ja furchtbar an. Ich konnte mir kaum vorstellen, wie es sein mochte, in so einem stillen Haus zu wohnen.

»Papa hat mich früher immer mit in den Werkskindergarten genommen, wo auch Peter hingeht«, erklärte Elisabeth. »Aber eine Schule gibt es da nicht. Deshalb bin ich jetzt bei euch in der Klasse.«

Manchmal hatte ich das Gefühl, dass sie hauptsächlich wegen Mama mit zu uns kam. Einmal sagte sie: »Deine Mutter kocht immer so leckere Sachen. So was gibt's bei uns zu Hause nicht, höchstens mal, wenn Oma da ist. Aber sie kann nicht so oft kommen und bei uns wohnen.«

»Aber bei euch kocht doch Frau Westphal«, sagte ich erstaunt. Frau Westphal war die Haushälterin. Sie wohnte auch im Haus, und Tant' Marea hatte gesagt, sie sei die unverheiratete Cousine von Herrn Karsch. »Die hat einen Putzfimmel«, hatte sie mal zu Tonis Mama gesagt, aber bevor wir mehr erfahren konnten, hatte Frau Casparek uns zum Spielen rausgeschickt.

»Ja«, sagte Elisabeth. Begeistert klang es nicht gerade. »Ich mag das nicht so gerne, was sie kocht. Bei euch schmeckt es mir einfach viel besser.«

Ich wusste nicht so recht, ob sie das ernst meinte, denn an dem Tag hatte es bei uns Milchsuppe mit Mehlklößchen gegeben. Mama machte das manchmal, vor allem, wenn ihr Haushaltsgeld mal wieder nicht reichte. »Milchsuppe ist gesund und nahrhaft und kostet nicht viel«, sagte sie immer, aber ich hatte sie im Verdacht, dass sie das einfach gerne aß. Ich dagegen fand es ganz schrecklich. Ich musste immer schon würgen, wenn ich die Fettaugen auf der dünnen Milchbrühe sah, und Mehlklößchen, die nur aus Butter und Mehl bestanden, waren auch nicht gerade mein Leibgericht. Aber es stimmte, Elisabeth hatte sogar zwei Teller Milchsuppe gegessen, also schien sie ihr tatsächlich geschmeckt zu haben.

Bei dem anderen Essen, das es bei uns gab, hatte sie allerdings recht – das meiste von dem, was Mama kochte, mochte ich auch. Sie machte Hefeklöße – »groß wie Kinderköpfe« – mit Backobst und Buttersauce, Himmel und Erde, also Kartoffelpüree mit Apfelmus vermischt und dazu gebratene Blutwurst mit Zwiebeln, oder Hefeküchelchen mit Zucker bestreut und dazu Apfelmus. Das alles waren Gerichte, die ich – mal abgesehen von der gebratenen Blutwurst – liebte, genau wie Heringsstipp mit Pellkartoffeln oder Sauerbraten mit Kartoffelklößen und viel Soße, was es bei uns allerdings nur sonntags gab. Freitags gab es fast immer Fisch, meistens gekochten Schellfisch mit Kartoffeln und Kopfsalat, und samstags gab es Linsensuppe mit Hämmchen oder Erbsensuppe mit Würstchen. Später, als wir im Sommer immer nach Italien in Urlaub fuhren, gab es samstags oft auch Spaghetti mit Hackfleischsoße und Reibkäse. Essen war in unserer Familie wichtig. Mama kochte gerne und reichlich, und es war immer lustig, wenn wir alle zusammen um den Tisch saßen.

Das war Elisabeth natürlich nicht gewöhnt, und sie tat mir immer mehr leid. Es musste schrecklich sein, in so einem stillen Zuhause zu leben und so eine kranke Mutter zu haben.

Abends wollte ich das Thema am Abendbrottisch erörtern, aber keiner von den Erwachsenen wollte mit mir darüber reden. Herr Karsch hatte Elisabeth abgeholt und sich bei Mama bedankt, weil sie sich so oft bei uns aufhalten durfte. Mama hatte nur gesagt: »Aber ich bitte Sie, das ist doch selbstverständlich! Elisabeth kann gerne zu uns kommen, sooft sie will.«

Zu Toni und mir meinte sie nur, wir sollten nett zu Elisabeth sein. »Das kann nicht einfach sein, so eine kranke Mutter zu haben«, sagte sie. Aber dann stellte sie Lars eine Frage, und ich merkte deutlich, dass sie eigentlich nicht darüber reden wollte.

Zu den Kindern aus meiner Klasse, mit denen ich regelmäßig spielte, gehörte auch Marita. Ihr Vater war der Revierförster. Mama sang manchmal ein Kinderlied mit Susanne, das ging so: »In dem Wald, da steht ein Haus, schaut ein Reh zum Fenster raus. Kommt ein Häschen angerannt, klopfet an die Wand. Hilfe, Hilfe, große Not, sonst schießt mich der Jäger tot. Liebes Häschen, komm herein, reich mir deine Hand.«

An das Lied musste ich bei Marita immer denken. Sie wohnte im Forsthaus mitten im Wald und musste jeden Morgen, egal bei welchem Wetter, mit dem Fahrrad zur Schule kommen. Nur wenn es im Winter ganz heftig schneite, brachte ihr Vater sie mit dem Forstauto. Und einmal, bei Glatteis, da blieb sie zu Hause.

Toni und ich beneideten sie glühend um ihr Zuhause, und

wir fuhren oft nach der Schule dorthin, zuerst mit dem Roller, später dann mit den Fahrrädern.

Der Weg ging mitten durch den Wald und war ein ganzes Stück weit sogar asphaltiert. »Das haben sie gemacht, weil das der Weg in die Klüttenfabrik ist«, erklärte Toni mir. »Wenn wir hier immer weiter geradeaus fahren, kommen wir dorthin. Papa hat mich nämlich schon mal mitgenommen.« Wir nahmen uns vor, die Strecke irgendwann mal zu erkunden, aber da wir zu Marita wollten, bogen wir vorher links ab und fuhren auf einem Trampelpfad quer durchs Unterholz. Ab und zu ragte schon mal eine Wurzel in den Weg, oder ein Ast hing tief, und wir mussten höllisch aufpassen, vor allem, als wir dann mit den Rädern fuhren und entsprechend schneller waren.

Der Pfad führte direkt an den See, und von da aus war es nicht mehr weit.

Man konnte das Forsthaus, ein großes, altes, grün gestrichenes Haus, dessen Garten bis an den See reichte, schon sehen. An der Seite waren Wirtschaftsgebäude und die Hundezwinger von Herrn Volland, Maritas Vater, und daneben führte ein Weg zu einem kleinen Teich, auf dem wir mit einem alten Ruderboot rudern durften. Im Winter fror er zu, sodass wir auch Schlittschuh laufen konnten.

In der Mitte des Teiches war ein Holzpfahl, wahrscheinlich ein Ast von einem Baum, der mal hineingestürzt war. Daran befestigte Martin, Maritas großer Bruder, einmal ein Seil, an dem man sich festhalten und immer im Kreis fahren konnte. Das war lustig, weil man ziemlich viel Schwung bekam, wenn man schnell genug fuhr, und schwindlig wurde, weil es ja immer nur im Kreis herumging. Einmal wollte auch Maritas kleiner Bruder Johannes das ausprobieren, und Martin nahm ihn zur Sicherheit an der Hand, sodass er im Außenkreis mitfuhr. Johannes stand noch nicht so sicher auf den Schlittschuhen, und als Martin plötzlich seine Hand losließ, weil er wohl zu viel Schwung bekommen hatte, konnte er sich nicht mehr halten, fiel hin und schlitterte mit dem Kopf direkt auf eine dicke Wurzel am Rand zu. Es machte richtig »dong«, als er dagegen stieß. Und dann blieb er reglos liegen.

Wir bekamen einen Riesenschrecken, und während Martin versuchte, Johannes wiederzubeleben, liefen Marita, Toni und ich laut schreiend den Weg zum Haus hinauf.

Zum Glück war Herr Volland gerade zu Hause angekommen. Er rannte mit uns zum Teich, nahm Johannes auf den Arm und fuhr sofort mit ihm ins Krankenhaus. Zum Schlittschuhlaufen hatten wir keine Lust mehr. Frau Volland schimpfte Martin sehr aus, und dann wurde er zur Strafe in sein Zimmer gesperrt. »Du hast die ganze Woche Stubenarrest!«, rief Frau Volland durch die Tür. »Da kannst du dir mal in Ruhe überlegen, was du angerichtet hast. Dein armer kleiner Bruder!«

Wir drei Mädchen saßen bedröppelt in der Küche und trauten uns nicht zu reden. Toni und ich wären gerne nach Hause gefahren, aber das trauten wir uns auch nicht. Erst wollten wir wissen, wie es Johannes ging.

Und endlich klingelte das Telefon. Herr Volland war dran und sagte zu Frau Volland, dass Johannes eine Gehirnerschütterung habe. Er komme gleich mit ihm nach Hause, und der Junge müsse ein paar Tage das Bett hüten. Etwas Schlimmeres war Gott sei Dank nicht passiert.

Ab und zu nahm uns Herr Volland mit auf seinen Gängen durch den Wald. Er erklärte uns Tierspuren, und manchmal sahen wir Rehe oder erkannten an den aufgeworfenen Erdhaufen am Weg, dass dort Wildschweine gewühlt hatten. Einmal ging er mit uns bis an den Rand von einer großen

Grube. Auf der anderen Seite war die Klüttenfabrik, so nahe, dass alles gut zu erkennen war. Auf unserer Seite gab es nur wenige kleine Bäume, die relativ weit auseinanderstanden. Dazwischen war alles voll mit Büschen. Die Grube war ziemlich tief und zur Hälfte mit Wasser gefüllt.

»Hier wurde früher Braunkohle abgebaut«, sagte Herr Volland. »Jetzt ist das Gelände aufgeforstet worden. Das ist noch gar nicht so lange her. Ihr seht ja, dass die Bäume noch nicht sehr hoch sind. Wenn hier alles fertig ist, dann ist aus der Grube ein See geworden.«

Auf dem Teich am Haus wohnte auch ein Schwanenpaar, und Herr Volland warnte uns eindringlich davor, den Tieren zu nahe zu kommen. »Lasst sie in Ruhe«, sagte er. »Sie nehmen es übel, wenn ihr sie stört, gerade jetzt im Frühsommer, wo sie brüten und Küken bekommen.«

Uns zogen aber gerade die kleinen Schwäne unwiderstehlich an, und kaum fühlten wir uns unbeobachtet, liefen wir zum Nest. Die Schwanenfrau zischte, als sie uns sah, aber da sie alleine war, fühlten wir uns sicher. Neugierig traten wir näher. In diesem Moment rauschte der Schwanenvater, der auf dem Teich unterwegs gewesen war, an. Mit gestrecktem Hals und laut fauchend kam er auf uns zu. Erschreckt rannten wir weg. Er lief uns flügelschlagend noch ein Stück hinterher, wandte sich aber dann zum Nest.

»Puh«, sagte Marita, »da haben wir noch mal Glück gehabt. Papa hat gesagt, so ein Schwan kann dir mit seinem Flügel das Bein brechen.«

»Das sagst du jetzt erst?«, rief Toni entsetzt. »Ich geh da nie wieder hin!«

Frau Volland wunderte sich sehr, dass wir gar nicht mehr draußen spielen wollten, sondern sie fragten, ob wir in Maritas Zimmer gehen dürften.

Werner, ein Freund von Lars, hatte Lars eine Geschichte erzählt, die Toni und mich sehr beschäftigte. Er wohnte bei seiner Oma, weil seine Mutter und sein Vater in der Kreisstadt ein Geschäft hatten und die Woche über dortblieben. Wir kannten ihr Haus, weil es an der Kirchstraße und somit auf unserem Schulweg lag. Lars war öfter da und hatte erzählt, dass die Oma jeden Tag einen Kuchen backte, und wie schön es war, bei ihr in der Wohnküche zu sitzen. Außerdem hatte sie einen Fernseher. Tagsüber lief ja gar keine Sendung, aber Lars blieb manchmal bis sechs Uhr abends bei Werner, und dann durften sie immer Fernsehen gucken.

Werner jedenfalls hatte im Fernseher bei seiner Oma gesehen, dass die Russen einen Mann ins Weltall geschossen hatten, Juri Gagarin, der jetzt immer in seiner Raumkapsel um die Erde kreiste. »Stellt euch das mal vor«, sagte er. »Der fliegt einfach immer um die Erde herum und kann alles sehen, was hier unten so passiert.« Er hatte zu Lars im Vertrauen gesagt, dass er seitdem nicht mehr bei offener Tür auf dem Plumpsklo im Hof bei seiner Oma saß, obwohl es stank und auch ziemlich dunkel war. »Ich will einfach nicht, dass der Gagarin mich mit runtergezogener Hose da sitzen sieht!« Lars hatte sich das gar nicht vorstellen können, und obwohl Werner ihn hatte schwören lassen, dass er das keinem erzählte, erzählte er es doch beim Abendessen.

Mama schüttelte den Kopf. »Was sind das denn für Gedankengänge«, sagte sie. »Also erstens: Juri Gagarin kann ganz bestimmt nicht von oben sehen, wenn hier unten Werner Schmidt auf dem Klo sitzt. Und selbst wenn – er hat im Weltall mit Sicherheit was anderes zu tun, als auf kleine Jungs zu achten, die mit runtergezogener Hose auf dem Plumpsklo sitzen. Bestell deinem Freund einen schönen Gruß: Das ist Blödsinn! Er braucht sich keine Sorgen zu machen, Gagarin guckt ihm schon nichts weg.« Lars machte nicht den Eindruck, als wollte er Werner das sagen, aber er widersprach Mama nicht.

Er hatte zum Geburtstag ein Buch bekommen, das hieß *Da hielt die Welt den Atem an*. Darin waren lauter aufregende Geschichten von Ereignissen, die in der Welt so passiert waren, und unter anderem hatte darin auch die Geschichte von Laika gestanden, der Hündin, die ebenfalls von den Russen in den Weltraum geschossen worden war. Was Juri Gagarin da oben machte, war mir eigentlich egal, aber Laikas Schicksal beschäftigte mich sehr. Was hatte der arme Hund sich gedacht, als er auf einmal in einer Rakete durch den Weltraum geflogen war? Ich hatte ein Foto gesehen, und da konnte er sich gar nicht bewegen, so wie er da drin lag. Da ich die Geschichte noch nicht selbst lesen konnte, fragte ich Lars, ob sie denn wieder auf die Erde zurückgekommen sei, aber Lars hatte keine Ahnung, und auch Mama konnte mir dazu nichts sagen. Papa schließlich sagte dann, das sei ja schon lange her. Hunde würden sowieso nicht so alt, und sie sei schon längst gestorben.

Aber manchmal, wenn ich an sie dachte, wie sie da so in ihrer Raumkapsel lag, wurde es mir ganz eng im Hals.

»Bei uns ist Tante Rosa zu Besuch«, rief ich vorlaut in die Klasse, als Fräulein Maubach uns fragte, was wir denn am Wochenende machen würden. Meine Lehrerin runzelte die Stirn und sagte: »Birte, was redest du da? Das stimmt doch nicht.«

Am Tag zuvor hatte Mama mit Frau Henkel, der Mutter von Hans-Jürgen aus Lars' Klasse, Kaffee getrunken. Sie hatten in der Küche gesessen und erzählt, und ich hatte zufällig mitbekommen, wie Mama zu Frau Aussem gesagt hatte: »Nein, am Wochenende kann ich nicht. Tante Rosa ist im Anmarsch.«

»Doch!«, beharrte ich. »Das hat Mama gestern gesagt.«

Fräulein Maubach schüttelte den Kopf. Sie überging mich einfach und nahm Veronika dran, damit sie erzählte, was sie am Wochenende machen wollten. Verwirrt überlegte ich, ob ich irgendetwas Schlimmes gesagt hatte, aber mir fiel nichts ein.

Als ich nach Hause kam, wusste Mama schon Bescheid. Fräulein Maubach hatte sie angerufen. »Birte«, sagte sie kopfschüttelnd, »das sagt man nicht in der Öffentlichkeit.«

»Warum denn nicht?« Ich verstand die Welt nicht mehr. Wer war denn überhaupt diese ominöse Tante Rosa? Wir hatten gar keine Tante, die so hieß.

»Fräulein Maubach will, dass du dich bei ihr entschuldigst«, sagte Mama. »Sie kommt gleich vorbei.«

»Warum das denn?« Aufgebracht schaute ich sie an. »Warum soll ich mich denn entschuldigen? Ich hab doch gar nichts gemacht.«

»Doch, das war ihr peinlich. Und außerdem stimmt es ja auch gar nicht, dass ich das gesagt habe. Sag ihr einfach, dass du das nie wieder sagen wirst«, erwiderte Mama.

Ich begriff gar nichts mehr. Die Erwachsenen waren manchmal wirklich komisch. Als dann Fräulein Maubach kam, gab ich ihr die Hand und stieß hastig hervor: »Entschuldigung, ich sag's auch nie wieder«, wie Mama es mir aufgetragen hatte. Fräulein Maubach wollte mich in den Arm nehmen, aber ich rannte einfach aus dem Zimmer. Danach konnte ich ihr tagelang nicht in die Augen sehen.

Sie war eine gute Lehrerin, und das Lernen machte Spaß bei ihr, aber manchmal war sie eben auch komisch, wie zum Beispiel, als ich sie in mein Poesiealbum schreiben ließ.

Ich hatte im dritten Schuljahr eines zum Geburtstag bekommen. Toni hatte sogar schon vor mir eines, ein wunderschönes mit Stiefmütterchen in Blau und Violett vorne drauf. So schön war meines nicht, es hatte einen abwaschbaren Einband mit gezeichneten Sehenswürdigkeiten Italiens, aber ich konnte es sogar abschließen, und es gefiel mir auch gut. Alle, die mir nahestanden, mussten etwas hineinschreiben. Mama hatte mit ihrer schönen Handschrift ein Gedicht von einem unbekannten Dichter hineingeschrieben, das ich sehr schön fand und deshalb sofort auswendig lernte: *Sage nie, das kann ich nicht. Vieles kannst du, will's die Pflicht. Alles kannst du, will's die Liebe, darum dich im Schwersten übe. Schweres fordern Lieb' und Pflicht, drum sage nie, das kann ich nicht.* Zwar ahnte ich dumpf, dass sie auf dem Spruch herumreiten würde, wenn ich irgendetwas nicht machen wollte, aber er gefiel mir trotzdem. Ich hatte immer schon irgendwie gewusst, dass ich alles konnte, was ich wirklich wollte. Und Mamas Spruch bestätigte das, fand ich.

Genauso gut gefiel mir, was mir Lars hineingeschrieben hatte. *Ein Nilpferd saß am Meeresstrand, wusch sich die Schnauz im weißen Sand. Ach, möge doch dein Herz so rein wie dieses Nilpferds Schnauze sein.* Er hatte mir hinter vorgehaltener Hand erzählt, dass es anstelle von Schnauze eigentlich Arsch hieß, aber das war ein verbotenes Wort, das wir überhaupt nicht aussprechen, geschweige denn schreiben durften, deshalb hatte er es durch Schnauze ersetzt. Das fand ich ungeheuer witzig, und ich war stolz auf den Einfallsreichtum meines großen Bruders. Und auch meine kleine Schwester hatte sich verewigt. Sie war ja noch nicht in der Schule, und deshalb hatte Mama für sie geschrieben: *Ich hab mich hinten angewurzelt, dass niemand aus dem Album purzelt.* Und mit ihren Krakelbuchstaben hatte sie *Susanne* daruntergesetzt. Ich war ganz gerührt.

Nachdem meine Familie die ersten Sprüche hineingeschrieben hatte, durfte ich das Poesiealbum mit in die Schule nehmen. Ich traf eine strenge Auswahl, und wer hineinschreiben wollte, musste schon gut mit mir befreundet sein. Es sollten wirklich nur diejenigen sein, die mir etwas bedeuteten. Toni hatte natürlich sofort nach meiner Familie als Erste etwas reingeschrieben und mir auch besonders schöne Glanzbildchen, sogar mit Glitzer, dazu geklebt. Auch ihr Spruch war sehr schön, sie hatte geschrieben: *Die Erinnerung ist das einzige Paradies, aus dem wir nicht vertrieben werden können.* Elisabeth hatte geschrieben *Birte, lerne Menschen kennen, denn sie sind veränderlich. Die dich heute Freundin nennen, reden morgen über dich.* Unterschrieben hatte sie mit *Auf ewig deine treue Freundin Elisabeth.* Sogar Hans-Willi hatte mir was reingeschrieben, obwohl die meisten Jungen Poesiealben blöd fanden. *Bis die Flüsse aufwärts fließen, bis die Hasen Jäger schießen, bis die Mäuse Katzen fressen, so lang werd ich dich nicht vergessen.* Das gefiel mir gut.

Nachdem alle, denen ich mein Album gegeben hatte, sich verewigt hatten, gab ich es schließlich an Fräulein Maubach und bat sie, mir auch was Schönes reinzuschreiben. Aber als sie mir das Album zurückgab, stellte ich fest, dass sie gar keinen Spruch und auch kein Gedicht hineingeschrieben hatte, sondern so eine Art Brief.

Liebe Birte, stand da, *wenn du dich auf etwas sehr gefreut hast, und es geht nicht in Erfüllung, dann sei nicht enttäuscht. Du hattest dich doch gefreut. Ist das denn gar nichts? Deine Lehrerin Gisela Maubach.*

Missmutig starrte ich auf die Seite. Na, besonders schön war das ja nicht gerade. Was sollte das denn heißen? Wenn ich mir etwas ganz doll wünschte und es nicht bekam, dann hatte ich doch wohl allen Grund, enttäuscht zu sein. Warum sollte ich dankbar sein für die Freude, die ich vorher empfunden hatte, als ich noch geglaubt hatte, ich würde es bekommen? Was wollte sie mir denn weismachen? Nein, das konnte ich nicht nachvollziehen.

Ärgerlich warf ich das Poesiealbum in die Ecke. Für den Moment war es mir verleidet. Ich hatte das Gefühl, sie wollte mich für irgendetwas tadeln, wusste aber nicht genau, für was. Und als Toni das nächste Mal schwärmerisch sagte, wie großartig sie Fräulein Maubach finde und dass sie später auch einmal Lehrerin werden wolle, entgegnete ich nur: » So toll ist sie auch wieder nicht. «

7

Das Jahr 1961 war für mich eigentlich ganz gut zu Ende gegangen. Zu Weihnachten hatte ich tatsächlich ein »großes« Fahrrad bekommen. Es war blau und hatte einen braunen Sattel, an dem hinten eine kleine Ledermappe mit Werkzeug und Flicken hing. »Das brauchst du, wenn du mal ein Loch im Schlauch hast«, sagte Papa. Er würde mir dann zeigen, wie man den Reifen ausbaue und den Schlauch heraushole. »Damit du das Loch auch findest, musst du den Schlauch in eine Schüssel mit Wasser legen, und wo Blasen aufsteigen, da ist die undichte Stelle. Anschließend musst du sie mit dem Schmirgelpapier etwas aufrauen, Kleber auftragen und dann den Flicken in der passenden Größe draufdrücken«, erklärte er.

»Falls Papa gerade nicht da ist, wenn es dir passiert, dann kann ich es dir auch zeigen«, sagte Lars großmütig. »Einen Schlauch zu flicken ist kinderleicht.«

Im Januar lag kein Schnee, und ich übte fleißig auf dem Feldweg, der an unserem Garten vorbeiführte. Noch war es mir ein bisschen zu groß, obwohl Papa den Sattel ganz nach unten gestellt hatte, aber ich konnte gut im Stehen fahren. Ich wollte auf jeden Fall im Sommer mit Lars mithalten können, wenn wir ins Nachbardorf ins Freibad fuhren. Er war ja zwei Jahre älter als ich und hatte schon länger ein Fahrrad, wohingegen ich immer mit dem Roller hinter ihm hatte herjagen müssen. Das war ganz schön anstrengend auf der vier Kilometer langen Strecke. Am Anfang hatte ich noch einen Vorteil gehabt, weil Lars zwar mein »großer« Bruder war, mich aber an Körpergröße kaum überragte. Deshalb war sein Fahrrad, ein Herrenrad mit Stange, das Opa gehört hatte, zunächst zu groß für ihn gewesen, sodass er nur schräg damit hatte fahren können, das hieß, mit einem Bein unter der Stange hindurch, damit er ans Pedal kam. Aber dieses Handicap hatte er schnell überwunden, und im zweiten Jahr war ich ihm mit dem Roller trotz Vollgummireifen kaum noch hinterhergekommen. Doch jetzt hatte ich endlich selbst ein Fahrrad, und ich nahm mir fest vor, so schnell zu werden, dass ich ihn auf dem Weg ins Freibad überholen würde.

An Silvester feierte Resi bei uns zu Hause Verlobung mit Adi Kalbskopf, und wir Kinder durften bis nach Mitternacht aufbleiben, sogar Susanne. Adi arbeitete auch im Kohlekraftwerk, wie die meisten Männer im Ort. Mama sagte, dass Resi mit ihm eine gute Wahl getroffen habe, weil er strebsam und solide sei. »Obwohl er noch so jung ist, ist er schon Vorarbeiter«, sagte sie zu Papa. »Und er ist keiner von denen, die ihren Lohn vertrinken. Außerdem tanzen beide bei der Garde, und ein gemeinsames Hobby ist eine gute Grundlage.«

Resi sah an dem Abend besonders schön aus. Sie hatte ihr Kleid selbst genäht. Oma hatte ihr ihre Nähmaschine ausgeliehen und ihr auch geholfen. Ich hatte gar nicht gewusst, dass Oma nähen konnte, weil sie eigentlich immer nur strickte, vor allem Fäustlinge, Socken und wollene Unterziehhosen für uns, die wir anziehen mussten, wenn es draußen kalt war. Sie waren aus grauer Wolle, und ich wehrte mich immer dagegen, sie zu tragen. Sie kratzten und waren einfach schrecklich. Aber Mama bestand darauf, dass wir sie anzogen. »Ich will nicht, dass du dir die Blase verkühlst«, sagte sie zu mir.

Als ich das Kleid sah, dachte ich, dass es schön wäre, wenn Oma auch mir einmal so ein Kleid nähen könnte. Resi hatte mir das Foto vorher in einer Zeitschrift gezeigt, in der auch das Schnittmuster war, ein Bogen, der mit ganz vielen Linien bedruckt war. Mit einem kleinen Zahnrädchen hatte sie die Einzelteile des Kleides aus Papier ausgeschnitten, sie auf den Stoff gelegt und ihn zugeschnitten.

Das Kleid war mit dunkelblauen Rosen bedruckt, hatte einen tiefen Ausschnitt und lag oben eng an, während der Rock ganz weit war. Darunter hatte sie drei Petticoats an, und sie trug hochhackige, spitze weiße Schuhe dazu. Die Haare hatte sie mit einem Kamm hochtoupiert und mit ganz viel Haarspray besprüht, und sogar die Fingernägel hatte sie lackiert. Sie sah großartig aus, wie ein Filmstar, fand ich. Und sie roch gut, nach Mouson Uralt Lavendel.

Mama und Papa schenkten Adi und Resi zur Verlobung zwei Garnituren Bettwäsche, zwei Badetücher und vier Handtücher, als »ersten Beitrag für euren gemeinsamen Haushalt«, wie Mama sagte. Sie hielt eine kleine Rede, als sie das Geschenk überreichte, und meinte: »Ich hoffe nur, dass ihr nicht so bald heiratet. Das klingt sehr egoistisch, aber ich weiß wirklich nicht, wie ich ohne dich zurechtkommen soll, Resi. Du bist mir so eine große Hilfe!«

Resi wurde ganz verlegen. Sie und Adi bedankten sich und forderten uns dann auf zuzugreifen. Es gab Bowle, Kinderpunsch und Schnittchen. Auch mit Fleischsalat gefüllte Tomaten und russische Eier gab es. Resis Verwandte aus Morsdorf, die mittlerweile schon in Neu-Morsdorf wohnten, waren gekommen, und auch Adis Mutter, die in Lommerich wohnte. Sein Vater war schon tot, und sein einziger Bruder hatte leider Nachtschicht und konnte nicht dabei sein.

Es wurde ein lustiger Abend. Adis Mutter war zuerst ein bisschen verlegen und wusste nicht so richtig, was sie sagen sollte, aber nach ein paar Gläsern Bowle taute sie auf und schien sich in unserem Wohnzimmer ganz wohlzufühlen. Sie machte sogar Witze. Zu mir sagte sie: »Hast du schon mal Blumento-Pferde gesehen?« Und während ich noch überlegte, was für eine Pferderasse das wohl sein konnte, lachte sie und sagte: »Reingefallen! Das ist doch Blumentopferde!«

Mama und Papa legten Schallplatten auf, und schließlich tanzten alle, auch Frau Kalbskopf, die Susanne an den Händen hielt und mit ihr herumhopste. Ich fragte Lars, ob er nicht mal mit mir tanzen wolle, aber er guckte mich nur entgeistert an und sagte: »Spinnst du?« Aber als wir uns alle im Kreis aufstellten und uns an den Händen hielten, um auf *La Bamba* zu tanzen, machte er doch mit.

Der Abend war dann noch ganz schön lang, und irgendwann legte sich Susanne einfach aufs Sofa, steckte den Daumen in den Mund und schlief ein. Ich war auch schon ziemlich müde und wäre gerne ins Bett gegangen, wollte aber auf gar keinen Fall das Silvesterfeuerwerk verpassen.

Und dann endlich war es so weit. Kurz vor Mitternacht machte Papa das Radio an, wo sie die letzte Minute bis Punkt zwölf Uhr nachts herunterzählten. Im Radio ertönten die Glocken, und auch bei uns im Dorf wurden die Kirchenglocken geläutet. Wir gingen vors Haus auf die Straße, wo schon Nachbarn standen. Alle sagten »Prosit Neujahr«, und wir stießen mit unseren Gläsern an. Die Erwachsenen tranken Sekt, und für uns Kinder hatte Mama extra eine Flasche Kindersekt aus Holunderblüten kalt gestellt. Papa hatte Susanne auf dem Arm, die noch nicht richtig wieder aufgewacht war und Silvester verschlief, obwohl die Goldbachs einen Böller nach dem anderen in die Luft schossen.

Ich trank meinen Sekt, guckte in den Himmel und bewunderte das Feuerwerk mit dem blauen, grünen, silbernen und goldenen Funkenregen. Das würde bestimmt ein besonders schönes Jahr werden, dachte ich.

Bis Anfang Januar hatten wir noch Schulferien, und ich nutzte die freie Zeit, um mit meinem neuen Fahrrad herumzufahren. Als Erstes führte ich es natürlich Toni vor.

Tonis Mama war gerade dabei, ein großes Paket zu packen, als ich zur Tür hereinkam. Neugierig fragte ich Toni, an wen sie das schicken wollten. Weihnachten war ja schließlich vorbei. Aber vielleicht hatte ja einer von der Verwandtschaft Geburtstag.

»Das geht in die Zone«, sagte Toni.

Stirnrunzelnd blickte ich sie an. »Wohin?«

Toni zuckte mit den Schultern. »Komm, wir fragen Mama«, schlug sie vor.

Frau Casparek erklärte uns, dass mitten durch Deutschland eine Mauer gebaut worden war und dass die Leute, die in der Ostzone hinter der Mauer wohnten, nicht mehr herausdurften. »Und es gibt in der Ostzone auch kaum etwas zu kaufen«, sagte sie. »Vor allem nicht solche Sachen wie Bohnenkaffee und Schokolade. Und weil ja bei uns gerade Weihnachten war, lege ich neben Kaffee und Nylonstrümpfen auch Süßigkeiten wie Marzipanbrote und Schokoladentafeln in das Paket.«

»Schicken Sie das denn einfach irgendwohin?«, fragte ich.

Frau Casparek schüttelte den Kopf. »Nein, eine meiner Tanten wohnt in Frankfurt an der Oder, das ist in der Ostzone, und das Paket ist für sie und ihre Familie. Hoffentlich kommt es heil an.« Sie seufzte. »Wir wollten diesen Sommer eigentlich ein großes Familientreffen in Aachen machen, weil Tonis Oma siebzig wird, aber daraus wird ja jetzt wohl nichts.«

Dass Tonis Oma, Frau Caspareks Mutter, in Aachen wohnte, wusste ich, weil Toni manchmal am Wochenende mit ihren Eltern dahin fuhr. Dann lag Aachen also wohl nicht in der Ostzone.

Draußen sagte Toni zu mir: »Tante Hedda hat uns auch ein Paket aus der Ostzone geschickt. Da war ein Räuchermännchen drin und eine Schwindelmühle.«

Skeptisch blickte ich sie an. »Was ist das denn?«

»Das sind so Holzsachen, die du an Weihnachten aufstellst. Die Schwindelmühle dreht sich, wenn du die Kerzen daran anmachst. Mama hat sie schon wieder weggepackt. Sie sagt, man muss vorsichtig damit umgehen, weil es Kunstwerke aus dem Erzgebirge sind.«

Am Abendbrottisch berichtete ich aufgeregt von dem, was ich erfahren hatte. »Wohnt aus unserer Familie auch jemand hinter der Mauer?«, fragte ich.

Mama schüttelte den Kopf. »Nein, wir haben drüben keine Verwandten. Bei uns wohnen alle in Westdeutschland.«

»Dann kann uns ja keiner von da Pakete schicken«, stellte ich enttäuscht fest.

Mama zog die Augenbrauen hoch. »Ist das denn so schlimm?«, fragte sie.

»Nein, nein«, wehrte ich ab. Aber eigentlich hätte ich auch gerne so eine Schwindelmühle gehabt.

Nach den Osterferien kam ich ins zweite Schuljahr. Ich war sehr stolz, weil ich jetzt kein I-Dötzchen mehr war. Jetzt konnten wir selbst den Erstklässlern hinterherrufen: »I-Dötzchen, Kaffeeklötzchen …« Keiner von uns wusste, was ein Kaffeeklötzchen sein sollte, aber es reimte sich so schön. Hinzu kam, dass wir jetzt in richtige Hefte schrieben und nicht mehr auf die Schiefertafeln. Bei dem quietschenden

Geräusch, das der Griffel auf der Tafel machte, wenn ich ihn falsch ansetzte, lief es mir immer kalt den Rücken herunter.

Lars war weniger begeistert, dass er ins vierte Schuljahr kam, weil das zweimal in der Woche Sportunterricht bei Turnlehrer Jansen bedeutete.

Mein großer Bruder hasste Sportunterricht. Obwohl er so klein und dünn war, war er nicht sportlich. Er war weder besonders gelenkig, noch konnte er schnell oder lange laufen. Bis er zehn Jahre alt war, war er so mickrig, dass Mama ihm statt Milch immer Sahne zu trinken gab. Wenn sie mit uns schwimmen war, schämte sie sich dafür, dass seine Schulterblätter wie Flügel aus dem mageren Rücken ragten. Zu den Mahlzeiten durfte Lars im Gegensatz zu uns anderen immer so viel essen, wie er wollte. Und vom Sonntagsbraten bekam er, genau wie Papa, zwei Scheiben. Aber trotzdem beklagte sich Mama immer: »An den Jungen kommt einfach nichts dran! Ich weiß gar nicht, was ich ihm noch geben soll!« Papa brachte Stärkungssäfte aus dem Krankenhaus mit, und der Einfachheit halber bekamen Susanne und ich ebenfalls jeden Abend einen Löffel voll, obwohl wir es gar nicht nötig hatten. Ich war groß für mein Alter und »gut dabei«, wie meine Oma immer sagte, und manchmal wurde ich sogar für die große Schwester von Lars gehalten. Das änderte sich erst, als er auf einmal mit zwölf Jahren anfing, zu wachsen und kräftiger zu werden. Bis dahin war er schmächtig, ein schüchterner, blasser Junge, der auf dem Foto bei seiner Einschulung in der Menge der Kinder beinahe unterging und ernst in die Kamera blickte.

Bis zur dritten Klasse hatten sie Sport, Spiel und Bewegung bei Fräulein Meuser gehabt, einer unverheirateten, in unseren Augen uralten Lehrerin, die zwar aussah wie ein Dragoner – sie hatte sogar einen Damenbart –, aber eine

Seele von Mensch war. Doch jetzt stand – für die Jungen – Schulsport bei Herrn Jansen auf dem Programm.

Mama war nicht glücklich darüber, dass ihr zarter Erstgeborener bei Jansen Turnen und Leichtathletik haben sollte. Ich hörte zufällig, wie sie sich bei Papa beklagte: »Das ist ein Nazi, ich sag es dir. Das rieche ich auf zehn Meilen gegen den Wind.« Papa murmelte etwas Beruhigendes, das ich nicht verstehen konnte, aber Mama fuhr fort: »Wie der die Kinder drillt, das ist unglaublich. Der denkt bestimmt, er sei noch bei der Wehrmacht. Ich sag dir, wenn er Lars ein einziges Mal so anbrüllt, wie ich das kürzlich gehört habe, dann mach ich ihn zur Schnecke! Das ist doch unglaublich, dass solche Typen immer noch an unseren Schulen unterrichten dürfen!«

»Du weißt doch gar nicht, ob er Nazi war«, erwiderte Papa, der immer auf Harmonie bedacht war. »Und mach ihn nicht schon vorher schlecht. Vielleicht kommt Lars ja gut mit ihm zurecht. Der arme Mann! Sportlehrer mit einem Arm ist auch nicht leicht.« Mama schnaubte nur verächtlich.

Ich erzählte Lars, was ich gehört hatte, und er meinte hoffnungsvoll: »Vielleicht kann ich ja bei Fräulein Meuser bleiben. Das wäre mir sowieso lieber.« Aber seine Hoffnung erfüllte sich nicht.

Winfried Jansen hatte vor dem Krieg angeblich eine große sportliche Karriere als Leichtathlet vor sich gehabt. Aber da er bald nur noch einen Arm hatte, war es wohl Essig gewesen mit der Sportlerlaufbahn, und er war Sportlehrer geworden. Im Dorf wurde gemunkelt, er habe den Arm im Krieg verloren, weil er eine Handgranate zu spät weggeworfen habe. Aber genau wusste es keiner, weil er nicht darüber redete, und da er erst vor sieben Jahren nach Lommerich gekommen war, der Liebe wegen, wie Tant' Marea immer sagte, wusste niemand etwas Genaues über den Verbleib des Armes. Tatsache war jedoch, dass sein rechter Arm bis auf einen kleinen

Stummel an der Schulter amputiert war. Wir Kinder sahen fasziniert und mit leichtem Gruseln, wie sein Stumpf hin- und herschlenkerte, wenn er im Freibad Anlauf nahm und mit einem formvollendeten Kopfsprung ins Wasser hechtete. Der »appe« Arm beeinträchtigte ihn nicht die Spur – er schwamm wie ein Fisch, wenn auch in leichter Schieflage. Auch auf dem Sportplatz bewegte er sich schnell, mit zackigen Bewegungen. Er pflegte einen rauen Umgangston und konnte so laut brüllen, dass manche Kinder schon vor Schreck anfingen zu weinen, wenn er nur die Stimme erhob.

Sein Motto war: »Eine Kopfnuss hat noch keinem geschadet«, und »Was ich mit einem Arm kann, müsst ihr gesunden, deutschen Jungs auch mit links können«. Um seine »Jungs« zu stählen, ließ er sie schon mal zahlreiche Runden um den Sportplatz laufen. Das war an sich nichts Schlimmes, aber zum Skandal kam es, als er eines Tages die Viertklässler in der größten Mittagshitze immer weiter laufen ließ. Er hatte wohl einen schlechten Tag, brüllte besonders laut und bedachte seine Schüler mit allen möglichen Schimpfwörtern. Schon nach der ersten Runde baten ihn einige Jungen, den Lauf abzubrechen, weil es so heiß war, aber er reagierte nicht. Stoisch stand er da und feuerte die Kinder an, die keuchend mit hochroten Köpfen an ihm vorbeiliefen: »Und noch eine Runde! Ein bisschen schneller, wenn ich bitten darf, ihr lahmen Enten!« Die Schlusslichter waren – wie immer – mein Bruder Lars und sein Freund Karl-Heinz, der das genaue Gegenteil von Lars war und ein paar Pfund zu viel auf den Rippen hatte. Er war ein lustiger, gescheiter Junge mit störrischen rotblonden Locken und Sommersprossen. Meistens mied er die Sonne, weil er so eine empfindliche Haut hatte, und wenn wir im Sommer im Freibad waren, trug er immer ein Unterhemd zur Badehose, weil er sofort Sonnenbrand bekam.

Herr Jansen jedenfalls hatte es auf die beiden »Kandidaten«, wie er immer sagte, abgesehen und piesackte vor allem Karl-Heinz besonders.

An diesem Tag jedoch übertrieb er es. »Na los, na los, du fauler Sack!«, schrie er den japsenden Karl-Heinz an und riss den Jungen, der kaum noch die Füße heben konnte, mit sich in einen schnelleren Lauf. Lars, der hinter ihnen zurückblieb, sah, wie Karl-Heinz taumelte und dann schließlich an Jansens Hand einfach zusammensackte und auf dem Aschenplatz liegen blieb.

Jansen, der wohl merkte, dass er zu weit gegangen war, blies in seine Trillerpfeife, damit die anderen Jungen stehen blieben. Er erklärte den Sportunterricht für beendet, hob den dicken Karl-Heinz mit seinem einen Arm an und legte ihn sich wie einen Mehlsack über die Schulter. Dann trabte er ins Schulgebäude, damit Fräulein Strunken, eine unserer Lehrerinnen, die als Rotkreuzschwester ausgebildet war, sich um ihn kümmern konnte.

Der Fall erregte Aufsehen. Karl-Heinz hatte einen Hitzschlag erlitten und musste zwei Tage im abgedunkelten Zimmer das Bett hüten. Seine Eltern beschwerten sich bei Rektor Töpfer, und beim Abendbrot sagte Mama aufgebracht zu Papa: »Siehst du, ich habe es dir doch gesagt. Dass solche Kerle immer noch frei herumlaufen! Und dann lässt man sie auch noch auf unsere Kinder los ... Also, Lars lasse ich nicht mehr zu ihm in den Sportunterricht!«

Mein Bruder strahlte hoffnungsfroh. Fragend blickte er zu Papa. Mir fiel ein, was Mama über Herrn Jansen gesagt hatte. Ich hatte gerade einen großen Bissen von meinem Käsebrot genommen und fragte kauend: »Was ist denn ein Nazi, Mama?«

»Wie kommst du denn jetzt darauf?«, fragte meine Mutter. »Iss erst mal deinen Mund leer«, fügte sie hinzu, als ich antworten wollte. »Das erkläre ich dir ein andermal.«

Papa meinte: »Häng es nicht zu hoch, Ingrid. Der Jansen ist eigentlich ein armer Kerl, der war höchstens Mitläufer. So alt ist der doch noch gar nicht. Du bist doch Vorsitzende der Schulpflegschaft. Knöpf ihn dir mal vor und sprich mit ihm. Ich wette mit dir, danach wird er sich schon zusammenreißen.« Als meine Mutter ihm aufgebracht ins Wort fallen wollte, fuhr er grinsend fort: »Bei mir wirkt das ja auch immer.«

»Wirklich, das ist mal wieder typisch«, regte Mama sich auf. »Ihr Männer seid doch alle gleich! Immer nur verharmlosen und nur nicht zu deutlich werden. Ich sag's ja, wenn man euch alle in einen Sack steckt und draufhaut, trifft man nie den Falschen!«

»Genau«, sagte Lars düster, weil er seine Felle davonschwimmen sah. »DbddhkP, sAv.«

Das war sein neuester Spruch, den er auch mir beigebracht hatte. »Doof bleibt doof, da helfen keine Pillen, selbst Aspirin versagt.«

Aber Papa, der immer alles wusste, kannte auch diese Abkürzung. »Pass bloß auf, Freundchen!«, sagte er zu Lars. »Sonst hast du dir ganz schnell eine gefangen.«

»Ich hab dich doch gar nicht gemeint«, murmelte Lars, zog aber sicherheitshalber schon mal den Kopf ein.

Am Ende machte Mama es so, wie Papa vorgeschlagen hatte, und danach war tatsächlich der Frieden wiederhergestellt. Lars nahm weiter am Sportunterricht teil, aber es war alles nicht mehr so schlimm. Das Gespräch mit Mama hatte offensichtlich Wunder gewirkt, auch wenn keiner wusste, was sie mit ihm besprochen hatte, und Jansen, der »DbddhkP«, wie wir Kinder ihn jetzt heimlich nannten, war zahm wie ein Lamm. Einen Zwischenfall im Sportunterricht gab es nie wieder.

8

Dass meine Eltern alle möglichen Themen offen am Abendbrottisch besprachen, war keine Seltenheit, aber uns Kinder interessierte es natürlich immer besonders, wenn es irgendeinen Bezug zu unserem Alltag gab und über Leute geredet wurde, die auch wir kannten. Deshalb bekam ich große Ohren, als die Sache mit Pitter passierte. Darüber wurde zwar im gesamten Dorf geredet, aber nur unter den Erwachsenen, und wenn Mama und Papa sich nicht am Abendbrottisch darüber unterhalten hätten, wäre Toni und mir eine aufregende Geschichte entgangen.

»Dä Pitter«, wie er allgemein im Dorf genannt wurde, war Tonis Onkel Peter. Er war der jüngere Bruder ihres Vaters und lebte bei ihrem Opa. Er hatte immer eine blaue oder graue Arbeitsjacke an und eine Schirmkappe auf dem Kopf, weil er mitten auf dem Schädel eine große Delle hatte. Meistens stand er vor dem Haus und grüßte jeden, der vorbeikam. Er kannte alle Leute, alle kannten ihn, und wenn tatsächlich mal ein Fremder durchs Dorf fuhr – was äußerst selten vorkam –, dann war er mit diesem Rätsel den ganzen Tag beschäftigt. »Tach, Pitter«, sagten die Leute und: »Wie jeht et?« – »Joot«, sagte Pitter und: »Soll ich dich knipsen?« Irgendwann einmal hatte er zu Weihnachten eine kleine, billige Kamera geschenkt bekommen, sie war sein höchstes Gut. Er »knipste« den ganzen Tag – einen Film aber hatte er schon lange nicht mehr in seinem kleinen Fotoapparat. »So viel Rente hab ich nicht, dass ich ständig Filme für den Pitter kaufen könnte. Die müssten ja dann auch noch entwickelt werden!«, meinte Opa, aber das war dem Pitter egal. Ihm ging es um den Vorgang selbst. Wenn er die Kamera ans Auge hielt, dann fühlte er sich wichtig und hatte eine Aufgabe. Nicht, dass er untätig gewesen wäre – er schaufelte Kohlen in die Keller und stapelte sie, und wo immer ein Handlanger gebraucht wurde, war er zur Stelle. Aber all das gab ihm nicht so viel Bedeutung wie sein Fotoapparat.

Er war sozusagen das Wahrzeichen unseres Dorfes. Oft stand er den lieben langen Tag an der Hauptstraße, begrüßte jeden, der vorbeikam, knipste das eine oder andere Foto und ging nur ins Haus, wenn er Hunger hatte. Zuerst kochte Opa noch jeden Mittag für sich und für ihn, aber als er zu alt wurde und keine Lust mehr zum Kochen hatte, wurden die beiden von Tonis Mama versorgt.

Manchmal stromerte Pitter auch durchs Dorf, immer auf der Suche nach neuen Fotomotiven. Alle kannten ihn, und alle waren nett zu ihm. Pitter gehörte zu meinem Leben, und er gehörte zum Dorf.

Tonis Mutter hatte Toni und mir erzählt, warum Pitter so war, wie er war. »Die Oma bekam unter der Geburt auf einmal schlimme Schmerzen«, sagte sie. »Sie mussten sie ins Krankenhaus bringen, weil die Hebamme ihr nicht mehr helfen konnte, und dann musste das Kind mit der Zange geholt werden, weil es nicht von selbst rausgekommen ist.« Mit offenem Mund hörten Toni und ich zu und stellten uns vor, wie die Ärzte mit einer riesigen Zange an Tonis Oma herumhantiert hatten. »Ja, und dabei ist dann das kleine Köpfchen verletzt worden, und seitdem hat er die Delle. Da kann keiner was zu«, schloss Tonis Mutter betrübt, »aber der Pitter ist dadurch ein bisschen zurückgeblieben. Er konnte nicht zur Schule gehen, und er kann ja auch nicht lesen oder schreiben. Wir werden uns immer um ihn kümmern müssen.«

»Ja, das ist tragisch«, sagte Mama, als ich die Geschichte beim Abendessen zum Besten gab. »Das ist auch für Casspareks eine Belastung. Wenn der Opa mal stirbt, dann bleibt das alles an Tonis Mama hängen. Aber der Pitter ist ja zum Glück harmlos. Da gibt es ganz andere Fälle.«

Von den anderen Fällen wollte sie aber beim Abendbrot nicht erzählen. »Nein, nein«, wehrte sie ab. »Es reicht schon, wenn euer Vater euch bei Tisch mit seinen OP-Geschichten unterhält.«

Papa war an dem Abend nicht zu Hause, weil er Dienst im Krankenhaus hatte, aber es stimmte: Wenn er da war, erzählte er gerne schon mal über Blinddarmoperationen oder Ähnliches. Er machte das so plastisch, dass ich schon als Schulkind eine ziemlich genaue Vorstellung davon hatte, wie der Schnitt bei einer Blinddarmoperation ausgeführt werden musste. Zum Glück brauchte ich es jedoch nie unter Beweis zu stellen. Aber einmal las ich in einem Buch eine Geschichte von einem Matrosen, der bei schwerer See im U-Boot einem anderen Matrosen den Blinddarm entfernen musste. Das wurde ziemlich ausführlich beschrieben, und als ich das so las, dachte ich bei mir: Ja, das hättest du auch gekonnt!

Eines Tages, an einem Sonntag, verschwand in Kirchheim, einem Dorf bei uns in der Nähe, ein kleines Mädchen. Da dort gerade Schützenfest war und Schützen aus allen umliegenden Dörfern am Festzug teilgenommen hatten, verbreitete sich die Nachricht wie ein Lauffeuer in der gesamten Region. Auch Pitter war mit Opa da gewesen. Er liebte es, bei den Umzügen zuzuschauen, weil er dann immerzu knipsen konnte.

Als das Kind trotz groß angelegter Suche auch am nächsten Morgen noch nicht gefunden worden war, äußerte der Dorfpolizist von Kirchheim, Herr Dumm – »anscheinend nicht die hellste Birne von Osram, aber wenn man schon so heißt …«, wie Mama sagte, als sie davon erfuhr –, den Verdacht, dass Pitter etwas damit zu tun haben könnte. Unverzüglich machte er sich auf den Weg nach Lommerich, um Opa und Pitter zu verhören.

Toni und ich saßen leider in der Schule, als alles passierte, aber es muss wohl beinahe eine Prügelei zwischen Opa und Herrn Dumm gegeben haben, weil der Polizist trotz Opas Beteuerungen, dass er den ganzen Umzug über neben seinem Sohn gestanden habe und dann zusammen mit ihm nach Hause gegangen sei, auf seinem Verdacht beharrte und schlimme Dinge über Pitters Geisteszustand sagte. Weder Tonis Mutter noch Tant' Marea konnten die beiden Kämpfenden trennen. Vielleicht hätte er Pitter, der während der Auseinandersetzung außer sich vor Angst in der Ecke kauerte, am Ende sogar verhaftet und mitgenommen, aber auf einmal kam ein Mann aus Kirchheim angefahren und rief noch aus dem fahrenden Auto, dass sie das Kind heil und lebendig gefunden hätten. Es habe sich nur in den Kornfeldern hinter dem Dorf verirrt. Das reife Getreide stand so hoch, dass man sich als Kind leicht verlaufen konnte, wenn man sich nur weit genug ins Feld hineintraute.

Als Toni und ich aus der Schule kamen, war schon alles vorbei, und ich erfuhr erst beim Abendessen von den Ereignissen. »Das kleine Mädchen ist hier ganz in der Nähe gefunden worden«, sagte Mama. »Ihr wisst doch, wo die Bank am Wegkreuz steht, hinten Richtung Kirchheim. Da haben sie sie in dem großen Weizenfeld gefunden.«

»Meinst du denn, sie ist entführt worden?«, fragte ich ein bisschen ängstlich.

Mama schüttelte den Kopf. »Nein, sie haben gesagt, sie hat sich nur verlaufen. Ich will nicht hoffen, dass euch das mal passiert. Aber ihr kennt euch ja aus.«

»Hast du denn gar keine Angst, dass ich entführt werden könnte?«, fragte ich. Der Gedanke faszinierte mich.

Mama zog die Augenbrauen hoch. »Ich habe euch doch oft genug eingeschärft, dass ihr mit niemandem mitgehen sollt, oder?«

»Genau«, warf Lars ein und guckte mich an. »Aber bei dir besteht sowieso keine Gefahr. Dich lassen sie an der nächsten Ecke wieder fallen, wenn sie erst einmal merken, wen sie sich da geschnappt haben.«

Ich trat ihn unter dem Tisch vors Schienbein. Das sagte er ja nur, um mich zu ärgern.

In der Woche darauf machten Toni und ich uns auf den Weg, um uns anzugucken, wo sich das Mädchen so verlaufen hatte, dass es eine ganze Nacht im Freien hatte bleiben müssen. Aber zum Glück hatte es ja nicht geregnet, und es war auch nicht kalt gewesen.

Je näher wir dem Wegkreuz kamen und je weiter wir das Dorf zurückließen, desto mehr gruselten wir uns. »Stell dir vor«, sagte Toni, »vielleicht hat sie sich gar nicht verlaufen, sondern ist doch verschleppt worden. Hier sieht das doch keiner.« Ängstlich blickte sie sich um. Ich nickte und sah das Bild förmlich vor mir, ein Mann, der ein strampelndes Kind über der Schulter schleppte. »Und der Mann, der das gemacht hat, wollte sie erst am nächsten Tag ermorden«, ergänzte ich. »Aber dann ist er aus irgendeinem Grund nicht mehr zurückgekommen.«

Meine eigenen Worte machten mir Angst, und mit klopfendem Herzen näherten wir uns der Bank. Aber dort sah alles ganz normal aus. Wir hatten im Stillen gehofft, auch ein paar Schritte zwischen die hohen Ähren gehen zu können, aber das Feld war in der Zwischenzeit gemäht worden, und der Blick ging weit in die Ferne, bis zum Kirchturm von Kirchheim. Enttäuscht setzten wir uns auf die Bank. Als nach zehn Minuten immer noch nichts passiert war, liefen wir wieder nach Hause. Dass wir da gewesen waren, sagten wir keinem.

Ende August verreisten Mama und Papa ganz alleine, ohne uns. »Wir brauchen mal ein bisschen Zeit für uns«, sagten sie, setzten sich ins Auto und fuhren nach Spanien. Wir blieben in der Obhut von Oma und Resi zurück. Das war eigentlich nicht so schlimm, aber ich wäre trotzdem gerne mitgefahren. So eine große Reise wollte ich auch mal machen. Aber da ließen meine Eltern nicht mit sich reden. »Lars und du, ihr müsst ja in die Schule«, sagten sie. »Und Susanne ist sowieso noch zu klein.«

Sie blieben vier lange Wochen weg, und manchmal musste ich abends weinen, weil sie mir so fehlten. Aber ich tat das immer nur, wenn wir schon im Bett lagen und Susanne schon schlief. Oma wäre traurig gewesen, wenn sie das mitbekommen hätte, und Susanne mit ihren drei Jahren verstand sowieso noch nichts. Es dauerte keine Woche, da sagte sie zu Resi »Mama«, und sie ließ sich nicht davon abbringen, auch wenn man sie verbesserte und ihr sagte, das sei doch nicht die Mama, sondern die Resi.

Wenn ich dann abends in meinem Bett lag, dann fielen mir all die Dinge ein, die ich Mama und Papa so gerne erzählt hätte, aber sie waren nicht da, und ich kam mir vor wie ein armes Waisenkind. Oma hatte mir das Märchen vom Mädchen mit den Zündhölzern vorgelesen, und ich brauchte bloß daran zu denken, wie sich das arme Mädchen an den Zündhölzern, die es doch eigentlich verkaufen sollte, weil es so arm war, wärmen wollte, und schon flossen die Tränen. So ging es einem, wenn man elternlos und allein durchs Leben irren musste. Lars bekam das natürlich mit, er war ja schon älter und durfte noch lesen, wenn ich schon längst das Licht aus hatte. »Hör auf zu heulen! Stell dich nicht so an«, sagte er dann gereizt, und das tröstete mich ein bisschen, weil Mama das bestimmt auch gesagt hätte.

Aber auch die längste Reise ging vorbei, und nach vier Wochen waren sie auf einmal wieder da. Sie hatten ein paarmal aus Spanien angerufen, aber immer nur kurz, und Oma hatte uns erklärt, dass so ein Ferngespräch viel Geld kostete. Und bis Oma ihnen dann alles berichtet hatte, was so passiert war, war für uns Kinder nicht mehr so viel Zeit gewesen. Auf die zwei dunkelbraun gebrannten Fremden, die auf einmal bei uns im Hof standen, war jedenfalls keiner von uns vorbereitet. Susanne fing vor Schreck an zu weinen, schrie »Mama, Mama« und rannte zu Resi, um sich bei ihr in Sicherheit zu bringen. Lars und ich blieben erst einmal abwartend stehen. Wer wusste schon, was der lange Urlaub mit unseren Eltern gemacht hatte? Aber dann breitete Papa die Arme aus, und ich flog hinein. Er war tatsächlich noch derselbe, er roch ganz genauso wie früher, war eben nur ganz braun gebrannt. Mama nahm Lars in die Arme, aber er wehrte sie verlegen ab. In der letzten Zeit wollte er nicht mehr so gerne umarmt werden. Dann trat sie zu Resi und wollte ihr Susanne vom Arm nehmen. Doch Susanne wehrte sich, schrie und strampelte, ich glaube, sie erkannte Mama einfach nicht mehr. Jedenfalls fing auch Mama an zu weinen. Es war ein großes Durcheinander.

Nach einiger Zeit war dann wieder alles normal. Mama und Papa hatten auf ihrer langen Reise viele Fotos und Dias gemacht, und drei Wochen, nachdem sie wieder zu Hause waren, luden sie Goldbachs, Aussems und Rademachers ein, und es gab eine Dia-Vorführung. Mama und Resi machten gefüllte Tomaten, die ich nicht mochte, weil da so ein komischer, fettiger Fleischsalat drin war, und kleine Cordon bleus. Das war französisch, genau wie Papas Auto, und hieß »Blaues Band«. Damit hatte es aber gar nichts zu tun, weil es kleine Schnitzel waren, die Mama aufschnitt und mit Käse und Schinken füllte. Danach wurden sie mit einem Zahnstocher wieder verschlossen, paniert und in der Pfanne gebraten. Ich fand sie unheimlich lecker, aber wir Kinder durften höchstens eins davon essen, die anderen waren für die Gäste. Außerdem gab es noch Geflügelsalat, Mamas Spezialität, mit Ananas und Champignons aus der Dose, garniert mit einer Cocktailkirsche. Die Mayonnaise dazu machte Papa selbst. Das war ganz schwierig, und manchmal gerann sie, wenn er das Öl in das aufgeschlagene Eigelb mischte. Dann musste er alles wegwerfen und von vorne anfangen. Aber vor dem Dia-Abend klappte zum Glück alles.

Papa hängte im Wohnzimmer ein weißes Bettlaken an das Bücherregal, und der Dia-Projektor wurde so auf einen Tisch gestellt, dass man genau in der Mitte des Lakens das Bild sah. Damit es auch genau hinhaute, legte Papa noch zwei Bücher vorne unter den Projektor.

Als die Gäste kamen, war alles bereit. Mama und Resi hatten auf der Anrichte im Wohnzimmer das Büfett aufgebaut, und auf dem Sofatisch standen Schalen mit Erdnüssen und Erdnussflips. Die Dia-Behälter standen neben dem Projektor, und als die Gäste und wir uns alle hingesetzt hatten, begann die Vorführung.

Größtenteils war es ein bisschen langweilig. Mama und Papa hatten viele Fotos von der Fahrt nach Spanien gemacht, und eigentlich sah die Landschaft meistens ziemlich gleich aus. Als sie dann endlich in Südspanien am Meer angekommen waren, wurde es ein bisschen abwechslungsreicher, weil sie sich auch Sehenswürdigkeiten wie die Alhambra in Granada und die Brücke in Ronda, einer Stadt, die hoch oben in einem Felsgebirge lag, angeschaut hatten. Auf den meisten Bildern war Mama mit drauf, aber manchmal hatte sie auch Papa fotografiert.

Eine Woche vor Ende des Urlaubs war dann der Citroën auf ein Frachtschiff verladen worden, und Mama und Papa waren als die einzigen Passagiere mit nach Rotterdam gefahren. Weil das Auto nicht einfach vom Pier auf das Schiff fahren konnte, war es mit Tauen umwickelt und von einem Kran an Deck gehoben worden.

»Ich hatte richtig Angst um mein schönes Auto«, sagte Papa. »Es sah so aus, als wollte es in der Mitte auseinanderbrechen. Aber es ist ja alles gut gegangen.« Am besten hatte ihm das deftige Essen auf dem Schiff gefallen. »Ich habe jeden Morgen Steak gegessen!«, erzählte er begeistert. Mama hatte sich dafür nicht so ganz erwärmen können, sie erzählte stattdessen, wie sie seekrank geworden war und in der Kajüte hatte bleiben müssen, weil sie in der Biskaya in einen Sturm geraten waren. »Das müsst ihr euch mal vorstellen«, sagte sie und schauderte bei der Erinnerung daran, »der Seegang war so heftig, dass Harald morgens vom Klo geflogen ist.« Wir Kinder fingen bei der Vorstellung an zu kichern, und Papa musste auch lachen. »Ja, ich konnte mich ja nirgendwo festhalten«, sagte er. »So besonders komfortabel waren unsere Kajüte und das Badezimmer nicht. Aber mir war es wenigstens nicht schlecht. Mein Steak hat mir trotzdem geschmeckt. Du bist doch an dem Abend nicht mal zum Kapitänsdinner gekommen«, sagte er zu Mama. »Du warst nur grün im Gesicht.«

Mama zuckte mit den Schultern. »Kapitänsdinner war ja jeden Abend. Die Vergnügungen auf so einem Frachtschiff halten sich in Grenzen«, erklärte sie dem Besuch. »Aber die Fahrt von Huelva nach Rotterdam hat auch nicht so lange gedauert. Und in Brest haben wir noch einen Zwischenaufenthalt gehabt, das war auch schön.« Sie guckte Papa an. »Da hast du dann wenigstens mal Durchfall gekriegt!«

»Und du hast dich noch drüber gefreut«, sagte Papa trocken.

»Er hat nämlich die Bouillabaisse nicht vertragen, die wir in so einer kleinen Kneipe am Hafen gegessen haben«, erklärte Mama den Gästen. »Mir hat sie gut geschmeckt. Und ehrlich gesagt fand ich, das war auch ein bisschen ausgleichende Gerechtigkeit.«

Ich war ganz neidisch auf die Reise der Eltern. »Das nächste Mal nehmt ihr uns aber mit«, sagte ich.

»Ja, klar«, versprach Papa. »Wenn wir das nächste Mal nach Spanien fahren, nehmen wir euch mit.«

Im Herbst passierte etwas, was meinen Glauben an die Sicherheit und Beständigkeit der Welt, so wie ich sie kannte, nachhaltig erschütterte. Knapp zwei Wochen lang, im Oktober 1962, redeten die Erwachsenen von kaum etwas anderem als der Kubakrise. Offensichtlich hatten Amerika und Russland Streit wegen Kuba, und auf einmal drohte die Gefahr eines Atomkriegs. Als Kind bekam ich davon zunächst nichts mit, zumal meine Eltern trotz ihrer sonstigen Unbekümmertheit, was Gespräche im Familienkreis anging, das Thema vor uns nicht ansprachen.

Aber eines Abends konnte ich nicht einschlafen. Warum, weiß ich nicht mehr. Lars und ich erzählten uns vor dem Einschlafen immer Geschichten. Wir hatten einen Seemann mit einem sprechenden Hund erfunden, Fiete und seinen Hund Max, die auf ihren Schiffsreisen spannende Abenteuer erlebten. Und vielleicht hatten wir es an diesem Abend mit dem

Gruselfaktor in unserer Geschichte übertrieben. Vielleicht hatte ich auch etwas zu Spannendes gelesen und fürchtete mich in der Dunkelheit vor Monstern und Gespenstern.

Ich rief leise nach Lars, aber er schlief schon, und so stand ich vorsichtig auf, um Susanne nicht zu wecken, und schlich im Dunkeln die Treppe hinunter, in der Absicht, mich zu Mama und Papa ins Bett zu kuscheln. Aber im Schlafzimmer war noch niemand. Im Haus war es dunkel, nur durch die kleinen Fenster im Treppenhaus fiel fahles Mondlicht, und unter der Wohnzimmertür drang ein schmaler Lichtstreifen hervor. Ich hockte mich auf die vorletzte Treppenstufe und hörte, wie Mama und Papa sich unterhielten. Ich rang noch mit mir, ob ich hineingehen sollte, weil meine Eltern abends gerne ihre Ruhe hatten, als Papa sagte: »Das ist brandgefährlich, Ingrid. Es kann wirklich sein, dass es Krieg gibt.« Erschreckt blieb ich vor der Tür stehen. Mama sagte: »Wir können nur hoffen, dass einer von beiden einlenkt.«

Krieg – das waren Resis schreckliche Erlebnisse auf der Flucht aus Ostpreußen, das waren Mamas Erzählungen von ihrer Kindheit und Jugend in der Großstadt, die im Krieg bombardiert worden war. Sie hatte erzählt, wie sie als Kind nachts in den Keller laufen musste, wenn die Sirenen heulten, und auch wenn sie sich mir gegenüber in ihren Schilderungen zurückhielt, so hatte sich mir doch tief eingeprägt, dass Krieg etwas Schreckliches war, etwas, was niemand je mehr erleben wollte. Allein schon das Wort schnürte mir die Kehle zu. Es stand für mich für alles Schlimme und Böse auf der Welt. Und jetzt sollte es wieder Krieg geben?

Ich spürte, wie die Angst sich wie ein kalter Klumpen in meinem Bauch ausbreitete. Entsetzt riss ich die Wohnzimmertür auf, stürzte mich in Papas Arme und begann zu weinen. »Versprich mir, dass es keinen Krieg gibt«, sagte ich immer wieder.

Natürlich versprach er es mir, und für den Moment war ich wohl auch erleichtert. Irgendwie hatte ich das Gefühl, dass Papa und Mama alleine mit ihrem Versprechen die Weltpolitik beeinflussen konnten. Wenn sie es sagten, würde es auch keinen Krieg geben. Außerdem, so versicherte ich mir, wohnten wir ja so weit weg von allen großen Städten, dass uns die Bombenflugzeuge sowieso nicht sehen würden.

Lommerich war auch im Zweiten Weltkrieg weitestgehend verschont geblieben, das wusste ich aus Opas Erzählungen. Es gab zwar am Bahndamm die zwei Bunker, aber die waren so gut wie nie benutzt worden, weil auf unser Dorf keine einzige Bombe gefallen war. »Und so viele hätten da sowieso nicht reingepasst«, sagte Opa. Nur im Wald gab es ein paar Bombentrichter – Opa hatte gesagt, da hätten die englischen Flieger auf dem Rückweg von Köln ihre letzten Bomben abgeworfen. »Ein paar Blindgänger liegen hier bestimmt noch unter der Erde«, sagte er immer.

Opa selbst wusste das alles auch nur vom Hörensagen. Er war im Krieg in Russland gewesen, aber davon erzählte er kaum. Nur einmal, als er in der Küche saß und seine Füße badete. In Russland waren ihm drei Zehen erfroren, an einem Fuß der mittlere und der kleine Zeh und an dem anderen nur der kleine Zeh. Das machte das Laufen ein bisschen mühsam, und er stützte sich auf einen Gehstock. Manchmal taten ihm die Füße weh, und er musste sie in einer Schüssel mit warmem Wasser und Fußpflegemittel baden. Und dabei erzählte er Toni und mir, wie schlimm es in Russland gewesen war. Sie hätten kaum etwas zu essen gehabt, und es sei so kalt gewesen. »Wir hatten Stiefel, aber die waren kaputt und die Sohlen durchgelaufen, weil wir ja zu Fuß unterwegs waren, und da haben wir uns Lumpen darum gebunden, damit wir nicht auf dem blanken Schnee gehen mussten. Und dabei sind mir die Zehen erfroren. Aber«, fügte er dann hinzu und lächelte uns an, »was Schlimmeres ist mir nicht passiert. Gott sei Dank!«

Das Schlimmere war dem älteren Bruder von Tonis Papa passiert. Er war nämlich »im Krieg gefallen«. Viel konnten wir uns darunter nicht vorstellen, eben bloß, dass er jetzt tot war, aber über die näheren Umstände ließ sich Opa nicht aus.

An diesem Abend jedenfalls wurde ich wieder in mein Bett gebracht und bin wohl auch eingeschlafen. Aber eine Unsicherheit blieb doch. Papas Satz ging mir nicht mehr aus dem Kopf. Ein Atomkrieg hatte gedroht, was noch viel, viel schlimmer war als jeder andere Krieg, und obwohl die Gefahr nach zwei Wochen erst einmal gebannt und die Krise überstanden war, wirkte ihr Gift schleichend in mir nach. Und immer wieder überfiel mich zu den unterschiedlichsten Zeitpunkten aus heiterem Himmel die Angst, es könne wieder Krieg geben.

9

Und dann kam, wie jedes Jahr, die Weihnachtszeit. Mama und Resi standen, unterstützt von Oma, die mittlerweile ganz zu uns gezogen war und in einem Zimmer im ersten Stock wohnte, in der Küche und backten Stollen und Plätzchen. Die Plätzchen kamen in große Blechdosen, und offiziell gab es die ersten am ersten Advent. Beim Spritzgebäck durften wir alle mithelfen, und wir stritten uns immer darum, wer an der Kurbel drehen, die verschiedenen Plättchen einschieben und wer die Enden der Plätzchen in Schokoladensoße tauchen durfte.

Mama backte nicht gerne. Es gab zwar jeden Samstag ein Blech Kuchen, aber für raffinierteres Backwerk war sie nicht so zu haben. Tonis Mutter backte Frankfurter Kranz, Buttercremetorte und vor Weihnachten so leckere Plätzchen wie Schwarz-Weiß-Gebäck, Vanillekipferl oder Bethmännchen, aber das war Mama viel zu aufwendig. »Das lohnt sich bei euch sowieso nicht«, sagte sie immer. »Ihr fallt ja doch immer wie die Raupen darüber her.« Bei ihr gab es nur Spritzgebäck, mit und ohne Schokoladenguss, Butterplätzchen und Stollen. Aber uns war das eigentlich egal. Alle Plätzchen waren lecker, zumal Süßigkeiten normalerweise bei uns streng rationiert waren.

Und regelmäßig verzweifelte Mama, weil die großen Plätzchendosen sich in den Wochen vor Weihnachten immer wieder auf geheimnisvolle Weise leerten. »Wer war das schon wieder?«, fragte sie anklagend und hielt uns eine halb leere Dose hin. Natürlich leugneten wir alle, einschließlich Papa, und irgendwann resignierte Mama und sagte bloß: »Ja, ja, dann war das wohl wieder mal der Heilige Geist!«

Dieses Jahr war irgendwie anders als sonst. Für mich hatte schon die Zeit ab November immer einen ganz besonderen Zauber gehabt. Ich liebte den Martinszug, wenn wir in der frühen Dunkelheit mit unseren selbst gebastelten Laternen hinter dem Sankt Martin herzogen, der in seinem roten Mantel auf dem Pferd vorausritt, während die Kapelle die traditionellen Martinslieder spielte. »Sankt Martin, Sankt Martin, Sankt Martin ritt durch Schnee und Wind, sein Ross, das trug ihn fort geschwind ...« Toni und ich konnten alle Strophen und sangen voller Inbrunst mit. Danach ging es ans hoch lodernde Martinsfeuer, für das schon Wochen vorher auf dem Sportplatz Holz zusammengetragen worden war. In der Turnhalle fand die Verteilung der Wecken statt, die dann anschließend zu Hause zu einer Tasse heißem Kakao verzehrt wurden.

Auf Sankt Martin folgte schon bald die Adventszeit, und an den Sonntagnachmittagen saßen wir bei Kerzenschein im Wohnzimmer, Mama las aus der Weihnachtsgeschichte vor, und wir beratschlagten schon einmal, welches Gedicht wir vor dem Weihnachtsbaum aufsagen wollten. Und – das Wichtigste von allem – wir schrieben und malten unsere Wunschzettel, die Mama und Papa dann ans Christkind weitergaben.

Aber wie gesagt, dieses Jahr war irgendwie anders als sonst. Es fing schon damit an, dass mein Freund Hans-Willi Brendel beim Martinszug keine selbst gebastelte Laterne dabeihatte, die von einer Kerze erleuchtet wurde, sondern stolz eine kleine Kirche aus Holz mit Fenstern aus transparentem Buntpapier auf einem Stab vor sich hertrug, die wahrhaftig über elektrisches Licht verfügte. Am Stab war ein kleiner Schalter, und damit konnte man das Licht ein- und ausschalten.

»Die hast du doch nicht selbst gebaut«, sagte ich zu ihm, als er mit seinem Kunstwerk auf den Schulhof kam, wo wir uns alle versammelten.

»Nein«, gab er zu, »mein Papa hat das meiste gemacht. Aber guck mal, richtig elektrisches Licht.«

Da stand ich nun, mit meiner selbst gebastelten Laterne, die im Vergleich dazu ganz armselig aussah und vor allem nicht so hell leuchtete wie die von Hans-Willi. Ich war sehr neidisch und auch ein bisschen böse auf ihn, weil er mir vorher gar nichts davon erzählt hatte, dass sein Vater ihm so eine tolle Laterne baute. Aber wahrscheinlich hatte er sich das nicht getraut, weil es eigentlich als Ehrensache galt, die Laterne selbst zu basteln. Aber insgeheim musste ich mir eingestehen, dass ich mir auch so eine tolle Laterne hätte basteln lassen können. Nur wäre mein Papa nie auf die Idee gekommen.

Am 6. Dezember war Nikolaus, und das Buch, das am Morgen in meinem Winterstiefel steckte, gefiel mir nicht, ich fand, es war Babykram. Das konnte ich gleich an Susanne weitergeben. Ich hatte gerade *Jim Knopf und Lukas der Lokomotivführer* gelesen. Dass es davon noch einen zweiten Band gab, wusste ich, und deshalb hatte ich gehofft, der Nikolaus würde ihn mir bringen. Aber stattdessen gab es nur ein dünnes Buch aus Pappe, irgendwas mit Sonne, Mond und Sternen. Und auch sonst hatte sich der Nikolaus dieses Mal wahrhaftig nicht besonders angestrengt, denn statt der erwarteten Süßigkeiten waren entschieden zu viele Äpfel und Walnüsse im Stiefel – wirklich, eine enttäuschende Geschichte.

Und in der Adventszeit stellte ich auf einmal fest, dass ich mich gar nicht mehr so auf Weihnachten freute wie sonst. Es war zwar immer noch schön, an den Adventssonntagen im Wohnzimmer zu sitzen, Printen zu knabbern und zuzuhören, wie Mama aus der Weihnachtsgeschichte oder einer anderen weihnachtlichen Geschichte vorlas, und es machte auch Spaß, anschließend Strohsterne oder Glanzpapierketten für den Weihnachtsbaum zu basteln, aber irgendwie hatte sich der Zauber aufgelöst, und ich hätte noch nicht einmal sagen können, warum. Vielleicht lag es ja daran, dass Lars ständig davon redete, dass es gar kein Christkind gab und nur die kleinen, besonders dummen Kinder daran glaubten. Das sagte er so oft, bis Susanne sich die Ohren zuhielt und anfing zu weinen. »Was ist denn hier schon wieder los?«, fragte Mama, die auf das Geschrei hin angelaufen kam. Susanne zeigte anklagend auf Lars, der sich prompt eine Ohrfeige von Mama einfing. Mamas Ohrfeigen kamen immer so schnell, dass man ihnen nicht ausweichen konnte. Abgesehen davon hätten wir uns das auch nicht getraut.

»Mein lieber Freund und Kupferstecher«, sagte sie zu ihm, »das will ich nicht noch einmal hören! Lass deine kleine Schwester in Frieden! Und du auch!«, wandte sie sich zur Sicherheit gleich an mich mit, dabei hatte ich gar nichts gemacht.

Vielleicht aber war der Grund auch, dass ich mich dieses Mal gezielt auf die Suche nach den Verstecken für die Geschenke gemacht und schon früh entdeckt hatte, dass ein Paar Schlittschuhe in meiner Schuhgröße in der Kammer im Regal lag. Außerdem hatte ich auch einen Chemiebaukasten für Lars und einen Kaufladen für Susanne entdeckt, und da ich an einem Abend mitbekommen hatte, wie Papa und Mama mit zahlreichen Tüten und Päckchen beladen aus der Stadt gekommen waren, hatte Lars wohl recht. Obwohl Toni mir erzählte, sie habe Engelshaar auf der Treppe gefunden, das das Christkind bestimmt verloren habe, geriet ich ins Grübeln. Möglicherweise kam wirklich kein Christkind, um in der Nacht vorher die Geschenke zu bringen. Nein, Lars hatte wahrscheinlich recht: Mama und Papa kauften sie schon ziemlich früh im Dezember in der Stadt.

Und dann war es so weit – Heiligabend war da. Resi war bei ihrem Verlobten Adi und seiner Mutter. Mama bereitete das Essen vor, es gab Hasenpfeffer, was die Erwachsenen unheimlich gerne mochten, ich aber nicht, weil immer so kleine Knöchelchen darin waren. Außerdem schmeckte die Soße so komisch, fand ich, vor allem, seit ich gehört hatte, wie Mama zu Oma gesagt hatte, durch das Hasenblut würde die Soße besonders sämig. Aber das warme Essen an Heiligabend war sowieso nicht ausschlaggebend, weil die Süßigkeiten auf dem Weihnachtsteller viel wichtiger waren. Und am ersten Weihnachtstag gab es Puter. Darauf freute ich mich schon. Papa hatte ihn, wie den Hasenpfeffer auch, extra in Köln besorgt, er lag in der kühlen Vorratskammer und war riesengroß. Der würde bestimmt für uns alle reichen. Und das Beste daran war, dass wir, wenn der Vogel noch gar nicht fertig gebraten war, schon die Innereien essen durften. Leber, Magen und Herz wurden in kleine Stücke geschnitten, und jeder durfte sich davon nehmen. Nur um den Hals, den Stross, da stritten Lars und ich uns immer. Jeder wollte ihn abknabbern. Meistens nahm ihn sich dann Mama. »Wenn ihr euch nicht einigen könnt«, sagte sie.

Papa lag in der Badewanne, und Oma wollte mit Lars und mir in den Kindergottesdienst. Sie gab die Hoffnung nicht auf, dass ihre heidnischen, evangelisch getauften Enkel doch noch zum rechten Glauben bekehrt würden.

Plötzlich klingelte es bei uns an der Haustür Sturm. »Herr Doktor, Herr Doktor, machen Sie auf!«, tönte es von draußen. »Schnell, es ist was passiert!«

Papa hatte es sich im warmen Badewasser gerade erst gemütlich gemacht, wie immer mit seinen Zeitungen und Magazinen und einem Glas Cognac, und eigentlich durfte er dabei nicht gestört werden. Deshalb machte auch Mama auf. Vor der Tür stand Helene Lachner und stammelte in Tränen aufgelöst: »Frau Doktor, Frau Doktor, der Herr Doktor muss janz schnell kommen! Der Papa hat die Mama jehauen, und sie blutet janz schlimm!«

Mama überlegte nicht lange. »Ich komme sofort«, sagte sie zu Helene. »Komm kurz rein, ich muss nur noch meinem Mann Bescheid sagen.« Sie rannte nach oben.

Es war ein einziger Aufruhr. Ich blickte neugierig auf die heulende Helene. Sie war zwei Jahre älter als ich, aber genauso wie ich im zweiten Schuljahr. Sie war lang und dünn, bestimmt zwei Köpfe größer als ich, und kam im Unterricht überhaupt nicht mit. Sie konnte auch kein Hochdeutsch, sondern nur das Platt, das im Dorf gesprochen wurde und bei dem – typisch rheinländisch – das G am Anfang eines Wortes gerne zu J wurde. Platt zu sprechen war an sich nicht schlimm, das tat sogar der Herr Adenauer, der Bundeskanzler war und der wichtigste Mann im Land. Papa verdrehte immer die Augen, wenn er ihn im Radio sprechen hörte, und machte ihn gerne nach. »Eine jut jebratene Jans ist eine jroße Jabe Jottes.« Mama erklärte ihm dann immer, dass er als »Imi«, wie die Leute genannt wurden, die nicht aus dem Rheinland kamen, sowieso niemals lernen würde, ein so gepflegtes Kölsch zu sprechen, und er sollte es doch bitte gar nicht erst versuchen, aber Papa liebte diesen Satz und wiederholte ihn bei jeder Gelegenheit.

Helene nun sprach das G meistens genauso aus wie der Herr Adenauer. Einmal sollte sie in der Schule vorlesen, und vor lauter Anstrengung, alles richtig zu machen und nur ja Hochdeutsch zu sprechen, las sie: »Gedes Gahr im Sommer ...« Ich weiß den vollständigen Satz nicht mehr. Ich weiß nur noch, dass es in der Klasse ganz still wurde und jeder sich verwirrt fragte, ob die Wörter wirklich so ausgesprochen wurden. Vielleicht hatten wir es ja immer falsch gemacht, und Helene machte es jetzt richtig ...

Und nun stand sie tränenüberströmt vor unserer Haustür und musste Hilfe holen, weil ihr Papa ihre Mama verhauen hatte. Mama kam schon wieder die Treppe runtergerannt, schnappte sich ihren Mantel von der Garderobe und sagte zu Helene: »Komm, wir laufen schon mal zu Fuß hin. Der Doktor kommt dann gleich.« Oma rief ihr hinterher: »Kind, warte doch auf Harald, am Ende ist der Mann noch da.«

»Der soll mir bloß kommen«, rief Mama über die Schulter. »Mit so einem feigen Kerl werde ich allemal fertig! Die eigene Frau vor den Kindern verprügeln!«

Papa war mittlerweile hastig in Hose und Pullover gesprungen, hatte sich seinen Arztkoffer geschnappt und war zum Auto gelaufen. Lars und ich wollten hinterherlaufen, aber Oma erlaubte es nicht. »Nichts da, hiergeblieben«, sagte sie. »Ihr habt da nichts zu suchen. Wir gehen jetzt in die Kirche.«

In der Messe hörte ich nur mit halbem Ohr hin, weil mir die arme Helene nicht aus dem Kopf ging. Selbst bei den Weihnachtsliedern, bei denen ich sonst immer ein besonders feierliches Gefühl hatte, wenn alle sangen »O du fröhliche ...«, war ich nicht wirklich bei der Sache. Ich fragte mich, ob der Vater von Helene wohl noch da war, um weiterzuprügeln. Am Ende würde er auch auf Mama und Papa losgehen!

Gewalt gegen Schwächere war mir nicht fremd, das kam bei uns im Dorf häufiger vor. Eine Ohrfeige oder »den Hintern versohlt bekommen« waren für uns Kinder übliche Bestrafungen, und sogar bei uns an der Schule teilten die älteren Lehrer Kopfnüsse aus, wenn die Schüler partout nichts begreifen wollten. Rektor Töpfer schmiss mit Kreide, wenn er wütend war, und einmal flog sogar ein Apfelkitsch durch die Klasse. Aber wirklich geprügelt wurde nur hinter verschlossenen Türen. Davon sollte eigentlich niemand etwas mitbekommen.

Ausnahmen bestätigten allerdings die Regel. An der Hauptstraße gab es ein großes Haushaltswarengeschäft. Der Inhaber, Herr Schleiden, war ein fast schon zu freundlicher Mann, der uns Kindern Bonbons schenkte und immer einen tiefen Diener machte, wenn Mama das Geschäft betrat. Seine Frau war lustig und patent. Sie hatte knallrot gefärbte Haare, was ich ungeheuer schick fand, und wenn sie lachte, was sie oft und gerne tat, sah man, dass sie unten links einen Goldzahn hatte. Wenn jedoch Vollmond war, dann kam regelmäßig der Krankenwagen, und Frau Schleiden musste nicht nur einmal zur Behandlung in die Kreisstadt ins Krankenhaus gebracht werden. Es hieß, bei Vollmond wisse Herr Schleiden nicht mehr, was er tue. »Der kann nix dafür«, sagten die Leute im Dorf. Und obwohl er seine Frau oft krankenhausreif prügelte, blieb sie immer bei ihm. Sie ging zum Arzt, und schon zwei Tage später stand sie dann meistens wieder im Geschäft, mit einer Augenklappe, die das zugeschwollene blaue Auge verdeckte, oder mit aufgeplatzter Oberlippe. Einmal fehlten ihr sogar die beiden oberen Schneidezähne. Ich dachte schon, sie würden jetzt auch durch Goldzähne ersetzt, aber als alles repariert war, sah sie wieder so aus wie vorher.

Ob Frau Lachner jetzt wohl genauso zugerichtet war? Wenn Helene Papa zu Hilfe holte, dann musste es schon schlimm sein. Unwillkürlich musste ich an den veränderten Text von dem Weihnachtslied denken, das Lars und Karl-Heinz kürzlich gesungen hatten. »O Tannenbaum, o Tannenbaum, der Lehrer hat mich blau gehau'n.«

Mama und Papa waren wieder zu Hause, als wir aus der Kirche kamen. Und bei ihnen waren Frau Lachner, Helene und ihr kleiner Bruder Rolf, der noch in den Kindergarten ging.

Frau Lachner hatte ein zugeschwollenes, fast schwarzes Auge und ein dickes Pflaster über der Augenbraue. Ihre Nase war ganz schief und auch ziemlich dick. An der Seite klebte noch ein bisschen geronnenes Blut.

Der Anblick verschlug mir die Sprache. Blieben die jetzt am Heiligabend etwa bei uns? Auch bei der Bescherung? In diesem Moment sagte Mama: »Frau Lachner bleibt mit Helene und Rolf über Weihnachten bei uns. Ich habe sie im Gästezimmer einquartiert. Und Helene kann ja bei dir schlafen, Birte.«

Ich schaute Mama ungläubig an. Helene sollte bei mir im Zimmer schlafen? Am Ende bei mir im Bett? Wir waren doch noch nicht einmal befreundet! Helene guckte auch schon ganz entsetzt.

Zum Glück sagte Helenes Mama: »Nein, nein, Frau Doktor, bitte, können die Kinder nicht beide bei mir schlafen? Das wäre mir lieber. Und wir möchten Ihnen auch gar keine Mühe machen.«

»Ja, natürlich«, sagte Mama. »Ganz wie es Ihnen lieber ist. Und Sie machen uns keine Mühe. Aber jetzt hören Sie endlich mit dem ›Frau Doktor‹ auf. Ich bin die Frau Hederich. Der einzige Doktor hier ist mein Mann.«

Und so kam es, dass wir Weihnachten mit einer fremden Familie feierten. Es war ein ziemlich komisches Gefühl, und mir war es ein bisschen unangenehm, vor allen mein Gedicht aufzusagen. Obwohl ich es eigentlich ganz auswendig konnte – darauf war ich ein bisschen stolz, denn es war ein langes und schwieriges Gedicht –, verhaspelte ich mich ein paarmal, und Mama musste mir vorsagen. »*Wärst du, Kindchen, im Kaschubenlande* hat aber auch viele Strophen«, sagte sie zu Frau Lachner, und es klang so, als müsste sie sich für mich entschuldigen. Aber ich glaube, Frau Lachner hörte mir sowieso gar nicht zu. Ich war richtig ein bisschen wütend und hätte am liebsten aufgehört, aber ich wollte ja meine Geschenke haben, also sagte ich es zu Ende auf. Doch als wir dann *Stille Nacht, heilige Nacht* sangen, bekam ich wieder bessere Laune und hätte fast losgekichert, weil Frau Lachner eine ganz hohe Piepsstimme hatte. Ihre Stimme zitterte immer so und hörte sich ganz ulkig an, aber Mama warf mir einen strengen Blick zu, und dann traute ich mich nicht mehr.

Allerdings hatte das gemeinsame Fest auch etwas Gutes, denn wegen der vielen Leute fiel keinem auf, dass ich fast keinen Hasenpfeffer aß und stattdessen das Marzipanbrot und die Nugatstange von Susannes Weihnachtsteller klaute. Als es ihr am nächsten Tag auffiel, holte Mama einfach ein neues Marzipanbrot und legte es ihr auf den Teller, weil sie dachte, der kleine Bruder von Helene hätte die Süßigkeiten gegessen.

Eigentlich merkte man kaum, dass sie da waren. Am zweiten Weihnachtstag waren sie dann auch schon wieder weg, weil Frau Lachner mit den Kindern bei ihrer Cousine unterkam. Das Beste war, dass wir unsere Geschenke nicht mit ihnen teilen mussten. Frau Lachner hatte nämlich eine große Tasche mitgebracht, in der die Geschenke waren, die das Christkind angeblich schon zu ihnen gebracht hatte. Sagte sie. Aber für mich war das nur ein weiterer Beweis, dass es das Christkind gar nicht gab.

Auf jeden Fall war es das seltsamste Weihnachten, das ich je erlebt hatte. Die Schlittschuhe lagen unter dem Weihnachtsbaum, wie ich es mir schon gedacht hatte, aber immerhin bekam ich auch den zweiten Band von Jim Knopf, nämlich *Jim Knopf und die Wilde 13*. Und als am nächsten Tag alles im Haus wieder ruhig war, setzte ich mich damit im Wohnzimmer in den großen Sessel in der Ecke, stellte meinen süßen Teller neben mich und begann zu lesen.

Lange währte die Ruhe allerdings nicht. Am zweiten Weihnachtstag holte Papa immer Tante Traudchen und Onkel Heinrich ab. Tante Traudchen war eine Schwester seiner Mutter, also meine Großtante, und Papa erzählte immer, wie gut sie zu ihm gewesen waren, als er nach dem Krieg angefangen hatte zu studieren. »Sie haben ja keine Kinder«, sagte er immer, »und sie haben einfach alles für mich getan. Sie haben mir die Miete für mein Zimmer bezahlt, und am Wochenende konnte ich mich immer bei ihnen satt essen.«

Ich fand die beiden merkwürdig. Sie brachten uns komische Süßigkeiten mit, Geleefrüchte, die wie Medizin schmeckten, und wir wussten nie, was wir mit ihnen reden sollten. Mama, glaube ich, auch nicht. Aber sie freuten sich wohl immer, zu uns zu kommen. »Sie sind ja ganz allein in ihrer kleinen Wohnung in Wuppertal«, sagte Papa. »Und sie an Weihnachten und zu den großen Familienfesten herzuholen ist das Mindeste, was ich tun kann.«

Onkel Heinrich bekam immer eine Flasche Danziger Goldwasser geschenkt, weil er das so gerne trank. In der Flasche war eine klare Flüssigkeit, in der Goldflitter schwamm. Es sah sehr kostbar aus. Tante Traudchen bekam meistens eine Flasche Kölnisch Wasser und ein Stück teure Seife, das waren auch immer schöne Geschenke. Dann saßen sie bei uns im Wohnzimmer, aßen Kuchen und tranken Kaffee, und Tante Traudchen sagte zu Oma so ulkige Sachen wie: »Der gute Bohnenkaffee! Was können wir froh sein, dass wir keinen Muckefuck mehr trinken müssen!« Und dann überboten Oma und sie sich gegenseitig mit all den Entbehrungen, die sie im Krieg hatten hinnehmen müssen. Mama saß mit gequältem Lächeln daneben, und Papa unterhielt sich angeregt mit Onkel Heinrich, der jedes Jahr wieder die Geschichte von dem Elefanten erzählte, der aus der Schwebebahn in Wuppertal in die Wupper gesprungen war. Damit konnte er höchstens noch Susanne beeindrucken – Lars und ich kannten die Geschichte schon, seit wir denken konnten.

Nach dem Abendbrot fuhr Papa die beiden wieder nach Hause. Mama machte sich erleichtert ans Aufräumen und sagte zu Oma: »Jetzt haben wir erst mal wieder für ein Jahr Ruhe.«

10

Oma war katholisch. Sie war Mamas Mutter, und früher einmal war Mama auch katholisch gewesen. Aber dann hatte sie Papa kennengelernt, und als sie heirateten, wurde sie auch evangelisch. Damit war sie, wie sie immer sagte, für die katholische Kirche gestorben.

Oma fand das nicht schön. »Ich kann Harald ja gut leiden«, sagte sie zu Mama. »Aber dass er dich aus deinem Glauben gerissen hat, das nehme ich ihm übel. Und dann sind auch noch alle Kinder evangelisch getauft.«

Mama lachte darüber nur. »Dass ich evangelisch geworden bin, war immer noch meine freie Entscheidung, Mutter«, sagte sie. »Ich fand den Muff in der katholischen Kirche immer schon schrecklich. Und all diese Zwänge.« Sie schüttelte sich. »Versuch bloß nicht, die Kinder zu bekehren!«

Ich fand aber, dass der katholische Glaube einiges an Vorteilen hatte. Oma ließ sich natürlich von Mama nichts sagen, schließlich war Mama ja ihr Kind, und sie hatte *ihr* etwas zu sagen. Und deshalb betete sie jeden Abend vor dem Schlafengehen mit mir. »Lieber Gott, nun schlaf ich ein, schicke mir mein Engelein, dass es treulich bei mir wacht in der langen, dunklen Nacht.« Ich fand es schön, dass ich einen Engel ganz für mich allein hatte, der jederzeit auf mich aufpasste.

Bei Lars versuchte Oma es auch, aber er wollte davon nichts wissen. »Ich bin evangelisch«, sagte er zu Oma, »und wir beten anders als die Katholiken.« Er fand es schon blöd, die Hände katholisch zu falten, und die katholischen Kindergebete fand er albern. Mama bestärkte ihn darin auch noch, aber ich liebte es, mit Oma zu beten.

»Ich bin klein, mein Herz ist rein, soll niemand drin wohnen als Gott allein.« Wenn ich das mit gefalteten Händen gesagt hatte, fühlte ich mich sicher und beschützt. Nach Mama und Papa war der katholische Gott derjenige, der dafür sorgte, dass mir nichts passierte.

Die meisten Leute in unserem Dorf waren katholisch, und ich beneidete Toni nicht nur wegen ihrer schönen langen Haare und dem Süßigkeitenfach im Wohnzimmerschrank. Nein, Toni hatte mir etwas Entscheidendes voraus: Wie alle anderen hatte sie die richtige Konfession.

Katholisch zu sein hatte meiner Meinung nach nur Vorteile. Bei den Katholiken gab es viel schönere Feste als bei den Protestanten, und auch die Rituale der Messe waren so viel aufregender als ein gewöhnlicher evangelischer Gottesdienst. Das wusste ich, weil ich im ersten Schuljahr einfach mittwochs immer in die Messe gegangen war, obwohl ich gar nicht katholisch war. Eigentlich hätte ich an den Tagen mit Schulgottesdienst erst eine Stunde später in die Schule gemusst, aber ich bettelte so lange, bis ich wie Toni auch daran teilnehmen durfte. Die Gebete und auch den Ablauf kannte ich, weil Oma das mit mir zu Hause übte. Sie brachte mir alles Wissenswerte bei. Ich konnte fehlerfrei den Rosenkranz beten, und auch die Erwiderungen der Gemeinde während der Messe bereiteten mir keine Probleme. Wie selbstverständlich tunkte ich zwei Finger in das Weihwasserbecken am Eingang und schlug dann das Kreuzzeichen, und genauso selbstverständlich ließ ich es mir an Aschermittwoch mit Asche auf die Stirn malen.

Doch nach einem Jahr war der Spaß für mich leider vorbei. Vom Weihrauch, der von den Messdienern großzügig in der Kirche verteilt wurde, wurde mir wiederholt so übel, dass ich während der Messe umfiel. Und dabei roch ich den Weihrauch so gerne. Aber es half nichts. Nachdem ich das zweite Mal ohnmächtig geworden war, schob Mama dem Ganzen einen Riegel vor. »Katholische Kirche ist nichts für dich, Birte«, sagte sie. »Da gehst du mir nicht mehr hin. Du verträgst den Weihrauch einfach nicht. Ich habe keine Lust, jeden Mittwoch in die Schule gerufen zu werden, um dich abzuholen. Jetzt ist Schluss.« Da half kein Betteln.

Mit Omas Hilfe versuchte ich, sie noch einmal umzustimmen, aber sie blieb hart. Von nun an durfte ich mittwochs erst zur zweiten Stunde zur Schule gehen.

Ich rächte mich auf meine Art. Die Schule lag ja genau neben der katholischen Kirche, die leicht erhaben mitten auf dem Kirchplatz stand. Ich ging einfach ein bisschen eher von zu Hause weg und lauerte dann vor der Schule den Jungs auf, die die Kirche schwänzten – und davon gab es immer ein paar. In meiner Klasse war das vor allem Hans-Jürgen Lessnick. Er war mit dem zwei Jahre älteren Eduard Honing befreundet, der eine Klasse über uns war. Die beiden konnte ich nicht besonders gut leiden. Sie waren gemein, fand ich, grausam zu Schwächeren und zu kleinen Tieren. Und vor allem nahm ich ihnen übel, dass sie, obwohl sie beide katholisch waren, nicht in den Schulgottesdienst gingen. Bisher hatten sie in der Stunde, wo Kirche war, immer ungehindert ihr Unwesen treiben können, aber jetzt war ich da, wütend, weil ich nicht in die Messe durfte, und beseelt von missionarischem Eifer. Ich würde die Ungläubigen schon auf den rechten Weg bringen!

Und tatsächlich erwischte ich sie eiskalt, als ich ihnen das erste Mal auflauerte. Ahnungslos kamen sie auf den Schulhof, wo ich sie schon erwartete. Als Eduard um die Ecke bog, stellte ich ihm ein Bein und warf mich auf ihn, als er hinfiel. Mein Überraschungsangriff gelang. Es kam heraus, dass beide ausgewachsene Feiglinge waren. Sie trauten sich zwar, hilflose Tiere zu quälen und Katzen Dosen an den Schwanz zu binden oder Böller auf sie zu schmeißen, aber mir waren sie nicht gewachsen. Hans-Jürgen versuchte nur halbherzig, seinem Freund zu helfen, aber es gelang mir, sie beide im Klo einzusperren, einem Nebengebäude der Schule, das so unglaublich schmutzig war, dass es mir als die schlimmste aller Strafen erschien, in dem stinkenden Häuschen auch nur atmen zu müssen.

Am Mittwoch darauf wiederholte sich das Spiel, allerdings war es jetzt nicht mehr ganz so einfach, weil sie ja ahnten, dass ich ihnen wieder auflauern würde. Aber ich schaffte es erneut, sie zu überwältigen, allerdings nur unter äußerstem Einsatz all meiner Kräfte. Und es gelang mir nicht, sie einzusperren, weil sie vorher schon wegrannten.

Beim dritten Mal jedoch wurde auch diesem schönen Zeitvertreib ein Riegel vorgeschoben – vielleicht rechtzeitig, weil die beiden sich nun wirklich erbittert wehrten. Fräulein Maubach war aus irgendeinem Grund ebenfalls nicht in der Kirche gewesen und hatte zufällig vom Lehrerzimmer aus beobachtet, was auf dem Schulhof vor sich ging. Sie schritt natürlich sofort ein und hatte auch nichts Besseres zu tun, als mich bei Mama zu verpetzen. »Birte, das geht so nicht«, sagte Mama. »Du kannst dich nicht schon vor Schulanfang mit anderen Kindern prügeln. Du bist doch ein Mädchen! Benimm dich auch mal so wie eines.«

Dass gerade Mama, die mich sonst immer ermunterte, mich wie ein Junge zu benehmen, so etwas sagte, fand ich nicht in Ordnung. Ich wusste schon, dass die Leute etwas dagegen hatten, wenn Mädchen zu wild waren. Einmal war ich pfeifend über die Straße gelaufen – ich konnte nämlich schon früh pfeifen und war sehr stolz darauf –, und da hatte eine Frau zu mir gesagt: »Mädchen pfeifen doch nicht! Das ist nicht schön! Mädchen, die pfeifen, und Hühnern, die krähen, soll man beizeiten die Hälse umdrehen.« Aber dass jetzt auch noch Mama in dieses Horn tutete … Wenn sie mir erlaubt hätte, katholisch zu werden, wäre das sowieso alles nicht passiert. Dann wäre ich auch nicht vor dem Unterricht auf dem Schulhof gewesen.

Wie um die Sache wiedergutzumachen, versprach Mama mir, ich dürfe bei der Fronleichnamsprozession mitgehen.

Fronleichnam war – nach Kommunion – das schönste Fest im ganzen Jahr. Vor jedem Haus – außer vor unserem natürlich – stand ein Blumenaltar, und während der Prozession durch den Ort streuten die Kinder Blütenblätter.

Ich hatte jedes Jahr darum gebettelt, mitgehen zu dürfen, und jetzt war es endlich so weit. Mama kaufte mir sogar extra ein Kleid dafür, weiß mit pastellfarbenen Streifen und angenähten Bändern, die hinten auf dem Rücken zu einer Schleife gebunden wurden. Und ich bekam ein geflochtenes Körbchen, das ich mit Seidenbändern um den Hals trug.

In unserem Garten blühte leider nichts Passendes, aber das schien Mama nicht weiter zu stören. Über meinen Vorschlag, doch auch einen Blumenaltar aufzubauen, lachte sie nur. »Ich möchte mit keinem hier konkurrieren«, sagte sie. Mama war einfach nicht so eine gute Gärtnerin, deshalb ging sie am Abend vorher mit mir zu Frau Goldbach nebenan, die angeboten hatte, ich könne mich an ihren Blumenbeeten bedienen. »So ein Körbchen ist ja nicht so groß, das kriegen wir noch voll«, sagte sie freundlich zu mir, und ich schämte mich ein bisschen, weil ich mich immer so vor ihren fettglänzenden Fingern ekelte.

Rosenblätter fand ich am schönsten, deshalb schielte ich begehrlich auf ihre Rosenrabatte, aber sie wandte sich gleich zu den Lupinen, der gewöhnlichsten aller Streublumensorten. Lupinen wuchsen überall, und die meisten Kinder hatten die kleinen lila oder rosa Blütenkelche im Körbchen, wer jedoch etwas auf sich hielt, streute Rosenblätter. Von Toni wusste ich, dass ihre Mutter für sie dieses Jahr ihre prächtigen gelben Rosen geplündert hatte. »Gloria Dei«, hatte Toni stolz gesagt. »Das heißt ›der Ruhm Gottes‹. Die duften sogar.«

Mein Körbchen allerdings füllte sich unaufhaltsam mit Lupinenblüten. Schließlich hielt ich es nicht mehr aus. »Darf ich auch ein paar Rosenblätter haben?«, fragte ich.

»Birte! Jetzt werd aber nicht unverschämt«, ermahnte Mama mich. »Ich finde es ausgesprochen nett von Frau Goldbach, dass sie dir die ganzen Lupinen gibt.«

Frau Goldbach lachte gutmütig. »Ja, klar, zwei Rosen sind auch noch drin.« Ich lächelte sie dankbar an und nahm mir im Stillen vor, mich das nächste Mal, wenn sie mir ein Schmalzbrot anbot, nicht vor Ekel zu schütteln, sondern das Brot anzunehmen. Essen brauchte ich es ja nicht. Lars würde es mir sicher abnehmen.

Die Prozession war ganz großartig. Vorneweg ging der Pastor mit den Messdienern unter einem Baldachin. Er trug die goldene, mit Edelsteinen besetzte Monstranz, die in der Sonne schimmerte und glänzte. Hinter dem kleinen runden Fenster befand sich die geweihte Hostie.

Alle Häuser waren geschmückt, und Fahnen hingen an den Fassaden oder standen auf dem Gehweg. Manche Häuser hatten richtige Altarschränke vor der Tür stehen, mit Maria und Josef und dem Jesuskind. Und überall waren Blumen, sogar auf der Straße, die wir Kinder zusätzlich noch mit Blütenblättern bestreuten. Den ganzen Weg über wurde gebetet oder, mit Unterstützung der Schützenkapelle, gesungen. Bisher hatte ich immer nur sehnsüchtig vom Straßenrand aus zugeguckt, aber endlich mitgehen zu dürfen war ein überwältigendes Erlebnis. Viele Frauen knieten am Straßenrand und beteten, während wir vorbeigingen, und ich fand alles so festlich und schön.

Anschließend fotografierte Papa mich noch im Garten, in meinem schönen Kleid. Mama hatte mir sogar ein Kränzchen auf die leider viel zu kurzen Haare gesetzt. Bei Toni sah es auf den langen Haaren, die sie an solchen Feiertagen offen tragen durfte, viel schöner aus, aber mit dem Blumenkörbchen, das mir um den Hals hing, ging es. Wirklich, katholisch zu sein war großartig.

Und bald darauf gab es schon wieder eine Gelegenheit, das schöne Kleid anzuziehen. Fräulein Maubach heiratete. Nach der Hochzeit würde sie Frau Meurer heißen, hatte sie uns gesagt. Erst wenn man heiratete, wurde man nicht mehr mit Fräulein angeredet, sondern mit Frau, und es war ganz selbstverständlich, dass man den Namen des Mannes annahm. Meurer war ja ein ganz normaler Name, aber Resi zum Beispiel würde nach der Hochzeit Kalbskopf heißen, wie Adi und Adis Mutter auch, und ich fragte mich, ob sie sich auf den neuen Namen eigentlich freute. Ich traute mich nicht, sie zu fragen, am Ende wäre sie beleidigt, aber manchmal fand man doch sicher seinen eigenen Namen viel schöner, und wenn der Mann dann komisch hieß, war es nicht so gut, dass man dann automatisch auch so heißen musste. Ungerecht fand ich auch, dass die Männer immer mit »Herr« angeredet wurden. Da gab es kein »Herrlein«.

Aber das war jetzt erst einmal nebensächlich. Fräulein Maubach heiratete in einer Kirche in Köln, und die ganze Klasse würde hinfahren, um dabei zu sein. Und wenn sie aus der Kirche kamen, würden wir singen *So nimm denn meine Hände*. Das hatte Mama schon mit uns einstudiert. Die meisten kannten das Lied sowieso, weil es im katholischen Gesangbuch stand.

Die Hochzeit fand an einem Samstag im Juni statt, in den Pfingstferien. Da noch lange nicht jeder Haushalt im Dorf ein Auto hatte, trafen wir uns alle auf dem Kirchplatz, wo wir Kinder auf die Autos verteilt wurden, mit denen wir nach Köln fuhren.

Ich ging natürlich davon aus, dass ich entweder bei Papa im Auto oder bei Caspareks im VW Käfer mitfahren würde, aber Mama hatte anders entschieden und sagte mir, ich solle mich zu Dickopps ins Auto setzen. Herr Dickopp war einer der beiden Bäckermeister in Lommerich. Ihm gehörte die Bäckerei am Ortsanfang. Wir kauften gar nicht da ein, weil wir immer zu Prüm gingen, das war die andere Bäckerei. Herr Dickopp hatte oft schlechte Laune, und Mama hatte mal gesagt, er würde seine Frau nicht gut behandeln. Frau Dickopp war bei der Fahrt nicht dabei, weil sie im Laden bleiben musste. Sie hatten eine Tochter, die bei Lars in der Klasse gewesen war und jetzt auf die Realschule in der Kreisstadt ging. Ich kannte sie kaum und wandte ein, dass ich lieber bei Caspareks mitfahren würde, wenn ich schon nicht in Papas Auto durfte, aber Mama meinte, sie hätten keinen Platz mehr für mich. Das machte mich richtig sauer, und ich versuchte, sie zu überreden, doch Lars in das andere Auto zu setzen.

Aber Mama hatte ihre eigenen Vorstellungen, und sie konnte es gar nicht leiden, wenn man nicht machte, was sie wollte. »Nein«, sagte sie. »Lars fährt bei Papa mit, ich mit Susanne bei Goldbachs und du fährst mit Dickopps, basta. Und jetzt hör auf, mir auf die Nerven zu gehen, sonst kannst du zu Hause bleiben.«

Das war ungerecht, weil ich die Einzige aus der Familie

war, die bei Fräulein Maubach in die Klasse ging. Susanne und Lars hatten doch gar nichts mit ihr zu tun. Aber wenn Mama diesen Tonfall anschlug, fügte man sich besser, sonst fing man sich am Ende noch eine Ohrfeige ein.

Ich stieg also hinten zu Dickopps ins Auto. Auf der Ablage lag eine Klopapierrolle, über die ein gehäkelter Hut aus gelboranger Wolle gestülpt war. Daneben saß ein Dackel aus so einer Art Samt, der jedes Mal, wenn das Auto in die Kurve ging oder anfuhr, mit dem Kopf wackelte. Es roch komisch, ein bisschen wie das Fichtennadelbad, das Oma immer nahm. Um mich nicht die ganze Zeit über die erlittene Ungerechtigkeit ärgern zu müssen, zwang ich mich, meine Gedanken auf die bevorstehende Hochzeit zu richten, damit ich wenigstens einen Grund zur Freude hatte. Herr Dickopp und Ulrike, die Tochter, redeten sowieso nicht mit mir, und ich konnte in Ruhe vor mich hin träumen.

Die Hochzeit war sehr schön. Fräulein Maubach sah in ihrem langen weißen Brautkleid und dem Schleier aus wie eine Prinzessin. Ihr Bräutigam, Herr Meurer, war ein ganzes Stück größer als sie. Er hatte nicht viele Haare auf dem Kopf, aber dafür hatte er einen Vollbart. Ich hörte, wie Frau Casparek Mama zuflüsterte: »Was für ein schönes Paar!«

Kurz bevor die Kirche aus war, dirigierte Mama uns nach draußen, und wir stellten uns im Halbkreis vor dem Eingang auf. Als die Tür aufging und die Brautleute herauskamen, gab sie uns ein Zeichen, und wir sangen *So nimm denn meine Hände*. Fräulein Maubach, die ja jetzt Frau Meurer hieß, hatte Tränen in den Augen vor lauter Rührung. Sie schenkte jedem von uns eine Tafel Sarotti-Schokolade. Das Papier darum herum war braun-blau-gelb, mit dem Sarotti-Mohr in der Mitte.

Danach fuhren wir zurück nach Hause, und auch auf dem Rückweg musste ich wieder bei Dickopps mitfahren. Als ich hinten im Auto saß, machte ich die Schokolade auf, um sie zu probieren. Ich hatte gerade das erste Stück in den Mund gesteckt, als Herr Dickopp, der das im Rückspiegel gesehen hatte, streng sagte: »Im Auto wird keine Schokolade gegessen. Nachher verschmierst du mir noch die Polster.«

»Oder dein Kleid«, mischte sich Ulrike Dickopp ungefragt ein.

Verärgert legte ich die Tafel wieder auf den Sitz, schob sie aber halb unter mein Kleid. Wenn ich sie nicht sah, dann fiel es mir vielleicht nicht so schwer, sie nicht zu essen.

Endlich waren wir zu Hause. Im Auto war es warm gewesen, und mir stand der Schweiß auf der Stirn, weil Herr Dickopp uns nicht erlaubt hatte, die Scheiben herunterzukurbeln. Auf dem Kirchplatz stiegen wir alle aus.

Ich merkte schon, als ich mich aufrichten wollte, dass irgendetwas nicht in Ordnung war. Toni kam auf mich zugelaufen und fragte, ob ich meine Schokolade probiert hätte.

Ich schüttelte den Kopf. »Nein«, sagte ich, »nur ein ganz kleines Stück. Sie ist hier.« Ich drehte mich um und wollte sie vom Sitz nehmen. Aber da lag keine Tafel Schokolade mehr. Das Papier war aufgerissen und aufgeweicht, und die Schokolade war herausgequollen. Sie war weich geworden, weil es so heiß im Auto gewesen war und ich auch noch drauf gesessen hatte, und die flüssige braune Masse hatte sich auf dem hellen Polster des Rücksitzes verteilt.

Entsetzt drehte ich mich um, um mir die Bescherung aus der Nähe anzusehen. Hinter mir schrie Toni erschreckt auf. »Birte, Birte, dein ganzes Kleid ist hinten beschmiert!«

Ich traute mich gar nicht, mir an den Rock zu fassen. Wie es da hinten aussah, konnte ich mir ja vorstellen.

Da trat auch schon Mama zu uns, durch Tonis Geschrei aufmerksam geworden. »Ach, du lieber Himmel!«, sagte sie. »Wie sieht das denn aus? Es ist doch nicht zu fassen! Kannst du dich nicht wenigstens ein einziges Mal ordentlich benehmen?«

Sie zerrte mich weg, als ich nach der zerlaufenen Tafel greifen wollte. »Nein, fass das nicht an! Geh schon mal vor nach Hause. Lars ist auch schon gegangen. Wir kommen gleich nach. Ich muss das mit Herrn Dickopp in Ordnung bringen. Wenn die Reinigung zu teuer wird, kannst du dich mit deinem Taschengeld daran beteiligen, das sage ich dir!« Damit wandte sie sich zu Herrn Dickopp, der noch nicht gesehen hatte, was mit seinem kostbaren Autopolster passiert war, und schickte mich weg.

»Na, hoffentlich geht das raus!«, sagte Oma zu Hause, als ich ihr den großen Schokoladenfleck auf meinem besten Kleid präsentierte. Das war zu viel für mich. Ich brach in Tränen aus. Nicht nur, dass ich im Auto bei fremden Leuten hatte mitfahren müssen, als Einzige von allen Kindern keine Schokolade hatte, weil keiner von den Erwachsenen auf mich aufgepasst hatte, jetzt war auch noch mein allerschönstes Lieblingskleid im Eimer!

Als Papa und Mama mit Susanne nach Hause kamen, saß ich in Unterwäsche in der Küche und heulte wie ein Schlosshund, während Oma versuchte, mich zu trösten. Papa sagte beruhigend: »Ist doch nicht so schlimm, Birte! Wir haben schon alles geregelt. Ich bezahle Herrn Dickopp die Reinigung. Danach ist sein Rücksitz wieder wie neu!«

Aber es war trotzdem schlimm. Ich versuchte, Mama zu erklären, was in mir vorgegangen war, dass ich mich zurückgesetzt und allein gefühlt hatte, aber sie verstand es einfach nicht. Sie sagte wie immer nur: »Stell dich nicht so an, Birte. Es gibt weiß Gott Schlimmeres im Leben, als bei Herrn Dickopp im Auto mitfahren zu müssen!«

11

Eines Tages sagte Mama beim Abendessen zu Papa: »Manche Frauen sind einfach zu gut für diese Welt. Stell dir vor, Frau Dickopp ist schwanger. Dabei ist die Tochter doch schon zwölf. Ich begreife nicht, warum sie sich von dem fiesen Kerl noch mal ein Kind machen lässt, gerade jetzt, wo sie auch mal ein bisschen was für sich tun könnte.«

Papa zuckte mit den Schultern. »Du weißt doch gar nicht, was die Leute so umtreibt. Vielleicht ist Herr Dickopp gar nicht so schlimm, wie du immer glaubst.«

»Doch«, mischte ich mich ein, »er ist ganz bestimmt schlimm. Ich hab richtig Angst vor ihm gehabt, als ich auf der Hochzeit von Fräulein Maubach bei ihm mitfahren musste.«

Mama und Papa warfen sich einen Blick zu und fingen an zu lachen. »Du hattest auch allen Grund, Angst zu haben, Birte«, sagte Mama. »Das mit der Schokolade war ja wohl das Allerletzte!«

»Ja«, sagte Lars, »so blöd muss man erst mal sein, um sich in der größten Hitze auf eine Tafel Schokolade zu setzen. Ich sag's ja, DbddhkP, sAv.«

»Selber DbddhkP!«, schrie ich und versuchte, ihn vors Schienbein zu treten, aber er wich mir aus.

»Hört auf!«, sagte Mama scharf. »Keinen Ton mehr! Esst euer Abendbrot. Ich will nichts mehr hören.«

Irgendwann war ich mit Toni im Dorf unterwegs, und da kam uns Frau Dickopp entgegen. Ihr Bauch war schon ganz dick. Als sie an uns vorbeigegangen war, stupste Toni mich mit dem Ellbogen an. »Tant' Marea sagt, das Kind wäre bestimmt vom Pastor«, flüsterte sie und kicherte.

»Das kann doch gar nicht sein«, sagte ich. »Sie ist doch mit Herrn Dickopp verheiratet.«

Toni zuckte mit den Schultern. »Ich weiß. Aber Tant' Marea sagt, sie guckt ihn immer so an. Und sie ist auch mitgefahren, als die Freizeit für die Ministranten war. Dabei hat sie doch gar keinen Sohn, der Ministrant ist.«

Seit letztem Jahr hatten wir einen neuen Pastor im Dorf. Der alte war zu alt geworden und in Rente gegangen. Der neue war jung und nett, spielte mit den Jungs Fußball, und Oma erzählte, wie großartig er predigen würde. »Wirklich, Ingrid«, sagte sie zu Mama beim Sonntagsessen, »du solltest mal mit in die Heilige Messe kommen. Dir würde Pastor Kleihues auch gefallen. Wie der predigt! Und so ein gut aussehender Mann!«

Mama, die gerade damit beschäftigt war, unsere Teller zu füllen – es gab mein Leibgericht, Sauerbraten mit Kartoffelklößen –, lachte. »Nur weil der Pastor gut aussieht, kriegst du mich noch lange nicht in die Kirche, Mutter«, sagte sie. »Du scheinst übrigens nicht die Einzige zu sein, die von ihm schwärmt. Frau Dickopp wohl auch. Im Dorf reden sie sich schon die Köpfe heiß, das habe ich letzte Woche bei Grasshoffs gehört.«

Grasshoff war der größte Lebensmittelladen im Dorf, und Mama sagte immer, sie brauche keine Zeitung zu lesen, wenn sie zweimal in der Woche da einkaufen gehe.

»Wieso? Was wird denn geredet? Und was soll das denn mit Frau Dickopp?«, fragte Oma.

Mama zuckte mit den Schultern. »Ich hab nur gehört,

dass einige junge Frauen hier im Dorf und ganz besonders Frau Dickopp ein Auge auf den Pfarrer geworfen haben. Es kann aber auch umgekehrt sein.«

»Kind«, sagte Oma empört. »Versündige dich nicht. Das ist doch der Pastor! Und Frau Dickopp ist verheiratet! Sie ist im fünften Monat!«

»Tja«, sagte Mama. »Darum geht es ja. Der Pastor wäre sicher nicht der Erste, der eine Freundin hat, obwohl er im Zölibat lebt. Und das Gerücht mit Frau Dickopp hält sich wohl hartnäckig.«

»Was ist Zölibat?«, fragte ich dazwischen.

»Katholische Priester dürfen nicht heiraten«, sagte Papa, der sich bisher an dem Gespräch nicht beteiligt hatte. »Sie müssen immer ledig bleiben und ihr ganzes Leben Gott widmen. Und das nennt man dann ›im Zölibat leben‹.«

»Aber der Pastor hat doch eine Frau«, sagte ich verwirrt. »Frau Mirgel wohnt doch bei ihm im Pfarrhaus.«

»Frau Mirgel führt ihm nur den Haushalt, Birte«, sagte Mama.

»Ja, genau«, sagte Oma energisch. »Er hat eine Haushälterin, und das ist alles. Das ist doch dummes Gerede mit den Frauen. Der Mann ist Priester. Der interessiert sich nicht für Frauen!«

»Wer's glaubt, wird selig.« Mama lachte. »Ich habe ja nur wiedergegeben, was im Dorf so erzählt wird. Und oft ist es so, dass an diesem Landfunk auch was dran ist. Aber du hast recht, Mutter, es gibt interessantere Themen. Lasst uns essen, es wird ja alles kalt.«

Mitten im Schuljahr kam Elisabeth eines Tages zu uns nach Hause. Ich spielte gerade mit Toni oben in unserer Rumpelkammer Schiffbruch, als die Tür aufging und Elisabeth dastand. »Darf ich reinkommen?«, fragte sie.

»Ja, klar, warte mal«, sagte ich und sprang auf die Matratzenstraße, die wir bis zur Tür gelegt hatten. »Ich muss mich nur gerade an Land retten, ich bin nämlich ins Wasser gefallen.«

Sie sagte gar nichts darauf, sondern wartete nur, bis ich an der Tür war, dann sagte sie traurig: »Ich wollte euch nur Bescheid sagen. Wir ziehen weg. Nach Heidelberg.«

»Wo ist das denn?«, fragte Toni.

Elisabeth zuckte mit den Schultern. »Ziemlich weit weg. Wir waren am Wochenende da, weil Papa uns die neue Wohnung gezeigt hat, und wir sind ziemlich lange mit dem Auto gefahren.«

»Warum zieht ihr denn weg?«, fragte ich. »Dein Papa arbeitet doch hier.«

Elisabeth hockte sich ganz mutlos auf unsere Matratzenstraße. »Meine Mama muss in eine Klinik. Und die ist in Heidelberg. Und damit wir sie immer besuchen können, ziehen wir auch dahin. Meine Oma kommt mit. Papa hat schon eine neue Stelle.« Sie fing an zu weinen. »Ich will hier nicht weg. Ich will hier wohnen bleiben.«

»Vielleicht kannst du zu uns ziehen?«, schlug ich vor.

Elisabeth schüttelte den Kopf. »Auf die Idee bin ich auch schon gekommen, aber Papa hat gesagt, das geht nicht. Und außerdem wäre Oma traurig, wenn sie extra mit nach Heidelberg zieht und ich würde hierbleiben.«

»Was ist das denn für eine Klinik?«, fragte Toni.

Wieder zuckte Elisabeth mit den Schultern. »So eine Art Krankenhaus, wo sie behandelt wird. Ich weiß auch nicht genau. Papa hat nur gesagt, dass sie da vielleicht wieder gesund wird und so wie früher.«

»War sie denn früher anders als jetzt?«

»So genau kann ich mich nicht daran erinnern, aber sie ist erst krank geworden, als Peter auf die Welt gekommen ist.« Elisabeth runzelte die Stirn. »Glaube ich jedenfalls.«

»Vielleicht können wir dich ja in dem Heidelberg mal besuchen«, sagte Toni. Sie hockte sich neben Elisabeth und legte ihr tröstend den Arm um die Schultern.

»Hmm«, sagte Elisabeth und nickte.

»Wie ist es denn da so?«, fragte ich, um sie abzulenken. Sie sah so aus, als wollte sie gleich wieder anfangen zu weinen.

»Wir wohnen in einem sehr schönen Haus«, sagte Elisabeth. »Es liegt am Hang, und von meinem neuen Zimmer aus gucke ich auf den Neckar. Das ist der Fluss, der da fließt. Es ist sogar größer als mein Zimmer jetzt, und einen Garten haben wir auch. Aber das nützt mir ja alles nichts, wenn ich nicht mehr hier bin.« Sie ließ den Kopf hängen. Und dann fing sie wieder an zu weinen. »Am liebsten würde ich bei euch bleiben«, schluchzte sie. »Und ich hab auch Angst vor der neuen Schule, ich kenne da doch keinen, und bei Fräulein Maubach habe ich mich immer so wohlgefühlt.«

»Machst du denn wenigstens das Schuljahr noch zu Ende?«, fragte ich.

Elisabeth schüttelte den Kopf. »In zwei Wochen ziehen wir schon um.«

»Das ist ja schrecklich«, sagte Toni betrübt. »Ich könnte nie hier wegziehen, glaube ich.«

»Ich auch nicht«, sagte ich. »Aber in Heidelberg ist es bestimmt auch ganz schön. Und vielleicht dürfen wir dich ja wirklich mal besuchen kommen.«

Elisabeth nickte. Allzu überzeugt sah sie nicht aus. »Ja, das wäre toll. Ihr seid meine allerbesten Freundinnen. Ich wünschte, ich könnte auch hierbleiben.«

Der Umzugstag rückte immer näher, aber vorläufig kam Elisabeth noch zur Schule. Toni und mir hatte sie schon jetzt ein Abschiedsgeschenk gegeben, eine Schneekugel, in der ein halb verfallenes Schloss war. Wenn man sie umdrehte und schüttelte, dann fiel Schnee auf das Schloss. »Das ist das Heidelberger Schloss«, sagte sie. »Damit ihr immer an mich denkt.«

Am Donnerstag sollte der Umzugswagen kommen. Und am gleichen Tag sollte Frau Karsch mit dem Krankenwagen nach Heidelberg in die Klinik transportiert werden.

In der Nacht ging auf einmal die Sirene. Sie war an einem Haus an der Hauptstraße angebracht, und weil wir nicht so weit weg wohnten, hörten wir sie besonders laut. Sie heulte los, und nach und nach stimmten auch die Sirenen in den weiter entfernten Orten ein.

Susanne wachte nicht auf, sie hatte einen festen Schlaf. Papa sagte immer: »Wenn Susanne einmal schläft, kriegst du sie nicht geweckt, und wenn neben ihr ein Flugzeug starten würde.«

Aber ich wurde wach. Der Ton hallte so unheimlich durch die Dunkelheit, und mir fiel ein, was Mama über die Nächte im Krieg erzählt hatte. Ob wir jetzt auch in den Keller mussten, um uns vor einem Bombenangriff zu schützen?

»Was ist denn hier los?«, schimpfte Lars. Er war auch wach geworden. Die Sirenen heulten dreimal, dann war es wieder still. Nur in der Ferne waren die anderen Sirenen noch zu hören.

Ich wollte zu Lars ins Bett krabbeln, weil mir ganz mulmig geworden war, aber er hatte sich schon wieder die Decke über den Kopf gezogen und murmelte: »Hau ab!«

Also lief ich die Treppe hinunter. Oma kam mir im Morgenmantel entgegen. »Geh wieder ins Bett, Kind«, sagte sie leise. »Es brennt bestimmt irgendwo. Hier bei uns ist alles in Ordnung, ich hab schon nachgeguckt.«

Ich ging wieder in mein Zimmer, machte aber das Fenster auf und guckte hinaus. Unten fuhr ein Feuerwehrauto mit Blaulicht, aber ohne Sirenen vorbei. Es sah unheimlich aus. Das Licht blinkte bläulich in der Dunkelheit, aber ansonsten war alles still.

Ich reckte den Kopf ein wenig weiter aus dem Fenster, um dem Feuerwehrauto nachzugucken. Weiter hinten war ein rötlicher Lichtschein am Himmel. Oma hatte recht. Es brannte. Aber wo? Das war schwer abzuschätzen. Am liebsten hätte ich mich angezogen, um hinzulaufen und nachzugucken.

Als wenn sie es geahnt hätte, kam Mama ins Zimmer. »Geh sofort wieder ins Bett«, sagte sie streng. »Es gibt ja sowieso nichts zu sehen, und morgen ist Schule!«

Am nächsten Morgen wusste Toni, was passiert war. Das Haus von Karschs war abgebrannt. »Also ich weiß nicht, ob es ganz abgebrannt ist, aber auf jeden Fall hat es da gebrannt, und deshalb war die Feuerwehr da. Und ich hab auch den Krankenwagen gesehen.«

Am liebsten wären wir sofort hingelaufen, um uns das Haus anzusehen, aber dann wären wir zu spät in die Schule gekommen, und das trauten wir uns nicht. Auf dem Schulhof wussten sowieso schon alle davon. Das Obergeschoss der Villa war samt Dach abgebrannt, und überall wurde erregt debattiert, ob es wohl Tote gegeben hatte, da ja da oben die Schlafzimmer waren. Das wusste aber keiner genau. Manche behaupteten, mit Sicherheit zu wissen, dass alle Bewohner des Hauses ums Leben gekommen waren, andere sagten, Herr Karsch habe mit den zwei Kindern im Morgenmantel auf der Straße gestanden, und Frau Karsch sei auf einer Trage in den Krankenwagen gebracht worden. Also, genau hätten sie das aber auch nicht sehen können, weil ein Tuch darüber gelegen habe.

Elisabeth kam natürlich nicht zur Schule. Fräulein Maubach sagte nur, sie komme jetzt leider auch nicht mehr zu ihrem Abschied in die Klasse. Sie seien schon weggefahren in ihr neues Haus.

Ein paar Wochen später bekam ich einen Brief von ihr.

Liebe Birte,
wie geht es dir? Mir geht es nicht so gut. Ich wohne jetzt in Heidelberg, und das Haus ist sehr schön. Auch die Schule ist ganz gut, nur manchmal verstehe ich die anderen Kinder nicht, weil sie so komisch reden. Aber langsam gewöhne ich mich daran.
Du hast dich bestimmt gewundert, dass ich so plötzlich weg war. Ein Glück, dass ich Toni und dir das Abschiedsgeschenk schon gegeben habe. Meine Mama ist gestorben, als das Haus gebrannt hat. Ich soll es nicht wissen, aber ich habe gehört, wie Oma am Telefon gesagt hat, dass sie Tabletten geschluckt hat, und wer weiß, vielleicht ist sie sogar schuld, dass das Haus abgebrannt ist, weil sie danach noch eine Zigarette geraucht hat. Als ich dann ins Zimmer gekommen bin, hat sie sofort über was anderes geredet.
Liebe Birte, ich bin so traurig, dass ich nicht bei euch sein kann. Du und Toni, ihr seid meine besten Freundinnen für immer.
Viele Grüße
deine Elisabeth

Ich zeigte Mama den Brief. »Kommt Frau Karsch jetzt in die Hölle?«, fragte ich. Selbstmörder kamen nicht in den Himmel, das hatte Oma mir erklärt, und wenn sie außerdem auch noch schuld daran war, dass das Haus abgebrannt war, dann war es ja noch schlimmer.

Mama verzog ganz traurig das Gesicht. »Ach, Birte, Schätzchen«, sagte sie. »Das ist eine schreckliche Geschichte.

Aber Frau Karsch war sehr krank, weißt du. Und wir wissen ja auch gar nicht genau, was passiert ist. Aber in die Hölle kommt sie ganz bestimmt nicht! Da mach dir mal keine Gedanken.«

Aber immer, wenn ich an der Villa im Park vorbeikam, musste ich doch daran denken. Es roch immer noch ein bisschen brandig, und soweit hinter den Bäumen zu erkennen war, war sie oben immer noch schwarz verkohlt, nur das Dach war notdürftig abgedeckt. Das Tor zur Einfahrt war mit einer dicken Kette und einem Vorhängeschloss verriegelt, und keiner durfte hinein.

Draußen regnete es in Strömen. Bis auf Lars, der in seinem Zimmer war und an seinen Brieffreund schrieb, waren wir alle im Wohnzimmer. Papa saß in seinem Sessel und las Zeitung, Mama löste Kreuzworträtsel, und Susanne und ich spielten mit Oma »Mensch ärgere dich nicht«. Immer, wenn sie rausgeworfen wurde, bekam Susanne einen Tobsuchtsanfall, und ich hatte bald schon keine Lust mehr, mit ihr zu spielen. Mama guckte jedes Mal von ihrem Rätsel auf und sagte: »Susanne, reiß dich zusammen!«, und Oma sagte ein übers andere Mal: »Wenn du jetzt nicht endlich aufhörst und dich ordentlich benimmst, spiele ich nicht mehr mit euch.« Das war ungerecht, denn ich machte ja gar nichts.

Auf einmal sagte Papa: »In Zons gibt einer einen jungen Hund ab. Das ist gar nicht weit von hier. Sollen wir mal gucken fahren?«

»Ja, ja«, schrie Susanne begeistert und kriegte deshalb zum Glück gar nicht mit, dass ich sie schon wieder rauswarf.

Mama blickte erneut von ihrem Kreuzworträtsel auf. »Harald!«, sagte sie. »Am Ende nehmen wir ihn noch mit. Was ist das denn für ein Hund?«

»Ein Labrador, steht hier«, sagte Papa. »Ich finde ja, wenn man auf dem Land wohnt, muss man auch einen Hund haben. Und für die Kinder ist es gut, mit einem Hund aufzuwachsen. Da lernen sie, Verantwortung zu übernehmen. Ich hatte als Kind auch einen Hund. Einen Leonberger«, sagte er zu Susanne und mir. »Der sah aus wie ein Löwe.«

»So einen hätte ich auch gerne«, sagte ich sehnsüchtig, aber Mama war natürlich mal wieder dagegen. »Auf gar keinen Fall! Ich will keinen Hund. Die Arbeit bleibt ja doch wieder nur an mir hängen!«

»Ach, Ingrid«, sagte Papa und legte die Zeitung zur Seite. »Nur mal gucken. Komm, lasst uns bei dem Sauwetter einen kleinen Ausflug machen.«

Lars wollte nicht mit, und auch Oma blieb zu Hause. Ich glaube, sie war froh, dass sie nicht mehr mit Susanne spielen musste und endlich ihre Ruhe hatte. Mama wollte eigentlich auch nicht mit, sagte aber: »Alleine lasse ich euch auf keinen Fall fahren. Wer weiß, auf was für Ideen euer Vater noch kommt!«

Wir klingelten an einem kleinen, schmalen Haus. Eine Frau in einem schwarzen Kleid machte uns auf, und kaum war die Tür geöffnet, da drängelte sich ein junger schwarzer Hund durch, sprang an Susanne hoch und leckte ihr übers Gesicht.

»Süß!«, rief sie und streichelte den Hund, der jetzt um meine Beine strich. Immer wieder sprang er hoch, jaulte und winselte und tat so, als wären wir alte Bekannte, die er nach langer Zeit endlich wiedersah.

»Entschuldigung«, sagte die Frau. »Dori ist noch ein bisschen wild. Sie ist noch gar nicht richtig erzogen. Mein Mann hat sie angeschafft, aber er ist vor vier Wochen plötzlich verstorben, und ich habe keine Zeit für den Hund.«

Und dann ging alles ganz schnell. Als wir wieder auf dem

Heimweg waren, saß Dori vorne im Fußraum vor Mamas Beinen. Wir hatten einen Hund.

Im Herbst passierte etwas sehr Schlimmes. Der Vater von Hans-Jürgen Lessnick aus meiner Klasse war Baggerführer im Tagebau. Er saß in der Kanzel eines riesigen Schaufelradbaggers und baggerte die Braunkohle ab. Ich wusste das, weil Hans-Jürgen im Unterricht schon mal davon erzählt hatte. Fräulein Maubach, die ja jetzt eigentlich Frau Meurer hieß, aber das vergaßen wir immer, hatte uns aufgefordert zu erzählen, welchen Beruf unser Vater hatte und was er so machte. Ich zeigte auf und flitschte sogar mit dem Finger, weil ich berichten wollte, was für einen wichtigen Beruf mein Papa hatte – er war ja Arzt –, aber Fräulein Maubach nahm mich nicht dran, sondern Hans-Jürgen Lessnick, der ebenfalls aufgezeigt hatte, was selten genug vorkam.

Er erzählte, was sein Vater in der Braunkohlengrube für einen tollen Beruf hatte. »Einmal durfte ich sogar mit nach oben in die Kanzel«, sagte er. »So nennt man den Raum oben im Bagger, wo der Baggerführer sitzt. Die Schaufeln sind riesig, und sie drehen sich dauernd und baggern die Braunkohle ab.«

Wir wussten alle, wie die Schaufelradbagger aussahen, aber so nahe dran waren wir an noch keinem gewesen, geschweige denn, dass einer von uns mal oben in der Kanzel gesessen hatte. Das war sicher toll! Hans-Jürgen stieg richtig in meiner Achtung, als ich daran dachte, wie hoch er geklettert sein musste, um dort oben hinzukommen.

Als ob er ahnte, wie sehr wir ihn alle beneideten, fügte Hans-Jürgen hinzu: »Ich frage mal zu Hause, und vielleicht können wir ja mal einen Schulausflug dahin machen. Dann kann mein Papa allen zeigen, wie der Bagger funktioniert.«

Fräulein Maubach war ganz begeistert gewesen von der Idee. Sie hatte Hans-Jürgen sehr gelobt und versprochen, sich zu erkundigen, ob wir so einen Ausflug machen könnten. »Das war ein sehr interessanter Einblick, Hans-Jürgen«, hatte sie gesagt. »Vielen Dank.«

Aber zu dem Schulausflug kam es nicht mehr, denn es passierte ein schlimmes Unglück. Es war Oktober oder so, und es hatte seit Wochen geregnet. Überall war Matsch, und wir mussten uns noch im Hof die Gummistiefel ausziehen, damit wir Mama nicht den ganzen Dreck ins Haus brachten.

Eines Morgens klopfte es an die Tür von unserem Klassenzimmer, und Rektor Töpfer kam herein.

»Kinder«, sagte er, »ihr habt ja vielleicht schon bemerkt, dass Hans-Jürgen Lessnick heute fehlt.« Wir guckten uns alle um, und ja, tatsächlich, er war nicht da.

Dann sagte Herr Töpfer: »Es hat ein Unglück in der Tagebaugrube gegeben, und Hans-Jürgens Papa ist dabei ums Leben gekommen.«

Wir guckten uns alle betreten an. Das war ja schrecklich! Rektor Töpfer sagte: »Jetzt ist erst einmal Unterricht wie immer, aber um elf findet eine Messe statt, an der alle Kinder teilnehmen können. Und zur Beerdigung gehen wir alle gemeinsam.«

Als ich nach der Messe nach Hause kam und Mama und Oma ganz aufgeregt erzählte, was passiert war, nickte Mama und sagte ernst: »Ja, ich habe es heute früh bei Grasshoffs gehört. Ein furchtbares Unglück. Eine Wand in der Grube ist eingebrochen und hat die Kanzel unter sich begraben. Der arme Herr Lessnick.«

Ich schluckte. Jetzt tat es mir leid, dass ich Hans-Jürgen vor der Kirche immer so vermöbelt hatte. Und ich war auch gar nicht mehr neidisch auf ihn, weil er und nicht ich vom

Beruf seines Vaters hatte erzählen dürfen. Ich wollte mir lieber gar nicht vorstellen, einen toten Vater zu haben. Nein, Papa sollte ewig leben, dachte ich. Zur Sicherheit schickte ich schnell ein Stoßgebet an den lieben Gott und an Papas Schutzengel.

Mama ging am Nachmittag mit Oma hin, um Frau Lessnick zu kondolieren und ihr einen Kuchen vorbeizubringen. Ich durfte nicht mit, weil Mama meinte, es würde schon reichen, wenn ich zur Beerdigung ginge. Aber Toni war mit ihrer Mutter hingegangen, und sie erzählte mir, dass Frau Lessnick gar nichts gesagt hatte. »Sie war ganz weiß im Gesicht und hat immer nur ihr Taschentuch geknetet. Hans-Jürgen habe ich gar nicht gesehen, ich weiß nicht, ob er überhaupt zu Hause war.«

Die Beerdigung fand erst eine Woche später statt. Oma sagte düster: »Wenn einer übers Wochenende liegen muss, bevor er unter die Erde kommt, folgen in kürzester Zeit zwei weitere nach.«

Mama schimpfte, als sie das hörte, so einen Blödsinn habe sie lange nicht mehr gehört, aber Oma entgegnete nur: »Das hat bisher immer noch gestimmt, manchmal kriegt man es nur nicht mit, weil man die Leute nicht kennt.« Aber einen kannten wir dann doch, und das war Herr Dickopp.

Auf dem Schulhof spielten wir gerne »Himmel und Hölle«. Da war der Boden schön glatt, nicht so gepflastert wie bei uns auf dem Hof, und wir konnten uns mit Kreide Hüpfekästchen aufmalen. Ganz unten war die Erde, dann kamen die Felder mit den einzelnen Zahlen, wobei die Sieben und die Acht nebeneinanderlagen. Nach der Neun kam die Hölle und dann der Himmel. Auf der Erde fing man an und warf einen Stein auf die Eins. Über das Kästchen, in dem der Stein lag, musste man auf einem Bein drüber hüpfen, und dann immer weiter, bis zu Sieben und Acht. In die sprang man mit beiden Beinen. Die Hölle durfte nie betreten werden, und im Himmel drehte man sich auf einem Bein um und hüpfte wieder bis zu Feld zwei. Dort hob man den Stein auf, und wenn man dabei nicht das Gleichgewicht verlor, durfte man gleich noch eine Runde hüpfen.

Wir fanden es nicht schlimm, dass das Spiel »Himmel und Hölle« hieß, aber uns war allen bewusst, dass es etwas mit dem Himmel und der Hölle zu tun hatte, über die der Pfarrer predigte. Der Hölle durfte man auf keinen Fall zu nahe kommen, und wer in das Kästchen trat, hatte verloren.

Einmal, als ich mit Toni durchs Dorf lief, kam Frau Dickopp an uns vorbei. Sie hatte im Mai einen kleinen Jungen bekommen, und jetzt saß das Baby schon im Sportwagen. Als wir wieder ein Stück weiter waren, sagte Toni leise zu mir: »Tant' Marea hat gesagt, das Baby von Frau Dickopp hat genauso rote Haare wie der Pastor.«

Ich drehte mich um, aber der kleine Junge hatte eine Mütze auf, und man konnte kaum das Gesicht erkennen.

Als ich es Oma erzählte, bekreuzigte sie sich. »Kind, so etwas darfst du nicht sagen!«, schimpfte sie. »Wer lügt, kommt in die Hölle!«

»Ich hab's ja auch gar nicht gesagt. Tant' Marea hat es gesagt«, erwiderte ich. Aber eigentlich war es mir auch egal.

Zwei Wochen später war Herr Dickopp tot. Und es hieß, er habe sich das Leben genommen. Ich wusste sofort Bescheid: Wer sich umbrachte, kam auch in die Hölle. Das brauchte mir Oma nicht erst zu sagen. Der Pastor hielt zwar trotzdem die Predigt bei der Trauermesse, und Herr Dickopp wurde auch auf dem Friedhof beerdigt, aber das machte der Pastor ja vielleicht auch nur Frau Dickopp zuliebe. Er war einfach kein netter Mann gewesen, und als mir das mit der Tafel Schokolade in seinem Auto passiert war, hatte Mama gesagt: »Der kann sich doch selbst nicht leiden!«

Seitdem war mir Hüpfekästchen verleidet. Ich musste dabei immer an Herrn Dickopp denken, der jetzt in der Hölle schmorte.

12

Nach Weihnachten, in dem Jahr, als ich ins vierte Schuljahr kam, zog Onkel Christian zu uns. Er war der jüngere Bruder von Papa, und ich merkte schon an der Art, wie sich die Eltern Wochen vorher darüber unterhielten, ob sie ihn bei uns wohnen lassen sollten oder nicht, dass er Unruhe in unser Leben bringen würde. Einmal sagte Papa: »Ich weiß nicht, Ingi, er ist nun mal das schwarze Schaf in der Familie. Wenn es dir zu viel wird, dann sag Bescheid. Dann muss er sich etwas anderes suchen.« Wenn Papa »Ingi« sagte, dann wollte er besonders lieb zu Mama sein. Das wusste sie auch, deshalb legte sie ihm die Hand auf den Arm und schüttelte den Kopf. »Ist schon gut. Wo soll er denn hin? Ich bin schon mit schwierigeren Fällen fertiggeworden, das weißt du doch.«

Papa seufzte und sagte: »Ja, aber Christian ist wirklich speziell. Er kann einem gehörig auf die Nerven gehen. Wenn er anfängt, unser Leben durcheinanderzubringen, werfe ich ihn raus.«

Mama sagte nur: »Wenn er sich erholt hat, besorgen wir ihm Arbeit, und dann wird er ganz von selbst irgendwann ausziehen.«

Ich kannte Onkel Christian eigentlich gar nicht, weil er die letzten fünfzehn Jahre zur See gefahren war. Er war nämlich mit sechzehn von zu Hause abgehauen und hatte als Matrose auf einem Frachtschiff angeheuert. Das Leben auf

See schien ihm gefallen zu haben, denn er war nicht mehr nach Hause gekommen, sondern immer weiter um die Welt gefahren. Papa hatte uns erzählt, dass er immer mit unserem Opa, den ich gar nicht kannte, weil er vor meiner Geburt gestorben war, Krach gehabt hatte. »Euer Opa war nicht besonders nett zu ihm«, sagte er. »Er hat ihn oft verhauen.« Nachdem auch Papas Mutter gestorben war und nur noch Papa von der Familie übrig geblieben war, hatte sich Christian von Zeit zu Zeit bei seinem großen Bruder gemeldet und ab und zu eine Ansichtskarte geschickt. Wir hatten Ansichtskarten aus allen Hafenstädten der Welt. Mama bewahrte sie alle in einer Blechdose auf, in der früher einmal Kekse gewesen waren, und manchmal nahm ich sie mir aus dem Schrank im Wohnzimmer und schaute mir die bunten Bilder an. Da waren Ansichten von New York mit der Freiheitsstatue und den Hochhäusern im Hintergrund. Kapstadt mit dem Tafelberg, Shanghai mit goldenen Pagodendächern vor alten, hohen Häusern, Montevideo, San Francisco, Bilder von Palmenstränden, von schneebedeckten hohen Bergen, einfach die ganze Welt. Ich war stolz darauf, dass ich von jeder Stadt wusste, zu welchem Land sie gehörte, und manchmal träumte ich davon, das alles selbst einmal zu sehen. Ob ich dazu allerdings als Matrose arbeiten wollte, wusste ich nicht so genau. Papa hatte zwar nach der Spanienreise erzählt, wie toll es auf dem Frachtschiff gewesen war, als sie von Spanien nach Rotterdam gefahren waren, aber er hatte da ja auch nicht arbeiten müssen. Ich stellte mir immer vor, dass so ein Schiff vielleicht hohe Masten hatte, in die man bei Wind und Wetter klettern musste, und ich kletterte zwar gerne auf Bäume, aber wenn es zu sehr schaukelte, hatte ich doch Angst.

Am Ende von unserem Hof standen zwei Pappeln, und nach oben hin wurden die Äste immer dünner. Ich war zwar mal bis zur Hälfte geklettert, weil Lars mit mir Wettklettern machen wollte, aber auf der Hälfte gab ich auf. Es war windig an dem Tag, und ich hatte einfach Angst, ich könnte mich nicht mehr halten und würde runterfallen. Lars war bis ganz oben geklettert, aber es dauerte lange, bis er wieder unten war, weil es ihm wohl auch nicht ganz geheuer war. In der Zwischenzeit war Mama in den Hof gekommen. Ich war Gott sei Dank schon wieder fast unten. Als sie sah, was wir da machten, fing sie an zu schimpfen. Als Lars dann auch wieder auf festem Boden angekommen war, sagte sie streng zu uns: »Das will ich nicht noch einmal sehen! Pappeln haben keine besonders festen Äste. Ihr hättet euch den Hals brechen können!« Mir war es noch im Nachhinein ganz schlecht geworden, aber Lars hatte hinterher gelacht und geringschätzig gesagt: »Das war doch nicht schwer! Aber ich hab mir schon gedacht, dass du das nicht kannst, du Baby!«

Bei Seegang in die Masten zu klettern kam für mich also nicht infrage, aber Papa meinte, Onkel Christian sei nicht auf Segelschiffen gefahren, sondern habe im Maschinenraum gearbeitet.

Auf jeden Fall waren die Geschichten, die Lars und ich uns vor dem Einschlafen erzählten, von diesen Ansichtskarten inspiriert, und Fiete, der Matrose mit seinem sprechenden Hund, hielt sich immer da auf, wo auch Onkel Christian gerade war. Die beiden hatten oft gefährliche Abenteuer zu bestehen, und wenn es besonders unangenehm wurde, war ich froh, dass ich in meinem kuscheligen Bett lag, statt den eisigen Sturm am eigenen Leib erfahren zu müssen. Aber Onkel Christian hatte solche Situationen bestimmt schon alle selbst bestehen müssen.

Und jetzt kam er tatsächlich leibhaftig zu uns, um bei uns zu wohnen. Mama hatte uns erklärt, er sei sehr krank gewesen und sein Rücken sei kaputt, deshalb könne er nicht mehr zur See fahren, sondern müsse sich eine Weile bei uns ausruhen.

Sie richtete ihm das Gästezimmer im ersten Stock her, das bei uns »das Untersuchungszimmer« hieß, weil darin nur eine Klappcouch und ein weißer Vitrinenschrank aus Blech standen, in dem Papa seine Fachbücher aufbewahrte. Jetzt kamen noch ein Kleiderschrank, ein kleiner Tisch mit zwei Sesseln und eine Kommode dazu.

An dem Tag, an dem Papa ihn abends mitbringen wollte, war ich schon so aufgeregt, dass sogar Resi, die normalerweise immer am geduldigsten mit mir war, irgendwann sagte: »Jetzt bleib endlich mal ruhig sitzen, Birte! Du machst mich ganz hibbelig!«

Ich setzte mich an den Küchentisch und guckte ihr beim Kartoffelschälen zu, sprang aber sofort wieder auf, weil in dem Moment Papas Auto auf den Hof gefahren kam. »Da sind sie, da sind sie!«, schrie ich und rannte raus.

Ich liebte Onkel Christian vom ersten Moment an. Aus Papas Auto stieg ein großer, lachender Mann mit weißen Zähnen und Bart und so großen Händen, dass Susanne wahrscheinlich auf eine Hand gepasst hätte. Aber sie war natürlich auch noch klein. Ein bisschen sah er aus wie Papa, aber auch anders, eher wilder. Er war einfach der großartigste und beste Onkel der Welt, mein absoluter Lieblingsonkel. Schwer war das in unserer Familie nicht, denn da Mama keine Geschwister und Papa nur diesen einen Bruder hatte, gab es keine Konkurrenz. Aber er tat auch viel, um sich den Titel »Bester Onkel des Jahres« zu verdienen. Er spielte mit uns, immer hatte er Zeit, nie wurde es ihm langweilig mit uns, und er war sich für keinen Blödsinn zu schade. Er spielte sogar Kinderspiele wie »Mauern durchbrechen« mit uns, aber das war natürlich unfair, weil er ja ein Erwachsener war und viel stärker als wir Kinder. Wenn er auf uns zurannte, ließen wir schon von vorneherein los. Auf jeden Fall machte er alles mit.

Und er war ein großartiger Geschichtenerzähler. Dass es bei uns zu Hause keinen Fernseher gab, fiel gar nicht weiter auf, seit er da war. Bei Onkel Christian konnten wir jederzeit Programm abrufen. Er saß im Sessel am Radio und erzählte von seinen Reisen. Lars und ich hockten zu seinen Füßen und lauschten gespannt. Er erzählte uns davon, wie er vor Madagaskar mit einem Seeungeheuer gekämpft hatte, er erzählte, wie er dem Kapitän seines Schiffes das Leben gerettet hatte, als in der Südsee die Menschenfresser hinter ihm her gewesen waren, er erzählte, wie die anderen Matrosen in Shanghai sich so mit Alkohol hatten volllaufen lassen, dass sie den Weg aus dem Bordell zum Hafen nicht mehr gefunden hatten. Nur er war noch nüchtern gewesen, und er hatte alle hinausgelotst.

Lars und ich hörten gebannt zu, stellten Fragen, wenn wir etwas nicht verstanden, und Onkel Christian gab uns geduldig Auskunft. Abends, wenn wir in unseren Betten lagen, spannen Lars und ich den Faden weiter, und die Geschichten, die Fiete und Bello erlebten, wurden immer abenteuerlicher. Einmal erfanden wir sogar so grausige Abenteuer mit Menschenfressern, dass Susanne anfing zu weinen und uns drohte, Mama und Papa alles zu erzählen. Aber davon ließen wir uns nicht abhalten, das war typisch für sie. Wenn ihr etwas nicht passte, wollte sie uns immer gleich verpetzen.

Der Höhepunkt in unserer Beziehung zu Onkel Christian war erreicht, als er uns eines Tages erklärte, er würde mit Lars und mir ins Kino nach Köln fahren, damit wir so ein Seeungeheuer, wie er es damals bekämpft hatte, einmal mit eigenen Augen sehen könnten. Wir gingen zwar häufiger in unser Dorfkino, in die Ranch, um *Fuzzy*-Filme zu gucken, aber eine Kinovorstellung in der Stadt mit anschließendem

Besuch im Wienerwald, wie Onkel Christian ihn uns in Aussicht stellte, war unerhört. Wir starben fast vor Aufregung. Lars als der Ältere tat zwar so, als wäre das alles nichts Besonderes, aber ich wusste, dass auch er vor seinen Freunden damit angab. Er ging mittlerweile aufs Gymnasium in die Kreisstadt, aber Kino in der Großstadt mit so einem tollen Film, das war natürlich etwas Besonderes.

Und Onkel Christian machte sein Versprechen wahr. Es regnete in Strömen, als wir mit dem Bus nach Köln fuhren, aber das war uns egal. Der Film hieß *20 000 Meilen unter dem Meer*. Onkel Christian erklärte uns, ein Franzose namens Jules Verne habe vor hundert Jahren die Geschichte erfunden. »Es gibt auch noch weitere Bücher von ihm, und alles, was er damals geschrieben hat, ist wahr geworden«, sagte er. »Das werdet ihr gleich im Film sehen. U-Boote gab es noch gar nicht, als er gelebt hat, und doch fahren sie heute auf allen Meeren. Und dass es solche Seeungeheuer gibt, das kann ich selbst bezeugen!«

Der Film übertraf alle meine Erwartungen. Er war so spannend, dass ich anderthalb Stunden mit offenem Mund im Kino saß. Zwischendurch gruselte ich mich, vor allem, wenn der Krake, der einen Schnabel hatte wie ein Papagei, mit seinen langen Fangarmen nach den Männern im U-Boot angelte, aber neben mir saß ja Onkel Christian, und wenn es zu schlimm wurde, machte ich einfach die Augen zu und klammerte mich an seinen Arm.

Als wir aus dem Kino kamen, sagte Lars, er wolle sofort alle Bücher von diesem Jules Verne haben. Das sei ja besser als Karl May. Und das wollte was heißen, denn Karl May und die Geschichten von Winnetou und Old Shatterhand waren für ihn immer das Höchste gewesen.

Mama sah es nicht so gerne, wenn Onkel Christian uns seine Geschichten erzählte, weil sie fand, dass sie nicht immer für unsere Ohren geeignet waren. Ab und zu warnte sie ihn. »Christian, übertreib nicht so schamlos«, sagte sie dann. »Du weißt genau, dass die Kinder dir jedes Wort abkaufen. Denk ein bisschen an Susanne, sie ist noch so klein.«

»Ja, ist ja gut«, sagte Onkel Christian dann. »Aber was soll ich denn machen? Jedes Wort, das aus meinem Mund kommt, ist wahr!«

»Na«, sagte Mama, »aber die grausigen Details kannst du dir sparen. Ich hab das eben gehört mit dem Bordell in Shanghai. So was brauchen die Kinder nicht zu wissen. Und von menschenfressenden Kannibalen musst du ihnen auch nichts erzählen. Erstens stimmt es nicht, und zweitens träumen sie am Ende noch davon.«

»Ach, Ingrid«, sagte Onkel Christian. Er sprang auf und zog sie an sich, um ihr einen Kuss auf die Wange zu geben. »Sei doch nicht immer so streng. Du kannst einem auch jeden Spaß verderben!«

Das fanden wir auch, aber Mama zog nur die Augenbrauen hoch und ging kopfschüttelnd hinaus.

Für uns war er einfach der Größte. Er brauchte nicht zur Arbeit zu gehen, er war immer greifbar, und wir hatten Spaß mit ihm.

Noch besser wurde es, als er sich ein Auto kaufte. Eines Tages stand ein fremdes Auto bei uns auf dem Hof, als ich aus der Schule kam. Es war knallrot, mit einem weißen Dach, und sah ulkig aus, so klein, als könnte es sogar ein Kind fast hochheben. Die Reifen waren nicht viel größer als bei meinem Roller und standen hinten ganz eng zusammen. Ich rannte in die Küche. Resi stand am Herd. Ich glaube, es gab Gemüsesuppe mit Grießklößchen. Lars war auch schon da und deckte gerade den Tisch fürs Mittagessen. Onkel Christian stand am Büfett und holte Gläser heraus.

»Wem gehört denn das Auto auf dem Hof?«, fragte ich.

»Das ist meins«, sagte Onkel Christian. »Eine Isetta. Gefällt sie dir?«

»Man sagt auch Macht-hoch-die-Tür«, warf Lars ein.

Ich verstand nur Bahnhof. »Können wir denn mal damit fahren?«, fragte ich. Wenn Papa ein neues Auto hatte, machte gleich immer die ganze Familie eine Probefahrt.

Onkel Christian lachte. »Ich fürchte, alle passen wir da nicht rein. Aber vier Personen kriege ich schon untergebracht. Nach dem Essen zeige ich euch alles.«

Lars und ich aßen so hastig, um so schnell wie möglich zum Auto zu kommen, dass Mama streng sagte: »Jetzt esst mal vernünftig. Das Auto läuft euch nicht weg!« Anschließend gingen wir nach draußen und versammelten uns alle um das kleine Auto. »Guckt mal! Das ist das Beste!«, sagte Onkel Christian und zog an dem Türgriff vorne am Auto. Jetzt verstand ich auch, warum Lars »Macht hoch die Tür« gesagt hatte. Das Auto hatte keine Türen an der Seite, sondern nur vorne eine Tür, an der das Lenkrad hing. Sie ging schräg nach oben auf.

»Passt du da überhaupt rein?«, fragte Resi und guckte Onkel Christian skeptisch an. Das hatte ich mich auch schon gefragt. Er war zwar nicht dick, aber ziemlich groß, noch größer als Papa. »Nein, Christian ist nicht groß«, sagte Mama immer. »Er ist lang, das ist ein Unterschied.«

Onkel Christian lachte. »Ja klar. Komm, wir setzen uns mal zusammen rein.«

Und tatsächlich klappte es. Onkel Christian zog die Tür zu, und durch die Scheibe sahen wir Resi und ihn nebeneinander vorne sitzen. Als er die Tür wieder aufmachte, stieg Resi hastig aus. Sie war ein bisschen rot im Gesicht. Mama runzelte die Stirn, sagte aber nichts.

Das Dach war aus einer Art Stoff, und man konnte es aufmachen. »Seht ihr«, sagte Onkel Christian, »bei schönem Wetter kann ich auch oben drüber gucken, wenn ich will. Na, Ingrid, willst du nicht auch endlich den Führerschein machen? Dann kann Harald dir auch so ein schickes kleines Auto kaufen! Sogar die Kinder passen rein. Birte und Susanne auf die Rückbank und Lars nach vorne.«

»Mich interessiert viel mehr, wie du die kleine Knutschkugel bezahlt hast«, sagte Mama spitz. »Statt dir eine Arbeit zu suchen, schmeißt du hier mit dem Geld um dich. Weiß der Himmel, wem du damit imponieren willst.«

»Ach, Ingrid, sei doch nicht so«, sagte Onkel Christian. »Gönn mir doch den Spaß. Ohne Auto ist man doch hier in dem Kaff aufgeschmissen. Komm, was hältst du davon, wenn ich mit dir die erste Probefahrt mache? Susanne und Birte können auch mit.«

Abends bekam ich mit, wie Mama und Papa sich stritten. »Ich fasse es nicht«, sagte Mama. Sie redete sehr laut, und ich konnte alles hören. »Du hast ihm das Geld gegeben? Bist du Krösus? Ich muss zusehen, wie ich mit dem bisschen Haushaltsgeld zurechtkomme, und du schenkst deinem Bruder ein Auto für zweitausend Mark?«

Papa sagte: »Ich habe es ihm nicht geschenkt. Ich habe ihm das Geld geliehen. Er gibt es mir wieder. Und es hat auch keine zweitausend Mark gekostet, nur zwölfhundert. Es ist ja gebraucht.«

»Ach ja«, höhnte Mama. »Wann gibt er es dir denn wieder? Am Sankt-Nimmerleins-Tag? Der feine Herr Christian hat es ja nicht mal nötig zu arbeiten. Der liegt hier den ganzen Tag auf der faulen Haut und lässt sich bedienen.«

»Damit ist es jetzt vorbei«, sagte Papa. »Ich hab ihm eine Arbeit besorgt. Er fängt am Montag in der Schlosserei in der Brikettfabrik an.«

Zu Mama kam einmal im Monat die Avon-Beraterin. Sie lud dann immer ein paar Freundinnen ein, und die Avon-Beraterin, die mit ihrem Auto auf unseren Hof gefahren kam, führte ihnen die neuesten Cremes und Düfte aus ihrem Avon-Koffer vor. Oma schüttelte immer nur den Kopf und sagte: »Ich brauche nichts außer Wasser und Seife, das wirkt immer noch am besten. Und wenn ich gut riechen will, habe ich Kölnisch Wasser.« Aber Mama und ihre Freundinnen machten sich dann immer einen schönen Nachmittag. Sie tranken Kaffee, aßen Kuchen und suchten sich dabei Lippenstift, Nagellack oder Hautcreme aus.

Manchmal durfte ich dabei sein und bekam auch ein paar Pröbchen. Oder Emmi Aussem, Mamas Freundin, lackierte mir die Fingernägel. Das sah Mama zwar nicht gerne, aber ich fand es sehr schick. Außerdem roch der Nagellackentferner, mit dem man den Lack wieder abbekam, so gut.

Eigentlich konnte ich Frau Aussem nicht so gut leiden. Sie meckerte immer an einem herum. Wenn sie mich sah, sagte sie dauernd Sachen wie: »Halt dich gerade, Birte! Du stehst da wie ein Fragezeichen!« Oder sie meinte zu Mama: »Birte sieht ja wirklich aus wie ein Junge. Du solltest sie schon mal ein bisschen hübscher anziehen!«

Und statt mir beizustehen, sagte Mama dann zu allem Überfluss auch noch: »Ach, glaub mir, das habe ich alles versucht, Emmi. An dem Kind ist eben wirklich ein Junge verloren gegangen. Aber ich habe ja zum Glück noch eine Tochter. Wenigstens Susanne zieht gerne Kleidchen an!« Dabei stimmte das gar nicht, jedenfalls nicht so, wie sie es darstellte: Mama war schließlich diejenige, die immer darauf bestanden hatte, dass ich die Haare kurz trug und Hosen anzog, weil es einfacher war. Außerdem hatte Frau Aussem gar keine Kinder, was verstand sie schon davon! Sie hatte nur einen Mann. Er hieß Jakob mit Vornamen, aber Frau Aussem sagte immer Jacques zu ihm, französisch ausgesprochen. Opa, der die Aussems auch kannte, fand das lustig. Er sagte zu Toni und mir: »Ach was, Schack, Köbes heißt der. So haben wir jedenfalls immer zu ihm gesagt, als er noch kurze Hosen angehabt hat!«

All das trug nicht dazu bei, dass Frau Aussem meine Lieblingsperson war, aber dass sie mir die Nägel lackierte, fand ich trotzdem gut.

Eines Tages spielte ich im Hof mit meinen Freunden. Onkel Christian war gerade von der Frühschicht gekommen und zu faul, um mitzuspielen. Er lag auf der Sonnenliege, die eigentlich Mama vorbehalten war, und las Zeitung. Zuerst sprangen wir Seilchen, aber das wurde Hans-Willi und Ralf schnell langweilig, weil sie die ganze Zeit das Seil schwingen mussten. Dabei sangen wir »Der Kaiser von Rom, Napoleon sein Sohn, er war noch zu klein, um Kaiser zu sein«, und wenn man nicht aufs Seil trat, durfte man so lange springen, bis das Lied fertig war. Die letzten zwei Zeilen hießen »Noch ein Stückchen weiter auf der Himmelsleiter. Und bleib stehen.« Toni und ich konnten entschieden besser Seilchen springen als die Jungen, und nach einer Weile wurde es ihnen zu blöd.

»Wir gehen jetzt«, sagte Hans-Willi. »Zu euren doofen Mädchenspielen haben wir keine Lust.« Ich schlug vor, wir sollten »Fischer, Fischer, wie viel Schritte darf ich tun« spielen, aber dazu waren wir zu wenige. Rollschuhlaufen wollte auch keiner, und schließlich zankten wir uns nur noch, weil wir nicht wussten, was wir spielen sollten.

Onkel Christian hatte die Zeitung beiseitegelegt und guckte uns zu. Nach einer Weile sagte er: »Wisst ihr was? Ich habe eine Idee. Wir spielen jetzt Zirkus!« Er stand aus seinem Liegestuhl auf.

»Ich bin Zirkusdirektor!«, rief Ralf sofort.

»Wer will denn die erste Zirkusnummer vorführen?«, fragte Onkel Christian.

Ich schnipste mit den Fingern wie in der Schule. »Ich, ich!«, schrie ich. »Was soll ich denn machen?«

Onkel Christian überlegte. »Ja, warte, für dich lasse ich mir was Besonderes einfallen. Was können wir denn sonst noch so machen? Du da«, er zeigte auf Hans-Willi. »Komm mal her, du führst eine Dressurnummer vor.«

Das war ein tolles Spiel. Hans-Willi machte sich gleich daran, Ralf, Susanne, Toni und mich als Zirkuspferde anzulernen. Ralf wollte erst nicht, weil er doch Zirkusdirektor war, aber Onkel Christian sagte, dass bei so einem kleinen Zirkus wie unserem jeder mehrere Rollen übernehmen müsse. Wir mussten im Kreis traben, wiehern und Kunststückchen machen wie kleine Sprünge, Drehungen oder auf einem Bein stehen bleiben. Nach einer Weile waren wir ziemlich außer Puste. Susanne war schon ins Haus gegangen. »Ich will auch mal die Pferdenummer vorführen«, sagte ich. »Hans-Willi muss jetzt auch mal Pferd sein.«

Hans-Willi wollte aber nicht, und Onkel Christian sagte: »Ich habe eine viel bessere Idee. Du kannst eine eigene Nummer einstudieren. Was meinst du? Wir stellen zwei Liegestühle zusammen, und du balancierst auf den Armlehnen.«

»Au ja«, sagte Hans-Willi, »und dabei jongliert sie mit drei Äpfeln. Soll ich welche holen?«

Das hörte sich aufregend an. Sofort willigte ich ein, allerdings nur unter der Bedingung, dass ich nicht zu jonglieren brauchte. »Das kannst du machen«, bot ich Lars großzügig an. Ich kletterte lieber, und die Aufgabe hörte sich ein bisschen akrobatisch an.

Jetzt war Ralf wieder Zirkusdirektor. »Die weltberühmte

Artistin Birte Bellini bei ihrem Balance-Akt auf dem Liegestuhl!«, verkündete er, und alle applaudierten.

Ich stieg auf den Liegestuhl und setzte meinen Fuß auf die linke Armlehne. Konzentriert schob ich die Zunge zwischen die Zähne. Irgendwie kam mir die Angelegenheit auf einmal doch ein bisschen wackelig vor, und noch während ich diesen Gedanken hatte, klappte der Liegestuhl mit einem Krach zusammen.

Und ich biss mir die Zunge ab.

Einen Moment lang spürte ich gar nichts. Schon wollte ich mich erleichtert aufrappeln, als plötzlich Blut aus meinem Mund kam. Toni schrie auf, und erschreckt schlug ich mir die Hand vor den Mund und lief ins Haus, um Hilfe bei Mama zu suchen. Die machte, wie üblich, nicht viele Umstände. Sie schaute mir in den Mund, sah, was passiert war, und rief Papa im Krankenhaus an. »Soweit ich sehen konnte, hängt sie an einer Seite noch dran. Du kannst aber nicht viel sehen. Ist alles voller Blut. Muss das genäht werden? Ah ja, gut. Bis später.«

Papa hatte ihr erklärt, dass man eine abgetrennte Zunge nicht einfach wieder annähen konnte. Deshalb hatte es auch keinen Sinn, ins Krankenhaus zu fahren. Mama kochte Kamillentee, und als der abgekühlt war, musste ich damit spülen. Als Papa abends nach Hause kam, gab er mir eine Spritze. Der ganze Mund tat ziemlich weh, ich konnte nur mit dem Strohhalm trinken. Kauen konnte ich gar nicht. Und fast eine Woche lang konnte ich nicht sprechen. Aber Mama sagte, das sei ein Segen. Ich würde sowieso zu viel quasseln. Ich dachte schon, dass sie mich eigentlich gar nicht bedauerte, obwohl mir etwas so Schlimmes passiert war, aber dann hörte ich, wie sie mit Onkel Christian schimpfte. »Das ist doch nicht zu glauben«, sagte sie zu ihm. »Du bist ein erwachsener Mann und hast nichts als Unsinn im Kopf.

Kann ich dir denn noch nicht einmal die Kinder anvertrauen, ohne dass irgendein Unglück passiert?«

Er wollte sich verteidigen, aber sie ließ ihn gar nicht erst zu Wort kommen, so wütend war sie. Sie sagte nur: »Wenn so etwas noch einmal vorkommt, dann kannst du deine Koffer packen. Ich lasse mir doch von dir nicht meine Kinder verstümmeln!«

Onkel Christian war sehr zerknirscht danach. Ich glaube, er wollte nicht weg von uns, und deshalb gab er sich unheimlich viel Mühe und las mir jeden Wunsch von den Augen ab. Er hätte das gar nicht zu machen brauchen, denn für mich war er nach wie vor der beste Onkel auf der ganzen Welt. Damit mir nicht langweilig wurde, schenkte er mir ein dickes Buch mit dem Titel *Betty und ihre Schwestern.*

»Wirklich, Christian«, sagte Mama, als sie es sah. »Das ist doch noch gar nichts für Birte. Sie ist ja noch nicht einmal zehn. Du hättest ihr besser irgendeinen Karl-May-Band geschenkt.«

Aber Mama hatte auch wirklich immer was zu meckern. Mir jedenfalls gefiel das Buch sehr gut. Es spielte in Amerika und war eine Geschichte von vier Schwestern, die alle ganz unterschiedlich waren. Betty, die Älteste, war sehr pflichtbewusst und hatte schon einen Verehrer. Ich stellte sie mir irgendwie ein bisschen wie Resi vor, die im September Adi heiraten und dann nicht mehr bei uns wohnen würde.

Die Drittälteste war Margaret. Sie war sehr zart und starb nachher auch. Mit ihr konnte ich nicht so richtig etwas anfangen. Sie war zwar sehr lieb und konnte auch schön Klavier spielen, aber sie war so still und unauffällig. Ich kannte niemanden, der so war. Die Jüngste, Patricia, war ziemlich verwöhnt, und ich verglich sie insgeheim mit Susanne. Sie durfte auch immer alles, und Mama nahm sie ständig in

Schutz. Ich identifizierte mich mit der zweitältesten Schwester, der wilden Jo. Sie benahm sich am liebsten wie ein Junge, und sie verbrachte ganze Nachmittage in ihrem Versteck, um zu lesen. Das brachte sie mir sehr nahe, und ich hatte beim Lesen das Gefühl, sie sei genauso wie ich.

Zwar verstand ich noch lange nicht alles, was in dem Buch vorkam, aber es gefiel mir einfach, in eine andere Welt einzutauchen, die mir doch auch vertraut vorkam. Die Familie wohnte wie wir in einem großen alten Haus mit einem Dachboden, auf dem alle möglichen alten Möbel und Koffer standen, und genau wie wir hatten sie einen großen Garten mit hohen Bäumen, auf die Jo kletterte.

Weil Mama wegen *Betty und ihre Schwestern* geschimpft hatte, schenkte Onkel Christian mir dann auch noch *Der Schatz im Silbersee* von Karl May. Das hatten wir noch nicht, und Lars war ganz neidisch, als er es sah. Er fragte mich, ob er es schon einmal lesen dürfe, solange ich noch mit *Betty und ihre Schwestern* beschäftigt war, aber ich erlaubte es ihm nicht.

Und dann war Onkel Christian auf einmal nicht mehr da, und ich war schuld daran.

13

Die abgebissene Zunge blieb nicht die einzige schlimme Verletzung in diesem Sommer. Das Radrennen, das Toni und ich mit unseren Freundinnen auf der Waldstraße, die ziemlich bergab ging, veranstalteten, endete damit, dass ich auf der Ziellinie, die vor dem Haus von Aussems lag, hinfiel. Ich stürzte und schlitterte noch ein ganzes Stück weiter über den Asphalt.

Es brannte höllisch. Ich hatte nur eine kurze Hose an, und meine Knie waren völlig ungeschützt der Straße ausgesetzt. Zuerst kam ich kaum wieder hoch. Es tat schrecklich weh. Emmi Aussem, Mamas Freundin, war zum Glück zu Hause und leistete Erste Hilfe. Mit der Pinzette klaubte sie die Asphaltbröckchen aus meinem Knie, dann kippte sie Jod darüber, was noch viel mehr brannte, und zum Schluss bekam ich einen richtigen Verband. Trotz der Schmerzen war ich ganz stolz. Bei uns gab es so etwas nicht.

Zu Hause präsentierte ich Mama meine Wunde.

»Wer hat dir denn den Verband gemacht?«, fragte sie.

»Frau Aussem«, sagte ich, aber ich hätte mir ja denken können, dass Mama ihn sofort abwickelte.

»Was soll das denn?«, sagte sie kopfschüttelnd, und ehe ich protestieren konnte, nahm sie ihn ab. Der erste Verband meines Lebens, und ich durfte ihn nicht einmal eine Stunde drauf behalten!

Sie guckte sich mein Knie an, sagte: »Das ist doch nur eine Schürfwunde, Birte! Am besten lassen wir Luft daran, dann ist morgen wieder alles gut.«

Das war so typisch! Mama sagte einfach immer: »Stell dich nicht so an! Das ist halb so schlimm.« Sie bemitleidete einen nie!

Gegen Ende der Sommerferien radelten Toni und ich zum Freibad nach Anrath. Das hatten wir den ganzen Sommer über so gut wie an jedem Tag gemacht. Im Freibad war es einfach am allerschönsten, und selbst wenn das Wetter mal nicht so gut war, fuhren wir hin. Die anderen Kinder machten es genauso, und deshalb war eigentlich immer jemand da, den man kannte. Es gab eine Wasserrutsche und einen Sprungturm, aber auf den ging ich nicht so gerne. Für den Fahrtenschwimmer war ich ein einziges Mal vom Dreimeterbrett gesprungen, weil das Pflicht war, und das hatte mir gereicht. Toni ging es genauso. Aber die Jungen aus unserer Klasse waren ständig nur auf dem Sprungturm. Vor allem Hans-Willi gehörte zu denen, die richtig Kopfsprung und sogar Salto konnten, und wir guckten ihnen gerne zu. Aber mehr Spaß machte uns die Rutsche. In einem Sommer rutschten wir beide so oft herunter, dass unsere Badeanzüge am Hintern fast durchgescheuert waren.

An diesem Tag am Ende der Sommerferien war es sehr heiß, und da es auf dem Feldweg neben der Straße keinen Schatten gab, fuhren wir neben dem mittlerweile stillgelegten Bahndamm durch den Wald.

Auf halber Strecke befand sich unsere Rodelwiese, die uns im Winter als Auslauf für unsere waghalsigen Schlittenabfahrten vom Bahndamm über den Weg hinweg diente. Wenn man genug Tempo draufhatte, hob man beim Übergang vom Weg auf die Wiese ab und flog ein paar Meter mit dem

Schlitten durch die Luft. Dann musste man sich gut festhalten, um nicht runterzufallen.

Jetzt aber stand das Gras hoch, und der Abhang war kaum zu sehen. Auf einmal bremste Toni. »Birte«, sagte sie leise, »da ist was!«

Wir sollten eigentlich nicht da langfahren, weil im Jahr davor in der Ecke ein Exhibitionist gewesen war. Das war ein Mann, der sich vor Kindern untenrum auszog. Toni und ich hatten ihn nicht gesehen, aber Roswitha und Mia aus meiner Klasse waren ihm begegnet. Sie hatten große Angst gehabt. Die Polizei war gekommen und hatte das ganze Gelände abgesucht, aber sie hatten ihn nicht gefunden. Danach hatte ihn allerdings auch keiner mehr gesehen.

Auch ich fuhr langsamer, und Toni hatte recht. Am Rand der Wiese, hinten an den Bäumen, bewegte sich was. Wir konnten nicht so recht erkennen, was es war, es war zu weit weg. Vielleicht war es ja ein Rehkitz oder sonst ein Tier, was sich verletzt hatte. Aber vielleicht war es auch der Exhibitionist.

Leise lehnten wir die Fahrräder am Rand der Wiese an einen Baum und schlichen uns über den Weg an der Seite dichter heran.

Aber dann blieben wir erschreckt stehen. Das war kein Tier, und das war auch nicht der Exhibitionist. Das waren ein Mann und eine Frau, die sich ganz offensichtlich küssten und anfassten. Toni fing an zu kichern, aber ich riss erschreckt die Augen auf und schaute ganz genau hin. Der Mann war nämlich Onkel Christian. Und die Frau, die er küsste und die obenrum fast gar nichts mehr anhatte, war Resi.

Hastig zupfte ich Toni am Ärmel, um ihr zu bedeuten, dass wir gehen sollten, aber da hatte Onkel Christian wohl schon ihr Kichern gehört. Er drehte sich um und sah uns.

Er sagte was zu Resi, die sich hastig bückte und ihre Sachen aus dem Gras aufhob. Dann lief sie in den Schatten der Bäume und zog sich an.

Onkel Christian stand auf und kam auf uns zu. Ich sah erst jetzt, dass sein Hemd offen war und aus der Hose hing. Im ersten Impuls wollte ich weglaufen, aber ich konnte nicht. Wie gebannt blieb ich stehen.

» Birte, was macht ihr denn hier ? «, fragte Onkel Christian erstaunt.

Ich merkte, wie ich knallrot wurde. » Wir ... wir wollen ins Schwimmbad, Toni und ich «, stammelte ich. Ich kam mir auf einmal so vor, als hätte ich etwas Verbotenes getan. Aber das hatte ich ja auch. Wir durften den Weg doch nicht fahren.

» Ja, es ist auch wirklich heiß heute «, sagte Onkel Christian und lächelte uns an. » Da wollt ihr euch doch bestimmt ein Eis kaufen, Birte, oder ? « Er trat noch ein bisschen näher an uns heran, griff in seine Hosentasche und holte zwei Münzen heraus. Als er sie mir hinstreckte, sah ich, dass es zwei Fünfmarkstücke waren.

Er drückte sie mir in die Hand und meinte ganz freundlich: » Resi und ich waren hier spazieren, weil es hier ein bisschen schattiger ist. Als ihr vorbeigekommen seid, haben wir uns gerade ein bisschen ausgeruht. Aber das erzählt ihr besser nicht zu Hause. Das interessiert ja keinen. Versprecht ihr mir das ? «

Toni schluckte und sagte hastig: » Ja. « Und auch ich nickte zögernd. Unsicher blickte ich zu der Stelle, wo eben noch Resi gewesen war, aber sie war nirgendwo mehr zu sehen.

» Na, dann mal los, ihr zwei ! «, sagte Onkel Christian. Er strich mir über den Kopf und wandte sich zum Gehen.

Toni und ich schwangen uns wieder auf unsere Räder und radelten schweigend weiter.

Erst als wir im Freibad auf unserer Decke hockten, sagte Toni: »Zeig mal die Fünfmarkstücke.«

Ich holte sie aus der Sporttasche. Silberglänzend lagen sie auf meiner Hand. »Das eine ist für dich«, sagte ich zu Toni. Sie nahm es und betrachtete es.

»Das ist ganz schön viel Geld«, meinte sie. »Sollen wir uns ein Eis kaufen?«

»Hm«, sagte ich, »mindestens ein Nogger.« *Nogger dir einen*, so stand es auf dem Reklameschild am Kiosk, das für ein neues Eis mit Nüssen und Schokoladeüberzug warb, das es noch nicht so lange gab. Es kostete viel mehr als das kleine Milcheis, das wir uns manchmal leisteten.

Am Nachmittag im Schwimmbad dachten wir zuerst nicht mehr an die Begegnung mit Onkel Christian. Für fünf Mark konnte man jede Menge kaufen, und nach dem Nogger hatten wir uns auch noch eine Sinalco und ein paar Gummischlangen geleistet. Das übrige Geld steckte Toni zufrieden in ihre Schwimmtasche und sagte: »Das tue ich in die Sparbüchse.«

Erst als ich bei uns in den Hof einbog, fiel mir Resis erschrecktes Gesicht wieder ein. Und sie war ja auf einmal auch verschwunden gewesen. Was hatte sie mit Onkel Christian da auf der Wiese gemacht? Warum ging sie überhaupt mit ihm allein in den Wald? Sie war doch mit Adi verlobt, und in einem Monat wollten sie heiraten. Wenn sie da gewesen wäre, hätte ich sie gefragt, aber sie hatte ihren freien Tag und kam sicher erst spät am Abend nach Hause, wenn ich schon längst im Bett lag. Sollte ich es nicht doch Mama erzählen? Aber ich hatte ja versprechen müssen, nichts zu sagen. Der Gedanke nagte an mir.

Beim Abendessen war Onkel Christian wie immer. Er erzählte Mama, er wolle sich demnächst einen Roller kaufen. Seine Isetta war kaputtgegangen, und sie war leider nicht mehr zu reparieren gewesen, sondern musste verschrottet werden. Jetzt fuhr er mit dem Fahrrad in die Brikettfabrik, deshalb wollte er wieder einen fahrbaren Untersatz haben.

»Wenn du Lust hast, kannst du dann auch mal damit fahren«, sagte er zu Mama. »Das ist ganz leicht!«

Susanne sagte: »Ich hab schon lange einen Roller. Damit kann Mama auch fahren.« Sie verstand nicht, warum alle lachten, bis Onkel Christian sagte: »Meine kleine Prinzessin, das ist doch kein Kinderroller, den ich mir kaufe. Das ist eine Vespa, die hat einen Motor.«

»Und man braucht einen Führerschein, und den habe ich nicht«, sagte Mama.

»Langsam solltest du den sowieso machen, damit du hier aus dem Kaff mal wegkommst«, meinte Onkel Christian.

»Ich bin sehr glücklich hier in dem Kaff«, erwiderte Mama spitz. »Wenn es dir hier nicht gefällt, kannst du ja woanders hinziehen.«

Darauf sagte Onkel Christian nichts mehr.

Nach dem Essen brachte Mama Susanne ins Bett, und Onkel Christian setzte sich ins Wohnzimmer, um am Radio Nachrichten zu hören. Lars ging mit ihm. Papa war noch nicht zu Hause, er hatte Dienst im Krankenhaus.

Ich ging mit Oma in ihr Zimmer, um mit ihr vor dem Schlafengehen noch ein bisschen Mau-Mau zu spielen. Aber ich konnte mich nicht gut aufs Spielen konzentrieren und verlor gegen Oma, weil ich zwischendurch immer wieder an die Szene auf der Wiese denken musste.

»Oma«, sagte ich schließlich, »kann ich dir was erzählen, und du erzählst es aber nicht weiter?«

Oma nickte. »Ja, natürlich, was hast du denn auf dem Herzen?«

Ich erzählte ihr, was ich gesehen hatte, und als ich sagte,

dass Resi oben rum fast nichts mehr angehabt hatte, bestimmt, weil es so heiß gewesen war, runzelte Oma die Stirn und machte auf einmal ein ganz böses Gesicht.

»Du verrätst doch nicht, dass ich es dir erzählt habe?«, fragte ich besorgt. »Ich habe Onkel Christian versprochen, dass ich nichts sage.«

»Ja, das kann ich mir denken, dass ihm das am liebsten wäre. Der Schlawiner!«, sagte Oma aufgebracht. Aber dann strich sie mir über die Haare. »Mach dir mal keine Gedanken«, sagte sie. »Du musst jetzt ins Bett gehen. Schlaf schön, mein Engelchen!«

Ich schlief unruhig in der Nacht und träumte wirres Zeug, aber es war auch wirklich unglaublich heiß. Man konnte sich gar nicht zudecken, weil man sofort anfing zu schwitzen. Irgendwann in der Nacht wachte ich auf und meinte, laute Stimmen von unten zu hören. Erst wollte ich aufstehen und nachgucken, aber dann drehte ich mich doch wieder auf die Seite und schlief weiter.

Als ich am nächsten Morgen in die Küche kam, saß Resi am Tisch und schnibbelte Bohnen. Es war Freitag, und zum Mittagessen sollte es Buttermilch-Bohnensuppe geben. Sie hatte ganz rote, verheulte Augen. Ohne mich anzusehen, sagte sie: »Ich hab dir dein Brot geschmiert. Milch ist im Kühlschrank.«

Ich goss mir ein Glas Milch ein, setzte mich auf die Eckbank am Fenster und fing an, mein Brot zu essen. Als Resi nach einer Weile immer noch nichts sagte und nur ihre Bohnen schnitt, fragte ich: »Ist was? Hast du geweint?«

Resi hob den Kopf. »Du weißt doch ganz genau, was ist. Du hast es doch deiner Oma erzählt.«

Die Erkenntnis, dass Oma alles weitererzählt hatte, obwohl sie mir versprochen hatte, es nicht zu tun, traf mich wie ein Blitz. Andererseits wunderte es mich eigentlich auch nicht, denn ich hatte ja mein Versprechen, das ich Onkel Christian gegeben hatte, auch nicht gehalten.

»Ich wollte es gar nicht erzählen«, rief ich verzweifelt. »Bitte, Resi, das musst du mir glauben. Es war nur, es kam mir so komisch vor, und ich wollte es auch nur Oma erzählen. Ich dachte, sie sagt nichts.«

»Ist schon in Ordnung, Birte«, sagte Resi. Sie klang irgendwie müde. »Du hast bestimmt keine Schuld. Schuld bin nur ich ganz alleine. Mach dir keine Gedanken.«

Das hatte Oma auch gesagt, aber wie sollte man sich keine Gedanken machen, wenn es für die Erwachsenen doch offensichtlich so eine große Sache war? Ich fing an zu weinen.

»Du musst nicht weinen, Birte«, bat Resi. »Sonst muss ich auch wieder weinen. Deine Mama schimpft, wenn sie das sieht.«

»Heiratest du jetzt Adi nicht?«, fragte ich bang.

»Doch, natürlich«, sagte sie. »Es ist ja schon alles bestellt. In drei Wochen ist doch Hochzeit.«

Später erfuhr ich, dass Onkel Christian gar nicht mehr da war. Er war noch in der Nacht abgereist, ohne sich von uns zu verabschieden. Als ich Mama fragte, warum er denn nicht mehr da sei, winkte sie nur ab und sagte: »Er wollte nicht mehr hierbleiben, Birte. Lass mich in Ruhe. Ich habe Kopfschmerzen.«

Auf Resis Hochzeit waren wir eingeladen. Es war ein sehr schönes Fest. Resi hatte ein langes weißes Kleid an, einen Kranz im Haar und einen Schleier, und Adi trug einen dunklen Anzug. Als die beiden nach der Trauung aus der Kirche kamen, standen alle Mitglieder des Tanzkorps in ihren Uniformen vor der Kirche und hielten Blumenbögen in der Hand, sodass die beiden durch einen Gang von Blumen laufen mussten. Es war sehr feierlich.

Anschließend fand die Hochzeitsfeier im Saal von Rademachers statt, und Papa tanzte sogar mit der Mutter von Adi.

Wir Kinder durften lange aufbleiben, und als wir schließlich zu Fuß nach Hause gingen, sagte Papa zu Mama: »Das war doch mal eine schöne Hochzeit, oder?«

»Ja, ja, sagte der alte Oberförster«, sagte Mama, und dann lachten sie beide.

»Und schwang sich von Kronleuchter zu Kronleuchter, um die Teppiche zu schonen«, sagte Papa.

»Und die alte Agathe saß am Fenster und nahte«, sagte Mama. »Ja, ja, damals lebte er noch.«

»Wer?«, fragte ich.

14

Nach den Sommerferien fuhren wir mit der ganzen Klasse für eine Woche in die Jugendherberge nach Burg an der Wupper. Das hatte es an unserer Schule noch nie gegeben, und wir waren alle ganz schön aufgeregt. Außer Frau Meurer fuhr auch noch ein Lehrer mit, Herr Hartmann, der neu an unserer Schule war, und die Mutter von Uschi Vieth. Sie waren erst vor zwei Monaten nach Lommerich gezogen. Uschis Papa war Direktor in der Brikettfabrik, und sie wohnten neben Aussems in der Waldstraße.

Uschi war gerade erst ein paar Tage bei uns in der Klasse, als sie Geburtstag hatte und die ganze Klasse zu sich nach Hause einlud. Ihre Mutter war nett und lustig. Sie hatte rot lackierte Fingernägel und einen ziemlich roten Lippenstift, den sie ab und zu nachzog. Mama lackierte sich zwar auch manchmal die Fingernägel, aber nicht so rot, sondern eher rosa.

Es gab Limonade, Kakao, und vor allem gab es kalte Hundeschnauze, einen viereckigen Kuchen, der aus Leibniz-Keksen und Schokolade bestand. Ich liebte ihn, aber bei uns zu Hause gab es ihn nie, weil Mama immer nur Blechkuchen wie Streusel oder Apfelkuchen backte. »Auf so ein Blech passt viel mehr drauf«, sagte sie immer. »Außerdem mag ich kalte Hundeschnauze nicht. Da ist viel zu viel Schokolade drin.« Aber das war ja gerade das Gute!

An Uschis Geburtstag war schönes Wetter, und wir spielten alle möglichen Spiele im Garten wie Topfschlagen, Sackhüpfen und Eierlaufen. Später gingen wir zum Kuchenessen ins Haus, und da spielten wir noch Schokolade-Essen, was mir auch unheimlich gut gefiel. Man musste würfeln, und wenn man eine Sechs hatte, durfte man sich Schal, Handschuhe und Mütze anziehen und versuchen, mit Messer und Gabel eine dick verschnürte Tafel Schokolade aufzupacken. Wenn dann der Nächste eine Sechs würfelte, musste man alles wieder abgeben. Das war richtig aufregend, vor allem, als wir dann endlich bei der Schokolade angekommen waren.

Wir durften so viel Krach machen, wie wir wollten, und Frau Vieth lachte nur. Unser Geschrei machte ihr gar nichts aus.

»Warum ist deine Mutter eigentlich mitgefahren?«, fragten Toni und ich Uschi. Unseren Müttern wäre das nie in den Sinn gekommen. Meiner schon gar nicht.

»Weil ich noch nicht so lange in eurer Klasse bin«, erklärte Uschi. »Sie wollte mich nicht alleine lassen. Ich bin ja ihr einziges Kind.«

Das fanden Toni und ich doch etwas übertrieben. Frau Vieth war ja nett, aber mir war es schon lieber, dass Mama nicht ständig bei allem dabei war. Und Toni, die ja auch ein Einzelkind war, ging es genauso.

In der Jugendherberge war es großartig. Zusätzlich zu dem großen Spielplatz gab es auch noch eine richtige Ritterburg mit einem Burghof.

Wir hatten uns natürlich sofort den besten Platz im Schlafsaal gesichert. Die Betten waren zweistöckig, insgesamt vier in einem Zimmer, und ich war sofort auf das hintere Bett am Fenster zugestürmt, um es für Toni und mich in Beschlag zu nehmen. Das Bett gegenüber, das ebenfalls am Fenster stand, reservierte ich zur Sicherheit für unsere zweit- und drittbesten Freundinnen gleich mit. Annegret und Marita konnten sich zwar zuerst nicht einigen, wer oben und wer unten schlafen sollte, aber letztendlich waren wir alle untergebracht. Auch Uschi schlief in unserem Zimmer.

Bettzeug lag auf den Betten, und wir mussten sie selbst beziehen. Das hatte ich noch nie gemacht, aber ich hatte Resi oder Mama schon dabei zugeguckt, und jetzt versuchte ich, es genauso zu machen. Mit dem Kissen ging es ganz gut, aber die Decke kriegte ich nicht in den großen Bezug hinein. »Du musst den Bettbezug auf links drehen«, sagte Toni, die zu mir nach oben geklettert war. »Guck mal, so. Und dann musst du mit den Armen hinein und von innen die Bettdecke greifen.«

Sie hatte ihr Bett schon fix und fertig bezogen. Es sah alles viel glatter und ordentlicher aus als bei mir. »Ich muss zu Hause immer mein Bett selbst beziehen«, sagte sie. »Mama sagt, das kann man nicht früh genug lernen.«

Die Jungs waren im Zimmer nebenan. Da wir nur sechs Jungen in der Klasse hatten, hatten sie die freie Platzauswahl.

Hans-Willi Brendel hockte schon im oberen Bett neben der Tür und turnte herum, als Toni und ich gucken kamen.

»Kommt rauf«, lud er uns in sein Bett ein. »Ich habe ein neues Autoquartett. Wollt ihr mitspielen?« Toni wollte nicht, aber Autoquartett fand ich gut. Da gab es Autos, die konnten über zweihundert Stundenkilometer fahren.

Ich kletterte rauf, und wir spielten ein bisschen, aber dann kam Frau Meurer an die Tür und sagte: »In zehn Minuten seid ihr alle unten. Wir fahren mit dem Sessellift ins Unterdorf und gehen zu Fuß wieder hoch.«

Ein Sessellift? Das war ja wie in den Bergen! Ich war im Urlaub in Österreich schon mal damit gefahren, hatte aber gedacht, so etwas gäbe es bei uns gar nicht. In Lommerich jedenfalls gab es keinen Sessellift. Toni war auch ein bisschen bange. »Wie geht das denn?«, fragte sie mich besorgt.

»Das ist gar nicht schlimm, im Gegenteil«, beruhigte ich sie. »Du sitzt auf so einem Sessel, so wie beim Kettenkarussell, und dann fährst du runter.«

»Alleine?« Toni schaute mich einigermaßen entsetzt an.

Aber zum Glück waren es immer zwei Sitze nebeneinander, und Toni und ich konnten zusammen fahren. Die Strecke war ganz schön lang, und Toni und ich saßen mucksmäuschenstill, damit wir nicht abstürzten. Vor uns waren Hans-Willi und sein Freund Ralf eingestiegen. Die Jungs machten Blödsinn und schaukelten immer mit den Sesseln hin und her.

»Lasst das doch!«, rief ich, aber anscheinend hörten sie mich nicht. Ich war auf jeden Fall heilfroh, als wir unten waren, weil es zwischendurch ziemlich steil runterging, und auch Toni hatte immer wieder vor lauter Angst die Augen zugemacht. Als es über einen Mast ging und die Sessel auf einmal holperten und ratterten, griff sie sogar nach meiner Hand. Nicht auszudenken, wenn wir wegen der Jungs abgestürzt wären! Zum Glück hatte Herr Hartmann, der Lehrer, der mit war, das von unten beobachtet, und als die beiden in der Talstation ankamen, hielt er ihnen eine ordentliche Standpauke. Das beeindruckte die beiden aber nicht besonders. Hans-Willi sagte zu mir: »Der darf mir gar nichts sagen, der Hartmann. Das ist nicht unser Lehrer!«

»Du hättest aber auch nicht so zu schaukeln brauchen!«, sagte ich aufgebracht. »Das war viel zu gefährlich!«

»Hast du Angst gehabt?« Er grinste mich an.

Nach dem Abendbrot – es gab so komischen roten Früchtetee und Brote mit nicht so leckerem Belag – und dem Abwasch, den wir selbst machen mussten, schließlich waren wir in einer Jugendherberge, setzten wir uns nach draußen auf die Wiese. Herr Hartmann spielte Gitarre, und wir sangen Lieder aus der *Mundorgel*: *Wenn die bunten Fahnen wehen*, *Im Frühtau zu Berge* und, was ich am lustigsten fand, »In einen Harung jung und stramm, zwo, drei, vier, sst, tata, tiralala, der auf dem Meeresgrunde schwamm, zwo, drei, vier, sst, tata, tiralala, verliebte sich, oh, Wunder, ne olle Flunder!«

Uschis Mama hatte eine ganz helle, klare Stimme, und sie brachte uns einen Kanon bei, *Heho, spann den Wagen an*. Es war nicht ganz einfach, die Melodie zu halten, wenn andere eine andere Stelle aus dem Lied sangen, aber schließlich kriegten wir es alle hin. Es hörte sich wunderschön an. Zum Abschluss sangen wir noch alle Strophen von *Der Mond ist aufgegangen*, und dann mussten wir tatsächlich ins Bett, obwohl der Mond in Wirklichkeit noch gar nicht aufgegangen war.

»Zähne putzen, Gesicht waschen, und dann ist Ruhe auf den Zimmern!«, verkündete Frau Meurer. »Morgen machen wir eine Burgbesichtigung, da müsst ihr alle wach und ausgeschlafen sein.«

Als ich mit Toni und Uschi aus dem Waschsaal kam, war im Zimmer der Jungen noch jede Menge los. Sie machten der Reihe nach Purzelbäume über die oberen Betten und sprangen von einem Etagenbett zum anderen.

»Mach mit, Birte!«, rief Hans-Willi, als er mich sah, aber ich schüttelte den Kopf. Uschi hatte nämlich ihre zwei Barbiepuppen mitgebracht, die ihr Vater ihr von einer Reise nach Amerika mitgebracht hatte, und sie hatte Toni und mir versprochen, dass wir damit spielen durften.

Die Barbiepuppen hatten einen ganzen Puppenkoffer voller Kleider, und das Beste war, sie hatten lange Haare, die man frisieren konnte. So viel Glück hatte ich mit meinen Puppen nicht. Ich hatte nur eine Babypuppe, die gar keine Haare hatte, eine Negerpuppe mit krausen schwarzen Haaren, die zu kurz waren, als dass man damit hätte etwas anfangen können, und dann noch eine ganz kleine, die zwar lange Haare hatte, aber sie waren schwer zu kämmen, weil der Kopf so klein war.

Früher hatten Toni und ich mit unseren Puppenkindern im Puppenwagen Ausfahrten im Dorf gemacht, aber in der letzten Zeit spielten wir lieber im Haus mit ihnen, wenn überhaupt. Wir hatten beide das Gefühl, schon zu groß für Puppen zu sein. Doch mit den Barbiepuppen war das anders. Sie sahen viel erwachsener aus als unsere Puppen, und man konnte sie viel besser anziehen. Es gab sogar kleine hochhackige Schuhe für sie.

Während wir in unserem Zimmer mit den Barbiepuppen beschäftigt waren, war der Lärm aus dem Jungen-Zimmer deutlich zu hören. Ihr Schreien und Toben hallte über den ganzen Flur, und wir fragten uns, wann einer der Lehrer kommen und sie ausschimpfen würde.

Aber auf einmal gab es einen lauten Plumps, und dann war alles still. Wir guckten uns an. Was war da los? »Ich geh mal nachsehen«, erbot sich Uschi. Sie ging zur Tür, aber da kam schon Frau Meurer herein und sagte, wir sollten im Zimmer bleiben.

Draußen auf dem Gang waren aufgeregte Erwachsenenstimmen zu vernehmen, und dann hörten wir auf einmal, wie sich ein Auto mit Martinshorn der Jugendherberge näherte. Wir liefen ans Fenster, um zu gucken, ob wir von da etwas sehen konnten, und tatsächlich, ein Krankenwagen kam mit Blaulicht den Berg heraufgefahren.

Kurz darauf kam Frau Vieth in unser Zimmer und sagte uns, wir sollten langsam mal schlafen gehen. »Hans-Willi ist aus dem oberen Bett gefallen«, sagte sie. »Er ist jetzt im Krankenhaus.«

Ich hatte ja auch ein oberes Bett. »Soll ich besser unten bei Toni schlafen?«, fragte ich besorgt. »Ich will nicht aus dem Bett fallen.«

»Das wirst du auch nicht, wenn du dich da oben ganz normal hinlegst«, sagte Frau Vieth. »Guck mal hier, die Stange an der Seite verhindert, dass du im Schlaf herunterfallen kannst. Bei Hans-Willi ist das anders passiert.«

»Fahren wir jetzt nach Hause?«, fragte Uschi.

»Nein, ich glaube nicht. Wir warten jetzt erst einmal ab, was Hans-Willi fehlt«, sagte Frau Vieth. »Seine Eltern sind schon unterwegs zu ihm ins Krankenhaus.«

Am nächsten Morgen saßen seine Eltern mit im Speisesaal. Seine Mutter, eine kleine, rundliche Frau mit einem lieben Gesicht, kannte ich, weil sie zu Hause war, wenn ich bei Hans-Willi spielte, aber seinen Vater hatte ich noch nie gesehen. Er trug einen Anzug und war groß und dünn, mit dunklen, zurückgekämmten Haaren und einer Brille.

Außer Ralf, der ja der beste Freund von Hans-Willi war, traute sich keiner von uns, mit ihnen zu reden, und sie sagten auch nichts zu uns, nur Frau Brendel, die Mutter von Hans-Willi, lächelte ein paarmal zu uns herüber.

Als wir alle an den Tischen saßen, stand Frau Meurer auf und sagte: »Das sind Herr und Frau Brendel. Sie waren gestern Abend noch bei Hans-Willi im Krankenhaus. Sie werden euch jetzt selbst erzählen, was ihm fehlt.«

Herr Brendel stand auf und räusperte sich: »Hans-Willi

hat einen Milzriss«, sagte er, »und ist gestern Abend noch operiert worden. Sie haben ihm die Milz herausgenommen, und jetzt geht es ihm schon wieder besser. Aber ich bitte euch, tobt nicht so in den Zimmern herum! Da hätte noch viel Schlimmeres passieren können. Wir können froh sein, dass es so glimpflich abgelaufen ist.«

Was Frau Meurer danach noch sagte, hörte ich nicht mehr. Ich saß da und kämpfte mit den Tränen. Die Milz herausgenommen! Das war doch bestimmt gefährlich! Der arme Hans-Willi. Wie die Milz aussah, wusste ich von Doris Hundefutter – groß und weiß und mit so einer glitschigen Flüssigkeit bedeckt. Nähen konnte man das natürlich nicht, da rutschte man ja immer ab mit der Nadel. Und wenn so ein großes Organ herausgenommen wurde, dann musste das doch schlimme Auswirkungen haben.

Ich brachte kaum einen Bissen herunter, und als schließlich diejenigen, die Küchendienst hatten, den Frühstückstisch abräumten, ging ich zu Frau Meurer.

»Wird Hans-Willi denn bestimmt wieder gesund?«, fragte ich ängstlich. »Die Milz ist doch so groß! Die kann man doch nicht einfach herausnehmen.«

»Wie kommst du denn darauf?«, fragte Frau Meurer.

Ich erklärte ihr die Sache mit Doris Hundefutter, und sie lächelte ein bisschen. »Mach dir keine Sorgen, Birte«, sagte sie. »Ich bin zwar kein Arzt, aber Herr Brendel hat doch gesagt, es geht Hans-Willi schon wieder besser. Und beim Menschen ist die Milz auch kleiner als bei Kühen. Das ist wohl nicht so schlimm, wenn man keine mehr hat.«

Und tatsächlich war Hans-Willi wieder gesund, als wir aus Burg an der Wupper zurückkamen, und bald kam er auch wieder in die Schule. Aber er war irgendwie verändert. Er konnte nicht mehr so schnell rennen wie früher, er trug meine Sachen nicht mehr, weil er einfach nicht mehr stark genug war, und er wurde schnell müde. Und er kam mir auf einmal auch kleiner vor.

Besorgt berichtete ich Papa von meinen Beobachtungen. »Das wird schon wieder, Birte«, sagte er. »Es dauert eine Zeit lang, bis Hans-Willi sich erholt hat. Ihr müsst jetzt ein bisschen Rücksicht auf ihn nehmen. Die Milz ist sozusagen der Wächter des Körpers vor Infektionen wie Erkältungen und so, und wenn sie nicht mehr da ist, dann ist man einfach anfälliger. Und jetzt am Anfang sowieso. Er wird noch eine Weile ziemlich schlapp sein. Aber kleiner ist er dadurch bestimmt nicht geworden. Vielleicht bist du gewachsen!«

Er streichelte mir über die Haare und wandte sich wieder seiner Zeitung zu.

Das konnte natürlich auch sein. Ich hatte in der letzten Zeit wieder häufiger nachts Beinschmerzen gehabt. Meine Beine taten dann ganz komisch, irgendwie so unbestimmt weh, und ich konnte nicht einschlafen, weil ich nicht wusste, wie ich sie hinlegen sollte. Irgendwann hatte ich es Mama mal erzählt, und sie hatte gemeint, ich würde wahrscheinlich wachsen, und deshalb täten mir die Beine weh.

Aber Hans-Willi war trotzdem nicht mehr so wie vor dem Unfall.

Ende Januar starb Tonis Opa. Er hatte schon seit November einen Husten gehabt, der nicht besser geworden war, aber er hatte nicht zum Arzt gehen wollen. Frau Casparek kochte ihm Zwiebelsud mit Kandis und machte ihm Brustwickel mit Kräutern, aber es half alles nichts. Der Husten blieb, und Opa wurde immer schwächer.

Schließlich legte er sich in sein Bett und stand nicht mehr auf. Tonis Mama pflegte ihn und kümmerte sich um Pitter.

Tant' Marea half ihr gar nicht. Toni berichtete mir empört, dass sie gesagt hatte, sie habe schon mit ihrem Kurt genug zu tun. »Dabei braucht sie doch gar nichts für ihn zu machen«, sagte sie. »Aber das ist bestimmt wegen der Sache mit Oma.«

Davon wusste ich ja nun gar nichts. »Wieso, was war denn mit deiner Oma?«, fragte ich.

Toni zuckte mit den Schultern. »Ich weiß das auch nur von Mama, ich war ja noch ein Baby, als sie gestorben ist. Aber sie hat die letzten Jahre vor ihrem Tod bei Tant' Marea und Onkel Kurt gewohnt und gar nicht mehr bei Opa und Pitter.«

Das klang merkwürdig. »Warum denn?«, fragte ich.

»Ich weiß nicht«, sagte Toni. »Weil sie Lust dazu hatte.«

Manchmal machten die Erwachsenen Sachen, die wirklich nicht zu verstehen waren.

Tonis Opa konnten wir nicht mehr danach fragen. Wir durften auch gar nicht mehr zu ihm, weil es ihm zu schlecht ging. Einmal spinxten wir durch die Tür, als Tonis Mama ihn versorgte, und da lag er ganz klein und blass in seinem Bett. Am Abend kam der Pastor und gab ihm die letzte Ölung. Und am nächsten Morgen war er tot.

Als Tonis Mama ihn gewaschen und angezogen hatte, blieb er auf seinem Bett liegen, und wir Kinder durften noch einmal zu ihm, um uns zu verabschieden. Toni und ich hielten uns fest an den Händen, als Frau Casparek uns ins Zimmer führte. Sie hatte vorher Mama um Erlaubnis für mich gefragt. In der Ecke saß Tant' Marea auf einem Stuhl und betete den Rosenkranz. Die Vorhänge waren halb zugezogen, obwohl draußen heller Tag war. Auf dem Nachttisch brannte eine dicke Kerze, und Tonis Opa hatte die Hände auf der Brust gefaltet. Die Augen waren zu.

Es war ein ganz komisches Gefühl, ihn da so liegen zu

sehen. Im Halbdunkel sah es so aus, als ob er nur schlafen würde. Toni gab ihm einen Kuss auf die Hand, aber ich traute mich nicht, ihn zu berühren. Es war ja auch nicht mein richtiger Opa.

Er war der erste tote Mensch, den ich in meinem Leben sah.

15

Nach den Osterferien kam ich aufs Gymnasium. Mama war in Köln aufgewachsen, und was die Wahl der Schule für ihre Tochter anging, da ließ sie nicht mit sich reden. Es musste ein reines Mädchengymnasium in der Großstadt sein.

»Muss es denn unbedingt Köln sein? In der Kreisstadt gibt es doch auch ein Gymnasium. Das ist viel näher«, wandte Papa ein. »Und außerdem kann sie dann zusammen mit Lars fahren. Der Bus nach Köln ist ja fast eine Stunde unterwegs! Ich würde sie im Auto mitnehmen, aber ich habe viel zu unregelmäßig Dienst.«

»Ach, mach doch nicht so ein Theater«, wies Mama ihn ungeduldig zurecht. Sie fand, dass Papa mich viel zu sehr verwöhnte. So wie bei dem Mantel, den Mama mir nicht hatte kaufen wollen, weil er zu teuer war und der abgelegte dicke Anorak von Lars noch gut passte. Aber Papa hatte ihn mir doch gekauft.

Tonis Mutter war Quelle-Sammelbestellerin, und das ganze Dorf konnte bei ihr aus dem Quelle-Katalog bestellen, der in der Wohnküche auf dem Tisch lag. Ich fand diesen dicken Katalog ganz großartig, weil es bei Quelle offensichtlich alles gab, was man sich nur denken konnte. Mama hielt nicht viel davon, sie sagte immer: »Wenn ich was brauche, fahre ich mit Papa in die Stadt, und dann kaufen wir es. Wenn man die Sachen nur auf dem Papier sieht, dann weiß man doch gar nicht, wie sie in Wirklichkeit sind. Das ist mir alles zu ungewiss.«

Ich fand es schade, dass wir keinen Katalog zu Hause hatten, denn er war wirklich spannend – man konnte in ihm lesen wie in einem Buch.

Eines Tages nun, kurz nach Weihnachten, stieß ich in dem Katalog auf die Abbildung eines Mädchens in meinem Alter, das einen richtig schicken Mantel anhatte. Toni hatte so einen ähnlichen, aber ich musste immer nur die alten Winteranoraks von Lars auftragen. So einen Mantel hätte ich für mein Leben gern gehabt.

Ich überredete Frau Casparek, mir den Katalog mitzugeben, damit ich Mama den Mantel zeigen konnte. Wenn sie die Abbildung sah, dachte ich, dann würde sie sofort verstehen, dass ich ihn haben musste. Lars bekam ja auch immer neue Winterjacken, da konnte ich doch sicher auch mal einen neuen Mantel haben.

»Kommt gar nicht infrage«, sagte Mama. »Du hast doch eine Winterjacke. Und wie soll ich den Mantel jetzt bezahlen? Es war doch gerade erst Weihnachten. Ich kann ihn mir nicht aus den Rippen schneiden.«

»Du kannst ihn ja auf Raten kaufen«, erklärte ich ihr und zeigte ihr, was im Katalog über das Bezahlen stand.

»Um Himmels willen«, sagte Mama. »So weit kommt das noch. Was willst du überhaupt mit so einem Stoffmäntelchen? Dazu rennst du doch viel zu viel draußen rum. Der geht ja sofort kaputt und ist auch viel zu dünn, ganz zu schweigen davon, dass er schmutzig wird.«

»Ich könnte ihn nur für gut anziehen«, wandte ich ein. »Und ich würde auch aufpassen, dass nichts drankommt.«

Aber Mama war dagegen. »Schlag dir das aus dem Kopf, Birte. Es geht einfach nicht. Ich habe kein Geld für so etwas. Und jetzt will ich nichts mehr davon hören.«

Wenn sie in dem Ton mit einem redete, ließ man sie besser in Ruhe, aber ich wollte nicht aufgeben. Als Papa am Abend nach Hause kam, passte ich ihn ab, als er sich mit der Zeitung in seinen Sessel setzte. Mama war in der Küche und kümmerte sich ums Abendessen. Seit Resi nicht mehr da war, kam zweimal die Woche eine Putzfrau, Frau Schmitz, um sauber zu machen, aber Mama war nicht zufrieden mit ihr und beschwerte sich bei Papa, dass sie jetzt immer so viel zu tun hatte. Wahrscheinlich übertrug sich das auf mich, denn ich konnte Frau Schmitz nicht besonders gut leiden, obwohl sie mir nichts getan hatte. Wahrscheinlich verglich ich sie im Stillen ständig mit Resi.

Ich schleppte den dicken Katalog zu Papas Sessel und zeigte ihm den Mantel. »Den hätte ich so gerne«, sagte ich sehnsüchtig. »Immer muss ich die alten Jacken von Lars auftragen. Ich möchte auch mal einen neuen Mantel haben. Papa, der ist so schön!«

Papa warf nur einen flüchtigen Blick auf den Mantel. Er nickte. »Ja, der sieht hübsch aus. Hast du ihn Mama gezeigt?«

»Ja, aber sie sagt, er ist zu teuer. Sie will ihn mir nicht kaufen. Papa, Toni hat auch so einen Mantel.«

»Hmm«, sagte Papa. »Und du möchtest auch gerne so schick sein wie Toni, oder?«

Ich nickte heftig. »Na gut«, sagte Papa, »wo müssen wir denn den Mantel bestellen?«

»Das ist ganz einfach«, sagte ich. »Frau Casparek ist die Sammelbestellerin für den Quelle-Katalog, und wenn du ihr sagst, dass ich den Mantel haben soll, dann bestellt sie ihn für mich. Du musst ihr dann nur das Geld geben.«

»Ja, gut«, sagte Papa. »Dann soll Mama sich darum kümmern. Du kannst den Mantel haben.«

Kurz darauf war der Mantel da, und er war sogar noch schöner als auf der Abbildung. Allerdings hatten sich Papa und Mama deswegen gestritten. Mama war eine Woche lang beleidigt gewesen und hatte zu Papa gesagt: »Mir rechnest du das Haushaltsgeld vor, und für Birte schmeißt du es einfach so aus dem Fenster. Und überhaupt, du kannst ihr doch nicht was erlauben, was ich ihr schon verboten habe.« Aber ich war froh, dass ich den Mantel hatte. Er war wirklich schön, und vor allem war er neu und nicht was Abgelegtes von Lars.

»Der längere Schulweg wird ihr schon nicht schaden«, sagte Mama jetzt. »Ich möchte eben, dass Birte auf eine wirklich gute Schule geht. Und die gibt es nun einmal nur in Köln.«

Papa verdrehte die Augen. »Na, du musst es ja wissen«, sagte er spöttisch zu Mama. »Du hast ja immerhin Puddingabitur.«

Ich sah Mama an, dass sie sich gleich wieder schrecklich aufregen würde. Da ich nicht wollte, dass sich die beiden stritten – und schon gar nicht wegen mir –, warf ich hastig ein: »Mir ist das egal. Wirklich! Toni hat schon gesagt, dass sie mit mir geht, egal auf welche Schule ich gehe.«

Tonis Papa war eigentlich nicht damit einverstanden, dass Toni aufs Gymnasium ging. Er hatte zu Toni gesagt: »Mir wäre lieber, du würdest auf die Realschule gehen. Da bist du viel früher fertig und kannst auch einen guten Beruf lernen. Du bist doch nur ein Mädchen und willst doch einmal heiraten. Gymnasium ist für ein Mädchen nur vergeudete Zeit.«

Als ich das Mama erzählte, seufzte sie nur. »Das hätte ich mir ja denken können«, sagte sie. »Ich rede noch mal mit Caspareks. Es wäre wirklich zu schade, wenn Toni nicht aufs Gymnasium gehen könnte. Sie ist doch eine sehr gute Schülerin.«

Das stimmte. Toni und ich waren die beiden Besten in der Klasse. Wir hatten mehr Einsen im Zeugnis als Hans-Willi und Ralf, obwohl die auch ganz gut in der Schule waren. Bei den beiden hatte keiner was dagegen, dass sie auf die höhere Schule gingen, sie waren ja Jungen, aber dass aus einer Klasse gleich zwei Mädchen ebenfalls aufs Gymnasium gingen, hatte es in Lommerich so noch nicht gegeben. Und dann auch noch nach Köln!

Aber natürlich setzte Mama sich sowohl gegen Papa als auch gegen Herrn Casparek durch, und nach den Osterferien fuhren Toni und ich also jeden Morgen mit dem Bus nach Köln.

Am ersten Tag fuhr Frau Casparek mit, damit wir nicht allein den Weg dorthin finden mussten. Mama konnte mich nicht begleiten, weil Susanne ihren ersten Schultag hatte, und Papa musste arbeiten. Ich fand es doof, dass keiner von ihnen für mich Zeit hatte, aber Frau Casparek war ja auch nett.

Zuerst mussten wir in eine Kirche, die ganz woanders war als die Schule, und weil Toni und Frau Casparek katholisch waren, ging ich natürlich mit in die katholische Kirche. Ich wusste ja gar nicht, wo die evangelische Kirche war. In der Stadt war anscheinend alles ziemlich weit voneinander entfernt. Zwar hatte ich mittlerweile auch in Lommerich evangelischen Religionsunterricht gehabt, aber bei den Katholiken fühlte ich mich immer noch wohler, und das war nach dem Unterricht bei Herrn Teubner auch kein Wunder. Er war vor einem Jahr neu an unsere Schule gekommen, aber so toll hatte ich ihn nicht gefunden. Er schmatzte beim Reden immer, und dann wuchsen ihm am Hals ganz viele schwarze Haare aus dem Hemdkragen, hinten und vorne. Vielleicht, dachte ich, könnte ich an der neuen Schule einfach so tun, als ob ich katholisch wäre.

Das klappte aber dann nicht, weil wir eine Klassenlehrerin hatten, Frau Dembach, die anscheinend alles über uns wusste, auch welche Konfession wir hatten. Aber in den nächsten Tagen stellte ich wenigstens fest, dass die evangelische Religionslehrerin, Frau Dr. Hans, sehr nett war. Und der Unterricht bei ihr war viel interessanter als bei Herrn Teubner.

Schon bald hatten Toni und ich uns in der neuen Schule eingelebt, und wir hatten uns auch an das Busfahren gewöhnt. Die Fahrt war wirklich lang, und der Bus, der manchmal auch Verspätung hatte, war ziemlich voll. Schon an der Bushaltestelle setzte ein Hauen und Stechen um die besten Sitzplätze ein. Toni und ich wollten natürlich am liebsten nebeneinandersitzen, aber das gelang uns nicht immer, weil gerade morgens viele Leute mitfuhren, die in der Stadt arbeiteten.

Einmal hatte ich mit Toni zusammen einen besonders guten Platz direkt an der Mitteltür des Busses erwischt, als an der nächsten Haltestelle mehrere Frauen einstiegen. Eine baute sich vor uns auf und sagte: »Wollt ihr zwei nicht mal aufstehen, damit wir uns setzen können? Wir müssen noch den ganzen Tag stehen.«

Toni erhob sich sofort und hielt sich an der Stange fest. Sie warf mir einen auffordernden Blick zu, aber ich hatte keine Lust aufzustehen. War mir doch egal, dass diese Frauen den ganzen Tag stehen mussten! Trotzig sagte ich: »Ich darf nicht aufstehen. Ich hab mir den Fuß verknackst.«

Die Frau, die uns angesprochen hatte, glaubte mir nicht, das sah ich ihr an. Sie hatte schwarze Haare, die ganz hochtoupiert waren und aussahen wie ein Bienenkorb, und um die Augen herum war sie auch ganz schwarz. »Ach so?«, sagte sie gedehnt. »Wärst du dann nicht besser zu Hause geblieben?«

Ich schüttelte den Kopf. »Nein, in der Schule kann ich ja auch sitzen.« Damit drehte ich mich zum Fenster und guckte hinaus. Die andere Frau setzte sich auf Tonis Platz, und ich hörte, wie die Schwarzhaarige zu Toni sagte: »Das war sehr lieb von dir. Vielen Dank.«

Als wir in Köln an unserer Haltestelle ausstiegen, fuhren die Frauen weiter. Solange sie mich noch sehen konnten, humpelte ich, damit sie mir meine Geschichte glaubten. Toni sagte nichts, und ich kam mir ein bisschen blöd vor. Die Schwarzhaarige sprach uns nie wieder an, und nach einer Weile fuhr sie auch nicht mehr mit im Bus. Insgeheim war ich erleichtert darüber. Aber ich stand sowieso von da an für ältere Leute immer auf.

Mittags kriegten wir meistens einen Platz, da fuhren nicht so viele Leute mit dem Bus. Die Haltestelle war direkt vor einer Bäckerei, und manchmal leisteten wir uns einen Amerikaner. Sie waren halbrund, aus einem süßen Teig mit Zuckerguss auf der flachen Seite. In Lommerich gab es so etwas nicht. Natürlich hatten wir nicht wirklich Hunger, wir hatten ja ein Pausenbrot dabeigehabt und bekamen in der großen Pause auch jeder eine Flasche Kakao aus der Schulspeisung, aber es dauerte immer so lange, bis der Bus kam, und aus der Bäckerei roch es so gut.

Die Heimfahrt im Bus war immer lustig. Bei uns in der Klasse waren noch zwei andere Fahrschülerinnen, die ein paar Dörfer weiter mussten als wir. Wir vertrieben uns die Zeit, indem wir »Stadt, Land, Fluss« spielten oder auch schon mal mit den Hausaufgaben anfingen. Morgens ging das nicht so gut, wenn der Bus so voll war.

Einmal hatte das eine Mädchen, Heidi, die Monatskarte vergessen. Normalerweise kannte uns der Busfahrer, und wir brauchten unsere Karten gar nicht vorzuzeigen, aber ausgerechnet an diesem Tag fuhr ein neuer Busfahrer. Er weigerte sich, Heidi mitzunehmen, obwohl wir ihm alle sagten, dass sie ganz bestimmt eine Karte habe, sie habe sie nur vergessen. Doch er machte ihr einfach die Tür vor der Nase zu und ließ sie draußen stehen.

Abends erzählte ich das ganz aufgebracht am Abendbrottisch, und Mama suchte sich sofort die Telefonnummer von Heidis Eltern raus und rief sie an, um sich zu erkundigen, ob Heidi heil nach Hause gekommen sei.

Ich hörte, wie sie am Telefon zu Heidis Mutter sagte, sie solle sich beim Busunternehmen beschweren. Dann kam sie wieder in die Küche und sagte: »Sie ist ein ganzes Stück zu Fuß gelaufen, aber der nächste Bus hat sie zum Glück mitgenommen. Warum habt ihr ihr denn das Geld für die einfache Fahrt nicht ausgelegt? Das hätten Heidis Eltern euch doch bestimmt wiedergegeben!« Da musste ich leider beichten, dass wir uns alle für unser letztes Geld Amerikaner gekauft hatten. Und von den Erwachsenen im Bus hatte uns auch keiner geholfen.

Unser Leben war ganz anders geworden, seit wir in Köln zur Schule gingen. Mit den anderen Kindern im Dorf spielten wir nicht mehr so viel. Uschi, Marita, Annegret und ein paar von den Jungen waren in der Kreisstadt auf der Realschule, und sie blieben neuerdings nachmittags lieber unter sich. Sie tuschelten immer miteinander, und manchmal, wenn Toni und ich uns mit ihnen unterhalten wollten, drehten sie sich einfach weg. Die Jungen, mit denen wir befreundet waren, Hans-Willi und Ralf, gingen auf das Jungen-Gymnasium, in dem auch Lars war, und wir trafen uns zwar ab und zu noch, stellten aber fest, dass wir uns nicht mehr so viel zu sagen hatten.

Seit Kurzem hatten auch wir endlich einen Fernseher. Es war aber auch langsam Zeit geworden. Ich war die Einzige in meiner Klasse gewesen, die nicht hatte mitreden können, wenn die anderen sich über Sendungen unterhielten, die sie gesehen hatten.

Wenn ich jetzt allerdings glaubte, alles gucken zu dürfen, was ich wollte, hatte ich mich geirrt. Der Fernseher stand, genauso wie bei Caspareks, in einem abschließbaren Schrank, und den Schlüssel hatte Mama. Sie kontrollierte, wann der Fernseher angemacht wurde. Papa und Mama guckten abends immer *Tagesschau* und manchmal auch einen Krimi, aber dann lagen wir immer schon im Bett. Höhepunkt für uns Kinder war deshalb das Wochenende, weil wir da länger aufbleiben durften. Samstagabends kam alle vier Wochen *Einer wird gewinnen* mit Hans-Joachim Kulenkampff. Die ganze Familie versammelte sich dann im Wohnzimmer vor dem Fernseher und riet mit den Kandidaten mit. Besonders bequem war das für uns Kinder meistens nicht. Der Fernseher stand in einer Ecke im Wohnzimmer, und die Sitzgruppe davor bestand nur aus zwei Sesseln, auf denen immer Mama und Papa saßen, und einem Schaukelstuhl, auf dem manchmal Oma saß. Susanne hockte meistens bei Mama auf der Lehne, während Lars und ich auf dem Teppich lagen. Aber obwohl die Sendung lange dauerte, machte es unheimlichen Spaß, mitzuraten. Und wenn zwischendurch gesungen wurde oder das Fernsehballett auftrat, konnte man schnell aufspringen und sich in der Küche etwas zu trinken holen.

Am Sonntagnachmittag kam immer *Bonanza*. Ich beneidete die vier Söhne von Ben Cartwright sehr. Ich hätte auch gerne auf so einer Farm gewohnt, mit vielen Pferden und einem chinesischen Koch. Ich schlug Mama vor, im Garten wenigstens einen Stall zu bauen, damit wir dort Pferde halten konnten, aber sie wollte nichts davon wissen. »Nein,

nein«, wehrte sie ab. »Der Hund reicht mir schon. Es bleibt ja doch alles an mir hängen.«

Wenn sie schlecht gelaunt war, gab Mama uns gerne die Schuld, dass wir Dori hatten. »Ich hab doch von Anfang an gesagt, ich will keinen Hund!«

Aber wir Kinder liebten Dori, und es stimmte auch gar nicht, dass alles an Mama hängen blieb. Toni und ich gingen oft mit der Hündin spazieren, und ich hatte ihr sogar ein paar Kunststücke beigebracht. Sie konnte Pfötchen geben, und sie sprang auf Befehl aufs Sofa und wieder herunter.

Sie hatte nur eine Unart, die ihr keiner abgewöhnen konnte: Sie lief einfach weg. Wenn man mit Dori spazieren ging und sie leichtsinnigerweise von der Leine ließ, damit sie auch mal richtig rennen konnte, dann brauchte sie bloß einen Hasen oder einen Vogel zu sehen und rannte ihm hinterher. Da konnte man pfeifen und rufen, wie man wollte, sie kam einfach nicht zurück. Manchmal mussten wir sie stundenlang suchen. Einmal kam sie sogar erst am nächsten Tag wieder. »Na, zum Glück ist sie sterilisiert«, sagte Mama, »da kann sie wenigstens nicht trächtig werden.«

Onkel Christian hatte sich immer viel mit ihr beschäftigt, und sie hatte sehr an ihm gehangen. Wenn er zu Hause gewesen war, war sie ihm nicht von der Seite gewichen. Und jetzt, wo er weg war, hatte ich ja den Verdacht, dass sie deshalb weglief, weil sie ihn suchte. Das konnte ich gut verstehen, denn mir fehlte er auch. Aber als ich meine Vermutung Papa gegenüber äußerte, schüttelte er den Kopf. »Nein, Birte, ich glaube eher, sie kann sich schon gar nicht mehr an ihn erinnern. Sie läuft weg, weil sie so viel Jagdhund in sich hat. Sie will einfach jagen.«

Ich hatte Angst um Dori, denn Herr Volland, Maritas Vater, der ja Förster war, hatte gesagt, wenn er in seinem

Wald einen Hund beim Wildern erwischen würde, würde er ihn sofort erschießen.

»Auch wenn Sie erkennen, dass es Dori ist?«, fragte ich entsetzt.

»Ja, auch dann«, sagte er.

Ich hatte ihn gefragt, ob er ihr nicht beibringen könne, dass sie nicht mehr weglief, weil seine beiden Hunde aufs Wort gehorchten, aber er hatte den Kopf geschüttelt. »Das geht nicht«, hatte er gesagt. »Da hätte sie von klein an bei mir sein müssen. Jetzt ist es zu spät.«

Mit der Zeit wurde Dori zum Glück ein bisschen ruhiger und lief nur noch selten weg. Sogar Mama gewöhnte sich an sie. Einmal in der Woche holte Mama bei Goldbachs Milz und Blättermagen von der Kuh, und dann wurde es richtig eklig. Lars und ich mussten helfen, die Innereien klein zu schneiden, damit sie sie später mit Reis als Hundefutter kochen konnte. Die Milz war weiß und mit einer glitschigen Flüssigkeit bedeckt, die wie Sahne aussah, aber nicht so roch, und der Blättermagen, den Mama manchmal auch Pansen nannte, war oft noch voller dunkelgrüner Kacke und stank ganz fürchterlich. Ich musste manchmal würgen, wenn ich beim Zerschneiden half, und bei der Milz musste ich immer dran denken, dass wir auch so was im Körper hatten. Blättermagen nicht, das hatten nur Kühe, aber die Milz schon – sie war ja gerissen, als Hans-Willi in der Jugendherberge aus dem Hochbett geflogen war. Aber Mama sagte, dass das die gesündeste Hundenahrung sei.

»Ihr wolltet den Hund, und jetzt müsst ihr auch helfen, ihm sein Fressen zuzubereiten«, sagte sie. »Wenn ich mal nicht da bin, müsst ihr wissen, wie es geht.« Lars hatte noch weniger Lust als ich, das stinkende Zeug zu zerschneiden, aber auch er musste ran.

Einmal waren ein paar Teile übrig geblieben, und Mama hatte sie in die Mülltonne geworfen, die neben der Garage im Hof stand. Es war irgendwann im Sommer gewesen, und als ich das nächste Mal den Müll rausbringen musste und den Deckel der Tonne hochklappte, war die ganze Tonne innen voller weißer Würmer, die sich schmatzend hin und her wanden. Es sah ganz furchtbar aus, als ob die Tonne auf einmal lebendig geworden wäre. Einen Moment lang starrte ich die wimmelnde Masse fasziniert an, aber dann ließ ich den Deckel fallen und rannte in die Küche zurück. Was Mama mit der Mülltonne gemacht hat, weiß ich nicht mehr.

Auf jeden Fall war es also keineswegs so, dass nur Mama Arbeit mit dem Hund hatte. Deshalb fand ich, dass jetzt die Zeit für ein weiteres Haustier reif war. Ich dachte an ein Pferd, um das ich mich sogar ganz alleine kümmern würde, weil Mama davon ja gar nichts verstand. Pferde waren meine Leidenschaft, seitdem ich im vierten Schuljahr eine ganze dicke Tapetenrolle über Pferde vollgeschrieben hatte. Stundenlang hatte ich Bilder gemalt oder aus Illustrierten ausgeschnitten und auf das Papier geklebt. Alles Wissenswerte zu Pferden hatte ich mir aus unserem großen Brockhaus-Lexikon zusammengesucht. Toni hatte das Gleiche mit Katzen gemacht, aber mich interessierten Pferde eben mehr. Wochenlang war ich damit beschäftigt gewesen, und es hatte richtig Spaß gemacht.

Voller Hoffnung begann ich, meinen Plan in die Tat umzusetzen. Bisher, so dachte ich, hatte ich noch alles bekommen, was ich wollte, wenn ich nur hartnäckig genug geblieben war. Tagelang redete ich ständig davon, wie schön es doch wäre, wenn wir ein Pferd hätten, stellte Mama sogar großzügig in Aussicht, dass ja auch Susanne darauf reiten könnte, und zog sämtliche Register der Überredungskunst. Doch dieses Mal hatte ich keinen Erfolg. Papa hielt sich ganz raus und schickte mich zu Mama. Doch bei ihr biss ich auf Granit. Sie sagte nur: »Das ist schrecklich mit dir, Birte! Kaum hast du das eine erreicht, peilst du schon wieder das Nächste an. Erst ein Hund, dann ein neuer Mantel außer der Reihe, und jetzt ist es schon ein Pferd. Aber ich kann dir versprechen, daraus wird nichts!«

16

Es war dunkel, und die Bäume hinter uns rauschten im eisigen Wind. Ich hatte meine Mütze zu Hause vergessen und drückte mich eng an Papa, um mich zu wärmen. Um uns herum waren viele andere Menschen, und man konnte die Spannung, die in der Luft lag, förmlich spüren. Kaum einer traute sich, laut zu reden, nur ab und zu hörte man ein Lachen oder einen Ausruf.

»Da kommen sie«, rief auf einmal einer, und wahrhaftig, in der Ferne sah man das stumme Blaulicht der zwei Polizeiautos, die dem riesigen Schaufelradbagger voranfuhren.

In der letzten Zeit war die Verschiebung des Schaufelradbaggers von einem Tagebau zum anderen eines der Hauptthemen im Dorf gewesen. »Die Leute hier sind von überallher angereist«, erklärte Papa. »Hast du die vielen Busse hinten auf dem Parkplatz gesehen? Das sind alles Baggertouristen.«

Papa wohnte nicht mehr bei uns. In den letzten Wochen war eine Kollegin von ihm, Frau Dr. Schütze, häufig bei uns gewesen. Sie war groß, fast so groß wie Papa, rauchte Zigaretten in einer langen Zigarettenspitze und hatte ein tiefes, raues Lachen, das man im ganzen Haus hören konnte. Susanne, die nach den Osterferien ins erste Schuljahr gekommen war, ging ihr aus dem Weg. Ihr war sie nicht geheuer.

Zuerst hatte Mama immer gesagt, wir sollten nett zu ihr sein. Sie brachte uns Süßigkeiten mit und wollte sich mit uns unterhalten, aber Lars und ich sahen immer zu, dass wir möglichst schnell von der Bildfläche verschwanden, weil wir nicht wussten, was wir mit ihr reden sollten. Ich machte einen Knicks, Lars einen Diener, und dann waren wir wieder weg.

»Eigentlich ist sie eine arme Frau«, sagte Mama. »Seht mal, sie ist nicht verheiratet, hat keine Kinder, und Papa kümmert sich ein bisschen um sie. Sie kommt so gerne zu uns, weil hier immer was los ist und weil sie sonst an den Wochenenden alleine in ihrer kleinen Wohnung säße.«

»Findest du sie denn auch nett?«, fragte ich Mama.

»Ja«, erwiderte sie. »Doch, ich finde sie ganz nett.«

Richtig überzeugend hörte sich das nicht an, aber die Erwachsenen mussten es ja wissen. Ärgerlich war nur, dass sie mit der Zeit jeden Sonntag kam und wir praktisch gar keine Ausflüge mehr mit Papa und Mama machen konnten.

So wirklich schien das auch Mama nicht zu gefallen, und sie stritt sich immer häufiger mit Papa. »Kann die blöde Schnepfe nicht mal ein Wochenende zu Hause bleiben?«, hörte ich sie zu Papa sagen. Ihre Stimme klang wütend. »Sie ist ja nur noch hier. Mich behandelt sie immer so von oben herab. Letztens hat sie wahrhaftig gesagt, ich sei ja nur Hausfrau! NUR Hausfrau! Die hat doch gar keine Ahnung davon, wie viel Arbeit so ein Haushalt mit drei Kindern und einem großen Haus mit Garten ist.«

»Das hat sie bestimmt nicht so gemeint«, erwiderte Papa besänftigend.

»Und ob sie das so gemeint hat!«, ereiferte sich Mama. »Und wie sie dich anschmachtet – ehrlich, Harald, das wird mir zu viel!«

»Anschmachten!«, sagte Papa. »Das bildest du dir doch

ein, Ingrid. Ich unterhalte mich eben gerne mit Gerda. Fachlich liegen wir auf einer Wellenlänge.«

»Ach, nur fachlich, was?« Mamas Stimme kippte ein bisschen. »Dafür kichert sie aber etwas viel in deiner Gegenwart. Und was hatte letzte Woche ihre Hand auf deinem Arm verloren? Sie hätte sie ja am liebsten da liegen lassen.«

Papa zog scharf die Luft ein. »Jetzt übertreibst du aber! Da ist doch nichts dabei …«

Ich hatte genug von ihrem Streit und lief in den Garten. Die Situation bereitete mir Sorgen. Natürlich zankten sie sich manchmal, aber so böse wie heute hatten sie noch nie geklungen. Ich kletterte auf meinen Apfelbaum und lehnte mich auf meinem Lieblingsplatz, einem dicken Ast, der dicht am Stamm eine Art Sitzmulde bildete, an den Stamm. Um mich herum wisperten die Blätter, und geschützt in ihrem Laub schickte ich ein Stoßgebet in den Himmel. »Bitte, lieber Gott, mach, dass Mama und Papa sich wieder vertragen.« Aber ich hatte ein flaues Gefühl im Magen.

Und es sollte sich bewahrheiten. Die Kräche wurden immer häufiger und so heftig, dass wir alle nur noch die Köpfe einzogen. Es wurde viel geschrien und geweint, und zum Lachen gab es nur noch selten was. Frau Dr. Schütze – sie hatte uns Kindern angeboten, wir sollten Tante Gerda zu ihr sagen, aber das brachten weder Lars noch ich über uns, von Susanne ganz zu schweigen – kam zwar nicht mehr zu Besuch, aber dafür war Papa am Wochenende so gut wie gar nicht mehr zu Hause. Lars, der ja älter war als ich und vielleicht schon ein bisschen mehr davon verstand, sagte düster zu mir: »Ich wette mit dir, die hat Papa den Kopf verdreht. Und jetzt gefällt ihm Mama nicht mehr.«

Das wollte ich mir lieber nicht vorstellen. Frau Dr. Schütze war überhaupt nicht hübsch. Ich fand, sie hatte eine große Nase, und sie machte immer so ein strenges Gesicht. Andererseits zankten sich Mama und Papa ständig wegen ihr, und Papa nahm sie in Schutz.

Und dann kam ich eines Sonntagmorgens zum Frühstück herunter. Mama saß mit Oma am Küchentisch. Sie hatte ganz rot geweinte Augen und putzte sich dauernd die Nase. Oma streichelte ihr die Hände und sagte immer nur: »Mein armes Kind. Dieses verdammte Luder!«

»Komm mal her«, sagte Mama, als sie mich sah, und zog mich auf ihren Schoß. Das kam eigentlich gar nicht mehr vor. Ich war ja schon in der Sexta, auf dem Gymnasium in der Stadt, und wenn ich abends mal mit Mama kuscheln wollte, hatte sie mich sonst nach kurzer Zeit immer weggeschoben mit der Bemerkung: »Geh runter, du wirst mir zu schwer.« Jetzt aber umarmte sie mich ganz fest und sagte: »Papa ist in die Stadt gezogen. Wir müssen jetzt erst einmal ohne ihn auskommen.«

Ich schaute sie entsetzt an. Auf einmal hatte ich einen dicken Kloß im Hals. »Wie, ausgezogen?«, fragte ich. »Will er nicht mehr bei uns wohnen?«

Mama schüttelte traurig den Kopf. »Das hat mit euch nichts zu tun«, sagte sie. »Papa und ich, wir brauchen mal eine Pause voneinander. Das ist bei Erwachsenen manchmal so. Du hast ja sicher mitgekriegt, dass wir uns in der letzten Zeit so viel gezankt haben, und damit wir das nicht mehr tun, hat Papa sich eine Wohnung genommen.«

Ein Gedanke durchzuckte mich. »Mit Frau Dr. Schütze?«, fragte ich.

»Nein, allein«, sagte Mama. »Du kannst jederzeit bei ihm übernachten. Alle drei könnt ihr das. Papa und ich brauchen jetzt einfach mal ein bisschen Abstand.« Bei diesen Worten liefen ihr erneut die Tränen übers Gesicht. Wortlos schob sie mich von ihrem Schoß und griff zu ihrem Taschentuch.

» Wein doch nicht, Ingrid «, sagte Oma. » Der kommt schon wieder angekrochen. «

Aber Mama war nur aufgestanden und schluchzend aus dem Zimmer gerannt.

Das war jetzt sechs Wochen her. Bis jetzt war Papa nicht wieder angekrochen gekommen. Ich war häufig bei ihm gewesen, weil ich als Einzige in der Stadt in die Schule ging. Papa arbeitete auch nicht mehr im Krankenhaus in der Kreisstadt, sondern hatte jetzt eine Stelle an der Universitätsklinik, die ganz in der Nähe meiner Schule war. Als ich ihn dort das erste Mal besuchte, war ich ziemlich nervös, weil ich mich fragte, ob Frau Dr. Schütze wohl auch jetzt da arbeitete, aber sie war nirgendwo zu sehen, und auch in Papas Wohnung gab es kein Anzeichen von ihr.

Er ging mit mir zum Abendessen in eine Gaststätte – ein unvorstellbarer Luxus an einem Wochentag –, und dort traute ich mich schließlich, ihn danach zu fragen. Ich war erleichtert, als er sagte, nein, sie sei nicht hier, und er habe sie auch schon lange nicht mehr gesehen.

» Aber ich hab gedacht, du wärst wegen ihr ausgezogen «, rutschte mir heraus, bevor ich den Mund wieder zumachen konnte. » Weil du sie lieber hast als uns. «

Papa zog die Augenbrauen hoch. » Birte «, sagte er mit Nachdruck, » wer hat dir das denn erzählt? So etwas darfst du nicht glauben. «

» Kommst du denn dann wieder nach Hause? «, fragte ich unglücklich. » Ehrlich, Papa, ohne dich ist es nicht schön. Du fehlst uns so. «

» Ja, ihr fehlt mir auch «, sagte Papa. » Du musst Geduld haben. Wir Erwachsenen brauchen manchmal ein bisschen Zeit. «

Und jetzt stand ich hier mit Papa und Hunderten anderer Leute in der Nacht an der Landstraße und wartete darauf, dass der Schaufelradbagger vorbeikam. Zum Glück waren Herbstferien, da konnte ich am nächsten Tag ausschlafen. Lars wäre sicher auch gerne mitgekommen, aber er war im Schüleraustausch in England, und Susanne war noch zu klein. Sie hatte zwar gebettelt und geheult, aber Mama war eisern geblieben, als Papa mich abgeholt hatte.

Natürlich genoss ich es, Papa ganz alleine für mich zu haben, aber mir war so kalt, dass mir die Zähne klapperten. Der eisige Wind drang durch meine Windjacke, ich trat von einem Fuß auf den anderen, weil ich meine Zehen schon gar nicht mehr spürte, und ich bereute es sehr, meine Mütze nicht aufgesetzt zu haben. Hoffentlich kam der Schaufelradbagger jetzt endlich. Das dauerte ja ewig!

Aber als dann das Ungetüm an uns vorbeirumpelte, riesig und ein bisschen unheimlich in der Dunkelheit, vergaß ich die Kälte und den Wind und schaute fasziniert zu, wie sich die Kettenräder Zentimeter für Zentimeter vorwärtsschoben.

»An manchen Stellen mussten sie extra Bäume fällen, weil er sonst nicht auf die Straße gepasst hätte«, erklärte Papa. »Und er muss auf seinem Weg in den anderen Tagebau sogar die Erft überqueren.«

»Fährt er dann durchs Wasser?«, fragte ich.

»Nein, da haben sie eine Art Damm aufgeschüttet, über den er fährt.«

»Der ist doch riesig und so breit, der Bagger«, sagte ich. »Wie kommt er denn durch die Dörfer? Da ist es doch viel zu eng.« Die Lommericher Hauptstraße war an manchen Stellen so schmal, dass man bestimmt Häuser hätte abreißen müssen.

»Das ist vorher alles berechnet worden«, sagte Papa. »Da

sitzen Fachleute im Werk, die den ganzen Weg ausmessen. Und ich glaube, er musste bisher gar nicht durch ein Dorf. Es hat irgendwie immer einen Weg darum herum gegeben.«

Es dauerte eine Ewigkeit, bis der Schaufelradbagger an uns vorbei war, aber schließlich hatte er es doch geschafft, und die ersten Leute um uns herum wandten sich zum Gehen. Ich zupfte Papa am Ärmel. »Können wir auch nach Hause fahren? Mir ist so kalt, und meine Ohren tun weh.« Ich konnte kaum sprechen, weil mir die Zähne so klapperten.

Als wir in Lommerich ankamen, hatte ich schon hohes Fieber, und in der Nacht bekam ich ganz schlimme Ohrenschmerzen. Mein ganzer Kopf rauschte, und es tat alles schrecklich weh. Dass Mama und Papa abwechselnd bei mir saßen, bekam ich kaum mit, aber als nach zwei Tagen das Fieber endlich gesunken war und die Schmerzen erträglich geworden waren, stellte ich fest, dass ich im Ehebett auf Mamas Seite lag. Durch das Fenster zum Hof schien die Sonne. Mama saß an meinem Bett, und als sie sah, dass ich wach war, strich sie mir liebevoll die Haare aus dem Gesicht und sagte: »Jetzt hast du das Schlimmste überstanden, mein Schäfchen. Was möchtest du denn gerne essen? Du darfst dir alles wünschen, was du willst.«

Der Gedanke an Essen bereitete mir Übelkeit. Schwach schüttelte ich den Kopf und sagte: »Ich hab keinen Hunger. Ich will nichts essen. Nur was trinken.« Verwundert sah ich, dass Mama anfing zu weinen. Das kam eigentlich nie vor. Und so voller Mitgefühl war sie auch selten. Wenn einer von uns sich wehgetan hatte und jammerte, sagte sie normalerweise immer nur: »Das ist nicht so schlimm. Stell dich nicht so an!«

Jetzt aber sagte sie: »Du musst etwas essen, damit du wieder zu Kräften kommst. Du warst sehr schlimm krank, und wir haben schon gedacht, dass wir dich ins Krankenhaus bringen müssen. Aber jetzt hast du das Schlimmste überstanden.« Sie beugte sich über mich und gab mir einen Kuss auf die Stirn.

Danach vertrugen sich Papa und Mama wieder, und er kam ganz normal nach der Arbeit abends nach Hause. Insgeheim war ich stolz darauf, weil ich das Gefühl hatte, dass ich das ganz allein bewirkt hatte. Dafür hatten sich die Ohrenschmerzen gelohnt.

17

Als ich wieder ganz gesund war, durfte ich endlich reiten gehen. »Weißt du was?«, sagte Mama. »In Anrath gibt es in der Burg seit Neuestem eine Reitschule. Du kannst ja mal mit dem Fahrrad hinfahren und Herrn Rother fragen, wie viel der Unterricht kostet. Und wenn es nicht so teuer ist, darfst du einmal in der Woche reiten. Vielleicht will Toni auch mitkommen. Was hältst du davon?«

Anrath war sechs Kilometer von uns entfernt, das Dorf nach Kistenich, wo das Freibad war, und die Burg war eigentlich gar keine richtige Burg, sondern nur ein sehr großer, sehr alter Bauernhof mit einem Gutshaus, das an jeder Seite einen Turm hatte, und deshalb hieß es überall nur »die Burg«. Papa war mal drin gewesen, weil Herr Rother vor unserer Haustür einen Motorradunfall gehabt hatte. Das war, als der Bürgersteig gebaut wurde. Die Straße war voller Sand gewesen, und er war mit seinem Motorrad im Dunkeln an den neu errichteten Bordstein geprallt und ins Rutschen gekommen. Das Motorrad war kaputt gewesen, und Herr Rother hatte sich die Schulter geprellt und den Fuß verstaucht. Papa hatte Erste Hilfe geleistet, und anschließend hatte er ihn nach Hause gefahren. Am nächsten Tag war der Knecht gekommen, hatte das Motorrad auf den Trecker-Anhänger geladen und war damit in die Werkstatt gefahren.

Auf jeden Fall war Papa bei der Gelegenheit in der Burg

gewesen. Hinterher hatte er erzählt, wie schön das Haus sei. »Das ist ein richtiges Herrenhaus«, hatte er zu Mama gesagt. »Mit einer breiten, geschwungenen Holztreppe in den ersten Stock – ein Traum, sag ich dir. Und sie sind auch sehr schön eingerichtet. Ich glaube, das Haus steht sogar unter Denkmalschutz.«

Und jetzt hatte Herr Rother neben der Landwirtschaft offenbar auch eine Reitschule. Das hörte sich vielversprechend an, und bei der ersten Gelegenheit schwangen Toni und ich uns auf die Fahrräder, um nach Anrath zu fahren.

Die Fahrt ging am stillgelegten Bahndamm entlang und dann quer über die Felder, vorbei an einem kleinen Kieswerk und dem Wasserwerksschlösschen, das auch gar kein Schloss war, sondern im Erdgeschoss die Wasserpumpen beherbergte. Oben drüber wohnte der Wärter vom Wasserwerk mit seiner Familie. Von da aus konnte man schon den Kirchturm von Anrath sehen.

Wir mussten das Dorf durchqueren, um zur Burg zu gelangen, die am Ortsrand lag, ein Vierkanthof mit einer langen, von Pappeln gesäumten Einfahrt, die durch einen Torbogen auf den großen Hof führte.

Toni und ich stiegen von den Fahrrädern und blickten uns suchend um. Aus einer Holztür in den Gebäuden auf der rechten Seite kam ein Junge mit einer Schubkarre voller Mist.

»Sucht ihr was?«, rief er. Er war etwa so alt wie Lars und trug eine schicke beige Reithose und hohe Stiefel. Seine glatten schwarzen Haare waren ein bisschen länger und fielen ihm in die Stirn.

»Wir wollen reiten lernen«, rief ich zurück.

Er stellte die Schubkarre ab und kam auf uns zu. »Reitunterricht für Anfänger ist donnerstags von vier bis fünf«, sagte er ein bisschen von oben herab. »Oder könnt ihr etwa schon reiten?« Er musterte uns geringschätzig. Anscheinend fand er uns nicht besonders präsentabel in Jeans und Halbschuhen.

Ich schüttelte den Kopf. »Nein«, sagte ich. »Ich habe doch gesagt, dass wir es lernen wollen. Können wir denn die Pferde mal sehen?«

»Na, kommt mal mit«, sagte er gönnerhaft und führte uns zu der Holztür, durch die er eben gekommen war. Dahinter verbarg sich der Stall. Auf jeder Seite waren fünf Boxen, und in jeder bis auf eine befand sich ein Pferd. Hinten an der Wand stand eine offene Kutsche.

»Das sind unsere Pferde«, sagte er. Er wies auf einen Schimmel, der mir ziemlich hoch vorkam. »Das ist Stormy, mein Pferd. Den dürfen nur Fortgeschrittene reiten. Für Anfänger haben wir Mandy«, er zeigte auf eine braune Stute, die zum Glück um einiges kleiner war als sein Riesenpferd, »und Pixi.« Pixi war so eine Art Pony.

»Das nehme ich«, sagte Toni leise. »Ich bin sowieso kleiner als du.« Sie hatte vorher schon gesagt, dass sie eigentlich Angst vor Pferden hatte.

»Wie gesagt«, fuhr der Junge fort, »Anfängerunterricht ist donnerstags von vier bis fünf.«

»Michael? Warum steht die Schubkarre mit dem Mist mitten im Hof?« Ein Mann kam durch die Tür. Er war ziemlich groß und breit und hatte einen Schnauzbart wie ein Walross. Genau wie der Junge, der offensichtlich Michael hieß, trug er eine helle Reithose und hohe Lederstiefel.

»Ich habe den beiden hier die Pferde gezeigt, Papa. Sie wollen reiten lernen.«

Der Mann war Herr Rother. Ich sagte meinen Namen, und er war sehr freundlich und zeigte uns auch die Reithalle neben dem Stall. »Na, dann seid mal am Donnerstag so gegen drei hier«, sagte er. »Bevor man sich aufs Pferd setzen kann, muss man nämlich erst noch ein paar andere Dinge lernen.«

»Müssen wir auch Stiefel und Reithose haben?«, fragte ich. Insgeheim überlegte ich schon, wie ich das Mama beibringen sollte. Das war bestimmt sehr teuer.

Er schüttelte den Kopf. »Nein, Jeans und Turnschuhe tun es fürs Erste. Das geht schon.«

Von da an radelten wir einmal in der Woche nach Anrath, egal bei welchem Wetter, selbst wenn es in Strömen regnete. Der Unterricht fand auf dem überdachten Reitplatz statt, den Herr Rother neben dem Hof angelegt hatte. Aber nicht er unterrichtete uns, sondern eine Reitlehrerin, Frau Held, die sehr streng war.

Die erste Stunde verbrachten wir größtenteils mit Saubermachen. Wir mussten die Boxen ausmisten und lernen, wie man ein Pferd putzte und ihm die Hufe auskratzte. Frau Held erklärte uns, wie man das Zaumzeug anlegt und das Pferd sattelt. Wir mussten an viele Sachen gleichzeitig denken, und wenn wir etwas nicht auf Anhieb gleich richtig machten, brüllte sie uns auch schon mal an. Ich nahm es in Kauf. Wenn ich mich zu Hause darüber beschwert hätte, wäre Mama am Ende noch auf die Idee gekommen, mir das Reiten zu verbieten. Das wollte ich auf keinen Fall riskieren.

Bei Toni sah die Sache ein bisschen anders aus. Sie war nur mir zuliebe mitgekommen, und ich merkte bald, dass es ihr nicht so großen Spaß machte wie mir.

Schon das Aufsteigen war nicht so einfach. Obwohl Mandy eines der kleineren Pferde war, tat ich mich am Anfang ein bisschen schwer. Frau Held machte mich noch zusätzlich nervös, weil sie neben mir stand und sagte: »Was ist? Brauchst du eine Extra-Einladung?« Um sie nicht weiter zu reizen, nahm ich besonders viel Schwung und wäre beinahe wieder auf der anderen Seite runtergerutscht. Ich konnte mich gerade noch fangen.

Michael beobachtete uns bei unserer ersten Stunde, und als ich mich schwankend oben auf dem Sattel erst mal sortierte, fing er laut an zu lachen. »Na, du bist ja ein Naturtalent!«, sagte er. So ein blöder Kerl! Dem hätte ich schon Bescheid gesagt, wenn ich nicht gerade auf dem Pferd gesessen hätte! Zum Glück rief sein Vater nach ihm, und er ging hinaus.

Die kleine Pixi machte es Toni leichter. Ihr bereitete das Aufsteigen keine Probleme. Frau Held lobte sie, und das ärgerte mich noch mehr. Sie wollte doch eigentlich gar nicht reiten lernen! Aber mit der Zeit klappte es dann ganz gut, und mir machte der Unterricht bei Frau Held sogar richtig Spaß.

Michael kam zum Glück nur noch selten zum Reitplatz und ließ uns in Ruhe. Ich war froh darüber, denn ich fühlte mich seinen frechen Bemerkungen oft nicht gewachsen. Es war merkwürdig, aber seine Gegenwart machte mich immer ein bisschen unsicher, ein ungewohntes Gefühl für mich, das ich eigentlich nicht kannte.

Als wir uns einigermaßen auf dem Pferd halten konnten, ritten wir im normalen Schulbetrieb mit, und eines Tages machte unsere Gruppe den ersten Ausritt. Wir ritten im Schritt durch das Tor und über die Straße ins Feld. Dahinter fing der Wald an, und eine ganze Stunde lang ritten wir kreuz und quer die Reitwege entlang, Frau Held auf Stormy immer voraus. Für mich hätte es ewig so weitergehen können, auch wenn man sehr aufpassen musste, dass einem kein Ast ins Gesicht schlug oder so. Mein Lieblingsfilm war *Die Mädels vom Immenhof*. Sie wohnten auch auf einem Gut und konnten mit ihren Ponys herumreiten, wie und wo sie wollten. Das wäre ganz nach meinem Geschmack gewesen.

Als wir aus dem Wald wieder herauskamen, wurden die Pferde wie von selbst immer schneller. »Sie wollen zurück in den Stall«, erklärte Frau Held. »Jetzt galoppieren wir besser nicht mehr, damit sie nicht durchgehen.«

Manchmal guckte auch Herr Rother am Reitplatz vorbei, wenn wir Unterricht hatten, und er erlaubte uns auch, sooft vorbeizukommen, wie wir wollten. »Ihr könnt immer gerne bei der Stallarbeit mithelfen«, sagte er. »Wir können Hilfe gebrauchen, und ihr lernt dabei, mit den Pferden umzugehen.«

Deshalb fuhren wir nach der Schule, sooft wir konnten, in den Stall, um die Pferde zu putzen oder die Boxen auszumisten. Insgeheim hoffte ich, Michael zu treffen, aber wir sahen ihn kaum. Nur einmal war er da, als Frau Rother Geburtstag hatte. Ich war zufällig an dem Nachmittag alleine da. Frau Rother, die ganz dünn und klein war, kleiner als ihr Sohn, hatte einen Kuchen gebacken und fragte mich, ob ich mit ihnen Kaffee trinken wolle. »Du gehörst ja schon fast zur Familie«, sagte sie zu mir, »so oft, wie du hier bist.«

Ich durfte mit ihr ins Haus, um ihr beim Tischdecken und Sahne schlagen zu helfen. Die Küche war riesengroß und hatte eine hohe gemauerte Gewölbedecke. Es sah aus wie in einem Märchenschloss. An einer Wand war ein großer Kamin aus Stein, in dem ein Kupferkessel hing. Frau Rother erzählte mir, dass sie darin sogar kochte. »Jetzt ist ja Sommer«, sagte sie, »aber im Winter machen wir hier ein Feuer im Kamin, und dann koche ich Suppe in dem Kessel. Das ist richtig gemütlich.« Ich nickte staunend. Der Kessel war beinahe höher als die kleine Frau Rother, man konnte sich kaum vorstellen, dass sie darin Suppe rührte.

Ich bot an, die Sahne zu schlagen, hatte aber nicht damit gerechnet, dass Frau Rother keinen elektrischen Handmixer hatte, sondern nur so einen Metallquirl zum Drehen. Es war ziemlich anstrengend, die Sahne auf die Art und Weise fest zu bekommen, und gerade als ich schwitzend dastand und mir fast schon der Arm abfiel, kam Michael in die Küche.

»Was machst du denn hier?«, fragte er mich.

»Das siehst du doch«, sagte ich. »Ich schlage Sahne.«

»Hmm«, sagte er nur und grinste. Wie machte er das nur, dass ich mir in seiner Gegenwart immer so blöd vorkam?

Mama nahm Fahrstunden, um endlich den Führerschein zu machen. Zweimal in der Woche hielt Herr Sonnenberg, der Besitzer der Fahrschule, die erst vor Kurzem in Anrath aufgemacht hatte, vor unserem Haus und holte Mama ab. Sie stieg auf der Fahrerseite ein, und ihrem Gesichtsausdruck nach zu urteilen, machte ihr das alles einen Riesenspaß. Ich beneidete sie fast ein bisschen und nahm mir vor, selbst so früh wie möglich den Führerschein zu machen. Papa ließ mich ab und zu von der Beifahrerseite aus schalten, wenn ich in Köln nach der Schule bei einer Freundin gewesen war und er mich abholte. Lenken durfte ich auch manchmal von der Seite aus.

»Aber du musst mir auch ein Auto kaufen, wenn ich den Führerschein habe«, sagte Mama. »Sonst kriege ich gar keine Fahrpraxis.«

»Du kannst mich ja dann immer von der Schule abholen«, schlug ich vor. »Isabel aus meiner Parallelklasse wird auch immer von ihrer Mutter abgeholt.« Aber die Idee gefiel Mama nicht.

»Fahr du mal schön mit dem Bus«, meinte sie. »Das tut dir ganz gut. So weit kommt das noch, dass ich euch Kinder von der Schule abhole.«

Nach ein paar Wochen war die Fahrprüfung, und Mama, die schon die theoretische Prüfung fehlerfrei hinter sich gebracht hatte, bekam den »grauen Lappen« ohne Umstände ausgehändigt. Der Prüfer hatte ihr bescheinigt, dass sie sehr umsichtig und gut fahren würde, und sie hatte »mit Bravour« bestanden, wie sie stolz berichtete. Eine Woche später nahm sie von Papa die Schlüssel für ihren eigenen VW Käfer entgegen. »Aber fahr vorsichtig«, ermahnte er sie. »Als Fahranfänger ist man im Straßenverkehr noch nicht so sicher, auch wenn man sich so fühlt.«

Das sagten sie in *Der 7. Sinn* auch. Abends kam nach den Nachrichten immer eine kurze Sendung über all die Gefahren, die beim Autofahren lauerten. Dabei ging es häufig um Frauen. Mama schnaubte immer nur empört, wenn sie im Fernsehen sehen musste, dass Frauen angeblich nicht richtig Auto fahren konnten. »So ein Quatsch!«, schimpfte sie, aber ich glaube, Papa sah das anders.

»Es stimmt doch«, sagte er einmal. »Du kannst wirklich nicht besonders gut rückwärts einparken.«

»Das brauche ich hier auf dem Dorf auch nicht«, erwiderte Mama spitz. »Das ist einfach die fehlende Übung. Aber ansonsten kannst du dich ja wohl nicht beklagen. Ich fahre jetzt schon seit einem halben Jahr unfallfrei.«

»Ja«, sagte Papa, »aber auch nur, weil du so langsam fährst. Deinen Wagen muss ich zwischendurch immer sportlich fahren, damit er mal richtig durchgepustet wird.«

Ich sah Mama an, dass sie sich ärgerte, aber sie sagte nichts mehr. Eigentlich war sie von Anfang an eine gute Autofahrerin gewesen, jedenfalls fand ich das. Aber dann kam der Winter, und das Wetter wurde richtig ungemütlich.

Einmal schneite es besonders heftig. Den ganzen Tag und die ganze Nacht lang hörte es nicht auf. In dicken Flocken fiel der Schnee aus dem grauen Himmel, und schon früh am

Morgen waren Räumfahrzeuge unterwegs, um die Hauptstraße freizuräumen. In den Seitenstraßen wurde nicht geräumt, und stellenweise war es ganz schön glatt.

Als ich morgens aufwachte, war es ganz still, weil niemand mit dem Moped in die Arbeit fahren konnte. Ich guckte aus dem Fenster und sah nur weiß. An diesem Tag hatte Mama einen Termin mit Susanne in der Kreisstadt beim Augenarzt, denn es hatte sich herausgestellt, dass auch die kleine Schwester wie wir alle eine Brille brauchte. Als Susanne aus der Schule kam, fuhr sie deshalb mit ihr los, obwohl es in der Zwischenzeit kälter geworden war und schon wieder angefangen hatte zu schneien.

Als ich am Nachmittag zu Hause ankam, war sie noch nicht wieder da. Und sie war auch noch unterwegs, als ich mit den Hausaufgaben fertig war und es langsam schon dunkel wurde draußen.

»Wo bleiben sie nur?«, fragte Oma besorgt. »Sie müssten schon längst wieder da sein.« Und genau in dem Moment klingelte das Telefon. Mama war dran. Sie stand zwei Dörfer weiter in einer Telefonzelle und berichtete aufgeregt, dass sie auf der glatten Straße ins Rutschen gekommen sei und einen Unfall gehabt habe.

»Ist dir was passiert?«, fragte Oma. »Und ist mit dem Kind alles in Ordnung?«

»Ja, ja«, beruhigte Mama sie. »Uns ist nichts passiert.«

»Gott sei Dank!«, sagte Oma erleichtert, aber da fuhr Mama auch schon fort: »Aber das Auto steht mitten auf dem Acker. Ich kriege es da nicht mehr weg. Ich bin jetzt mit Susanne zu Fuß nach Borweiler gelaufen, ich weiß gar nicht, was ich machen soll. Ist Harald denn schon zu Hause?«

Aber Papa war noch nicht da. Dafür hatte Oma den rettenden Einfall. »Harald ist doch bei diesem Automobilklub, dem ADAC oder wie das heißt. Hast du die Nummer?

Dann ruf die an. Die kommen doch, wenn man eine Panne hat.«

»Ja, gute Idee«, sagte Mama. »Ich mache dann mal Schluss. Ich muss erst mal gucken, wie viel Kleingeld ich noch habe.«

Als Papa zwei Stunden später nach Hause kam, kam auch Mama gerade auf den Hof gefahren. Der ADAC-Mann war zwar gekommen, aber er hatte den Käfer nicht aus dem Acker herausbekommen. Deshalb hatte er kurzerhand in Borweiler einen Bauern mit Traktor aufgetrieben, der dann das Auto herausgezogen hatte. Und da nichts weiter kaputt war, konnte Mama anschließend nach Hause fahren.

Jetzt saß sie in der Küche und zitterte am ganzen Körper. Papa saß neben ihr und redete ihr gut zu. »Das ist doch nicht so schlimm, Ingrid, das kann jedem passieren. Das Wichtigste ist nur, dass du gleich wieder fährst, damit du erst gar keine Angst bekommen kannst.«

»Frau am Steuer, Ungeheuer«, sagte Lars neben mir leise. Mama hatte ihn zum Glück nicht gehört.

»Ich bin ja gleich wieder gefahren.« Mamas Stimme bebte. »Und ich zittere auch gar nicht vor Angst, ich bin nur so durchgefroren. Du glaubst ja gar nicht, wie kalt es da draußen war. Also, wenn das Wetter so bleibt, fahre ich aber die nächsten Tage lieber nicht. Die Reifen haben nicht mehr gegriffen auf der Straße, und ich bin einfach immer weiter zur Seite weggerutscht, ich konnte gar nichts machen. Ach, hoffentlich hat sich Susanne nicht erkältet!«

Susanne hatte sich nicht erkältet. Im Gegenteil, sie fand, das war ein richtiges Abenteuer gewesen!

Am nächsten Abend nach der *Tagesschau* kam wie immer *Der 7. Sinn*. Und ausgerechnet in dieser Sendung ging es darum, dass Frauen wegen mangelnder Fahrerfahrung und Kilometerleistung, wie es heiß, gerade im Winter häufig Unfälle verursachten.

Lars stupste mich an, und ich musste lachen, weil er wieder »Frau am Steuer, Ungeheuer« sagte. Dieses Mal allerdings hatte Mama ihn gehört. Sie fand das überhaupt nicht witzig. »Mein lieber Freund und Kupferstecher«, sagte sie zu Lars. »Noch eine solche Bemerkung, und du kannst gleich schon mal ins Bett gehen. Dann kannst du dir *Mit Schirm, Charme und Melone* aber abschminken.«

Die Serie mit Emma Peel, einer Agentin, die die Männer alle in die Tasche steckte, und Mr. Steed, der auch Agent war, sehr englisch aussah und eine Melone mit Stahlkappe trug, war gerade erst vor ein paar Wochen im ZDF angelaufen, und Lars guckte sie unheimlich gerne. Für mich hieß es nach dem *7. Sinn* aber »Ab ins Bett, Birte«, und da konnte ich noch so sehr maulen, Mama war unerbittlich, wenn ich am nächsten Tag Schule hatte.

Wenn ich Pech hatte, konnte ich im Bett noch nicht einmal mehr lesen, weil Susanne mit mir in einem Zimmer schlief. Meistens war sie noch nicht eingeschlafen, wenn ich ins Bett ging, und dann meckerte sie die ganze Zeit herum. »Mach das Licht aus, ich kann nicht schlafen.« Und wenn ich sie ignorierte und einfach weiterlas, dann schrie sie irgendwann wie eine Sirene nach Mama. »Ich kann nicht schlafen! Es ist so hell! Birte liest so lange!« Dann kam Mama herauf, ich kriegte das Donnerwetter ab, und das Ende vom Lied war immer, dass ich das Licht ausmachen musste.

18

Neuerdings hielt der Bus nach Köln nicht mehr in Lommerich, und wir mussten jeden Morgen zur Bushaltestelle ins Nachbardorf Kistenich. Dorthin fuhr ebenfalls ein Bus, aber den nahmen wir nur bei besonders schlechtem Wetter. Meistens fuhren wir mit dem Rad. Die kürzeste Strecke ging quer durch die Felder und war ab Herbst ziemlich dunkel, aber wir hatten keine Angst, schließlich waren wir zu mehreren, weil auch die Kinder dabei waren, die in der Kreisstadt auf die Realschule und aufs Gymnasium gingen.

Dass wir mit dem Bus zur Schule mussten, fanden wir nicht schlimm. Im Gegenteil, es machte sogar Spaß, weil die gemeinsame Fahrt uns nur Vorteile brachte. Wir tauschten Zeitschriften und Heftchen, machten Schulaufgaben, und vor allem erzählten wir uns gegenseitig den Inhalt von Serien.

Ich durfte noch lange nicht alles gucken, vor allem nicht unter der Woche, weil ich ja morgens früh aufstehen musste. Da half es auch nichts, wenn ich Mama vorjammerte, dass die anderen lange aufbleiben durften, vor allem bei den begehrten Serien im Abendprogramm, *Mit Schirm, Charme und Melone* oder *Solo für O.N.C.E.L.* »Alle dürfen das gucken! Nur ich nicht!«, sagte ich empört.

»Wir sind nicht alle«, entgegnete Mama ungerührt, und mir blieb nichts anderes übrig, als mir den Inhalt der jeweiligen Folge am nächsten Morgen erzählen zu lassen.

Was ich gucken durfte, waren Vorabendserien. Besonders gerne sah ich *Die seltsamen Abenteuer des Hiram Holliday* und *Belphégor*.

Vor allem *Belphégor* war unerträglich spannend, und ich träumte manchmal von der unheimlichen Gestalt, die nachts durch die Gänge des Louvre huschte. Für Mama war das die Bestätigung, dass ich noch zu jung war, um die ihrer Meinung nach wesentlich aufregenderen Serien im Abendprogramm zu gucken.

Auch bei dem, was ich lesen sollte und was nicht, hatte sie genaue Vorstellungen. Karl May, Jules Verne und Bücher von Erich Kästner, Astrid Lindgren und Michael Ende waren in Ordnung. *Pucki*, *Nesthäkchen* und *Der Trotzkopf* aber mochte sie nicht. »Dafür gebe ich kein Geld aus«, sagte sie. Sie fand sie viel zu süßlich. Zum Glück sah Frau Casparek das anders, und ich konnte mir alle Bände bei Toni ausleihen. Mir gefielen sie gut, und vor allem fand ich schön, dass die Figuren während des Lesens sozusagen älter wurden. Im ersten Band war Nesthäkchen noch ein kleines Mädchen, während sie im letzten Band schon Großmutter war. Ich fand es spannend, dass man ein ganzes Leben so beschreiben konnte.

Spannend fand ich aber auch die Bücher aus den Bücherregalen zu Hause. *Götter, Gräber und Gelehrte* war zwar ein Sachbuch, aber die Geschichten von der Entdeckung der ägyptischen Königsgräber fesselten mich. Ich durfte mich jederzeit aus den Bücherregalen im Wohnzimmer und im Flur bedienen. Mama kannte keine Unterteilung in Kinderbücher oder Bücher für Erwachsene. Sie vertraute darauf, dass wir sowieso nur das lasen, was uns gefiel, und so griff ich wahllos nach allen Titeln, die mich ansprachen. *Meines Vaters Pferde* klang vielversprechend oder auch *Ewig rauschen die Wälder* und *Vom Winde verweht*.

An einem Samstag fuhr Papa mit uns in ein Antiquariat

nach Düsseldorf, ein riesiger, mehrere Stockwerke hoher Bau, an den Wänden meterhohe Regale voller Bücher. Dort ließ er sich lauter Klassiker-Ausgaben zeigen und kaufte schließlich eine Gesamtausgabe Goethe, eine Gesamtausgabe Schiller, eine Gesamtausgabe Shakespeare und diverse einzelne Bücher.

»Das sind die wichtigsten Klassiker«, sagte er zu uns. »Die muss man einfach im Bücherschrank haben.«

Genauso wichtig war *Der große Brockhaus*, ein Nachschlagewerk in über zwanzig Bänden, dicke Bücher mit Lederrücken und Goldschnitt, in denen man alle Begriffe von A bis Z nachgucken konnte.

Auch darin las ich oft, wobei Goethe, Schiller und Shakespeare mich eher langweilten, weil ich mir viel zu viele Figuren merken musste und die Handlung nicht einfach fortlaufend erzählt wurde. Da waren die Bände des Brockhaus schon interessanter, zumal zwischendurch auch immer Abbildungen und Bildtafeln waren.

Im Bus auf dem Weg zur Schule hatte ich die *Bravo* als Lektüre entdeckt. Am liebsten wäre mir gewesen, wenn ich sie mir hätte kaufen können, aber Mama war mal wieder dagegen. »So ein Schund kommt mir nicht ins Haus«, sagte sie. Das war echt schade, denn im Bus blieb nie genug Zeit, um so interessante Rubriken wie Dr. Sommer oder die Storys über die Stars wirklich ausführlich zu lesen. Ich war froh, als nach einer Weile wenigstens Toni die *Bravo* haben durfte, weil wir sie dann in Ruhe gemeinsam in ihrem Zimmer studieren konnten.

In unserer Klasse kursierten mittlerweile die *Angélique*-Bände, aber auch die wollte Mama mir nicht kaufen, obwohl sie sie nur vom Hörensagen kannte. »So ein Schwachsinn«, sagte sie. »Tut mir leid, Birte, ich kann dir so einen Schund nicht kaufen. Das ist ja schlimmer als die Försterromane von Oma. Und die sind wenigstens nicht so schwülstig. Du kannst sie dir gerne ausleihen, wenn du sie unbedingt lesen willst, aber kaufen werde ich sie ganz bestimmt nicht!«

Eigentlich war es nicht so schlimm, dass Mama *Angélique* nicht las, denn es wäre mir peinlich gewesen, wenn sie gewusst hätte, wie es in den Büchern zur Sache ging. Sie hätte mir die Lektüre zwar bestimmt nicht verboten, aber mir war es doch lieber, wenn sie es nicht wusste. In der Schulbücherei gab es die Bücher natürlich nicht, und schon gar nicht für Zwölfjährige, aber Marietta aus meiner Klasse, die schon dreizehn war, hatte alle Bände, und immer, wenn sie einen ausgelesen hatte, durfte ich ihn mit nach Hause nehmen. Manchmal, wenn ich einen Sitzplatz hatte, suchte ich schon im Bus nach den Stellen, bei denen mir beim Lesen ganz heiß wurde.

Schwülstig fand ich *Angélique* überhaupt nicht. Man lernte beim Lesen eine ganze Menge über französische Geschichte, und die Liebesgeschichte zwischen Angélique und Joffrey de Peyrac ging mir ans Herz. Wie traurig es war, als Joffrey hingerichtet wurde und Angélique sich mit ihren Kindern alleine durchschlagen musste. Und dann erfuhr sie in einem späteren Band, dass Joffrey wahrhaftig noch am Leben war. Ich fand das alles so aufregend, und ich träumte davon, dass der gut aussehende Graf Joffrey in mich verliebt wäre, aber das war natürlich nur ein Traum, denn Angélique war ja schon eine Frau. Außerdem war sie viel schöner als ich – sie hatte lange, lockige Haare – und wurde von allen Männern, sogar vom König von Frankreich, begehrt.

Ich fühlte mich gerade nicht so begehrenswert. Vor zwei Jahren hatte ich eine Brille bekommen, weil ich auf einmal die Wörter an der Tafel nicht mehr hatte lesen können. Mama war mit mir zum Augenarzt gegangen, und der hatte festgestellt, dass ich kurzsichtig war. Ich hatte mir die Brille selbst aussuchen dürfen, aber besonders schön war keines der Modelle in dem Brillenladen gewesen, und schließlich hatte ich mich für eine entschieden, die ich am wenigsten hässlich gefunden hatte. Trotzdem war ich nicht besonders glücklich damit. Wenn es im Winter kalt war, beschlug die Brille erst einmal, wenn ich in den Bus kam, und ich konnte nichts sehen. Beim Sportunterricht musste ich sie absetzen, damit sie nicht kaputtging, und dann sah ich eben nur verschwommen. Außerdem hatte ich auch noch eine Zahnklammer. Einmal in der Woche musste ich in die Zahnklinik, und von Zeit zu Zeit wurde die Klammer wieder neu eingestellt, damit meine schiefen Zähne gerade wurden. Und in den ersten Tagen danach taten mir die Zähne weh, bis sie sich daran gewöhnt hatten.

Dass die wirklich schönen Mädchen an der Schule immer nur die mit langen Haaren und ohne Brille waren, wurde mir schlagartig klar, als ich eines Tages vor der Sportstunde mit drei Mädchen aus meiner Klasse zusammenstand, die wie ich auch eine Brille und eine Zahnklammer hatten. Unsere Sportlehrerin, Frau Sönnecke, groß, schlank und mit langen blonden Haaren, die sie beim Unterricht hinten zusammengebunden hatte, kam in die Turnhalle, bedachte uns mit einem kurzen Blick und sagte spöttisch: »Na, da stehen ja mal wieder die Schönsten beisammen! Auf, auf, auch Brillenschlangen müssen turnen!«

»Brillenschlange« hörte sich an wie ein Schimpfwort, und anscheinend waren Frau Sönnecke die Mädchen lieber, die so aussahen wie sie.

Mich beschäftigte auf einmal, wie ich von außen wahrgenommen wurde, obwohl mir das sonst immer egal gewesen war. Und als ob das alles nicht schon schlimm genug gewesen wäre, entwickelte sich in der letzten Zeit mein Körper auf eine Art und Weise, die mir nicht gefiel. Ich war jetzt dreizehn, bekam Pickel, fand mich dick und fühlte mich einfach nicht mehr wohl in meiner Haut. Früher war ich auf jeden Baum geklettert, und jetzt auf einmal wurde ich immer schwerfälliger. Selbst das Reiten machte mir keinen richtigen Spaß mehr. Immer häufiger erfand ich Ausreden, um nicht in den Stall fahren zu müssen. Michael traf ich dort zwar kaum noch, weil er auf dem Internat war und nur in den Ferien nach Hause kam, aber der Gedanke, ihm doch einmal zufällig dort über den Weg zu laufen, war mir unerträglich, weil ich mich auf einmal so hässlich fand. Ich litt unter Stimmungsschwankungen. An manchen Tagen war ich einfach nur traurig, und an anderen reagierte ich schon gereizt, wenn man mir nur einen schiefen Blick zuwarf. Ständig hatte ich Ärger mit Mama, weil sie mich gar nicht mehr verstand. Ich wusste nicht, was mit mir los war.

»Das ist nur Babyspeck«, sagte Oma, als ich mich bei ihr über meine veränderte Figur beklagte. »Der geht von selbst wieder weg.«

Er ging aber nicht weg. Eines Tages musterte Mama mich prüfend und erklärte, ich bräuchte jetzt wohl langsam mal einen Büstenhalter. Das erzählte sie dann am Abendbrottisch gleich Papa. Mir war das schrecklich peinlich, und ich war wütend auf Mama, denn immerhin war ja die ganze Familie dabei, und ich hatte das Gefühl, dass mich alle anstarrten. Es musste schließlich nicht jeder wissen.

Lars sagte dann auch prompt: »Ja, ich finde sowieso, du bist ganz schön fett geworden!«

»Ist ja gar nicht wahr«, heulte ich empört auf. Aber insgeheim war ich selbst überzeugt davon.

Gleich am nächsten Tag fuhr Mama mit mir in den Nachbarort, wo es ein Wäschegeschäft gab. Es war ein alter, muffiger

Laden, der außer Unterwäsche auch Schlafanzüge und Bettwäsche und so was führte.

Die Verkäuferin, die bestimmt so alt war wie Oma, zeigte uns eine Auswahl von Büstenhaltern. »Das ist alles, was wir in einer so kleinen Größe da haben«, sagte sie zu Mama. »Von jungen Mädchen wird das hier gerne genommen.« Sie zeigte auf einen gepolsterten BH mit Blümchenmuster, und Mama sagte auch prompt: »Ja, der ist doch schön, Birte, oder? Den kannst du gleich mal anprobieren.«

Ich fand das alles schrecklich. Hinten im Laden war eine Umkleidekabine, und sowohl Mama als auch die Verkäuferin guckten mir die ganze Zeit zu und zupften und machten an mir herum. Als die Verkäuferin mir aber auch noch an die kaum vorhandene Brust fassen wollte, zuckte ich zurück. Das ging jetzt aber zu weit!

»Das kann ich schon selbst!«, zischte ich und warf Mama einen bösen Blick zu.

Lächelnd sagte sie zu der Verkäuferin: »Das dürfen Sie ihr nicht übel nehmen. Mädchen in dem Alter sind schwierig. Und sie genieren sich so.« Sie zwinkerte ihr zu, und ich hätte sie in diesem Moment kaltblütig erwürgen können.

Schließlich jedoch war die Prozedur überstanden, und obwohl mir der geblümte BH, den es in grün und in hellblau gab, gar nicht besonders gut gefiel, entschied ich mich dafür, um das Ganze abzukürzen.

»So, jetzt hast du wenigstens zwei schöne BHs. Es wurde ja auch langsam Zeit«, erklärte Mama zufrieden, als wir in ihrem weißen VW Käfer nach Hause fuhren.

Ich sagte nichts dazu, so schick fand ich sie nicht, und eigentlich glaubte ich auch nicht, dass ich schon einen BH brauchte. Wenn wir uns für den Sportunterricht umzogen, sah ich ja, was die anderen Mädchen aus meiner Klasse so an Unterwäsche trugen, und die meisten hatten einfach ein Unterhemd an. Diejenigen, die einen BH brauchten, konnte man an einer Hand abzählen, und dazu gehörte vor allem Veronika Ammann, die mit zwölf Jahren schon richtig große Brüste hatte und ganz unglücklich darüber war.

Sie hatte mir mal erzählt, dass sie so schwer seien, dass sie gar nicht aufrecht gehen könne. »Vielleicht muss ich später, wenn ich ausgewachsen bin, mal operiert werden«, sagte sie zu mir. »Mein Busen ist im Verhältnis zu meinem Körper viel zu groß, und er zieht mich so nach vorne.«

Wir sagten alle »Busen«. Brüste war irgendwie ein ekliges Wort, das keiner gerne aussprach, auch nicht, als wir im Sexualkunde-Unterricht erfuhren, dass es die korrekte Bezeichnung war, weil »Busen« den gesamten Oberkörper umfasste.

Das alles begriff Mama einfach nicht. Sie war höchst zufrieden mit sich, dass sie mich mit diesen Büstenhaltern ausstaffiert hatte. Aber bei uns war ja in der letzten Zeit sowieso der Wurm drin. Ständig hatte sie etwas an mir auszusetzen und warf mir vor, ich sei immer mürrisch und schlecht gelaunt. »Du warst doch früher so ein fröhliches Kind«, sagte sie zu mir. »Du tätest mir einen großen Gefallen, wenn du öfter mal wieder ein freundliches Gesicht machen und mehr lachen würdest. Und wenn du mir ein bisschen mehr im Haushalt helfen würdest.« Zu Lars sagte sie so etwas nicht. Der kam sich schon großartig vor, wenn er nach dem Essen mal abspülte, was alle Jubeljahre einmal vorkam. Aber ich sollte immer helfen.

Ich gab mir ja auch Mühe, aber manchmal fühlte ich mich ungerecht behandelt, und es fiel mir schwer, ein freundliches Gesicht zu machen. Ich fand Mamas Vorwürfe ungerechtfertigt, und wir gerieten immer wieder aneinander.

Eines Sonntags jedoch wollte ich ihr eine Freude machen. Als ich aufwachte, schien die Sonne. Ich fühlte mich auf einmal so glücklich, dass ich spontan beschloss, das Sonntagsfrühstück vorzubereiten, bevor alle anderen wach wurden. Heute war so ein schöner Tag! Das würde auf jeden Fall eine gelungene Überraschung werden!

Ich deckte den Tisch besonders sorgfältig, pflückte sogar extra noch einen kleinen Strauß Blumen im Garten, toastete Weißbrot und stellte alles auf den Tisch, was der Kühlschrank so hergab. Als ich ein Päckchen mit Speckscheiben entdeckte, beschloss ich spontan, Rühreier und Speck zu braten. Das mochte Papa unheimlich gerne. Und zu guter Letzt schnitt ich noch den Blatz auf, den Mama am Vortag gebacken hatte und der mit einem Handtuch zugedeckt auf einem Holzbrett auf der Anrichte stand.

Ich war gerade fertig geworden, als Papa, den offensichtlich der Duft der gebratenen Speckscheiben geweckt hatte, in die Küche trat. »Das hast du aber schön gemacht, Birte«, sagte er anerkennend. »Und sogar Speck zu den Rühreiern!« In diesem Moment ging die Tür auf, und Mama kam herein. Strahlend wandte ich mich ihr zu und erwartete, auch von ihr gelobt zu werden. Sie blieb an der Tür stehen und betrachtete den Tisch. Und dann fing sie an zu schimpfen. »Was hast du dir denn dabei gedacht?«, schrie sie. »Der Speck war für die Rouladen bestimmt! Was soll ich denn jetzt zum Mittagessen kochen?« Sie regte sich schrecklich auf. Papa versuchte, sie zu besänftigen, und sagte: »Birte wollte uns eine Freude machen! Schrei sie doch nicht so an.«

Aber Mama konnte sich gar nicht beruhigen. »Das ist immer dasselbe mit ihr. Nimm sie nicht auch noch in Schutz!«, fuhr sie Papa wütend an. »Du unterstützt das alles auch noch. Und den Blatz hast du auch aufgeschnitten!« Jetzt wandte sie sich wieder zu mir. »Den habe ich für Frau Goldbach gebacken! Du denkst nicht nach, und dann wird einfach gemacht, wonach dem Fräulein zumute ist! Das ist unglaublich! Hättest du nicht einfach die Finger vom Frühstück lassen können?«

Ich wusste nicht, was ich sagen sollte. Ich stand einfach nur da und ließ Mamas Geschrei über mich ergehen. Langsam, aber sicher füllten sich meine Augen mit Tränen. Dass mein schönes Vorhaben so ein Ende nehmen würde, hatte ich aber auch nicht voraussehen können.

Da griff Papa ein. »Jetzt ist es gut, Ingrid!«, sagte er zu Mama. »Hör auf! Ich ziehe mich jetzt an, und dann mache ich mit Birte einen Ausflug. Bis wir wiederkommen, wirst du dich ja wohl beruhigt haben.«

Und das machte er. Er fuhr mit mir in die Eifel, zu Maria Laach, einem Kloster, das an einem Maar lag. Auf dem Weg dorthin sagte er: »Du darfst es Mama nicht übel nehmen, dass sie so geschimpft hat heute früh. Es war toll von dir, so ein Frühstück zu zaubern! Mama geht es heute nicht gut, deshalb hat sie sich so aufgeregt. Bis wir wieder nach Hause kommen, tut es ihr bestimmt leid.«

Papa erklärte mir, dass die Maare kreisrunde Seen waren, die bei einem Vulkanausbruch entstanden waren. »Und ganz tief in der Erde brodelt es darunter noch, wie in einem Vulkan«, sagte er.

»Kann es denn hier auch einen Vulkanausbruch geben?«, fragte ich und betrachtete misstrauisch das blaue Wasser des Sees, um den wir herumspazierten. Eigentlich sah es ganz friedlich aus.

»Nein.« Papa schüttelte den Kopf. »Das ist unwahrscheinlich. Die Vulkane sind ja schon vor Urzeiten erloschen. Auf Luftbildern kannst du erkennen, dass die Maare rund sind, und weil es in der Eifel so viele gibt, nennt man sie auch ›die blauen Augen der Eifel‹«.

Mittags kehrten wir in einem Gasthof ein, und ich durfte sogar ein Eis zum Nachtisch haben. Als wir schließlich nach

Hause fuhren, sagte ich zu Papa: »Findest du mich eigentlich hübsch?«

»Natürlich«, sagte Papa. »Du bist meine Tochter.«

»Nein«, beharrte ich, »ich meine so objektiv betrachtet, nicht weil ich deine Tochter bin. Wenn du mich jetzt so auf der Straße sehen und mich gar nicht kennen würdest.«

Papa warf mir einen Blick von der Seite zu. Dann sagte er: »Du bist sehr apart.«

Das war nicht wirklich eine befriedigende Antwort, aber für den Moment musste sie reichen.

Im letzten Jahr war Lars drei Wochen in den Osterferien als Austauschschüler bei einer englischen Familie in Derby gewesen. Die Marshs waren beide Lehrer, und sie hatten drei Kinder: John, der so alt war wie Lars, Judith, die in meinem Alter war, und Anthony, der so alt war wie Susanne.

John war schon bei uns gewesen. Er war lang und dünn und aß am liebsten Toastbrot mit Maggi. Ich fand Maggi eklig. Es hieß, da seien geraspelte Pferdehufe drin, und mir wurde immer fast schlecht, wenn ich sah, wie John sich seine Brote einverleibte. Er lachte nur darüber. »Das ist gut für die schlanke Linie, Börte«, sagte er dann. Er tat so, als wollte er mich umarmen, und breitete die Arme ganz weit aus, als ob ich unglaublich dick wäre. »Menno«, sagte ich, aber er verzog immer so komisch das Gesicht, dass ich auch lachen musste.

Mama und Papa hatten ein paarmal mit den Marshs telefoniert, und weil Lars im nächsten Jahr wieder hinfahren wollte, beschlossen sie, dass ich mitfahren sollte. Es war ja ganz praktisch, fanden sie, dass Judith genauso alt war wie ich. Und, das sagte Mama, es würde mir bestimmt guttun, mal ein bisschen rauszukommen. »Bei fremden Leuten kannst du nicht immer nur deine schlechte Laune pflegen«, sagte sie. »Da musst du dich ein bisschen am Riemen reißen!«

Ich hatte noch nicht so lange Englisch, weil ich mit Latein angefangen hatte, aber Mama meinte, vier Wochen England würden sich bestimmt segensreich auf meinen Sprachschatz auswirken, zumal die Marshs kein Deutsch sprachen.

Also fuhr ich in den nächsten Sommerferien mit Lars nach England. Der Austausch wurde von Lars' Schule organisiert, und ich durfte sogar ein paar Tage früher aus der Schule wegbleiben, obwohl die Ferien noch gar nicht angefangen hatten.

Wir fuhren mit dem Bus nach Ostende, wo wir einmal übernachteten, um am nächsten Morgen mit der Fähre nach Dover überzusetzen. Es war alles ganz schön aufregend, auch wenn Lars so tat, als wenn er mich kaum kennen würde. Dabei hatten Mama und Papa ihm eingeschärft, gut auf mich aufzupassen. Aber ich nahm es ihm nicht übel, weil nämlich die Mädchen, die mit waren, sich alle um mich kümmerten. Mit meinen dreizehn Jahren war ich mit weitem Abstand die Jüngste, und sie brachten mir eine ganze Menge übers Schminken und so bei. Eine schenkte mir sogar Mascara. Das war so ein kleines Plastikdöschen mit einer schwarzen, harten Paste darin, die aussah wie feste Schuhcreme. Dabei lag ein Bürstchen, und man musste die Mascara mit Spucke anfeuchten, die kleine Bürste darüber reiben, und dann konnte man die Wimpern damit schwarz färben. Das sah ganz schön aus, ich war nur ein bisschen enttäuscht, weil ich meine Wimpern nicht so lang fand. Aber die anderen Mädchen beruhigten mich und meinten, wenn ich das regelmäßig machen würde, würden sie länger wirken.

Als Lars sah, dass das hübscheste Mädchen von allen, Gabriele aus Köln, sich direkt neben mich setzte, da war er auf einmal auch wieder an mir interessiert. Eher aber an Gabriele.

Die Überfahrt mit der Fähre über den Ärmelkanal war

auch toll. Es dauerte gar nicht so lange, und dann sah man schon die weißen Klippen von Dover. Unser Bus war mit auf der Fähre, und in Dover mussten wir alle wieder einsteigen, und dann brachte er uns nach London, wo wir von unseren Gastfamilien abgeholt wurden.

Mr und Mrs Marsh kamen ohne John, Judith und Anthony. Mr Marsh war groß, genauso dünn wie John und hatte knallrote Haare, die vorne an der Stirn in einer ganz scharfen Linie endeten. Es sah so aus, als würde er eine feuerrote Perücke tragen, ein bisschen wie Pumuckl. Mrs Marsh war klein und auch dünn und hatte ein ganz liebes Gesicht. Lars kannten sie ja schon, aber auch mich umarmten sie zur Begrüßung, obwohl ich ihnen fremd war. Vor lauter Aufregung verstand ich so gut wie kein Wort von dem, was sie sagten, und Lars musste für mich dolmetschen. Mr Marsh nahm mir den Koffer ab, und Mrs Marsh ergriff meine Hand, und wir gingen zum Auto.

So ein Auto hatte ich noch nie gesehen. Es war keine Marke, die ich kannte, und es hatte Holzstreben außen dran, was ganz ulkig aussah. Drinnen gab es nur eine Sitzbank vorne, auf die wir aber nicht alle passten. Dahinter war eine Ladefläche mit zwei kleinen Sesseln und einem marokkanischen Ledersitzkissen. Ich dachte zuerst, Mrs Marsh würde fahren, weil sie auf der rechten Seite einstieg, aber dann fiel mir ein, dass wir ja in England waren, wo Linksverkehr herrschte.

Ich setzte mich mit Lars hinten auf die Sessel, die nicht festgeschraubt waren. Immer, wenn Mr Marsh in die Kurve ging, rutschten Sessel und Sitzkissen in eine Ecke, ohne dass man sich irgendwo festhalten konnte.

Schließlich kamen wir in Derby an. Marshs wohnten in einem Reihenhaus, das von außen ziemlich klein aussah, aber drinnen ging es. Alle Kinder hatten ein eigenes Zimmer.

Judith sah aus wie ihr Bruder. Sie war einen Kopf größer als ich und hatte lange blonde Haare. Anthony, der Jüngste, hatte dunkle Haare und war im Verhältnis zu den anderen ziemlich klein. Er begrüßte mich extra langsam, damit ich ihn auch gut verstehen konnte.

Ich schlief mit Judith in einem Zimmer. Am Abend legte sie ein Kissen an die Wand und machte ein paar Turnübungen, die ich noch nie gesehen hatte. Als ich sie fragte, was sie da mache, sagte sie, das sei Yoga. Das hatte ich noch nie gehört, aber ich versuchte auf jeden Fall, es ihr nachzumachen. Man musste sich ein bisschen verrenken, aber es war nicht so schwer, und es machte Spaß. Bloß, als sie am Schluss einen Kopfstand an der Wand machte und eine ganze Weile so stehen blieb, mochte ich nicht mehr. Mir wurde ganz schwummerig, wenn ich auf dem Kopf stand, und außerdem hatte ich Angst umzufallen.

Bevor sich Judith hinlegte, schmierte sie sich dick das Gesicht mit einer weißen Creme ein. Sie hieß Coldcream, und Judith meinte, das sei die beste Hautcreme überhaupt. Und es stimmte wohl auch, sie hatte eine ganz reine Haut.

Als ich am nächsten Morgen aufwachte, schien die Sonne. Von wegen, in England regne es nur, wie Hans-Willi behauptet hatte. Ich zog mich schnell an und lief nach unten. Judith schlief noch.

Mrs Marsh war in der Küche und fragte mich, was ich zum Frühstück haben wolle. Ich zuckte die Schultern. Mrs Marsh glaubte anscheinend, ich hätte sie nicht verstanden, deshalb begann sie, auf alles zu zeigen, was es so zum Frühstück gab. Und das waren tolle Sachen, nicht zu vergleichen mit Mamas Haferflockensuppe, die wir uns morgens vor der Schule immer reinwürgen mussten.

Hier gab es dicke Scheiben weißes Toastbrot, weiße Bohnen in Tomatensoße, kleine Bratwürstchen und Spiegeleier.

Natürlich konnte man auch Honig oder Marmelade aufs Brot schmieren, und außerdem noch so ein Zeug, das Marmite hieß. Als ich das probierte, verstand ich auf einmal, warum John bei uns immer Maggi auf sein Toastbrot tat – es schmeckte fast genauso. Mein Geschmack war es nicht. Ich aß am liebsten Toastbrot mit weißen Bohnen in Tomatensoße. Da hätte ich mich reinsetzen können.

Ansonsten jedoch fand ich das Essen nicht so toll. Mrs Marsh kochte nicht gerne, fand ich heraus, und deshalb machte sie meistens nur irgendwelche Dosen auf und setzte uns das Zeug vor. Und wenn es Fleisch gab, dann machte sie irgendeinen Braten, und dazu gab es dann Soße, die echt komisch schmeckte, so ein bisschen nach Pfefferminze und nach Gewürzen, die Mama nicht benutzte.

Einmal machten wir einen Ausflug, und jeder von uns durfte sich ein Eis am Stiel aussuchen. Weil es am schönsten aussah, wählte ich ein hellgrünes Eis mit Schokoladenüberzug. Ich dachte, es sei Waldmeister, und freute mich schon richtig darauf. Als ich es dann ausgepackt hatte und dran leckte, stellte ich fest, dass es Pfefferminzeis war. Es schmeckte richtig eklig, aber ich musste es aufessen, weil Marshs es mir ja gekauft hatten, und Lars wollte nicht mit mir tauschen. Als wir dann danach im Auto wieder nach Hause fuhren und alle Sitzgelegenheiten hinten ständig ineinander rutschten, wurde mir richtig schlecht. Lars lachte sich kaputt und sagte nur ungerührt: »Selber schuld. Du hättest dir doch denken können, dass es Pfefferminzeis ist.«

Hätte ich nicht, und ich fand es auch nicht nett von meinem Bruder, dass er kein Mitleid mit mir hatte.

Ich lernte ganz gut Englisch in der Zeit, in der wir da waren. Mit Lars durfte ich nur heimlich Deutsch sprechen, denn wenn Marshs dabei waren, sagte sofort einer von ihnen: »Speak English, dear!«

Das Verstehen fiel mir manchmal noch schwer, vor allem, wenn wir Fernsehen guckten. Am besten verstand ich die Werbeeinblendungen, die Sätze waren einfach kürzer und deutlicher. Zum Beispiel schmierte sich eine Frau eine besondere Butter aufs Brot, biss hinein, und dann machte es Pling, und sie sah auf einmal so aus wie die Königin von England. Dazu sagte eine Stimme im Hintergrund: »If you eat Crown Salted Butter, you'll feel like a queen.« Zum Englischlernen fand ich das in Ordnung, es war schön einfach zu verstehen, und die Marshs freuten sich immer, wenn ich signalisierte, dass ich alles verstanden hatte.

Unterhaltsamer war allerdings die Reklame zu Hause, ob das jetzt das HB-Männchen war oder Tilly, die ihre Finger in Palmolive-Spülmittel badete. Außerdem waren im zweiten Programm immer die Mainzelmännchen noch zwischen den einzelnen Werbespots. Das waren so witzige Figuren, die ich sehr gerne guckte.

Dann passierte etwas Trauriges. Eines Tages rief Mama an und wollte mich sprechen. Zuerst redete sie über alles Mögliche, erkundigte sich, wie es mir gehe, und fragte, ob ich mich wohlfühlte bei den Marshs. Schließlich sagte sie: »Birte, ich muss dir etwas sagen. Dori ist tot. Sie ist überfahren worden.«

Ich stand da am Telefon, Mrs Marsh und Judith guckten mir zu, und dachte, ich hätte Mama vielleicht nicht richtig verstanden. »Wie?«, sagte ich.

»Reg dich nicht auf«, sagte Mama. »Sie ist beim Spaziergang abgehauen, und dann ist sie über die Straße gelaufen und direkt in ein Auto rein. Der Mann im Auto konnte nichts dafür. Sie ist ihm direkt vors Auto gelaufen.«

Wie von selbst kamen die Tränen. »Warum hast du denn nicht besser auf sie aufgepasst?«, schluchzte ich.

Mrs Marsh kam ganz besorgt zu mir und wollte mir den Arm um die Schultern legen. Ich schüttelte sie ab.

» Du weißt doch, dass sie nicht gehorcht hat «, sagte Mama bekümmert. » Wein doch nicht. Ach, ich hätte es dir besser nicht erzählt! Aber ich habe gedacht, es ist besser, ich sage es dir gleich, als wenn du es von jemand anderem erfährst. «

» Aber sie war doch mein Hund! Und jetzt ist sie tot, und ich war nicht da! « Am liebsten wäre ich sofort nach Hause gefahren.

Mrs Marsh sagte leise zu Judith: » Poor girl! She's homesick. «

Nein, das stimmt doch gar nicht, dachte ich. Ich habe kein Heimweh. Ich will nur meine Dori wiederhaben. Aber laut sagte ich nichts. Auch zu Mama sagte ich nichts mehr. Sie war schuld, dass Dori tot war. Ich war nicht da gewesen, und sie hatte nicht gut aufgepasst.

Ich legte einfach den Hörer auf und drehte mich zu Mrs Marsh. » May I go upstairs to my room? «, fragte ich. Wir durften nämlich nicht einfach so im Haus herumlaufen, wir mussten immer fragen. Sie strich mir über die Haare und nickte. Ja, selbstverständlich.

Irgendwann kam Lars zu mir ins Zimmer und sagte: » Ist doch nicht so schlimm, Birte. Mama wollte es dir nur sagen, damit nicht am Ende Toni dir schreibt und du es so erfährst. Sie kann doch nichts dafür. Du weißt doch, dass Dori immer abgehauen ist. Ich hab Mrs Marsh erzählt, was passiert ist. Sie hat gesagt, wenn du willst, kannst du heute Abend auch hier oben bleiben. «

Ich nickte. Er sollte gehen und mich in Ruhe lassen. Am liebsten hätte ich die ganze Zeit nur geweint. Ich konnte gar nicht an Dori denken. Dann sah ich vor mir, wie sie auf die Straße rannte und von dem Auto angefahren wurde und wie sie vielleicht ganz schrecklich gejault hat, so wie damals der kleine schwarze Straßenköter in Lommerich, der überfahren worden war. Ich hatte einen Kloß im Hals, und alles tat mir weh. Irgendwann schlief ich ein, und am nächsten Morgen ging es dann wieder. Mrs Marsh schenkte mir einen kleinen Hund aus Glas, den sie in ihrer Vitrine hatte. »Er ist aus Murano-Glas, ich habe ihn in Venedig gekauft«, sagte sie. »Vielleicht erinnert er dich ja an deinen Hund. Lars hat mir alles erzählt.« Sie war wirklich lieb.

Am letzten Samstag gingen wir in die Disko. Ich freute mich schon seit Tagen darauf. Zu Hause durfte ich noch nicht. Mama hatte gesagt, wenn ich vierzehn sei, könne ich mit Lars dahin gehen, aber mit dreizehn sei ich ihr noch zu jung dafür. Deshalb freute ich mich umso mehr, dass ich jetzt mitgehen durfte.

Die Disko fand im Gemeindesaal statt. Es war ziemlich hell, dabei hatte ich immer gedacht, dass es in der Disko dunkel war, mit so glitzernden Lichtern von der Decke oder so, aber hier war ganz normal das Licht an. Judith begrüßte ihre Freundinnen, die auch da waren, und sie zogen mich gleich mit sich an einen Tisch. Ich kannte Judiths beste Freundin, Angela, weil sie Judith öfter besuchte. Aber ich fand es schwierig, mich an ihren Gesprächen zu beteiligen, weil sie so schnell redeten und ich nicht alles mitbekam. Aber das war nicht so schlimm, weil es genug zu gucken gab. Die Jungs saßen oder standen in der gegenüberliegenden Ecke des Saals, weit weg von den Mädchen, und ich sah, dass John und Lars sich angeregt mit den anderen unterhielten. Ich wäre gerne zu ihnen rübergegangen, traute mich aber nicht, als ich sah, dass auf ihrer Seite kein einziges Mädchen war. Die Musik war ganz gut, auch wenn ich viele Songs nicht kannte. Auf jeden Fall konnte man gut darauf tanzen. Aber keiner von den Jungen forderte ein Mädchen auf. Sie blieben auf ihrer Seite sitzen, guckten nur immer zu uns herüber, und die meiste Zeit tanzten die Mädchen alleine. Es tanzte überhaupt jeder alleine, und das fand ich doch ziemlich komisch. Um zehn kam Mr Marsh uns abholen. Erst da trafen Judith und ich wieder mit Lars und John zusammen, die uns die ganze Zeit über nicht beachtet hatten. Na, dachte ich bei mir, das kann ja heiter werden, wenn das in der Ranch genauso abläuft. Ob ich dazu Lust hatte, wusste ich nicht so genau. Lars sagte aber, bei uns sei das anders. Da würden die Jungs die Mädchen auffordern.

Zum Abschluss unserer Austauschzeit brachten Mrs und Mr Marsh uns wieder nach London. Dieses Mal war die ganze Familie dabei, und wir fuhren schon zwei Tage vorher los, damit sie uns noch London zeigen konnten. Das war richtig toll. Wir wohnten in einem kleinen Hotel, wo die Wände so windschief waren, dass die Bilder an allen vier Ecken angenagelt waren, damit sie nicht abklappten. Und wenn man von der Zimmertür zum Bett ging, hatte man das Gefühl, bergab zu laufen.

Mit einem roten Doppeldeckerbus fuhren wir durch die Stadt. Das war richtig gut, weil wir oben im Freien sitzen und uns alles in Ruhe anschauen konnten. Wir fuhren am Tower, an Big Ben und dem Buckingham Palace vorbei. Dort stiegen wir aus, weil die Wachen mit den hohen Bärenfellmützen gerade Wachablösung hatten. Sie verzogen keine Miene, das durften sie nämlich nicht.

Mr Marsh sagte zu Lars und mir, wir sollten uns neben einen Wachsoldaten stellen, und dann machte er mit seiner Sofortbildkamera ein Foto von uns. Das musste ich unbedingt Frau Goldbach zeigen, sie hatte nämlich vor unserer Abreise, als ich mit Mama bei ihr Wurst für unseren Reiseproviant gekauft hatte, gefragt, ob wir in England auch den

Buckingham Palace sehen würden, wo die Lisbeth, die englische Königin, wohnte.

Anschließend liefen wir durch den Hyde Park und aßen in einem Pub Fish and Chips, auf die man Essig träufeln musste. Normalerweise fand ich ja, vom Frühstück mal abgesehen, das englische Essen nicht so toll, aber Fish and Chips waren richtig lecker, auch mit Essig. Und wir liefen durch die Carnaby Street, wo Mrs Marsh uns erzählte, dass die Mode in England der auf dem Kontinent weit voraus sei. Bei ihnen sei der Minirock erfunden worden, von Mary Quant, und Twiggy komme auch aus England. Und das stimmte auch: Ich fand, die Mädchen in London sahen alle viel schicker und flippiger aus als bei uns. Noch nicht einmal in Köln waren sie so angezogen, von Lommerich ganz zu schweigen. Da war man modisch noch völlig hinter dem Mond.

Die Zeit in London verging viel zu schnell, und dann wartete schon der Bus auf uns, und wir waren wieder auf dem Heimweg. Auf der Heimfahrt nahm ich mir zwei Dinge vor: Nächstes Jahr wollte ich wieder nach England fahren, weil es mir doch ganz gut gefallen hatte, und in der Zwischenzeit wollte ich so dünn werden wie Twiggy. Ich fand, sie sah ganz unglaublich gut aus mit ihren kurzen Haaren und den großen, dunkel geschminkten Augen. Und ich hatte ein Foto von ihr gesehen, auf dem sie einen Schal um den Kopf gebunden hatte – ganz lässig. So wollte ich auch sein.

19

Zu Hause war eigentlich alles so wie immer, nur Dori war nicht mehr da. Mama hatte schon alles weggegeben von ihr, nicht mal das Halsband und die Leine hatte sie behalten. Es tat tief drinnen richtig weh, wenn ich an Dori dachte, und ich war immer noch ein bisschen böse auf Mama, weil sie nicht auf sie aufgepasst hatte. Andererseits wusste ich natürlich, dass sie immer wieder weggelaufen war, es hätte also auch mir passieren können. Und Mama hatte ja auch gesagt, sie sei sofort tot gewesen. Das wollte ich lieber mal glauben. Die Lieblingskatze von Toni, die schwarz-weiße Micky, die ein ganz dichtes, langhaariges Fell gehabt hatte wie eine Angorakatze, war auch überfahren worden. Sie hatten sie erst nach zwei Tagen gefunden, und da hatte sie immer noch gelebt. Aber das ganze Gedärme hatte aus dem Bauch herausgehangen, erzählte Toni, und kurz darauf war sie dann tot gewesen. Daran mochte ich gar nicht denken. Da war es Dori doch hoffentlich viel besser ergangen.

Und noch etwas war anders. Ich hatte mich zu Hause sofort auf die Badezimmerwaage gestellt und mit Entsetzen festgestellt, dass ich in England vier Kilo zugenommen hatte. Oma, die versuchte, alles immer positiv zu sehen, sagte, ich sei bestimmt gewachsen, aber mir war schon klar, dass das hauptsächlich am vielen Weißbrot und den Baked Beans in

Tomatensoße lag. Und eigentlich hatte ich es auch schon geahnt, weil meine Jeans so eng geworden waren. Da wir noch ein paar Tage Ferien hatten und ich ja sowieso eigentlich wie mein Idol Twiggy aussehen wollte, nahm ich mir vor abzunehmen. Ich erzählte Toni von meinem Plan, aber sie hatte keine Lust mitzumachen. »Wie willst du das denn machen?«, sagte sie. »Willst du einfach nichts mehr essen?«

»Nein, natürlich nicht. Das würde Mama sowieso nicht erlauben«, erklärte ich. »Ich dachte, ich versuch's mal mit FdH.«

Aber auch davon wollte Toni nichts wissen, obwohl sie sonst immer alles mitmachte, was ich vorschlug. »Ich weiß nicht«, sagte sie, »ich finde, ich bin dünn genug. Warum soll ich denn abnehmen?«

Toni war tatsächlich viel dünner als ich. Na, dann musste ich es eben alleine durchziehen. Mir konnte es auf jeden Fall nichts schaden. Ich kam auf Papa, und genau wie bei ihm setzte bei mir alles, was ich aß, an. Oma sagte immer: »Du bist so schön kräftig, Kind. Nicht so ein Spargel wie dein Bruder.«

Es mochte ja sein, dass sie das schön fand, das lag bestimmt daran, dass sie im Krieg oft nicht genug zu essen gehabt hatten, wie sie gerne erzählte. Aber mir reichte es langsam. Ich wollte dünner werden.

Sicherheitshalber teilte ich Mama mein Vorhaben mit, und zu meiner Überraschung war sie einverstanden. »Wenn du es nicht übertreibst, unterstütze ich dich«, sagte sie. »Aber es muss dir schon klar sein: keine Süßigkeiten mehr, kein Eis, viel Obst, Salat und Gemüse.«

Morgens gab es eine Scheibe Brot mit dünn gekratzter Butter und einen Apfel, und mittags aß ich wirklich von allem nur noch die Hälfte. Lars freute sich. »Prima«, sagte er. »Mama, kann ich die andere Hälfte von Birtes Kotelett haben?«

Auch abends aß ich höchstens eine halbe Scheibe Brot, auf die ich nur dünn Butter strich, und dazu ein bisschen Rührei oder eine dünne Scheibe Käse. Zu trinken gab es für mich Mineralwasser, nur morgens erlaubte ich mir eine Tasse Nesquik. Ich kaute jeden Bissen so lange wie möglich, was eine ganz gute Methode war, um langsam und damit weniger zu essen. Es fiel mir schwer, weil meine Geschwister ordentlich reinhauten, und vor allem, wenn es Sachen gab, die ich gerne mochte, musste ich mich richtig zusammenreißen. In den ersten Tagen knurrte mir der Magen, aber irgendwann hatte er sich daran gewöhnt, dass es nicht mehr so viel gab. Ich hielt auf jeden Fall eisern durch.

Nach zwei Wochen sagte Mama: »Ich weiß nicht, Birte, ich finde, du siehst schon ganz ätherisch aus, so durchgeistigt. Meinst du nicht, du hast schon genug abgenommen? Morgen fängt die Schule wieder an, und wenn du nicht genug im Magen hast, kannst du dich nicht konzentrieren.«

Ich hatte tatsächlich schon einiges abgenommen, fand aber eigentlich, dass es noch nicht genug war. Doch Mama bestand darauf, dass ich wieder mehr aß, weil die Schule wieder anfing. »Kinder brauchen keine Hungerkuren zu machen. Du wächst doch noch!«

Ich fügte mich, nahm mir jedoch insgeheim vor, mindestens noch drei Wochen durchzuhalten. Aber dass Mama jetzt schon fand, dass ich ätherisch aussah, gefiel mir, auch wenn ich nicht ganz genau wusste, was es hieß.

Gabi Reister aus meiner Parallelklasse war in den Sommerferien bei Freunden ihrer Familie in Amerika gewesen. Sie hatte sogar noch mehr zugenommen als ich. Vor den Ferien war sie mindestens so dünn wie Twiggy gewesen, aber jetzt hätte ich sie fast nicht mehr wiedererkannt. »Ich durfte jeden Tag Cola trinken und so, und dann gab es auch immer

Hamburger und Fritten und Marshmallows, die du über dem Lagerfeuer röstest. Das ist so lecker«, erzählte sie in der Pause. »Meine Mutter muss mir alle Sachen neu kaufen. Nichts passt mehr.« Irgendwie schien ihr das aber gar nichts auszumachen. »Ach was«, erklärte sie. »Bei uns in der Familie sind alle dünn. Ich nehm schon wieder ab.«

Einen Hamburgerladen gab es mittlerweile auch bei uns. In England war ich mit Marshs in einem *Wimpy* gewesen, und jetzt stellte ich fest, dass in Köln auf der Hohe Straße ebenfalls ein *Wimpy* eröffnet hatte. Die Küche war offen mitten im Lokal, und man konnte vom Tisch aus zusehen, wie die flache Frikadelle gebraten und mit Gurken, Ketchup und Zwiebeln in ein getoastetes Brötchen gepackt wurde. Es gab auch Hamburger mit Käse oder gebratenem Speck, verschiedene Sorten, die alle gleich lecker schmeckten. Und das Gute daran war, man konnte es sich auch als Schüler leisten – es war gar nicht so teuer. Früher war es das Größte gewesen, wenn wir in den *Wienerwald* essen gegangen waren, aber da schmeckten die Hähnchen mittlerweile nicht mehr so gut, sondern eher nach Fisch. Mama sagte, das komme daher, dass die Tiere mit Fischmehl gefüttert würden, weil sie dadurch angeblich schneller wuchsen. Ich fand, es schmeckte einfach eklig, und ich hatte gar keine Lust mehr, Hähnchen zu essen.

Eines Tages kam Onkel Christian wieder nach Hause. Aber ganz anders, als wir alle gedacht hatten. Und ich sah ihn auch nicht mehr.

Am Abend klingelte bei uns das Telefon. Ein Krankenhaus in Frankreich war dran, und Mama und Papa kratzten all ihre Französischkenntnisse zusammen, um mit ihnen zu reden. Onkel Christian lag in einem Krankenhaus in Marseille, und wie es schien, war er sehr krank und würde bald sterben. Das Krankenhaus wollte ihn offenbar nicht mehr haben, oder er wollte nicht mehr dableiben. Er hatte Papas Namen und Adresse angegeben, und jetzt wollten sie wissen, ob er ihn abholen komme.

Eine Stunde später war Papa reisefertig. Lars sollte mit ihm fahren, weil er die lange Strecke in einem Stück durchfahren und dabei nicht allein sein wollte. Mama würde ihn in der Schule entschuldigen. Ich wollte unbedingt auch mit, schließlich war ich ja eigentlich schuld, dass Onkel Christian weggegangen war, aber so sehr ich bat und bettelte, es nützte nichts – ich musste zu Hause bleiben. Die beiden fuhren ohne mich.

Eine Woche später waren sie wieder da. Onkel Christian war nicht bei ihnen. Papa hatte noch in Marseille einen Krankentransport organisiert und ihn direkt nach Köln ins Krankenhaus bringen lassen, in dem er auch arbeitete. Jetzt setzte er nur Lars zu Hause ab und fuhr gleich weiter ins Krankenhaus.

Erst am nächsten Nachmittag kam er wieder. Er hatte rot geränderte Augen, als wenn er geweint hätte. So hatte ich Papa noch nie gesehen. Mama lief auf den Hof, als er ausstieg, und nahm ihn in den Arm.

Onkel Christian war am Vormittag gestorben. Er hatte sich in Afrika eine Infektion zugezogen, und sein Körper war zu geschwächt gewesen, um dagegen anzukämpfen.

»Was hat er denn in Afrika gemacht?«, fragte ich.

»Er war bei der Fremdenlegion«, sagte Papa. »Dass er sich aber auch nie mehr bei mir gemeldet hat.«

Mit dem neuen Schuljahr waren auch drei neue Mädchen in unsere Klasse gekommen. Eine, Isabella Neuhaus, war sitzen geblieben und musste die Obertertia wiederholen. Sie war schon fünfzehn, ziemlich groß und gut entwickelt und sehr hübsch, mit lockigen blonden Haaren und großen blauen Augen. Und sie hatte schon einen Freund. Er holte sie samstags manchmal mit der Vespa von der Schule ab. Toni und ich dachten, dass sie es eigentlich leicht haben müsste im Unterricht, weil sie ja den ganzen Stoff schon kannte, aber das war nicht so. Sie saß die meiste Zeit da und träumte vor sich hin, und wenn sie aufgerufen wurde, wusste sie nicht, was der jeweilige Lehrer von ihr wollte. Dann guckte sie ihn mit ihren großen blauen Augen nur erstaunt an und schwieg. Unsere Chemielehrerin, Frau Dr. Miglaff, machte das so wütend, dass sie einmal sogar mit einem Stück Kreide nach Isabella warf, um sie aufzuwecken. Aber selbst das beeindruckte sie nicht. Sie träumte einfach weiter. Das Einzige, was sie richtig gut konnte und auch am liebsten machte, war Malen. Nach den Halbjahreszeugnissen im Januar kam sie dann nicht mehr, und es hieß, sie sei zurück auf die Hauptschule gegangen.

Ein weiteres neues Mädchen war Sylvia Scholten. Sie war über ein Jahr jünger als wir alle und hatte Kinderlähmung gehabt. Ein Bein war kürzer als das andere, und sie musste eine mit Leder gepolsterte Schiene tragen. Vom Sportunterricht war sie befreit. Sie erzählte uns, dass sie über ein Jahr in der Eisernen Lunge gelegen und schreckliche Schmerzen gehabt habe.

Dass Kinderlähmung eine schlimme Krankheit war, wussten wir. In der Schule hing ein Plakat, auf dem stand *Schluckimpfung ist süß. Kinderlähmung ist grausam.* Der Amtsarzt war zu uns in die Schule gekommen, und wir hatten alle vor dem Lehrerzimmer anstehen müssen, weil es dort für jedes Kind den Zuckerwürfel mit dem Impfstoff gegeben hatte. Unser Klassenlehrer, Herr Diefenthal, hatte extra eine Informationsstunde angesetzt, in der wir einen Film hatten anschauen müssen über die Folgen von Kinderlähmung. Daher wusste die ganze Klasse, was für eine schreckliche Krankheit das war und wie es aussah, wenn man in einer Eisernen Lunge liegen musste.

Sylvia hatte sich anscheinend angesteckt, bevor sie geimpft werden konnte. Sie erzählte, dass es ihr während der Krankheit oft so langweilig gewesen war, weil sie sich nicht hatte bewegen können. Sie hatte nichts anderes zu tun gehabt, als zu lernen, sodass sie jetzt, nachdem sie wieder einigermaßen gesund war, eine Klasse überspringen konnte.

Sie war nett, aber wir konnten nicht so viel mit ihr anfangen, sie war einfach noch ein richtiges Kind und interessierte sich nicht im Geringsten für das, was uns wichtig war. Und bei den Pausenspielen konnte sie natürlich auch nicht mitmachen.

Das dritte Mädchen schließlich, Rifka Goldmann, war am schlimmsten dran. Sie hatte Glasknochen, erfuhren wir, die schon bei der leisesten Berührung brechen konnten. Sie saß in einem elektrischen Rollstuhl, den sie mit einem Hebel an der Lehne steuerte, und war ganz klein und verkrüppelt. Sie war sogar schon drei Jahre älter als wir, aber weil sie so oft krank gewesen war, hatte sie viel versäumt.

Auch sie konnte natürlich beim Sport nicht mitmachen und saß in der Turnhalle mit den Mädchen aus der Klasse, die schon ihre Tage hatten, auf der Bank. Im Gegensatz zu Sylvia, die dauernd nur von ihrer Kinderlähmung erzählte und von uns eher wie eine kleine Schwester behandelt wurde, war sie als Gesprächspartnerin begehrt und beliebt. Sie war witzig und erzählte so lebendig von den Reisen, die sie mit ihren Eltern schon fast überallhin gemacht hatte, dass man fast das Gefühl hatte, dabei gewesen zu sein. Und sie tat immer so, als wäre sie gar nicht krank, jedenfalls erwähnte sie es nur ganz selten. Dafür erzählte sie uns aber von ihren

Großeltern, die beide im KZ Theresienstadt ermordet worden waren. Das war das erste Mal, dass wir wirklich ausführlich davon erfuhren. Ich wusste zwar, dass die Nationalsozialisten Juden in die Konzentrationslager geschickt und getötet hatten, weil wir zu Hause auch über solche Themen redeten. Aber im Geschichtsunterricht in der Schule waren wir noch bei der griechischen Antike, und es sah nicht so aus, als ob wir irgendwann bei der jüngeren deutschen Vergangenheit ankommen würden. Umso eindrucksvoller war das, was Rifka zu berichten hatte, auch wenn es noch lange nicht alle Mädchen in der Klasse interessierte.

Mit ihrer Krankheit hielt sie sich nicht auf, sie wollte am liebsten immer über Politik diskutieren. Sie war es, die am 21. August, als wir in der ersten Stunde Latein bei Herrn Diefenthal hatten, aufzeigte und sagte, sie möchte jetzt lieber über den Einmarsch der Russen in der Tschechoslowakei reden. Dabei hatte sie Tränen in den Augen, und Herr Diefenthal ging auch sofort auf ihren Wunsch ein. Das war an unserer Schule ungewöhnlich, weil viele Lehrer fanden, auf einer reinen Mädchenschule sei Politik kein Thema.

Ich glaube, mir ist an diesem Tag zum ersten Mal klar geworden, dass in der Welt Dinge passierten, die Auswirkungen hatten und auch unser Leben betrafen. Alles hing zusammen.

Ich hatte zwar bisher schon politische Ereignisse wahrgenommen, weil Papa und Mama regelmäßig die *Tagesschau* sahen und ich ab und zu in Papas *Spiegel* blätterte. Und als die Kubakrise gewesen war, hatte mir die Angst von Mama und Papa Angst gemacht.

Im dritten Schuljahr war Toni morgens mal weinend in die Schule gekommen, und als ich sie gefragt hatte, was denn los sei, hatte sie gesagt: »Meine Mama hat so geweint, weil John F. Kennedy, der amerikanische Präsident, erschossen worden ist. Das ist ganz furchtbar schlimm, und deshalb weine ich.«

Ich hatte in mich hineingehorcht, ob das bei mir etwas auslöste, aber weinen musste ich nicht deswegen. Zu Hause hatte auch keiner geweint, also tat ich es auch nicht.

Aber dass es auch mich etwas anging, wenn draußen in der Welt etwas passierte, hatte ich vorher nie so deutlich empfunden wie an jenem Tag in der Schule. Und diese Erkenntnis verdankte ich Rifka.

Rifka war leider nur ein knappes Jahr in unserer Klasse. Sie bekam eine Lungenentzündung, und etwa ein halbes Jahr später sagte Mama eines Morgens, als sie beim Sonntagsfrühstück Zeitung las: »Hier ist eine Todesanzeige. Rifka Goldmann. War sie nicht bei dir in der Klasse, Birte?«

Rifka war gestorben. Sie war noch nicht einmal achtzehn Jahre alt.

20

Lommerich hatte sich verändert. Es gab ein paar Geschäfte weniger, was allerdings zunächst gar nicht so auffiel. Statt drei Bäckern gab es jetzt nur noch einen. Nach dem Tod von Herrn Dickopp war Frau Dickopp mit den Kindern in eine Wohnung am Bahndamm gezogen, und in dem Haus am Ortsrand war jetzt eine Pension. Im Dorf hieß es nur »Das Haus zur roten Laterne«, weil angeblich ein Puff darin war. Was Genaues wusste man aber nicht. Lars und Karl-Heinz kannten ein Lied, das sie immer sangen, wenn sie da vorbeigingen. »Mitsou, Mitsou, Mitsou, der Puff hat heute zu, die Nutten haben Feier, und wir hab'n dicke ... Füße.« Als ich das einmal zu Hause vor mich hin sang, fragte Papa kopfschüttelnd: »Weißt du überhaupt, was du da singst?« Aber ich wusste es ganz genau. Es stand schließlich alles in der *Bravo*.

Goldbachs waren weggezogen, und neben uns war jetzt keine Metzgerei mehr. In dem Haus wohnte nun eine Familie, mit der wir kaum etwas zu tun hatten. Auch der kleine Kramladen von der alten Frau Hutzel war zu, weil sie gestorben war. Die Volksschule sollte bald aufgelöst werden und in die Grundschule in Kistenich übergehen. Dort hatte auch ein Supermarkt aufgemacht, und Frau Grasshoff, der das Lebensmittelgeschäft in Lommerich gehörte, beklagte sich bei Mama, dass sie viel weniger Kundschaft hatte als früher. Und es stimmte, viele Frauen aus dem Dorf gingen jetzt in den Supermarkt einkaufen, weil es mehr Auswahl gab und preiswerter war.

Mama nickte verständnisvoll. »Ja, die Zeiten ändern sich, Frau Grasshoff. Es haben ja mittlerweile auch viele Frauen den Führerschein, und mit dem Auto sind sie nicht mehr auf die Geschäfte im Dorf angewiesen. Aber so ein Supermarkt ersetzt doch nie im Leben die persönliche Ansprache, die man in Ihrem Laden hat«, fügte sie tröstend hinzu. Aber Frau Grasshoff machte ein Gesicht, als ob sie das nicht ganz glaubte.

»Ach wissen Sie, Frau Doktor«, sagte sie zu Mama. »Herbert hat ja nun schon die Rente durch, und ich will eigentlich auch nicht mehr so lange machen. Wenn es noch weniger wird, dann muss ich leider sagen, dass ich den Laden lieber aufgebe und mit meinem Mann noch ein paar schöne Reisen mache. Er hat ja so seine Probleme mit der Lunge, und da tut es ihm bestimmt gut, wenn wir ab und zu in ein anderes Klima fahren. Meine Cousine war jetzt auf Mallorca, das ist so eine spanische Insel. Sie sagt, ich kann mir gar nicht vorstellen, wie schön es da ist. Lauter Orangenhaine.«

»Ja, da haben Sie eigentlich recht«, sagte Mama. »Sie sollten es sich schön machen, solange es geht. Aber schade fände ich es schon, wenn es Ihren Laden nicht mehr gäbe, Frau Grasshoff. Ich kann mit den großen Supermärkten nicht so viel anfangen, ich kaufe lieber in kleineren Läden. Da ist die Beratung doch viel besser.«

Zu Hause sagte Mama zu Papa: »Der arme Herr Grasshoff. Mit seiner Staublunge ist er auch übel dran.«

»Ja, aber er ist wenigstens jetzt in Rente«, sagte Papa. »So lange hat der arme Jacques nicht durchgehalten.«

Jacques, der Mann von Mamas Freundin Emmi Aussem, hatte in der Brikettfabrik in der Staubverladung gearbeitet. Ich hatte ihn eigentlich nur hustend und nach Luft ringend gekannt, und vor einem halben Jahr war er schließlich gestorben. Papa sagte, die meisten Männer, die dort arbeiteten, hätten eine Staublunge, weil sie nicht genug vor der Staubbelastung geschützt seien.

Auch Vollands waren weggezogen. Herr Volland war jetzt Förster in der Nähe von Bonn. Marita hatte mir geschrieben, dass sie nun nicht mehr im Wald wohnten, sondern mitten im Ort. Es sei aber auch ganz schön. Der Brief war kurz gewesen, und ich hatte vergessen zurückschreiben. Danach hörte ich nichts mehr von ihr. Das Forsthaus im Wald wurde nur noch als Lagerplatz genutzt, und es zog keine neue Familie ein.

Eine weitere Veränderung war, dass es mittlerweile in Anrath neben der katholischen Kirche auch eine evangelische Kirche gab. Es war ein ganz moderner Bau und längst nicht so prächtig wie die meisten katholischen Kirchen, die ich kannte, aber man wurde im Gottesdienst zumindest nicht so eingenebelt wie in der katholischen Messe, und die Predigt war unterhaltsamer und moderner. Ich hatte mich schon längst daran gewöhnt, dass ich nicht katholisch war. Und selbst Oma hatte es aufgegeben, mich bekehren zu wollen. Wahrscheinlich hatte Mama es ihr verboten, aber sie hätte bei mir auch keinen Erfolg mehr gehabt. Das System der evangelischen Kirche mit den Pfarrern, die ganz normal verheiratet sein und Kinder haben durften, fand ich sowieso besser. In Lommerich wurde immer noch drüber geredet, dass der jüngste Sohn von Dickopps immer mehr dem Pastor glich. Vor allem hatte er genau die gleichen rötlichen, ein wenig krausen Haare, und dabei waren bei den Dickopps doch alle blond mit glatten Haaren. Aber beweisen konnte es natürlich keiner, deshalb wurde nur hinter vorgehaltener Hand darüber getuschelt.

Oma hatte sich beim Abendessen auch darüber aufregen wollen. Aber Mama war ihr über den Mund gefahren. »Und wenn schon, Mutter. Gibt es nichts Wichtigeres zu bereden? Das sind doch alles nur Mutmaßungen. Lass doch die arme Frau in Ruhe! Die hat es schwer genug, auch ohne das dumme Gerede!«

Ich fand, dass sie recht hatte. Die Sache mit dem Zölibat war doch ausgemachter Schwachsinn, und zu einer Kirche, die sich so etwas ausdachte, wollte ich nicht gehören. Mir war es eigentlich ganz recht, dass ich ab September in den Konfirmandenunterricht musste. Als Toni zur Kommunion gegangen war, hatte ich sie beneidet, aber Konfirmation war viel besser. Die Geschenke waren größer, und man bekam auch viel mehr Geld geschenkt, weil man ja schon vierzehn war. Das wusste ich von Lars. Er hatte über zweihundert Mark bekommen und sich davon das Tonbandgerät gekauft, das er schon die ganze Zeit über haben wollte. Jetzt nahm er damit alles an Musik auf, was ihm gefiel, und davon profitierte ich auch.

Der Konfirmandenunterricht fand einmal in der Woche nachmittags in Anrath statt, zum Glück am Donnerstagnachmittag, wo ich sowieso früher Schule aus hatte. Und es wurde von den Konfirmanden erwartet, dass sie sonntags in die Kirche gingen. Das fiel mir aber gar nicht schwer, auch wenn ich dazu früher aufstehen musste. Der Pfarrer in Anrath, Herr Küppers, war richtig nett. Er hätte alles Mögliche sein können, Sportlehrer oder Filmstar oder so, er war nämlich sehr sportlich und sah auch echt gut aus, auf jeden Fall wirkte er nicht wie ein Pfarrer. Schon Lars hatte bei ihm Konfirmandenunterricht gehabt, und seitdem war er in der evangelischen Jugendgruppe aktiv und gar nicht mehr mit uns zusammen in Urlaub gefahren, weil Herr Küppers, den Lars sogar Norbert nennen durfte, zweimal im Jahr mit der Jugendgruppe verreiste – im Winter zum Skilaufen nach Österreich und im Sommer meistens zum Windsurfen an den Gardasee.

»Wenn du konfirmiert bist, kannst du auch in die Jugendgruppe gehen«, sagte Mama. »Und vielleicht kannst du ja auch mal in eine Freizeit mitfahren.«

»Aber nicht mit mir zusammen«, beschwerte sich Lars sofort, dabei hatte ihn gar keiner gefragt. »Ich hab keine Lust, ständig meine kleine Schwester am Bein zu haben.«

»Als ob du mich dauernd am Bein hättest!«, giftete ich zurück. »Ich lege auch keinen Wert darauf, immer nur in deiner Gesellschaft zu sein!«

»Jetzt zankt euch nicht«, sagte Mama. »Wer hier wen am Bein hat, entscheide immer noch ich.«

Pfarrer Küppers redete natürlich auch über Jesus und Glauben und so, aber er machte das alles so locker, dass es einem kaum auffiel. Wir mussten auch ein paar Sachen lernen, die einfach dazugehörten, wie zum Beispiel das Glaubensbekenntnis und die Propheten, aber das war nicht besonders schwierig. Und eine Beichte gab es nicht. Das freute mich, weil Toni mir einmal erzählt hatte, der Pastor habe sie aufgefordert, »unkeusche« Gedanken zu beichten. Damals hatten wir uns darunter nichts vorstellen können, aber seitdem wir regelmäßig die *Bravo* lasen, war uns schon klar, was mit unkeuschen Gedanken gemeint war.

Nicht, dass wir etwas davon in die Tat umgesetzt hätten, aber bei den Katholiken reichte ja schon der Gedanke.

Ich fand, die Rubriken wie Dr. Sommer und so waren das

Interessanteste an der *Bravo*. Am Starschnitt oder Berichten über irgendwelche Schlagersänger hatte ich mittlerweile kein Interesse mehr. Deutsche Schlager fand ich doof, vielleicht mal abgesehen von *Der Junge mit der Mundharmonika*, und im Großen und Ganzen orientierte ich mich eher an der Musik, die Lars und seine Freunde hörten, und das waren hauptsächlich englische Bands, Beatles, Rolling Stones, Santana oder Fleetwood Mac. Obwohl ein paar von den deutschen Sängern auch ganz süß aussahen.

Oma war vor zwei Monaten schlimm gestürzt und hatte sich den Oberschenkelhals gebrochen. Sie hatte wochenlang im Krankenhaus gelegen und war erst vor Kurzem nach Hause gekommen. Papa musste sie auf der Treppe nach oben in ihr Zimmer stützen, und als Oma da ankam, sagte sie schwer atmend: »Hier komme ich wahrscheinlich nie mehr raus! Da müsst ihr mich schon mit den Füßen zuerst raustragen.« Sie fing an zu weinen.

»Ach, Mutter«, sagte Mama zu ihr mit ihrem Standardsatz. »Jetzt stell dich mal nicht so an! Werd erst mal wieder gesund, und wenn der Bruch dann richtig verheilt ist, kannst du auch wieder laufen, du wirst schon sehen!«

Aber es dauerte doch eine ganze Weile, und so lange konnte Oma nur mit ihrem Stock und nur gestützt auf einen von uns zur Toilette gehen. Auf die Bettschüssel, die sie unter dem Bett stehen hatte, wollte sie nicht, und deshalb rief sie immer nach einem, der ihr helfen konnte. Manchmal hörte sie aber einfach keiner, und dann musste sie doch die Bettschüssel nehmen, was ihr überhaupt nicht gefiel.

Mama ließ den Elektriker kommen, und der legte ihr eine Klingelleitung bis ans Bett, sodass sie wie im Krankenhaus so lange klingeln konnte, bis einer kam. Leider klingelte sie dann nicht nur in dringenden Angelegenheiten, sondern auch, wenn sie Langeweile hatte. Aber es war ja auch blöd, so den ganzen Tag im Bett liegen zu müssen. Wir atmeten jedenfalls alle auf, als Oma endlich wieder auf den Beinen war. Den Stock nahm sie zwar immer noch, aber wenigstens konnte sie jetzt wieder einigermaßen alleine gehen.

Doch es dauerte nicht lange, und sie stürzte erneut, dieses Mal so schwer, dass sie sich nicht nur den Oberschenkel, sondern auch die Kniescheibe brach. Wieder musste sie ins Krankenhaus.

Papa verzog bedenklich das Gesicht und sagte, sie habe offenbar immer wieder kleinere Schlaganfälle, deshalb sei sie auch gestürzt, und es bleibe abzuwarten, ob sie jemals wieder laufen könne.

Oma war unglücklich im Krankenhaus, obwohl es von Nonnen geführt wurde, die mit ihr beteten und gut für sie sorgten. Immer wenn wir sie besuchten, weinte sie nur und wollte nach Hause. Mir erschien sie sehr klein und verletzlich, wie sie da im Bett lag, das Bein im Streckverband hochgereckt und mit einem Nagel durch die Ferse, an dem ein Gewicht befestigt war, fixiert. Es war schrecklich anzusehen, und sie tat mir unendlich leid.

Eines Abends kam Mama ganz nachdenklich aus dem Krankenhaus nach Hause. Beim Abendessen sagte sie: »Ich weiß nicht, Oma war heute so anders. Sie hat gar nicht geweint und gejammert wie sonst. Sie hat meine Hand genommen, hat mich ganz eindringlich angeguckt und gesagt: ›Kind, ich weiß, meine Zeit ist abgelaufen.‹ Ich habe protestiert, sie sei doch noch keine achtzig und sie habe noch viele Jahre vor sich, aber sie wollte nichts davon hören. Dabei fand ich eigentlich, sie sah heute ganz gut aus. Auf jeden Fall soll ich euch allen sagen, wie lieb sie euch hat.«

In der Nacht klingelte das Telefon. Oma war an einer Lungenembolie gestorben.

Die Beerdigung fand auf einem großen alten Friedhof in Köln statt, wo schon Omas Eltern lagen. Es war ganz merkwürdig, dass sie auf einmal nicht mehr da war, und ich war sehr traurig. Zwar hatte ich ihr seit der Sache mit Onkel Christian nichts Wichtiges mehr anvertraut, weil sie ja doch alles Mama weitererzählt hatte, aber sie war ein fester Bestandteil unserer Familie gewesen, und sie fehlte mir. Wir hatten zusammen ferngesehen, wenn die Mehrheit der Familie etwas anderes gucken wollte, sie hatte uns Kindern Kartenspiele wie Rommé und Skat beigebracht, und es war einfach schön gewesen, dass sie bei uns gewohnt hatte. In mein Poesiealbum hatte sie mir damals einen selbst gedichteten Spruch geschrieben. *Hast du mich lieb, dann bleibe so. Ich bin dann von Herzen froh.* Und sie hatte abends vor dem Schlafengehen immer mit mir gebetet, als ich klein war. Ich betete schon lange nicht mehr, aber am Abend der Beerdigung schickte ich ihr ein Gebet in den Himmel.

21

In der Schule hatten mit dem neuen Schuljahr auch verschiedene Lehrer gewechselt, und Mathe hatten wir jetzt bei unserer Direx, Frau Dr. Alt. Ich hatte schon in der Sexta gemerkt, dass Mathe auf dem Gymnasium mir nicht so lag wie Rechnen in der Volksschule, aber bisher war ich noch so einigermaßen durchgekommen und hatte eigentlich immer Zweien geschrieben. Aber bei Frau Dr. Alt verstand ich nur noch Bahnhof. Wenn sie was erklärte, wurde ich daraus einfach nicht schlau. Toni ging es auch nicht viel besser. Als die erste Mathearbeit anstand, fragte ich Lars um Rat, aber der konnte – oder wollte – mir nicht helfen. Ich ging auch zu Papa und bat ihn, mir das zu erklären. Er tat sein Bestes, aber er erklärte noch schlechter als Frau Dr. Alt. Auf jeden Fall saß ich vor den Aufgaben in der Klassenarbeit wie der Ochs vorm Berg. Und prompt schrieb ich eine Fünf. Das hatte es noch nie gegeben, und es kratzte arg an meinem Selbstbewusstsein.

Mama sagte bloß, als ich mit der Fünf nach Hause kam: »Na, was ein Glück. Deine erste Fünf. Ich hab schon gedacht, du wärst nicht normal.«

Mir wäre lieber gewesen, sie hätte mir die Aufgaben erklären können.

Als Direx hatte Frau Dr. Alt auch noch andere Aufgaben. Sie musste darauf achten, dass die Verbote eingehalten wurden, die sie uns an ihrem ersten Tag in der Aula mitgeteilt hatte. Wir durften keine Holzklappern oder Clogs in der Schule tragen (zu laut auf der Treppe), wir durften keine Jeans in der Schule tragen (wir Fahrschülerinnen bildeten eine Ausnahme, mussten uns aber vor dem Unterricht eigentlich umziehen, das machte nur keine), und – das wichtigste Verbot – es durften keine Jungs in die Nähe unserer Schule kommen, weil wir ja ein reines Mädchengymnasium waren. Doch an Weiberfastnacht wollten die Jungen vom nahe gelegenen Goethe-Gymnasium sich einen Spaß machen, kletterten über das Tor und kamen zu uns auf den Schulhof. Dort rannten sie dann einfach ein bisschen herum. Es war ganz lustig, weil wir manche vom Sehen kannten. Außerdem war ja Karneval, dachten wir, da wird das schon nicht so schlimm sein.

Frau Dr. Alt fand das aber überhaupt nicht lustig. Sie machte eine Mitteilung über den Schullautsprecher und verkündete, wenn die Jungen nicht sofort verschwinden würden, würde sie die Polizei rufen. Und tatsächlich hielten kurz darauf zwei Streifenwagen vor der Schule. Da waren die Jungs aber alle schon wieder weg. Trotzdem kamen die Polizisten in unsere Klasse, um nachzugucken. Keine Ahnung, ob sie auch in anderen Klassen waren oder nur bei uns. Als ob wir Schüler vom Goethe-Gymnasium im Klassenschrank verstecken würden!

Ich wusste, was die Direx damit verhindern wollte. Ich wurde bald vierzehn, und die meisten aus meiner Klasse waren es bereits. Manche waren auch schon fünfzehn. Zwei, Friederike und Isabella, hatten sogar schon einen festen Freund. Manchmal wurden sie nach der Schule von ihnen abgeholt.

Toni und ich unterhielten uns viel darüber, wie der ideale Junge aussehen und wie er sein müsste. Einen Freund hatten wir beide noch nicht. Zum Glück war ich wenigstens mit meinem Aussehen wieder im Reinen. Die Zahnklammer brauchte ich nicht mehr zu tragen, weil die Zähne gerichtet und einigermaßen gerade waren, die meisten Pickel waren verschwunden, und wenn ich doch mal einen hatte, betupfte ich ihn mit Clearasil, damit er austrocknete, oder drückte ihn einfach aus. Auch mit meiner Figur war ich ganz zufrieden. Seit der FdH-Aktion hatte ich nicht mehr zugenommen. Und ich war fest überzeugt davon, dass ich irgendwann schon einen netten Jungen kennenlernen würde!

Seit Toni in der *Bravo* gelesen hatte, dass man das Pendel zu vielen Problemen des Alltags befragen konnte, hatten wir uns einen Ring an eine Schnur gebunden und »pendelten« unsere Fragen aus.

Toni wollte zum Beispiel wissen, wie viele Kinder sie später einmal kriegen würde. »Dann brauche ich nach dem Mann gar nicht mehr zu fragen«, meinte sie. »Den habe ich ja dann sowieso.« Ich musste das Pendel über ihr Handgelenk halten. Wenn es einen Kreis beschrieb, bekam man eine Tochter, wenn es nur von rechts nach links hin und her schwang, einen Sohn, und wenn sich gar nichts bewegte, gar kein Kind.

Bei Toni kam heraus, dass sie zwei Söhne bekommen würde. So ganz passte ihr das nicht. »Mach noch mal«, sagte sie zu mir. »Eigentlich will ich lieber mindestens ein Mädchen. Du hast bestimmt die Hand bewegt.« Aber ich konnte machen, was ich wollte, es kamen immer nur zwei Söhne. Bei mir pendelte Toni erst einen Jungen und dann ein Mädchen. Das war ganz in Ordnung, aber mir wäre lieber gewesen, wir hätten mit dem Pendel etwas über die Jungen herausbekommen, die uns gefielen. Das klappte aber nicht, weil die Antworten immer unterschiedlich ausfielen.

Toni zum Beispiel fand Bernd Clüver ganz süß, der das Lied *Der Junge mit der Mundharmonika* gesungen hatte. Aber sooft wir das Pendel fragten, ob er vielleicht mit Toni gehen wollte, reagierte es nicht eindeutig. Manchmal schlug es zuerst aus und fing dann an zu kreisen, dann wieder hing es einfach still über dem Handgelenk. Das brachte gar nichts.

Vom Aussehen her gefielen mir Sänger wie George Harrison von den Beatles, aber er war natürlich viel zu alt für mich, und ich wäre nie auf die Idee gekommen, ihn auszupendeln.

Samstags war seit ein paar Jahren alle zwei Wochen Diskothek in der Ranch. Das war einerseits schade, weil wir jetzt kein Kino mehr im Dorf hatten, aber die großen Filme waren dort sowieso nie gelaufen, und da wir in Köln zur Schule gingen, hatten wir die Möglichkeit, sie uns in der Stadt anzusehen. Es gab Nachmittagsvorstellungen, und nach dem Kino holte Papa uns ab. *Ben Hur* und *Vom Winde verweht* auf der großen Leinwand zu sehen war etwas ganz anderes, als im Vorführsaal der Ranch zu sitzen, der im Vergleich dazu klein war. Deshalb hatten wir gar nichts gegen die neue Verwendung der Ranch, zumal eine Disko im Dorf natürlich echt eine Errungenschaft war. Der neue Besitzer hatte die Kinostühle rausgerissen und aus dem Vorführsaal eine Tanzfläche gemacht. Da, wo die Leinwand gewesen war, war jetzt eine Bühne, und manchmal spielten sogar Bands in der Ranch. Aber bei der Disko lief alles über eine Musikanlage. Das wusste ich, weil ich seit Neuestem auch zum Tanzen dorthin gehen durfte, solange Lars dabei war. Und weil ich die Erlaubnis hatte, durfte Toni auch. Um zehn wurden wir abgeholt. Lars konnte bis Mitternacht bleiben, wenn die Disko zumachte.

Wir fingen immer schon am frühen Nachmittag an, uns fertig zu machen. Schließlich mussten wir uns genau überlegen, was wir anziehen wollten, und schminken mussten wir uns auch ein bisschen. Viel hatten wir nicht, aber wenigstens Mascara, Lidschatten und Lidstrich, obwohl Mama das nicht so gerne sah. »Ich finde dich ungeschminkt und natürlich schöner«, sagte sie, aber der Meinung war ich gar nicht. Tonis Mutter war da unkomplizierter, sie gab uns manchmal sogar ihren Lippenstift.

Der Saal hatte keine Fenster, deshalb war es schön schummerig, obwohl die Disko schon um fünf Uhr nachmittags anfing. Wenn ein langsamer Song kam, konnte man eng tanzen, ohne sich beobachtet zu fühlen. Vor allem wollte ich nicht, dass Lars mich sah. Er machte sich manchmal einen Spaß daraus, mich zu beobachten und dann sonntagmittags beim Essen lang und breit zu erzählen, mit wem ich wie getanzt hatte. Meistens stimmte es gar nicht, wie er es darstellte, aber Mama reagierte immer sofort darauf und wollte dauernd mit mir darüber sprechen. Es gab aber gar nichts zu sprechen. Lars machte das schließlich nur, um mich zu ärgern.

Manchmal, wenn mir beim Tanzen einfiel, dass ja unter der Ranch wahrscheinlich Wasser war und der Holzboden jederzeit einbrechen konnte, wenn zu viele Leute sich darauf bewegten, wurde es mir ein bisschen mulmig. Aber zum Glück passierte nie etwas.

Die Jugendlichen kamen aus den Dörfern im gesamten Umkreis samstags in die Ranch, aber wir standen meistens mit denen zusammen, die wir schon seit der Volksschule kannten. Hans-Willi Brendel, der zum Glück doch noch gewachsen war, seit er in der Jugendherberge aus dem Bett gefallen war, und jetzt sogar ein Stück größer war als ich, tanzte immer mindestens einmal mit mir. Wir hatten im Alltag nicht mehr viel miteinander zu tun. Er ging auf das Gymnasium in der Kreisstadt, und da er mit einem ganz anderen Bus fuhr als ich, sahen wir uns in der Woche kaum, höchstens an den Wochenenden. Aber wenn Disko war, kam er auch in die Ranch. Er war immer noch mit Ralf befreundet, der mit ein paar anderen aus unserer Volksschulklasse auf die Realschule ging. Meistens standen Toni und ich mit den beiden Jungs und noch ein paar anderen Leuten zusammen, nuckelten an einer Cola, die den ganzen Abend reichen musste, und quatschten. Und wenn die Musik gut war, tanzte Hans-Willi mit mir und Ralf mit Toni. Der letzte Song vor zehn, bevor wir Mädchen abgeholt wurden, war sowieso für mich reserviert.

Toni fand Ralf ganz süß und wollte vor der Disko immer auspendeln, ob er sie heute fragen würde, ob sie mit ihm gehen wolle. In Hans-Willi war ich nicht verliebt, er war gar nicht mein Typ. Mir gefielen ältere Jungen viel besser, wie Michael Rother zum Beispiel, aber Michael war auf dem Internat, und ich bekam ihn kaum noch zu Gesicht, weil ich auch gar nicht mehr zum Reiten ging. Mama hatte vor einem Jahr gemerkt, dass meine Begeisterung für den Sport nachgelassen hatte, und sie hatte schnell gehandelt. Ehe ich die Freude am Reiten wiederentdecken konnte, hatte sie mich bei Herrn Rother abgemeldet und stattdessen Susanne angemeldet. »Zwei reitende Töchter können wir uns nicht leisten«, hatte sie kategorisch erklärt, als ich mich empört dagegen gewehrt hatte. »Du bist jetzt lange genug geritten, du kannst ja mit deinem Bruder zum Tennis gehen.« Lars spielte seit einigen Jahren Tennis in Kistenich, wo ein Verein gegründet worden war, und war richtig gut darin. Mir machte es aber keinen Spaß. Ich traf den Ball nur selten und hatte auch nach den ersten zehn Trainerstunden nicht das Gefühl, etwas gelernt zu haben. Aber Mama blieb unerbittlich: Das war wie bei der »Reise nach Jerusalem« – aufgestanden, Platz vergangen. Da konnte ich noch so sehr wüten.

Da ich keinen Grund mehr hatte, zur Burg zu fahren, sah ich Michael also so gut wie gar nicht mehr. Doch heimlich träumte ich von ihm. Ich erzählte es noch nicht einmal Toni. Ich tanzte in der Disko mit Hans-Willi, was in Ordnung war, aber die Schwärmereien von Toni und den anderen Mädchen kamen mir vor wie Kinderkram. Ich hätte lieber Michael zum Freund gehabt, doch er war für mich unerreichbar. Hans-Willi bedeutete mir nichts.

Aber dann versetzte es mir doch einen Stich, als er eines Tages mit einem Mädchen aus Anrath in der Ranch auftauchte. Ich kannte sie, sie war etwas jünger als Toni und ich und früher auch bei Rothers im Reitstall gewesen. Sie hieß Gabi. Und ich war auch noch selbst schuld, dass er sich eine andere gesucht hatte.

Wenn ich hatte tanzen wollen, war er immer zuverlässig da gewesen, und auch wenn ich zwischendurch mit einem der anderen Jungen getanzt hatte, hatte ich mir nie Gedanken darüber gemacht, dass er mich einmal nicht auffordern könnte. Es gab nichts Schlimmeres, als wie ein Mauerblümchen den ganzen Abend nur dumm in der Gegend herumzustehen. Und alleine tanzen wollte keiner, das tat man nicht.

Zwei Wochen vorher war noch alles in Ordnung gewesen. Toni und Ralf waren seit Kurzem zusammen, weil Ralf Toni endlich gefragt hatte, und Hans-Willi und ich fühlten uns ohne die Freunde, die nur noch Augen füreinander hatten, ein wenig verwaist. Deshalb tanzten wir mehr als sonst, egal ob gerade schnelle oder langsame Songs kamen. Und als dann *A Whiter Shade of Pale* lief, zog Hans-Willi mich immer fester an sich, wenn auch zuerst nur zögernd, als wollte er ausprobieren, was ich davon hielt. Mir war das nicht unrecht. Ich mochte ihn ja, und es war irgendwie ein schönes Gefühl, zumal die Knutscherei von Toni und Ralf auch bei mir eine unbestimmte Sehnsucht auslöste.

Ich machte auch noch mit, als er versuchte, mich auf den Mund zu küssen, so richtig mit Zungenkuss und allem, aber dann drehte ich den Kopf zur Seite und schob ihn weg. Es fühlte sich auf einmal nicht mehr richtig an. Ich hatte mir meinen ersten Kuss im Geiste immer ausgemalt und mir vorgestellt, dass dann ein ganzes Feuerwerk explodieren würde, aber Hans-Willis ungeschickter Versuch war eher ernüchternd und hatte so gar nichts mit den leidenschaftlichen Liebesszenen in den *Angélique*-Büchern zu tun.

Als ich ihn ansah, merkte ich an seinem Gesichtsausdruck, dass ich ihn verletzt hatte. Ich machte den Mund auf, um ihm zu erklären, was los war, aber er hatte sich schon umgedreht und ließ mich einfach auf der Tanzfläche stehen. Ich lief ihm hinterher, aber bevor ich ihn erreichte, war er bereits verschwunden. Und beim nächsten Mal hatte er Gabi dabei, und wir gingen uns verlegen aus dem Weg.

Michael war nie in der Disko. Er war im Schwarzwald auf dem Internat und kam nur selten nach Hause. Seit Toni und ich *Vom Winde verweht* im Kino gesehen hatten – wir hatten uns den Film sogar zweimal hintereinander angeschaut, weil wir ihn so großartig fanden –, wusste ich, dass mir Jungen gefielen, die mich so ein bisschen an Rhett Butler erinnerten. Ich nahm es Scarlett O'Hara persönlich übel, dass sie ihn mit ihrem Verhalten vergraulte, und ich schwor mir, wenn mir jemals die wahre Liebe begegnen würde, würde ich nicht blind an ihr vorübergehen.

Michael passte genau ins Bild. Ähnlich wie Rhett Butler hatte er dichte schwarze Haare und so eine Art, einen aus seinen dunklen Augen spöttisch anzusehen. Früher hatte ich mich immer darüber geärgert. Aber jetzt hätte ich Gott weiß was darum gegeben, wenn er einmal wieder so vor mir gestanden hätte.

22

In den Sommerferien fuhr ich – mit Lars – ins Ferienlager, das die evangelische Gemeinde veranstaltete. Ausnahmsweise meckerte Lars gar nicht darüber, dass er »mich mitnehmen musste«. Wir hatten beide das Gefühl, dass die Eltern uns aus den Füßen haben wollten.

Mama und Papa redeten seit einer Weile davon, dass wir vielleicht umziehen würden, »nicht nur weg aus Lommerich, sondern in ein anderes Bundesland, nach Bayern«. Papa hatte sich auf eine Chefarztstelle an einem Krankenhaus in Landshut beworben, und es sah so aus, als könnte etwas daraus werden. Am Abendbrottisch hatte es erregte Debatten gegeben, weil sowohl Lars als auch ich erklärt hatten, wir würden auf gar keinen Fall nach Bayern umziehen, und mehr als einmal hatte Mama ein Machtwort gesprochen und der Diskussion ein Ende gesetzt.

Nachts konnte ich nicht schlafen und lag so lange grübelnd wach, dass ich morgens nicht aus dem Bett kam. Ich konnte mir einfach nicht vorstellen, aus Lommerich wegzuziehen. Wie sollte ich es überleben, alle meine Freunde und die vertraute Umgebung zurückzulassen? In Landshut kannte ich doch keinen, und wer weiß, wie es da in der Schule war. Es hieß, bayerische Schulen seien viel schwerer als die Schulen bei uns. Hier gehörte ich zu den Klassenbesten. Und wenn ich da nicht mitkäme?

Am schwersten wog jedoch, dass die Zukunft auf einmal völlig ungewiss vor mir lag. In Lommerich wusste ich, was mich erwartete, hier wusste ich, wer mein Freund war und wer mich nicht leiden konnte. Ich bewegte mich in einem sicheren Raum, dessen Grenzen ich kannte. In Landshut kannte ich gar nichts. Und das Allerschlimmste: Ich würde Toni zurücklassen müssen. Wir waren von klein auf zusammen, wie sollten wir ohne die andere überleben?

Am Anfang hatte ich Mama gegenüber diese Bedenken geäußert, aber ich hatte es schnell wieder sein gelassen, weil sie nur gesagt hatte: »Sei nicht immer so dramatisch, Birte. Wir ziehen innerhalb von Deutschland um, und du stellst dich an, als wenn du nach Afrika müsstest. Du wirst sehen, es dauert gar nicht lange, und es gefällt dir ausgezeichnet in Landshut. Und mit Toni kannst du ja brieflich in Kontakt bleiben. Wir sind schließlich nicht aus der Welt.«

Aber ich glaubte nicht daran, dass es mir in Landshut jemals gefallen würde. Und Briefe zu schreiben war einfach nicht dasselbe. Es ersetzte die Freundin nicht. Das musste Mama doch verstehen.

»Vielleicht kannst du bei uns wohnen«, schlug Toni vor, als wir wieder einmal über den drohenden Umzug redeten.

»Das kannst du vergessen«, sagte ich. »Das erlauben meine Eltern mir nie im Leben. Lars wollte auch schon bei Karl-Heinz bleiben, und er ist immerhin drei Jahre älter als ich. ›Du hast sie wohl nicht mehr alle‹, hat Mama zu ihm gesagt, und als er ihr erklären wollte, wie er sich das vorgestellt hat, hat sie ihm gar nicht mehr zugehört.«

»Ja, dann weiß ich auch nicht«, sagte Toni bekümmert.

Schließlich hatte Mama die Nase voll von unserem abendlichen Gejammere. »Ich habe Lars und dich bei der Kirchenfreizeit angemeldet«, teilte sie mir mit, als ich aus der Schule kam. »Bei Pfarrer Küppers. Er fährt mit seiner Gruppe an den Gardasee zum Surfen. Das bringt euch hoffentlich auf andere Gedanken.«

Lars und ich interpretierten es als Aufschub. In den Sommerferien würden wir also nicht umziehen. Ohne uns konnten die Eltern ja wohl kaum den Umzug planen. Oder? Und wenn erst einmal ein neues Schuljahr angefangen hätte, wäre es doch auch schwierig, die Schule zu wechseln. Aber eine kleine Unsicherheit blieb doch.

Die Freizeit war für Vierzehn- bis Siebzehnjährige. Viele von denen, die mitfuhren, kannte ich aus dem Konfirmandenunterricht. An einem Sommermorgen um sechs Uhr versammelten wir uns alle vor der evangelischen Kirche in Anrath, wo wir auf die Autos verteilt wurden. Den Gemeindebus, der den Hänger mit den Surfbrettern hinter sich herzog, fuhr der Pfarrer. Lars, der ja den Pfarrer duzte, saß auf dem Beifahrersitz. Herr Pahlen, der Vikar, hatte einen Mercedes, und da der Beifahrersitz für seine Frau reserviert war, die mit der Frau des Pfarrers in Riva auf dem Campingplatz für uns kochen würde, mussten wir uns die Rückbank zu dritt teilen. Ich setzte mich sofort ans Fenster, weil der Platz in der Mitte am unbequemsten war. Außerdem wurde mir dort immer schlecht. Bärbel, die mit Lars zusammen konfirmiert worden war, meckerte dann auch, weil sie da sitzen musste, aber Frau Pahlen meinte, wir würden so viele Pausen auf der Fahrt machen, dass wir bestimmt mal die Plätze tauschen könnten. Ich hatte eigentlich gehofft, in Frau Küppers' VW Käfer mitfahren zu können, aber sie war leider noch nicht da. Pfarrer Küppers sagte, seine Frau müsse noch ein Mädchen aus einem weiter entfernten Dorf abholen, das so früh noch keine Busverbindung habe. Sie werde nachkommen.

Und so kam es, dass ich erst in Riva entdeckte, dass auch Michael Rother mitgefahren war.

Als wir auf dem Campingplatz bei Riva ankamen, hatten die Leute, die im Bus mitgefahren waren, schon alle Surfbretter abgeladen und waren dabei, die großen Zelte aufzubauen.

»Du hast aber lange gebraucht«, sagte Pfarrer Küppers zu Herrn Pahlen. »Habt ihr so viele Pausen gemacht?«

Der Vikar verdrehte nur die Augen. »Wir hatten einen kleinen Notfall an Bord«, sagte er. Bärbel hatte so oft aufs Klo gemusst, dass wir allein wegen ihr mindestens zwanzigmal hatten anhalten müssen. Irgendwann hatte Frau Pahlen ganz besorgt zu ihr gesagt: »Du wirst dir doch nicht die Blase verkühlt haben, Bärbel? So oft muss ja kein Mensch zur Toilette. Dabei trinkst du doch gar nicht so viel.«

Aber Bärbel meinte, ihr gehe es gut. Ich hatte sie ja insgeheim im Verdacht, dass sie gar nicht ständig aufs Klo musste, sondern einfach immer nur Pause machen wollte, um sich danach so schnell wie möglich ans Fenster zu setzen. Aber bei einem der Stopps flüsterte Irene Berger, die mit Bärbel in die letzte Klasse der Realschule ging, mir zu: »Bärbel will nicht nach Riva.«

»Warum das denn nicht?«, fragte ich leise zurück.

»Weil Andreas und Dieter auch dabei sind, Harald aber nicht«, flüsterte sie, aber da kam Bärbel gerade von der Toilette zurück, und sie konnte nicht weiterreden.

Ich riss die Augen auf, als ich in der nächsten Pause erfuhr, dass sie zwei Jahre lang mit Andreas gegangen war, aber mindestens ein Jahr zweigleisig gefahren war, weil sie Dieter kennengelernt hatte. Als das rausgekommen war, hatte es zwar einen großen Krach gegeben, aber Andreas hatte ihr verziehen und war mit ihr zusammengeblieben. Jetzt gab es Gerüchte, dass sie mit Dieter auch noch zusammen war. Allerdings hatte sie kurz vor den Sommerferien Harald kennengelernt, der nicht mit auf der Freizeit war, weil er schon achtzehn war und Versicherungskaufmann lernte. Ihre Eltern, die von den ganzen Verwicklungen nichts ahnten, hatten sie zur Freizeit angemeldet, und jetzt musste sie sehen, wie sie mit den beiden Jungs zurechtkam, mit denen sie doch am liebsten gar nichts mehr zu tun haben wollte. »Und drei Jungen auf einmal schafft sie ja wohl nicht«, meinte Irene.

Ich fand es nicht gut, wie sie mit den Jungen umsprang, aber ein bisschen beneidete ich sie auch. Ich hätte gerne so ausgesehen wie sie. Sie war ein schönes Mädchen, mit glatten, langen dunkelblonden Haaren, die sie in der Mitte gescheitelt hatte. Mit ihrem ebenmäßigen Gesicht und den großen blauen Augen sah sie aus wie ein Engel. Sie guckte so unschuldig, dass man ihr keine Schlechtigkeit zutraute, und deshalb fielen die meisten Jungen auch auf sie herein. Ich hingegen war eher der Kumpeltyp, schon alleine wegen meiner kurzen Haare.

Jedenfalls kamen wir als Letzte auf dem Campingplatz an. Sogar Frau Küppers musste uns mit ihrem Käfer überholt haben. »Na«, sagte Frau Pahlen, »es war ja wenigstens zu etwas gut. Glück gehabt, was? Die meiste Arbeit ist schon erledigt! Kommt, Mädchen, helft mir mal, das Küchenzelt einzurichten.« Sie war klein und rund, genau wie ihr Mann. Beide waren sehr nett und für jeden Spaß zu haben.

Als alles verstaut war, durften wir uns umsehen. Ich hatte keine Lust mehr auf die Gesellschaft von Irene und Bärbel, die sich eigentlich gar nicht leiden konnten und sich immer nur anzickten, und machte mich alleine auf den Weg zum See. Und als ich um die Ecke bog, stand auf einmal Michael Rother vor mir.

Ich war so verblüfft, dass ich anfing zu stottern. »W-w-wie kommst du denn hierher?«

Er lachte. »Wahrscheinlich genauso wie du. Mit dem Auto. Ich bin bei Frau Küppers mitgefahren.«

Seltsamerweise schien er sich zu freuen, dass ich da war. Er war gar nicht so kurz angebunden und spöttisch wie früher, wenn ich im Reitstall gewesen war. Er war richtig gesprächig. Wahrscheinlich lag es daran, dass ich die Einzige war, die er kannte, dachte ich. Er war ja auf dem Internat, und die Mädchen, die aus Anrath da waren, gehörten wohl kaum zu seinem Bekanntenkreis. Die Jungen kannte er auch nicht. Jedenfalls war er ziemlich nett zu mir und machte keine einzige der blöden Bemerkungen, über die ich mich früher im Reitstall immer so geärgert hatte.

Am nächsten Morgen fing der Surfkurs an. Pfarrer Küppers, Vikar Pahlen, Lars und Michael, der den Pfarrer auch beim Vornamen nannte, konnten surfen und brachten es uns bei. Wer kein Interesse an einem Surfkurs hatte, konnte auch mit Frau Küppers oder Frau Pahlen etwas unternehmen oder einfach nur beim Einkaufen und Kochen helfen.

Ich hatte erst überlegt, ob ich mir das mit dem Surfen überhaupt antun sollte. Ich wollte auf keinen Fall von meinem großen Bruder unterrichtet werden – da wäre ich mir blöd vorgekommen. Aber Herr Küppers teilte mich mit zwei anderen gleich zu Michael ein, und das fand ich ganz gut. Hoffentlich stelle ich mich nicht zu dumm an, dachte ich.

Zuerst erklärte Pfarrer Küppers uns an Land, wie so ein Brett aufgebaut war. Dann musste jeder sein Brett und Segel zusammenbauen, und ab ging's in Wasser. Es war gar nicht so einfach, sich auf das Brett zu stellen, und wenn man mühsam sein Gleichgewicht gefunden hatte, kam gleich die nächste Schwierigkeit, nämlich den Mast samt Segel, der im Wasser vor sich hin dümpelte, hochzuziehen. Dabei fiel ich meistens wieder ins Wasser.

Leider war in meiner Gruppe auch Bärbel, die eigentlich einen Surflehrer für sich alleine gebraucht hätte. Sie beanspruchte Michael die ganze Zeit, weil auch sie immer wieder ins Wasser fiel und dabei ständig den Eindruck machte, sie müsste sofort gerettet werden.

Als ich jedoch das nächste Mal fluchend und spuckend wieder aufs Brett krabbelte, wurde ich mehr als entschädigt, denn Michael kam zu mir, strich mir über die Schulter und sagte: »Du machst das ganz toll, Birte! Nicht aufgeben, irgendwann bleibt man stehen, und dann ist es ganz leicht.« Er lächelte mich an, und ich dachte, was er doch für schöne weiße Zähne hatte. Wie ein Filmstar!

Und am Ende der zwei Unterrichtsstunden war dann alles tatsächlich auch schon viel leichter. Es gelang mir immer häufiger, aufrecht stehen zu bleiben, und einmal fuhr ich sogar ein Stück auf den See hinaus. Das war ein tolles Gefühl, ich kam mir stark und frei vor. Viel konnte nicht passieren, dazu war der Wind nicht kräftig genug, aber zum Üben war es genau richtig.

Die Tage vergingen viel zu schnell. Morgens hatten wir zwei Stunden Surfunterricht, und nach einer Woche konnten die meisten es ganz gut. Selbst Bärbel hatte irgendwann ihre Rolle als hilflose Schönheit aufgegeben und stand sicher auf dem Brett. Sie konnte es zwar nicht lassen, dabei eine möglichst verführerische Pose einzunehmen, aber da niemand darauf achtete, auch nicht ihre beiden Typen, gab sie es schließlich auf und hatte genau wie wir anderen einfach nur Spaß an der Bewegung.

Nachmittags machten wir Wanderungen oder Ausflüge. Manchmal lagen wir auch einfach nur am Strand, schwammen, lasen oder hörten Musik. Abends saßen wir am Lagerfeuer, Vikar Pahlen spielte Gitarre, und wir sangen alle möglichen Songs, von *Heart of Gold* über *Bella ciao* und *Bergvagabunden* bis zu *Guantanamera*. Am Ende eines jeden Abends kam dann immer *Nehmt Abschied, Brüder*. Das Wetter war jeden Tag gleichbleibend gut, und kaum hatten wir uns richtig eingelebt, war auch die zweite Woche schon halb vorüber.

An den Abenden, im Kreis ums Lagerfeuer, hatte es sich ziemlich schnell ergeben, dass Michael sich wie selbstverständlich neben mich setzte. Ich merkte mittlerweile richtig, wie es zwischen uns knisterte, aber da wir eigentlich nie alleine waren, ergab sich auch keine Gelegenheit zu einem Gespräch. Gegen Anfang der zweiten Woche hatte er ab und zu an den Abenden wie zufällig den Arm um meine Schultern gelegt und mich ein bisschen an sich gezogen. Es war wunderschön gewesen, so eng an ihn geschmiegt dazusitzen und in den Nachthimmel zu schauen. Das war Lars natürlich nicht entgangen. »Läuft da was zwischen dir und dem Rother?«, fragte er misstrauisch.

Ich zog die Augenbrauen hoch und warf ihm einen unschuldigen Blick zu. »Wie kommst du denn darauf?«, sagte ich. »Nicht, dass ich wüsste. Pass du lieber mal auf, dass du bei deiner Sylvie landest.«

Lars grinste. Er baggerte schon den ganzen Urlaub über Sylvie mit den langen, dunklen Haaren an. Bis jetzt schien er noch keinen Erfolg gehabt zu haben. Aber er ließ sich nicht in die Karten gucken.

»Ich mein ja nur«, sagte er. »Aber du musst wissen, was du tust. Mir ist es egal«, räumte er großzügig ein.

Am vorletzten Abend gab es eine Abschiedsparty am Strand. Pfarrer Küppers hatte den halben Campingplatz eingeladen – »Damit es keinen stört, wenn wir ein bisschen Krach machen« –, und wir hatten alles Mögliche zu essen und zu trinken eingekauft. Wir wollten Würstchen am Feuer grillen, für Musik sorgte Lars, der sein Tonbandgerät mitgenommen hatte, und außerdem waren noch ein paar

Leute mit Gitarren und einer sogar mit einem Akkordeon dabei.

Noch bevor die Party losging, verursachte Bärbel Aufregung. Anscheinend hatten ihre beiden Verehrer wohl von ihr verlangt, sie solle sich für einen entscheiden, und jetzt stand sie mitten auf der Wiese, heulte laut und schrie immer nur: »Aber ich liebe euch doch beide!« Alle guckten sich nur ratlos an, und Irene raunte mir zu: »Die falsche Schlange! Und zu Hause wartet Harald.«

Schließlich griff Frau Küppers ein. Sie schickte Andreas und Dieter zum Holzsammeln und schnappte sich Bärbel. Was sie mit ihr beredete, bekam keiner mit, aber anschließend war Ruhe.

»Komm, lass uns ein bisschen spazieren gehen«, sagte Michael, als es dunkel geworden war. Die Nacht war richtig kitschig schön. Der Mond stand dick und rund am Himmel, und die Grillen zirpten laut. Wir gingen den Weg zu dem kleinen Pinienwäldchen am Strand, und als die Musik und der Lärm vom Strand fast nicht mehr zu hören waren, blieb Michael stehen, und dann küsste er mich. Und es war genau so, wie ich es mir immer in meinen Träumen vorgestellt hatte. »Du bist so süß«, murmelte er. Alles war perfekt und genau richtig. Er drückte mich fest an sich, und ich hatte das Gefühl, die Welt um mich herum würde versinken.

»Birte! Michael! Wo seid ihr? Kommt zurück!« Das war Pfarrer Küppers.

Michael löste sich von mir, umfasste mein Gesicht mit beiden Händen und gab mir viele kleine Küsse. »Komm«, sagte er dann. Seine Stimme klang ein bisschen eingerostet. »Wir müssen zurück. Bist du glücklich?«

Ich nickte, noch zu benommen, um etwas zu sagen. Er legte mir den Arm um die Schultern, und eng umschlungen gingen wir wieder zum Strand zurück, wo sich die anderen mittlerweile ums Lagerfeuer versammelt hatten.

Von diesem Abend an war klar, dass wir ein Paar waren.

Auch die schönsten Ferien waren mal vorbei, und zwei Tage später waren wir auf dem Heimweg. Ich hatte drei Wochen lang nicht mehr an Papas neue Stelle und den Umzug gedacht, aber während der langen Stunden im Auto fiel mir auf einmal alles wieder ein.

Als ob ich eine Vorahnung gehabt hätte. Als wir in Lommerich ankamen, war der Umzugswagen schon bestellt, und eine Woche später waren wir auf dem Weg nach Bayern.

»Es hat sich so angeboten«, erklärte Mama fröhlich. »Papa kann sofort anfangen, und während hier das neue Schuljahr schon losgeht, sind in Bayern noch drei Wochen Ferien. So verpasst ihr nichts und habt noch Zeit, euch einzuleben.«

Das Entsetzen schnürte mir die Kehle zu. Michael! Wir waren doch gerade erst zusammengekommen! Was sollte ich bloß tun? Meine Gedanken überschlugen sich.

»Guck mich nicht so elegisch an, Birte!«, sagte Mama munter. »Du wirst sehen – im Nullkommanichts habt ihr euch eingewöhnt! Das geht ganz schnell.«

»Ich will nicht nach Bayern! Nie! Ich komme nicht mit!«, schrie ich und rannte in mein Zimmer. Ich würde bei Toni einziehen. Oder besser noch, bei Rothers. Es war ja nicht schlimm, wenn Michael im Internat war. In den Ferien kam er immer nach Hause. Und wenn ich nicht da wohnen könnte, würde ich weglaufen. Und wenn Mama und Papa mich zwingen würden mitzukommen, würde ich mich umbringen.

Aber eigentlich wusste ich tief im Inneren, dass ich nichts davon tun würde. Ich würde mit der ganzen Familie umziehen und mein altes Leben hinter mir lassen, weil mir nichts anderes übrig blieb. Ich war ja noch nicht volljährig.

Es war ein in jeder Beziehung dunkler Tag, als wir wegzogen. Zwar waren Bäume und Sträucher noch hochsommerlich grün, aber die Wolken hingen so tief, dass alles wie mit einem grauen Schleier überzogen wirkte. Und der Nieselregen passte zu meiner Stimmung. Ich hatte das Gefühl, nie wieder glücklich sein zu können. Stumm und verzweifelt saß ich hinten im Auto und starrte vor mich hin.

»Werft noch einen letzten Blick auf eure alte Heimat«, sagte Mama fröhlich. »So schnell kommen wir hier nicht wieder hin.«

Sie machte wirklich den Eindruck, als freute sie sich darüber, dass wir wegzogen. Ich verstand sie nicht. Manchmal war sie echt gefühllos. Sie hatte die letzte Woche ständig nur aufgeregt davon erzählt, wie schön das neue Haus sei, was für ein hübscher Ort Landshut doch sei und was für eine wichtige Position Papa da im Krankenhaus habe. Ich wollte nichts davon hören. Das war mir alles so egal.

»Ein Glück, dass Oma das nicht mehr erlebt«, murmelte ich vor mich hin.

»Was hast du gesagt?« Mama hatte wirklich Ohren wie ein Luchs.

»Ach nichts.« Oma war von ganzem Herzen Kölnerin gewesen, und ich glaubte nicht, dass sie so ohne Weiteres mit uns umgezogen wäre. Aber das spielte keine Rolle mehr. Sie war ja nicht mehr da. Und ich musste gute Miene zum bösen Spiel machen und mitkommen. Irgendwie würde ich es überleben.

Und so war es dann auch.

23

Mit jedem Kilometer, den ich mich dem Dorf näherte, wuchs meine Nervosität. Was würde mich erwarten? Ich hatte auf dem Weg hierher zwei Tage Zwischenstopp bei Toni eingelegt. Ihre neue Wohnung lag auf den Höhen um Koblenz, und von der Terrasse vor dem Wohnzimmer hatte man einen wunderbaren Blick über das Rheintal. Zwar standen überall noch Umzugskartons, und es war noch nicht alles perfekt eingerichtet, aber die Wohnung war so schön, dass ich keinen Moment daran zweifelte, dass Toni und Wolfgang sich dort wohlfühlen würden, zumal sie ja nun auch in der Nähe von Tochter und Schwiegersohn waren.

Wir hatten zwei weinselige Abende mit Erinnerungen verbracht, und Toni hatte mich auch ein bisschen auf den Besuch in Lommerich vorbereitet. »Übermorgen findet ein Sternmarsch statt«, hatte sie gesagt und mir einen Handzettel gezeigt. »Ich kriege immer noch alle Informationen. Eine meiner Freundinnen aus Anrath hält mich auf dem Laufenden. So ganz sicher, ob ich das überhaupt noch will, bin ich mir allerdings nicht.«

Aus dem Text auf dem Handzettel ging hervor, dass es in erster Linie um den Erhalt der Dörfer ging, die erst in ein paar Jahren abgebaggert werden sollten. Dass Lommerich von der Bildfläche verschwinden würde, war zwar nicht mehr zu ändern, aber Anrath war eines der Dörfer, um deren

Erhalt gekämpft wurde, und dort sollte auf dem Kirchplatz die Schlusskundgebung stattfinden.

»Ich bin eigentlich froh, dass das Kapitel Lommerich jetzt abgeschlossen ist. Diese Unsicherheit, wie sie in Anrath herrscht, wo man immer wieder hofft, dass 2023 doch nicht alles vorbei ist, könnte ich nicht mehr aushalten. Das hat mir bei uns schon gereicht. Bereits Anfang der Neunzigerjahre war die Rede davon, aber niemand wusste etwas Genaues.«

»Ich glaube«, hatte ich gesagt, »man kommt irgendwann an einen Punkt, wo einem ein Ende mit Schrecken lieber ist.«

Toni hatte genickt. »Du sagst es. Deshalb bin ich auch froh, dass wir uns für einen klaren Schnitt entschieden haben und jetzt hier sind.«

»Wenn ich schon mal da bin, gucke ich mir die Kundgebung auf jeden Fall an«, hatte ich gesagt.

Die Landstraße, die ich entlangfuhr, seit ich von der Autobahn abgefahren war, bot das gewohnte Bild. Rechts und links Felder, die zu dieser Jahreszeit brachlagen, ab und zu Abzweigungen in Orte, deren Namen immer noch vertraut klangen. Morsdorf, Morzenich, Blaesheim, Borweiler, Kistenich, Anrath.

Überall waren Tafeln angeschlagen, die in Großbuchstaben verkündeten, dass heute ein Sternmarsch stattfinden würde.

Plötzlich holperte der Wagen, weil ich mit einem Reifen auf die Grasböschung geraten war. Erschreckt lenkte ich das Auto wieder auf die Straße zurück und rief mich zur Ordnung. Ein rascher Blick in den Rückspiegel zeigte mir, dass niemand hinter mir fuhr. Ich durfte mich nicht zu sehr in Gedanken verlieren, sondern sollte mich lieber aufs Fahren konzentrieren.

Das gewohnte Bild der Landstraße war trügerisch, denn der Tagebau war wesentlich näher gerückt. Schon auf der Autobahn war der Bagger überall zu sehen gewesen, und eine Zeit lang war ich gefühlt an der Abbruchkante gefahren. Vergeblich hatte ich nach mir bekannten Landmarken Ausschau gehalten, aber in meiner Jugend hatte es die Autobahn noch nicht gegeben. Sie war erst später gebaut worden, und ich war nur ein einziges Mal auf ihr gefahren, als ich wegen Tonis Hochzeit in Lommerich gewesen war. Und jetzt war sie offenbar verlegt worden. Mein Navi erkannte sie jedenfalls nicht, weil die alte Streckenführung wohl im Tagebau verschwunden war.

An der Abzweigung nach Lommerich war ein Sackgassenschild, der erste deutliche Hinweis darauf, dass hier die Welt, wie ich sie kannte, zu Ende war.

Ich parkte den Wagen am Ortsrand. Das Ortsschild stand unangetastet da, als ob nichts wäre. Irgendwie traute ich mich nicht, mit dem Auto in den Ort hineinzufahren. Auf der Landstraße war mir ein Streifenwagen entgegengekommen, und obwohl ich mir ja nichts hatte zuschulden kommen lassen, war mir mulmig geworden, so wie früher, wenn ich freihändig mit dem Fahrrad die Bahnhofsstraße heruntergefahren war und auf Höhe der Polizeiwache die Hände wieder ans Lenkrad genommen hatte, falls Herr Kirsch, der Dorfpolizist, zufällig vor der Türe stand, was er häufig getan hatte. Aber wahrscheinlich war er nur wegen des Sternmarschs hier. Von Weitem hatte ich auch eine Gruppe von Leuten mit Spruchbändern und Schildern gesehen, die sich aus Blaesweiler über die Felder Anrath näherten.

Es war wahrscheinlich sowieso besser, wenn ich zu Fuß ging. Ich würde einfach mehr sehen, und so groß war das Dorf ja nicht.

Linkerhand lag der Friedhof. Das schmiedeeiserne Tor hing ein bisschen schief in den Angeln, und an der Mauer waren etliche Steine abgebröckelt. Toni hatte erzählt, dass die Gräber umgebettet worden seien, und als ich jetzt an der Friedhofsmauer vorbeiging, beschlich mich ein wehmütiges Gefühl.

Ob es das Grab von Onkel Christian noch gab? *Christian Hederich* hatte in schlichten Messingbuchstaben auf dem Findling gestanden, den Papa damals ausgesucht hatte. Und darunter die Jahreszahlen, *1932–1968*. Das hatte sich mir fest eingebrannt, auch wenn ich nach der Beerdigung nur noch selten zum Grab gegangen war, um Abbitte zu leisten. Ich fühlte mich noch lange für das Geschehene verantwortlich. Da half es auch nichts, dass Mama und Papa mir versicherten, ich hätte damit rein gar nichts zu tun, das sei alles in ihm schon angelegt gewesen. Ich hatte ihnen nicht geglaubt. Und noch Jahre später fiel mir manchmal aus heiterem Himmel ein, dass ich mein Versprechen ihm gegenüber nicht gehalten hatte, und mir wurde es ganz eng in der Kehle.

Aber wahrscheinlich war es längst aufgelöst. Für welche Zeitspanne mochten meine Eltern die Grabstelle gekauft haben? Dreißig Jahre?

Ich riskierte einen Blick über die Mauer. Nein, da war nichts mehr. Die hohen Bäume standen noch alle, aber dazwischen waren nur leere Flächen, die Grabstellen eingeebnet, ein ordentlicher, leicht beklemmender Anblick. Toni hatte mir erzählt, dass eine letzte ökumenische Messe auf dem Friedhof zelebriert worden war, und danach waren die Gräber auf den Friedhof in Neu-Lommerich überführt worden. Die Kirche war eine Woche danach entwidmet worden.

»Ich hab ja in der Zeit sowieso dauernd geheult«, sagte Toni, »aber die Entwidmung war wirklich heftig. Die Tochter von Monika Jüssen hatte einen Monat vorher geheiratet, und das war die letzte Trauung in der Kirche gewesen. Sie ist dann auf die Kanzel und hat eine kleine Rede gehalten, wie wichtig es ihr war, in der Kirche in ihrer Heimat zu heiraten, weil schon ihre Mutter und davor ihre Großmutter dort getraut worden sind. Auch der Vorsitzende vom Schützenverein hat eine Rede gehalten, und teilweise konnte er kaum sprechen, weil ihm immer wieder die Tränen gekommen sind. Und ich glaube, als dann zur Entwidmungszeremonie die Orgel gespielt wurde, da ist es allen ganz anders geworden.«

Ich dachte daran, wie oft ich in der kleinen Backsteinkirche in die Messe gegangen war. Der schöne, schlichte Bau mit seinem markanten dreieckigen Turm gehörte einfach zum Landschaftsbild dazu, wenn man von Weitem auf den Ort schaute. Noch stand er zwar, aber ich fürchtete mich doch ein bisschen davor, in die verlassene Dorfmitte vorzudringen. Monika hatte gesagt, dass die schönen Bleiglasfenster alle schon herausgebrochen worden waren, und die Wertgegenstände aus dem Inneren der Kirche waren natürlich auch nicht mehr da. Man konnte sie ja nicht den Plünderern überlassen.

Das ehemalige Haus von Dickopps stand noch. Ob damals wirklich ein Puff darin gewesen war? Ich konnte es mir kaum vorstellen. Vielleicht hatten die Leute das mit den Gerüchten um Frau Dickopp und den Pastor zu einer unguten Geschichte verarbeitet. Das war wie mit »Stille Post«: Einmal ins Ohr geflüstert, verändert sich die Geschichte immer stärker, je mehr Ohren beteiligt sind, und am Ende ist von der ursprünglichen Aussage nichts mehr übrig. Nachdenklich betrachtete ich das Haus. Heutzutage, wo in der katholischen Kirche ein Skandal den nächsten jagte, wäre es wahrscheinlich nicht bei Mutmaßungen geblieben.

Entschlossen wandte ich mich ab und ging weiter.

Außer mir war keiner auf der Hauptstraße. Es fuhr auch

kein Auto durch den Ort. Ein bisschen kam ich mir vor wie in *Zwölf Uhr mittags*. Es fehlte nur noch, dass mir die Steppenläufer vor die Füße flogen. Allerdings nieselte es – eher kein Wetter für amerikanische Western.

Die Häuser an der Straße waren teilweise verrammelt, die Fenster und Türen mit Brettern vernagelt. In den einst so gepflegten Vorgärten wucherte das Unkraut. Geborstene Mauern und bröckelnde Simse zeugten vom Verfall. Zwischendurch immer wieder ein leeres Grundstück. Nach welchem Prinzip hier die Häuser abgerissen wurden, erschloss sich mir nicht ganz. Es kam mir ein bisschen planlos vor.

Das Haus von Caspareks stand noch, allerdings waren die Nebengebäude, das alte Waschhaus und die große Garage, in der Tonis Vater sich eine Werkstatt eingerichtet hatte, bereits weg. Hinter dem Grundstück hatte früher das Haus von Honings gestanden, aber das war schon abgerissen. Ein Bagger stand im Garten, ein Zeichen dafür, dass das Haus als Nächstes dran war.

Die Parktaschen am Straßenrand, bei deren Bau damals Herr Rother den Motorradunfall gehabt hatte, gab es immer noch. Trotz der langen Zeit hatte sich das Gesicht des Dorfes nicht wesentlich verändert. Einen Moment lang blieb ich vor Tonis Haus stehen und überlegte, ob ich hineingehen sollte. Toni hatte nichts dagegen gehabt. »Wenn du willst«, hatte sie gesagt. »Die Tür ist nicht abgeschlossen. Aber du brauchst es mir hinterher nicht zu erzählen. Ich komme besser klar, wenn ich das alles verdränge.«

Die schönen Klappläden in Grau, die Wolfgang angebracht hatte, weil sie so gut zum Backstein des Hauses passten, waren fest geschlossen. Ein Wunder, dass noch kein Plünderer darauf aufmerksam geworden war. Aber sie waren natürlich auch maßangefertigt und passten wahrscheinlich nicht auf andere Fenster.

Ich wandte den Kopf und schaute auf unser Haus. Da, wo früher unser Garten entlang der Straße verlaufen war, standen drei schmale Reihenhäuser, die so alt noch gar nicht aussahen. Auch hier waren die Haustüren mit Brettern vernagelt, aber im oberen Stockwerk des mittleren Hauses wehten Gardinen durch geborstene Fensterscheiben, ein gespenstischer Anblick. Mir lief ein Schauer über den Rücken.

Zögernd ging ich weiter. Unser Haus war unversehrt. Zu den Reihenhäusern hin war eine Mauer gebaut worden, und das Tor zum Hof war geschlossen, sodass ich nicht hineinsehen konnte. Die Fenster zur Straßenseite waren schmutzig, aber nicht mit Brettern vernagelt.

Toni hatte erzählt, dass hier zuletzt eine junge griechische Familie gewohnt hatte, mit zwei kleinen Kindern. Der Mann arbeitete im Tagebau. Sie waren bereits nach Neu-Lommerich gezogen. Die Familie, die meinen Eltern das Haus damals abgekauft hatte, als wir nach Bayern gezogen waren, wohnte schon lange nicht mehr in der Gegend.

Vorsichtig drückte ich die Klinke der Tür neben dem Tor herunter. Vielleicht war sie ja nicht abgeschlossen, und ich konnte noch einen Blick in den Hof werfen.

In diesem Moment hörte ich ein Auto. Ich zuckte zusammen, als das Motorengeräusch, das in der Stille, die über dem Dorf lag, doppelt so laut wirkte, näher kam.

Ich drehte mich um und sah gerade noch, wie der Wagen rechts in die Hochstraße einbog. Dann war es wieder totenstill.

Ich drückte den Türgriff herunter, und tatsächlich ging die Tür auf. Vorsichtig machte ich einen Schritt in den Hof hinein. Abgesehen davon, dass das Pflaster durch Asphalt ersetzt worden war, hatte sich hier kaum etwas verändert, nur der Blick zur Seite war durch die Mauer eingeschränkt, aber der wilde Wein, der daran hochrankte und die Mauer in ein tiefes, trotz des Nieselregens leuchtendes Rot tauchte, machte das wett.

Ich ging um das Haus herum zur Küche. Ein Teil der Nebengebäude, an die ich mich erinnerte, war schon längst abgerissen worden, aber das lang gestreckte Waschhaus neben der Schmutzdiele, dem Vorraum zur Küche, stand noch. Auch das Haus war völlig von wildem Wein überwuchert, der der Dicke seiner Stämme nach zu urteilen schon vor langer Zeit gepflanzt worden sein musste. Jetzt, wo ihn niemand mehr schnitt, hatte er die Fenster zum Hof weitgehend überwuchert.

Die Türen zur Küche waren ebenfalls unverschlossen. Warum hätten die Leute auch abschließen sollen? Es wurde ja doch alles abgerissen. In der Küche stand noch die alte Kücheneinrichtung der Familie, die hier gewohnt hatte, nur ohne Herd und Kühlschrank, und die Schränke waren leer. Nichts erinnerte mehr an die Küche meiner Eltern, in der wir so oft zusammen gegessen, gespielt und geredet hatten.

An der Wand neben der Tür hatte das große alte Büfett gestanden, das Mama in einer Wochenendaktion hellgelb gestrichen hatte. Beinahe roch ich noch den durchdringenden Geruch der Lackfarbe, die sie nach dem Schleifen aufgetragen hatte.

Jetzt roch es muffig, und auf den Möbeln lag eine Staubschicht, aber es war nicht schmutzig oder ungepflegt. Seit wir weggezogen waren, waren offensichtlich die Böden erneuert worden – der ursprüngliche Linoleumboden der Küche war einem rötlichen Fliesenboden gewichen.

Natürlich, dachte ich, was hast du dir denn vorgestellt? Du bist seit fast fünfzig Jahren nicht mehr hier gewesen. Es muss sich ja verändert haben.

Ich trat durch die Küche in die Eingangsdiele. Durch das

kleine Fenster zum Hof fiel nur wenig Licht, weil es vom Wein überwuchert war, und nur langsam gewöhnten sich meine Augen an die Dämmerung. Als Kind war mir die Diele immer groß vorgekommen, und wenn ich in Büchern etwas von Eingangshallen gelesen hatte, dann hatte ich mir unsere Diele vorgestellt. Auch die Treppe nach oben hatte in meiner Erinnerung die Ausmaße einer Freitreppe in einem Schloss gehabt. Wie oft war ich das Geländer heruntergerutscht, obwohl das streng verboten gewesen war! Wenn Mama einen dabei erwischte, setzte es was, weil Susanne, die Lars und mir alles nachmachte, einmal von der Mitte abgestürzt war und eine Gehirnerschütterung davongetragen hatte. »Sie hätte sich das Genick brechen können«, hatte Mama uns angeschrien, und seitdem war das Treppengeländer tabu gewesen.

Ich warf noch einen kurzen Blick ins Wohnzimmer, in dem gar nichts mehr an früher erinnerte. Anstelle der Dielenböden meiner Kindheit lag hier Parkett, und die Wände waren weiß verputzt. Ein wenig wehmütig dachte ich an die Tapeten, auf denen es immer etwas zu entdecken gegeben hatte.

Unten im Keller war ein Geräusch. Irgendetwas war umgefallen. Erschreckt zuckte ich zusammen. Es war wahrscheinlich nur eine Maus oder eine Ratte, aber plötzlich hatte ich genug von der Erkundung des alten Hauses. Die oberen Stockwerke brauchte ich mir nicht mehr anzuschauen.

Ich verließ das Haus wieder über die Küche, warf noch einen letzten Blick in die Wildnis, die von unserem alten Garten übrig geblieben war, und atmete auf, als ich wieder auf dem Bürgersteig stand.

Ich kam mir nicht nur vor wie ein Eindringling, nein, ich war einer. Ich hatte in den letzten Jahren nicht hier gewohnt, ich hatte den Kampf gegen den Konzern nicht mit ausgefochten, ich war ja schon seit fast fünfzig Jahren nicht mehr Bürgerin von Lommerich.

Im Grunde genommen läufst du hier herum wie eine Touristin, die neugierige Blicke auf Lost Places wirft und den Nervenkitzel des Verfalls genießt, dachte ich. Seufzend ging ich weiter.

Die Metzgerei Goldbach hatte es ja schon zu meiner Zeit nicht mehr gegeben. Goldbachs hatten, kurz bevor wir weggezogen waren, verkauft. Sie hatten sich eine Wohnung auf Teneriffa gekauft, um dort in der Sonne ihr Alter zu genießen. »Ich hab so schlimm Rheuma in den Fingern«, hatte Frau Goldbach zu Mama gesagt, »und da unten geht es mir immer so viel besser. Wir wollen unsere letzten Jahre richtig genießen!« Die Leute, die ihr Haus gekauft hatten, hatten es später zu einer Pension umgebaut, und nichts erinnerte mehr an die Metzgerei mit eigener Schlachterei.

Den schönen, gepflegten Garten neben dem Haus gab es auch nicht mehr, stellte ich fest. Unwillkürlich dachte ich an Fronleichnam und an die Rosenblätter, die Frau Goldbach mir gegeben hatte. Ob es ihnen wohl gelungen war, auf Teneriffa ihren Traum wahr zu machen? Teneriffa, die Blumeninsel – das passte zu ihr. Ich musste Toni mal fragen, ob sie wusste, was aus ihnen geworden war.

Immer weiter ging ich die Hauptstraße entlang. Je näher ich dem Dorfende kam, desto größer wurden die Baulücken. Hier waren schon viel mehr Häuser abgerissen. Wo die Wirtschaft gestanden hatte, war nur noch eine leere Fläche. Dann hatte Albert wohl den Umzug ins Freilichtmuseum schon hinter sich gebracht, wie Toni erzählt hatte. Der Gastgarten, in dem wir im Sommer so schön unter den alten Kastanien gesessen hatten, war völlig zugewachsen, die Wege waren kaum noch zu erkennen. Wie schnell das doch ging, wenn erst einmal keiner mehr Ordnung schuf …

Um die Ecke lag auf der anderen Seite die Ranch. Nein, korrigierte ich mich im Stillen, hatte gelegen. Auch hier nur eine öde Fläche. Alles war schon platt gewalzt. Und natürlich von Wasser keine Spur …

Gegenüber im Park war die Villa von Karschs gewesen. Sie war nach dem Brand zwar wiederaufgebaut worden, hatte dann aber dem Konzern als Bürogebäude gedient. Eine Familie war nicht mehr eingezogen.

Ich hatte als Kind nicht gewusst, an welcher Erkrankung Frau Karsch gelitten hatte. Meine Eltern, die es sicherlich gewusst hatten, hatten es offenbar für besser gehalten, uns gegenüber nicht davon zu sprechen, aber später erzählte mir meine Mutter, Frau Karsch habe schwere Depressionen und schizophrene Schübe gehabt. »Ich verstehe gar nicht, warum sie nicht schon früher in stationärer Behandlung war«, hatte sie gesagt. »Sie stellte eigentlich eine Gefahr für sich und die Familie dar.«

Ich dachte an Elisabeth. Sie hatte nie darüber gesprochen, was bei ihr zu Hause ablief. Und wir hatten sie auch nie gefragt. Wie mochte es ihr wohl gehen? Ich hatte ihr damals auf ihren Brief geantwortet, aber nach einer Weile war der Kontakt dann eingeschlafen.

Ich nahm die Abkürzung und lief durch das Gässchen zur alten Schule hinauf. Hier standen noch mehr Häuser. Das Haus von Hans-Willis Eltern lag friedlich inmitten eines herbstlichen Gartens. Hier war von der drohenden Abbaggerung kaum etwas zu spüren. Alles sah intakt und gepflegt aus, als wenn nicht in Kürze alles abgerissen sein würde.

Hans-Willi war Anwalt in Berlin, hatte Toni geschrieben. Ob ihm das Haus noch gehörte? Er war das einzige Kind.

Seine Mutter war älter als Mama, und ich ging eigentlich nicht davon aus, dass seine Eltern noch lebten.

Auf dem Grundstück daneben hatten Resi und Adi gebaut. In den wenigen Jahren, die wir noch in Lommerich gewohnt hatten, war ich nicht oft da gewesen. Nur einmal hatte ich als Dreizehnjährige sogar dort geschlafen, weil Resi mich gebeten hatte, auf ihren kleinen Sohn aufzupassen, der damals gerade zwei gewesen war. Das Haus war mir damals fremd und leer vorgekommen, und ich weiß noch, dass es überall nach Putzmittel gerochen hatte.

Noch während ich jetzt da stand und auf das verklinkerte Haus schaute, ging die Haustür auf, und Resi trat heraus. Eine kleine, zusammengeschnurrte Version von Resi. Aus der Sicht des Kindes waren nicht nur die Dinge, sondern auch die Menschen größer gewesen.

Sie stutzte, blickte mich an und sagte zögernd: » Birte ? «

» Resi «, sagte ich verblüfft, » ich denke, hier sind alle weg. Was machst du denn noch hier ? « Mit allem hätte ich gerechnet, aber dass ich ausgerechnet Resi hier begegnen würde, auf die Idee wäre ich nie gekommen.

» Ich wollte nur noch mal nach dem Rechten schauen «, sagte Resi. » Angela kommt mich gleich abholen. Was machst du hier ? «

» Toni hat mir geschrieben. Ich wollte mir alles noch einmal einprägen, bevor es endgültig in der Grube verschwindet «, sagte ich.

Resi nickte. » Ja. Du warst lange nicht mehr hier. «

Ich warf ihr einen schuldbewussten Blick zu. » Ach, Resi, ich weiß, ich hätte dich auch mal besuchen können. Aber es war immer so viel und ... « Mir wurde bewusst, dass ich später nur noch ein einziges Mal bei ihr vorbeigefahren war. Es war am Tag nach Tonis Hochzeit gewesen, und ich war eigentlich schon wieder auf dem Heimweg, fuhr aber aus einem Impuls heraus bei Resi und Adi vorbei. Adi mähte gerade den Rasen, als ich kam. Er war ein kleiner, kräftiger Mann mit dünnen Haaren, nicht gerade ein Adonis, aber ein Blick in sein offenes, freundliches Gesicht genügte, um zu wissen, dass Resi es gut bei ihm hatte. Ich trank noch einen Kaffee bei ihnen und probierte Resis Kuchen, aber nachdem wir uns in Kurzform über die vergangenen Jahre aufs Laufende gebracht hatten, wussten wir nicht mehr so recht, was wir miteinander reden sollten. Der damals zwölfjährige Thomas hatte sich gleich nach meiner Ankunft aufs Fahrrad geschwungen und war zum Fußballtraining gefahren, und Angela, damals etwa vier oder fünf, hatte mich die ganze Zeit über stumm angestarrt, eng an die Mutter geschmiegt. Nach anderthalb Stunden war ich wieder gefahren.

» Ist schon gut. Ihr wart ja dann auch so weit weg. « Resi blickte auf die Uhr. » Komm «, sagte sie, » lass uns hineingehen. Hier draußen werden wir nur nass. Das ist ein hässliches Wetter heute. Angela meldet sich schon, wenn sie kommt. «

Ich trat hinter ihr in die dämmerige Diele. » Licht kann ich leider nicht anmachen «, sagte Resi. » Der Strom ist schon lange abgestellt. Ich wollte nur noch einen letzten Blick aufs Haus werfen. Es ist ja bald nicht mehr da. «

» Kein Problem «, erwiderte ich. » Das macht gar nichts, es ist ja noch hell. «

Ich ging hinter ihr ins Wohnzimmer, wo Resi sich auf die Bank am Kachelofen setzte. Ich hockte mich auf die Stufe, die ins Kaminzimmer hinunterführte. Außer der Bank gab es keine Möbel mehr. » Wo lebst du denn jetzt? «, fragte ich.

» Ich wohne bei Angela und ihrem Mann. Sie haben ein Haus in Neu-Lommerich gebaut, mit einer Einliegerwohnung. « Sie fuhr mit der Hand über die glatten Kacheln des Ofens. » Ein Glück, dass Adi das nicht mehr erlebt. Er wäre nie hier weggegangen. Er hat alles hier mit eigenen Händen gebaut.«

»Und wo wohnt Thomas?«, fragte ich.

»Er lebt mit seiner Familie in Bad Schwartau. Ich hätte auch zu ihm ziehen können, aber das wollte ich nicht. Da kenne ich ja keinen.«

»Sind denn viele Lommericher nach Neu-Lommerich gezogen?«, fragte ich.

Resi zuckte mit den Schultern. »Ja, schon einige, aber hauptsächlich Jüngere. Die Alten wie ich wohnen entweder bei den Kindern oder sind gleich ins Seniorenheim gegangen. In unserem Alter kannst du nicht mehr neu bauen.«

»Ja, da hast du recht, obwohl, so alt bist du ja nun auch noch nicht«, sagte ich. »Allerdings wäre das wirklich mal eine Idee für die neuen Dörfer, dass man sie gleich so konzipiert, dass auch die Alten ihren Platz darin haben, also was weiß ich, mit einer schönen Anlage mit Seniorenwohnungen oder so.«

»Doch, doch, alt genug. In zwei Jahren werde ich achtzig«, beharrte Resi. Dann nickte sie. »Ja, das wäre schon eine gute Idee.«

Sie schwieg und guckte auf ihre Hände. »Wie geht es denn der Mama?«, fragte sie schließlich.

Ich schluckte. Wir hatten wirklich versäumt, Kontakt zu Resi zu halten. Dabei hatte sie doch so lange bei uns gewohnt, dass sie eigentlich ein Mitglied der Familie gewesen war. Und dann hatte ich ihr noch nicht einmal eine Anzeige geschickt. »Sie ist vor zwei Jahren gestorben«, sagte ich. »Sie hat bis zuletzt alleine gewohnt und sich selbst versorgt. Papa ist ja schon lange tot.«

Resi nickte. »Und du? Dein Mann ist auch tot, oder? Hast du Kinder?«, fragte sie.

»Ja, drei. Und zwei Enkelkinder«, berichtete ich stolz. »Zwillinge. Jungs. Sie kommen nächstes Jahr in die Schule.«

Wieder nickte Resi. »Ich habe sogar schon Urenkel, aber nicht hier. In Hamburg. Ich sehe sie nicht so oft, ich kann nicht mehr so gut verreisen.« Sie zeigte auf ihr Bein. »Die Gelenke. Das ist alles nicht mehr so wie früher. Als Adi noch gelebt hat, sind wir viel verreist, zuerst mit den Kindern und dann später auch alleine. Wir haben Kreuzfahrten gemacht, weil das so praktisch ist. Du hast deine Kajüte, brauchst dich um nichts zu kümmern und kannst alles besichtigen, ohne dass du lästiges Gepäck dabeihast. Das ist wirklich großartig. Aber ohne Adi habe ich dazu keine Lust mehr. Alleine will ich nicht verreisen.«

Ich schwieg. Ob sie auf den Schiffen wohl auch an Christian gedacht hatte? Aber das Thema würde ich jetzt auf keinen Fall anschneiden. Mama hatte mir Jahre später erzählt, dass das mit den beiden wohl nicht nur ein kleines Abenteuer gewesen war. Anscheinend waren sie wirklich ernsthaft ineinander verliebt gewesen.

»Warum habt ihr ihnen denn nicht geholfen?«, hatte ich Mama gefragt. »Sie hätten ja gemeinsam weggehen können.«

»Ach, Kind.« Mama hatte nachsichtig gelächelt. »Die Hochzeit mit Adi stand kurz bevor, und Resi war vernünftig genug, um sich nicht auf so ein unsicheres Leben, wie sie es mit Christian geführt hätte, einzulassen. Außerdem, wo hätten sie denn hingehen sollen, ganz allein, ohne die Unterstützung von Familie oder Freunden?«

»Ich denke, sie haben sich geliebt«, wandte ich ungeduldig ein. »Alles andere hätte sich bestimmt gefunden. Und wie gesagt, ihr hättet ihnen ja helfen können.«

»Das wäre nicht richtig gewesen.« Mama war auf einmal kurz angebunden, und ich merkte ihr an, dass sie das Thema nicht vertiefen wollte. »Papa hat das genauso gesehen.«

Ich hatte damals geschwiegen, doch meiner Meinung nach hatte Resi sich gegen ihr Herz in die bestehenden Verpflichtungen gefügt und es nicht gewagt auszubrechen. Aber sie hatte es ja auch nicht anders gekannt. Die Frauen ihrer Generation lehnten sich nicht auf »gegen die da oben«. Meine Eltern hatten ihr gesagt, was sie für richtig hielten, und sie hatte gehorcht. Und Christian hatten sie wahrscheinlich Geld in die Hand gedrückt, damit er von der Bildfläche verschwand. Er hätte es eigentlich besser wissen müssen, aber er hatte wohl auch nicht aus seiner Haut gekonnt.

»Ah, da kommt Angela«, sagte Resi, als ein Auto in die Einfahrt fuhr.

Resis Tochter war eine kleine, zierliche Person, die ihrer Mutter sehr ähnlich sah. Resi, die meinen Blick bemerkt hatte, sagte stolz: »Angela arbeitet in der Verwaltung. Sie ist sehr tüchtig.«

Angela hatte einen festen Händedruck. Sie lächelte, als ich mich vorstellte. »Das ist aber nett, dass Sie meine Mutter besuchen«, sagte sie. »Sie hat viel von Ihnen erzählt.«

Verlegen erwiderte ich: »Wir haben uns zufällig getroffen. Ich wollte mich vom Dorf meiner Kindheit verabschieden.«

»Hat sich ziemlich verändert, was?«, sagte Angela. »Haben Sie es überhaupt noch wiedererkannt?«

»Mit Mühe«, sagte ich. »Aber in ein paar Wochen wäre wahrscheinlich gar nichts mehr da gewesen.«

»Wahrscheinlich«, sagte Angela unverbindlich. »Das Leben muss weitergehen. Braunkohle ist ein wichtiger Rohstoff.«

»Na ja, mittlerweile zur Energiegewinnung wohl eher umstritten. Macht es Ihnen denn gar nichts aus, dass das alte Dorf einfach so verschwindet, obwohl der Tagebau vielleicht schon bald eingestellt wird?«, fragte ich ein wenig naiv.

Angela schüttelte den Kopf. »Das neue Dorf ist sehr schön

geworden. Und das Haus, das wir uns dort gebaut haben, ist viel moderner und großzügiger als unser altes. Wir haben sogar eine Einliegerwohnung für meine Mutter.«

»Ja, das hat sie mir erzählt«, sagte ich. »Ich dachte ja nur … Resi zumindest fällt es nicht so leicht, hier wegzugehen.«

»Es gibt immer zwei Seiten«, erwiderte Angela spröde. »Man muss ja auch bedenken, wie viele Arbeitsplätze in Gefahr sind, wenn nicht weiter Braunkohle abgebaut werden kann. Und der Konzern ist mehr als großzügig.« Ihr stand ins Gesicht geschrieben, was sie über mich dachte. Blöde Kuh, dachte sie. Kommt aus Bayern hierher und glaubt, mitreden zu können, nur weil sie vor Urzeiten mal hier gewohnt hat. Sie reichte mir die Hand. »Es freut mich, dass ich Sie kennengelernt habe. Komm, Mutti«, sagte sie dann. »Wir müssen fahren, sonst kommen wir am Ende heute nicht mehr nach Hause.« Zu mir gewandt sagte sie: »Heute findet ein Sternmarsch statt. Die Leute kommen aus allen Dörfern, um in Anrath gemeinsam gegen die Braunkohle zu demonstrieren.«

Ich nickte. »Ja, ich weiß. Ich habe die Ankündigungen gesehen. Um wie viel Uhr war noch mal die Kundgebung in Anrath?«

»Wollen Sie etwa dahin fahren?«, fragte Angela. Sie klang ungläubig. »Ich weiß nicht, ich glaube, in einer Stunde oder so. Aber bis in den Ort kommen Sie mit dem Auto bestimmt nicht mehr. Die Leute kriechen ja buchstäblich aus allen Löchern, auch wenn sie gar nichts mit der Situation hier zu tun haben.« Sie wandte sich an ihre Mutter. »Können wir jetzt fahren? Hast du alles, was du brauchst?«

Resi nickte. Sie ließ Angela und mich vorgehen, dann zog sie die Haustür hinter sich zu und schloss sorgfältig ab.

»Mutti«, sagte Angela ungeduldig, »lass doch die Tür einfach auf. Es wird doch sowieso alles abgerissen.«

Resi schwieg. Sie warf noch einen letzten Blick auf ihr Haus und folgte dann ihrer Tochter zum Auto. »Pass auf dich auf«, sagte sie, als ich sie zum Abschied umarmte.

Als die beiden weg waren, ging ich auf einem anderen Weg, als ich gekommen war, zu meinem Auto zurück. Es mochte am herbstlichen Nieselregen liegen, aber das tote Dorf löste Beklommenheit bei mir aus.

In den letzten zwanzig bis dreißig Jahren waren am ehemaligen Bahndamm offensichtlich viele Häuser neu gebaut worden, stellte ich fest. Während ich an den teilweise richtig teuren Villen – nicht wenige hatten Swimmingpools im Garten – vorbeiging, dachte ich darüber nach, wie die Leute hier, obwohl sie gewusst hatten, dass das Dorf untergehen würde, noch so viel in ihre Häuser hatten investieren können. Es funktionierte wahrscheinlich alles über Verdrängung.

Toni hatte gesagt: »Natürlich war seit Anfang der Neunzigerjahre die Rede davon, aber genau gewusst hat es ja niemand, und du kannst nicht pausenlos daran denken. Es war nie ganz sicher, oder zumindest hat man es nicht als unabwendbar empfunden, und wir haben alle versucht, so normal wie möglich weiterzuleben. Jeder Mensch weiß, dass er sterben muss, aber das hindert ihn ja nicht am Leben.«

Am Sportplatz, wo früher der Kindergarten und die kleine Turnhalle gestanden hatten, erhob sich jetzt ein großer Bau, eine Art Mehrzweckhalle mit Sporträumen und Festsaal. Anscheinend hatte der Saal in der Gaststätte Rademacher schon lange nicht mehr ausgereicht. Aber das war jetzt sowieso egal, es würde ja alles abgerissen werden. Und ich war schon viel zu lange hier weg, um noch einen echten Bezug dazu zu haben, das merkte ich jetzt.

24

Angela hatte recht gehabt. Mit dem Auto war an ein Durchkommen nicht zu denken. Auf halber Strecke nach Anrath war eine Wiese zum Parkplatz umgewidmet worden, und ich stellte den Wagen dort ab und schloss mich zu Fuß den zahlreichen Demonstranten an, die begleitet von Polizei und Reportern über die Landstraße zogen. Sie trugen selbst gemalte Schilder, Transparente und Fahnen, auf denen Sätze standen wie *Kohle stoppen!*, *Rettet unsere Dörfer!* oder einfach auch nur *Anrath bleibt!* Auf manchen Schildern waren die Namen der bereits abgebaggerten Orte mit einem Kreuz versehen.

Offensichtlich waren ganz unterschiedliche Gruppierungen unterwegs. Manche hielten Transparente hoch, auf denen sie sich als Grüne oder Mitglieder des BUND zu erkennen gaben, andere kamen, wie ich an den Schildern sah, aus den Dörfern um Anrath, von denen die meisten in den nächsten Jahren in der Grube verschwinden sollten.

Angela war es ja wohl ein Dorn im Auge gewesen, dass so viele Nicht-Einheimische am Sternmarsch teilnahmen, aber ich fand eigentlich, dass das ein Zeichen dafür war, wie groß das Interesse der Öffentlichkeit an diesem Thema war. Die Beweggründe mochten nicht immer ganz die gleichen sein, dafür war die Zusammensetzung zu wenig homogen: Junge Familien mit Kindern waren genauso vertreten wie Leute in meinem Alter und älter, zu Fuß, per Fahrrad oder im Rollstuhl. Doch dass sich überhaupt so viele Menschen hier einfinden würden, hatte ich nicht gedacht.

Einigermaßen fassungslos schaute ich zu, wie sich der breite Menschenstrom über die Hauptstraße wälzte. Und es wurden immer mehr. Es war ein beeindruckendes Bild.

Ich ließ mich mitziehen, ging mit den Demonstranten zusammen zum Kirchplatz von Anrath. Unterwegs war deutlich zu spüren, dass die Demonstration für den Erhalt des Dorfes nicht von allen geschätzt wurde. Es gab wohl auch Einwohner, die wie Angela am Braunkohleabbau nichts Schlechtes finden konnten. Sie standen vor ihren Häusern, machten ihrem Unmut Luft und riefen den Vorbeiziehenden zu: »Haut doch ab! Wir wollen euch hier nicht!«

Immer wieder scherte jemand aus dem Zug aus und begann mit den Umstehenden zu diskutieren. Wortfetzen drangen an mein Ohr. »Kohleausstieg«, »erneuerbare Energien«, »Klimawandel«. In Bayern war ich davon sehr weit weg gewesen. Zwar hatte ich ab und zu mal einen Artikel in der Tageszeitung gelesen, einen Beitrag in den Nachrichten gesehen, aber es hatte mich immer nur am Rande interessiert. Das waren keine Probleme, die »bei uns« relevant waren.

Aber was hieß schon »bei uns«, schließlich lebten wir ja alle auf ein und demselben Planeten. Ich steckte auf jeden Fall jetzt mittendrin in der Problematik, weil ich mich aus meiner Komfortzone herausbegeben hatte, und ich merkte, wie mich das Thema packte, nicht nur, weil ich vor fünfzig Jahren hier in der Gegend gewohnt hatte. Die Probleme hier waren nicht regional, sie gingen uns alle an, weil sie Einfluss auf das Klima der Erde hatten.

Ein Anwohner ereiferte sich lautstark, er habe bereits verkauft, wie viele seiner Nachbarn auch. »Jetzt sollen sie Anrath auch abreißen«, sagte er. »Ich will nicht, dass mein Haus stehen bleibt und fremde Leute darin wohnen.«

Die Frau neben mir murmelte etwas. Weil ich glaubte, sie hätte etwas zu mir gesagt, wandte ich mich zu ihr. »Ja, bitte? Ich habe Sie nicht verstanden.«

Sie lächelte mich an. Sie war vielleicht zehn Jahre jünger als ich, hatte halblange, krause Haare, die sie mit einem Tuch zurückgebunden hatte, und eine Nickelbrille. Der Aufnäher an ihrer Jacke zeigte, dass sie zum Bündnis für den Erhalt der Dörfer gehörte. »Der arme Kerl«, sagte sie. »Er hat Angst, etwas falsch gemacht zu haben, falls Anrath jetzt doch verschont bleibt. Und weil er sich schon entschieden hat, sollen alle anderen das ebenfalls richtig finden.«

Ich nickte. »Das stelle ich mir auch schwierig vor. Die Situation gibt es bestimmt häufiger hier.«

»Ja. Ich komme aus Baesweiler«, sagte die Frau, »und auch da haben manche schon aufgegeben und verkauft, aber ich finde, es lohnt sich einfach zu kämpfen. Meine Familie wohnt seit zweihundert Jahren in Baesweiler, und wenn ich da wegmüsste, wäre das, als würde mir einer das Herz aus dem Leib reißen. Solange es noch Hoffnung gibt, dürfen wir unsere Dörfer nicht aufgeben und müssen uns gegen den Konzern zur Wehr setzen.«

Eine Frau hinter uns warf ein: »Wir werden von der Politik und dem Konzern behandelt wie eine Ware. Was für Schicksale dahinterstehen, ist denen doch egal. Denen geht es doch sowieso nur um den Profit.«

Wir waren mittlerweile auf dem Kirchplatz angekommen. Ich staunte, als ich die riesige Menschenmenge sah. Offensichtlich waren weitere Demonstranten aus allen Himmelsrichtungen gekommen. Auf dem Platz war eine Bühne aufgebaut, und dahinter ragte die mächtige alte Kirche von Anrath auf. Sie war viel größer als die Lommericher Kirche und wohl auch älter, aber wenn das Dorf abgebaggert würde, würde das keine Rolle spielen. Genau wie alle anderen Gebäude würde auch sie abgerissen.

Gerade hatte eine junge Frau geredet, die jetzt unter dem Jubel und dem Applaus der Menge von der Bühne ging. Eine ältere Frau trat ans Mikro und sagte: »Und jetzt begrüßen wir Michael Rother! Er ist einer der Mitbegründer unserer Bewegung zum Erhalt der Dörfer, sozusagen ein Mann der ersten Stunde. Michael Rother!«

Ich hatte insgeheim damit gerechnet, Michael zu sehen. Toni hatte ja gesagt, dass er federführend den Widerstand gegen den Konzern organisiere. Doch als jetzt ein großer, schlanker Mann in Jeans und Regenjacke die Stufen zur Bühne hinauflief, stockte mir doch für einen Moment der Atem. Selbst wenn die Frau seinen Namen nicht gesagt hätte, ich hätte ihn jederzeit sofort wiedererkannt. Seine Haare waren zwar nicht mehr so lang wie damals, aber immer noch dicht. Grau meliert stand ihm gut, und er hatte seine jungenhafte Ausstrahlung nicht verloren. Fünfzig Jahre hatten wir uns nicht gesehen, aber plötzlich war mir, als wäre ich wieder ein Teenager, und ich hatte auf einmal wieder Schmetterlinge im Bauch.

Er stellte sich ans Podium und schaute auf die Menschenmenge. Einen kurzen Moment lang bildete ich mir ein, er hätte mich erkannt, aber das war natürlich unter all den Menschen unmöglich. Schließlich sagte er: »Ich kann euch gar nicht sagen, wie sehr es mich freut, dass ihr so zahlreich nach Anrath gekommen seid. Der Konzern will uns nicht hören, er nimmt uns nicht ernst. Die Grube rückt immer näher. Letzte Woche haben sie am Ortsrand von Anrath die Pumpen für das Grundwasser aufgebaut. Sie versuchen, uns mit allen Mitteln das Leben hier schwer zu machen, uns zu bedrängen und einzuschüchtern. Einige haben schon aufgegeben und ihre Häuser verkauft. Aber wir lassen uns hier nicht vertreiben! Und wenn wir gemeinsam Widerstand leisten, dann werden wir auch gehört! Unsere Dörfer sollen leben, sie sollen nicht untergehen!«

Ich betrachtete ihn fasziniert und achtete kaum auf das, was er sagte. Die Jahre fielen von mir ab, und ich begann zu träumen. Ob er wohl verheiratet war? Was würde er sagen, wenn ich ihm gegenüberstand? Würde er mich überhaupt erkennen? Ich war mir nicht sicher, ob die Zeit mit mir so gnädig umgegangen war wie mit ihm.

Als ich mich damals von Michael, den ich doch gerade erst gefunden hatte, hatte verabschieden müssen, hatte ich wirklich geglaubt, mein Leben wäre vorbei. Laut durfte ich das natürlich nicht äußern. Mir war klar, dass Mama nur wieder sagen würde: »Sei nicht so dramatisch, Birte!« Aber in diesem Moment fühlte es sich für mich so an, als ob der Tod eine Erlösung wäre.

Meine Tränen beim Abschied hatten Michael verlegen gemacht. Ich hatte zwar versucht, nicht zu weinen, aber ich konnte einfach nicht anders.

Als wir dann im neuen Haus in Landshut waren und Telefonanschluss hatten, rief ich ihn noch einmal an, weil ich ihn so vermisste. Das Gespräch war ganz furchtbar, so peinlich und gezwungen, dass ich noch fünfzig Jahre später mein Unbehagen spürte. Das Telefon stand in der Diele, die in diesem Haus tatsächlich eine Eingangshalle war, auf einem neuen Schränkchen, das zur neuen Einrichtung passte, und alle konnten mithören, was am Telefon geredet wurde. Lars und Papa waren zum Glück nicht da, aber Susanne drückte sich in der Tür zum Esszimmer herum, damit ihr auch ja nichts entging, und Mama rief alle naselang von oben, ich solle mich kurzfassen. »Das kostet ein Vermögen! Ihr habt jetzt genug ins Telefon gesäuselt!«, rief sie. Susanne grinste, und ich hätte sie erwürgen können. Wir säuselten gar nicht, sondern schwiegen uns an, weil wir nicht wussten, was wir reden sollten. Ich hörte die sechshundert Kilometer Entfernung in der Leitung rauschen, und schließlich sagte ich traurig: »Ja, ich muss dann mal Schluss machen. Meine Mutter schimpft schon.« Das Klicken am anderen Ende der Leitung, als Michael aufgelegt hatte, hatte sich richtig erleichtert angehört.

Mit einem Ruck war ich wieder in der Gegenwart, als die Frau neben mir mich anstupste. »Ja, genau, da hat er recht, was?«, sagte sie und nickte heftig.

»Ja«, bestätigte ich, fragte dann aber zur Sicherheit doch noch einmal nach. »Entschuldigung, ich war gerade in Gedanken. Was hat er denn gesagt?«

»Dass es nicht sein kann, dass trotz Klimawandel weiter Braunkohle abgebaut wird und dass die Konzerne so tun, als hätten wir noch einen Planeten in der Hinterhand, auf den wir ausweichen können, wenn dieser hier kaputtgeht.«

Michael rief gerade der Menge zu: »Nächste Woche bilden wir eine Menschenkette um Anrath herum, um das Dorf vor dem Konzern zu schützen. Ich würde mich freuen, wenn ihr wieder so zahlreich erscheint. Gemeinsam sind wir stark!«

Unter tosendem Applaus ging er von der Bühne, und ich drängte mich hastig durch die Menge.

Als ich mich bis zur Bühne durchgekämpft hatte, war er dicht umringt von Mitstreitern. Ich wartete ein wenig abseits, bis sich der Platz langsam leerte und die Leute sich nach und nach zum Gehen wandten. Michael unterhielt sich angeregt mit der Frau, die ihn auf der Bühne angekündigt hatte, und ich hörte, wie er sagte: »Ja, übermorgen ist Anhörung im Landtag. Da fahre ich auf jeden Fall hin.«

Im Gespräch wandte er den Kopf in meine Richtung, und er sah mich an. Ich lächelte freundlich und deutete ein Nicken an, um ihm zu signalisieren, dass wir uns kannten. Michael runzelte die Stirn, dann sagte er zu der Frau: »Du kannst mir ja morgen sagen, ob du mitwillst. Ich glaube, ich sehe da gerade jemanden ... Bestell deinem Mann schöne Grüße! Ich rufe ihn an.«

Er kam auf mich zu. Dicht vor mir blieb er stehen, dann sagte er: »Birte? Das ist nicht wahr, oder? Bist du das?«

Ich schluckte, weil ich plötzlich einen Kloß im Hals hatte. »So lange nicht gesehen und trotzdem wiedererkannt«, sagte ich betont munter. »Ja, ich bin's.«

Ohne große Umstände nahm er mich in die Arme und küsste mich auf beide Wangen. Schon als Jugendlicher war er so lässig und souverän gewesen. Es fühlte sich schön an. Und richtig. »Mensch, Birte! Was führt dich hierher?« Seine Stimme klang immer noch ungläubig.

»Die Braunkohle.« Ich war ein bisschen atemlos, dachte zugleich aber: Sei nicht so albern, Birte. Wie soll er dich denn sonst begrüßen? Das ist doch ganz normal. »Oder vielmehr die Heimat. Ich wollte noch einmal die alten Wege gehen, bevor Lommerich endgültig in der Grube verschwindet. Und dabei bin ich in den Sternmarsch geraten.«

»Wohnst du denn wieder im Rheinland?«

Ich schüttelte den Kopf. »Nein, ich bin immer noch in Bayern. Zwar nicht mehr da, wo wir damals hingezogen sind, aber ich bin im Süden geblieben.«

Michael strahlte über das ganze Gesicht. »Dass ich dich hier treffe! Mit allem hätte ich gerechnet, aber damit nicht! Wie lange bleibst du? Hast du noch Zeit?«

»Ich wollte in Köln im Hotel übernachten«, sagte ich. »Aber wo wir uns schon einmal begegnet sind, wäre es ja schade, wenn wir so sang- und klanglos wieder auseinandergingen.«

»Genau!«, bekräftigte er. »Weißt du was? Du kommst

mit zu mir! Heike wird sich über einen Gast zum Abendessen freuen.«

Oh, dachte ich, er hat also eine Frau. Aber natürlich, was hatte ich denn gedacht? Männer, die so aussahen wie er, waren immer verheiratet.

»Ich habe meinen Wagen auf der Wiese vor Anrath abgestellt«, sagte ich.

Michael nickte. »Ja, ja, das ist kein Problem. Wenn du magst, holen wir ihn schnell, dann kannst du bei mir parken.«

Er begleitete mich zu meinem Auto. Auf dem Weg dorthin redeten wir nur über Belanglosigkeiten. Michael schaute mich immer wieder staunend an, als könnte er es nicht fassen, dass ich hier war. »Mensch, Birte, du hast dich gar nicht verändert«, sagte er.

»Jetzt hör aber auf«, erwiderte ich. »Ich war ja noch fast ein Kind, als wir uns das letzte Mal gesehen haben.«

»Ja, ich meine ja auch nur, so allgemein, ich habe dich wirklich sofort wiedererkannt.«

Wir waren mittlerweile beim Auto angekommen, und Michael stieg auf der Beifahrerseite ein. »Weißt du den Weg noch, oder soll ich dich dahin lotsen?«, fragte er.

»Warten wir's mal ab. Es hat sich sicher viel verändert, aber ich glaube, ich finde den Weg noch«, sagte ich.

Um Anrath herum schien die Braunkohlengrube weit weg zu sein. Felder und Wiesen, unterbrochen von einzelnen Baumgruppen, der kleine Fluss, der sich, von Lommerich kommend, am Dorf vorbeischlängelte, das Dorf selbst noch intakt, ohne ein Anzeichen von Aufbruch oder Abriss. In den Fenstern hingen Gardinen, standen Blumen, die herbstlichen Gärten waren gepflegt.

Auch Michaels Hof wirkte unverändert. Der Backsteinfassade sah man nicht an, ob sich dahinter Veränderungen verbargen. Das große dunkelgrüne Tor mit den schweren Eisenbeschlägen stand offen, und ich hielt an, weil gerade eine junge Frau mit zwei Pferden am Halfter die Straße überquerte und in den Stallungen gegenüber verschwand. Sie waren anscheinend neueren Datums. Als ich aus Lommerich weggezogen war, waren auf dieser Seite der Straße auch Weiden gewesen. Jetzt stand neben den Ställen eine große Reithalle, davor und an der Seite gab es einen Reitplatz. Auf dem kleinen Parkplatz parkten mehrere große SUVs. Reiter brauchen starke Autos, um ihre Pferdehänger zu ziehen.

Auch ich parkte dort, und wir gingen durch das Tor in den gepflasterten Hof. Alles war perfekt instandgehalten und sicher auch im Laufe der Jahre mehrmals renoviert worden, aber die Haustür der Burg war noch dieselbe wie damals, eine zweiflügelige, massive Eichentür mit Schnitzereien.

»Heike, ich bin zurück. Ich habe Besuch mitgebracht!«, rief Michael in der dämmerigen Eingangshalle, von der aus immer noch die prächtige, geschwungene Holztreppe ins obere Stockwerk führte.

Sofort öffnete sich die Küchentür, und eine rundliche Frau, die etwa in meinem Alter war, kam heraus. Sie trug eine weiße Schürze.

»Das ist Birte«, stellte er mich vor. »Eine Jugendfreundin. Ich habe sie auf der Kundgebung getroffen.« Zu mir gewandt sagte er: »Und das ist Heike, die gute Seele des Hauses«, stellte Michael sie vor. »Sie hat schon unsere Kinder großgezogen, und als vor vier Jahren meine Frau gestorben ist, ist sie bei mir geblieben.«

»Geht schon mal ins Esszimmer«, sagte Heike, nachdem wir uns die Hände geschüttelt hatten. »Die Kürbissuppe reicht dicke für euch beide, und ich habe heute Nachmittag Brot gebacken. So frisch schmeckt es nur mit Butter am besten.«

»Mensch, ich freu mich so, dass du hier bist«, sagte Michael. Er legte kurz den Arm um mich und zog mich an sich, als wir ins Esszimmer gingen. »Du musst mir alles erzählen. Wie ist es dir ergangen? Wie lange haben wir uns nicht gesehen? Das ist doch eine Ewigkeit her.«

Ich lächelte. »Fast fünfzig Jahre. Als wir damals aus Lommerich weggezogen sind, konnte ich mir nicht vorstellen, irgendwo anders zu sein als hier«, sagte ich. »Aber dann habe ich mich doch erstaunlich gut und schnell in Landshut eingelebt.«

Heike kam mit einem großen Tablett mit Tellern, Suppentassen, Besteck und Servietten. Das frisch gebackene Brot duftete herrlich, und ich merkte erst jetzt, dass ich seit dem Frühstück bei Toni nichts gegessen hatte.

»Wartet, ich decke nur rasch ein, dann lasse ich euch in Ruhe erzählen«, sagte die Haushälterin. »Ich hab's gerade mitbekommen, ihr habt euch ja wohl lange nicht gesehen.« Sie holte die Suppenterrine aus der Küche, wünschte uns einen guten Appetit und verschwand dann wieder.

Michael blickte ihr nach. »Ich wüsste gar nicht, was ich ohne sie machen sollte«, sagte er. »Ohne sie wäre ich aufgeschmissen. Das war schon früher so, als die Kinder noch zu Hause wohnten. Aber davon später. Jetzt bist du erst einmal an der Reihe.«

Ich fasste die fünfzig Jahre in Kurzform zusammen, erzählte von Lars, der in die Fußstapfen meines Vaters getreten und Arzt geworden war, berichtete, dass ich in München Sprachen studiert hatte und meinen Lebensunterhalt schon lange mit Fachübersetzungen verdiente. »Irgendwann habe ich dann gar nicht mehr ans Rheinland gedacht. Dazu hatte ich mich viel zu sehr an die Annehmlichkeiten in München gewöhnt«, sagte ich. »Im Sommer Rudern und Bergtouren, im Winter Skilaufen, jede Menge Freunde und eine Stadt, die wesentlich mehr Ablenkungen bot als ein rheinisches Arbeiterdorf. Und selbst der Liebeskummer damals – ach, das war nach einer Weile dann auch vorbei. Obwohl ich dir lange die Treue gehalten habe ... «, fügte ich nachdenklich hinzu.

» Ich habe auch oft an dich gedacht «, sagte Michael.

» Wirklich? «, fragte ich mit leisem Spott. » Du hast damals am Telefon nicht den Eindruck vermittelt, als würdest du mich sehr vermissen. «

» Na ja. « Michael zuckte mit den Schultern. » Was sollte ich denn machen? Ich musste wieder ins Internat, und anschließend habe ich Landwirtschaft studiert. Süddeutschland stand da nicht auf dem Programm, schließlich wurde ich ja hier auf dem Hof gebraucht. «

» Das sollte kein Vorwurf sein «, lenkte ich rasch ein. » Wir waren beide noch so jung, und außerdem waren wir gar nicht richtig zusammen, auch wenn es sich zunächst, für mich jedenfalls, anders angefühlt hat. Ich wollte damit nur sagen, dass es trotz der kurzen Zeit erstaunlich tief gegangen ist. Vielleicht hatte das etwas damit zu tun, dass wir dann gleich weggezogen sind. Wir hatten ja nie die Chance festzustellen, was aus uns geworden wäre. «

Michael nickte. » Da hast du recht. Und heute? Bist du verheiratet? Hast du Kinder? «

Ich erzählte ihm von Hannes, von meinen beiden Söhnen, von meinen Enkelkindern, von Jana, die jetzt schon in Bangladesch war. » Und vor fünf Jahren ist dann mein Mann gestorben «, fügte ich hinzu. » Plötzlicher Herztod. «

Michael legte mir mitfühlend die Hand auf den Arm. » Das tut mir leid «, sagte er. » Hanna ist seit vier Jahren tot. Sie war lange krank. Krebs. « Er presste die Lippen zusammen. Jetzt war es an mir, ihm mitfühlend über den Arm zu streichen. » Ach, das ist traurig «, sagte ich. » Aber du hast auch Kinder? «

»Ja.« Er nickte. »Zwei. Simon und Sophie. Simon ist Banker. Er lebt in Frankfurt und kommt nur selten nach Hause. Sophie wohnt mit ihrem Mann in der Nähe von Düsseldorf. Sie hat gerade ihr erstes Kind bekommen, ein kleines Mädchen. Wir sehen uns häufig, und wenn Anrath bleibt, werden sie wohl in ein paar Jahren hier auf den Hof ziehen. Sie ist Agrar-Ingenieurin, und vor allem ist sie ein Pferdemädchen. Reitest du noch?«

Ich lächelte. »Nein, ich habe schon seit Jahrzehnten nicht mehr auf dem Pferderücken gesessen. Jana ist lange geritten, aber heute fehlt ihr die Zeit dazu. Habt ihr hier in der Burg denn noch Landwirtschaft oder konzentriert ihr euch hauptsächlich auf die Pferde? Ich habe draußen gesehen, dass du sehr erweitert hast. Die Anlage auf der anderen Straßenseite hat es damals noch nicht gegeben.«

»Das hat sich so entwickelt«, sagte Michael. »Bevor ich geheiratet habe, hatten wir kaum mehr Pferde als zu der Zeit, in der du hier geritten bist. Aber dann kamen immer mehr Anfragen für Pensionspferde, und nach und nach haben wir unser Land in Weiden umgewandelt, zusätzliche Reit- und Springplätze gebaut und die Stallungen erweitert. Hanna kam aus Krefeld und war mit Pferden groß geworden. Wir haben uns auf einem Springturnier kennengelernt, und sie hat nicht nur ihre eigenen Pferde mit in die Ehe gebracht, sondern auch Pferde von Freundinnen hergeholt. Hier auf dem Land war es preiswerter als in der Stadt, und die Bedingungen sind besser.«

Es war spät geworden. Die Suppe hatte köstlich geschmeckt, Kürbis mit einem Hauch Schärfe, die durch Kokosmilch abgemildert wurde, und das Brot war so gut gewesen, dass ich entschieden zu viel davon gegessen hatte, obwohl ich sonst eigentlich immer darauf achtete, nicht zu viele

Kohlenhydrate zu mir zu nehmen. Bedauernd schaute ich auf die Uhr. »Ich sollte so langsam mal fahren. Am besten rufe ich im Hotel an und sage Bescheid, dass ich erst jetzt komme.«

»Wartet denn im Hotel jemand auf dich?«, fragte Michael. Als ich verneinte, fuhr er fort: »Was hältst du denn davon, wenn du heute Nacht hierbleibst?«

Ich schaute ihn fragend an. War das etwa ein unsittliches Angebot? Michael lachte, als er meinen Blick sah. »Birte, selbstverständlich habe ich ein Gästezimmer. Soll ich Heike Bescheid sagen, dass sie das Bett bezieht?«

»Was für ein nettes Angebot, danke«, erwiderte ich. »Aber Heike hat doch bestimmt schon Feierabend. Mein Bett kann ich auch selbst beziehen. Ja, ich bleibe gerne hier.«

»Prima. Dann habe ich morgen Vormittag noch genügend Zeit, um dir zu zeigen, was sich im Hof und in Anrath alles getan hat.« Michael freute sich sichtlich, dass ich auf seinen Vorschlag einging. »Weißt du was? Ich habe noch eine Flasche Champagner im Keller. Die hole ich jetzt, und dann stoßen wir auf unser Wiedersehen an!«

Das Gästezimmer in der Burg war sehr gemütlich, schön eingerichtet, mit einem wirklich bequemen Bett. Aber ich konnte nicht einschlafen, obwohl ich sehr müde war. Zuerst wälzte ich mich eine Weile ruhelos hin und her, aber schließlich kapitulierte ich und setzte mich hin, den Rücken ans Kopfteil gelehnt. »Was trinkst du auch eine halbe Flasche Champagner vor dem Schlafengehen«, murmelte ich vor mich hin, wobei ich genau wusste, dass es nicht der Alkohol war, der mich wachhielt.

Der Tag war einfach zu vollgepackt mit Eindrücken gewesen, die alle in meinem Kopf kreisten. Und vor allem der Gedanke an Michael, der zwei Türen weiter wahrscheinlich den Schlaf der Gerechten schlief, ließ mich nicht zur Ruhe kommen.

Der Abend, unsere Gespräche, das Bild meines sterbenden Heimatdorfes, die Burg und die Kundgebung vermischten sich mit Bildern aus meinem Leben.

In Lommerich hatte mich der Gedanke beschäftigt, dass ich mir vorgekommen war wie ein Eindringling, wie ein Tourist, aber durch die Begegnung mit Michael fühlte ich mich auf einmal wieder zugehörig, und ein bisschen war es so, als wäre ich nie weg gewesen. Aber das war eben nur ein Gefühl, und ein sehr trügerisches dazu.

» Ich habe dich sehr beneidet in der ersten Zeit in Landshut «, hatte ich ihm nach dem zweiten Glas Champagner gestanden. » Ich kam mir entwurzelt und traurig vor, aber für dich konnte die Trennung gar nicht so schlimm sein wie für mich. Du konntest ja zu Hause bleiben, auf dem Hof, auf dem schon deine Urururgroßeltern gelebt haben. Dein Vater wäre ja nie auf die Idee gekommen, wegzugehen, und dass du da bleiben konntest, habe ich dir lange angekreidet. Ich fand damals, es machte dein Leben so viel einfacher als meins. «

Michael hatte nur mit den Schultern gezuckt. » Das kommt auf den Blickwinkel an. Ich hätte gerne manchmal mehr Freiheit gehabt, mir mein Leben aussuchen zu können. Natürlich wächst du in die Rolle des Hoferben hinein, aber es gab auch Zeiten, da hätte ich mir durchaus was anderes vorstellen können. Und du sagst selbst, du hast dich wider Erwarten schnell eingelebt, und dann bist du ja auch dein ganzes Leben lang da geblieben. «

Als wir uns schließlich Gute Nacht sagten, wurde Michael auf einmal ganz ernst. » Birte, du kannst dir nicht vorstellen, wie viel es mir bedeutet, dass du hier bist «, hatte er gesagt.

»Du bist hier jederzeit willkommen. Und ich würde mich sehr, sehr freuen, wenn du wiederkommst.«

»Bauer sucht Frau«, murmelte ich und grinste ein bisschen albern vor mich hin. Seine Worte hatten mir gutgetan. Dann schüttelte ich mir die Kissen auf und legte mich hin. »Jetzt wird geschlafen«, sagte ich mir. »Gleich ist die Nacht vorbei.«

Birtes Brief

Leeder, den 30. November 2017

Liebe Toni,
nach meinem Besuch in der »alten Heimat« bin ich jetzt wieder zu Hause, und dieses Mal bin ich es, die nicht einfach anrufen und am Telefon berichten kann, was ich empfunden habe. Ich schreibe es dir lieber, weil ich nur so meine Gedanken ordnen und mir selbst noch einmal vor Augen führen kann, wie ich den Besuch erlebt habe.
Lommerich war mir einerseits ganz vertraut und hat sofort wieder Erinnerungen geweckt, andererseits aber war es mir auch fremd. Es ist eben schon sehr lange her, seit ich dort gewohnt habe. Euer Haus habe ich mir nur von außen angeschaut, es wäre mir nicht richtig vorgekommen, hineinzugehen, auch wenn ich wusste, dass du nichts dagegen gehabt hättest. Bei »unserem« Haus allerdings konnte ich nicht widerstehen. Aber es hat mir nicht viel gebracht, im Gegenteil, es hat das Gefühl der Fremdheit sogar noch verstärkt. Ein Haus nimmt den Charakter der Menschen an, die darin wohnen, und nach uns haben ja viele verschiedene Familien darin gewohnt. Die Räume waren zwar noch die gleichen, aber das war es dann auch schon. Andere Fenster, ein anderer Fußboden, andere Tapeten an den Wänden – das macht viel aus.
Jedenfalls bin ich mir ein bisschen wie eine Touristin vorgekommen, und ich habe festgestellt, dass ich es zwar schade finde, wenn ein Dorf wie Lommerich von der Bildfläche verschwindet, aber es ist

nicht mehr meine Heimat, die ist jetzt hier in Bayern, und deshalb empfinde ich auch nicht dieselbe Trauer wie du. Verstehst du das? Es wäre sicher anders, wenn noch jemand aus meiner Familie dort leben würde. Aber so habe ich wohl schon lange damit abgeschlossen, und meine Erinnerungen haben nur noch wenig mit dem Ort zu tun, den ich vorgefunden habe.

Schon auf dem Weg nach Lommerich hingen überall Plakate mit dem Sternmarsch zum Erhalt der Dörfer, und ich hatte dir ja schon gesagt, dass ich nach Anrath fahren wollte. Und dann stand ich da auf dem Kirchplatz, und rate mal, wem ich begegnet bin. Michael Rother! Dir war das natürlich klar, immerhin ist Michael ja einer der Initiatoren dieses Vereins, aber ich wäre nicht auf die Idee gekommen, dass ich ihn dort treffen könnte. Wir hatten – erstaunlicherweise, muss ich sagen – sofort wieder einen Draht zueinander, und er hat mich zu sich nach Hause zum Abendessen eingeladen. Du weißt ja bestimmt, dass seine Frau vor ein paar Jahren gestorben ist, oder? Ob es nun daran lag, dass wir beide verwitwet sind, oder ob unsere kurze Liebesgeschichte als Jugendliche immer noch nachgewirkt hat – es war jedenfalls ein sehr vertrauter Abend, und ich habe sogar in der Burg übernachtet (im Gästezimmer natürlich!).

Wir haben sehr viel über uns geredet, haben uns erzählt, wie unsere Leben verlaufen sind, was wir heute tun, und auf einmal hatte ich das Gefühl, nach langer Zeit wieder nach Hause gekommen zu sein. Ich habe mich in seiner Nähe auf Anhieb so wohlgefühlt, dass ich es immer noch nicht ganz fassen kann. Man liest ja manchmal Geschichten von Paaren, die sich im hohen Alter zufällig wiederbegegnen und nahtlos dort anknüpfen, wo sie aufgehört haben. So weit will ich jetzt nicht gehen, Toni, es ist ja auch nichts »passiert«, aber ich bin irgendwie beschwingt von ihm weggefahren, und ich weiß, dass ich ihn wieder besuchen werde.

Seit ich bei Michael war, beschäftigt mich das Thema Braunkohle wesentlich mehr als vorher. Ich lese alles, was ich darüber finden kann, schaue mir Dokumentationen an und weiß schon ziemlich gut Bescheid – und das hat bestimmt etwas damit zu tun, dass es ihm wichtig ist. Zwangsläufig haben wir nämlich nicht nur über uns, sondern auch über die Situation in Anrath gesprochen. Das Thema liegt ja dort sozusagen überall in der Luft. Michael hat mir erzählt, dass er und die anderen Einheimischen, die sich im Verein für den Erhalt der noch verbliebenen Dörfer zusammengeschlossen haben, sich mit allen juristischen Mitteln, die ihnen zur Verfügung stehen, gegen die Abbaggerung zur Wehr setzen. Ihr Anwalt ist, wie du mir schon geschrieben hattest, Hans-Willi Brendel, der zwar in Berlin wohnt, aber auch in Düsseldorf bei Gericht zugelassen ist.

Natürlich geht es Michael in erster Linie um seine Burg, deren Schicksal ja mit dem des Dorfes eng verbunden ist. Ich war ganz beeindruckt, als er mir am nächsten Morgen gezeigt hat, in welchem Maße er erweitert hat. Weißt du noch, wie wir als Kinder im Hof auf dem kleinen überdachten Reitplatz rumgehoppelt sind? Wenn es richtig geregnet hat, sind wir trotzdem nass geworden. Das ist jetzt alles wesentlich professioneller und viel, viel größer, mit einer Reithalle, mehreren Reitplätzen und großen, beinahe schon luxuriösen Ställen. Die Leute kommen sogar aus Düsseldorf, um ihre Pferde bei ihm unterzustellen. Und das Haus ist auch sehr gepflegt und innen behutsam modernisiert worden. Er hat schon ziemlich viel dort investiert.

Ich kann verstehen, dass er das nicht kampflos aufgeben will, zumal er es in dieser Form nirgendwo anders wiederaufbauen könnte. Er hat mir erzählt, dass der Konzern ihm zwar einen angemessenen Kaufpreis für sein Anwesen geboten hat, dass er aber wohl kaum jemals wieder so viel Land erwerben könnte, wie er besitzt, und der Neubau einer solchen Anlage wäre in der heutigen Zeit für ihn nicht mehr zu bewältigen, ohne dass er sich, trotz Entschädigung des Konzerns, hoch verschulden müsste.

Du hattest gesagt, dass ihr zwar seit Anfang der Neunzigerjahre so langsam auf das Verschwinden des Dorfes vorbereitet worden seid, aber wie sehr man das verdrängt und versucht, so weiterzuleben wie bisher, ist mir erst bei Michael klar geworden. Seine Familie bewirtschaftet die Burg seit Generationen, der Hof ist seine Lebensgrundlage, und er kann ja nicht einfach aufhören, sich darum zu kümmern, nur weil sie in zwanzig Jahren dem Erdboden gleichgemacht wird.

Michael hat mir auch noch einmal deutlich vor Augen geführt, wie ambivalent die ganze Geschichte ist. Natürlich stehen auf der einen Seite die Tagebau-Gegner mit ihren berechtigten Forderungen nach Klimaschutz und Umweltverträglichkeit, aber auf der anderen Seite ist eben nicht nur der Konzern mit seinem Profitstreben. Da sind die Arbeitnehmer, die um ihre Jobs fürchten, da sind die Dorfbewohner, die sich früh mit dem »Unvermeidlichen« arrangiert und längst verkauft haben. Sie wollen nicht, dass »Fremde« in ihre Häuser ziehen. Ihnen wäre es lieber, sie würden abgerissen werden.

Nach unserem Rundgang durchs Dorf sind wir noch zur Grube gefahren. Ich hatte schon von der Autobahn aus immer mal wieder einen kurzen Blick auf die heutigen Dimensionen des Tagebaus werfen können, aber als ich dann auf der neu geschaffenen Aussichtsplattform stand, war ich doch ein bisschen überwältigt. Das hat ja wohl überhaupt nichts mehr mit den Erinnerungen aus unserer Kindheit zu tun. Dieses Loch ist gigantisch!

Jana hatte mir erzählt, dass von Zeit zu Zeit Erdheilerinnen beim Konzern vorsprechen, um in der Grube die freigelegten Erdschichten zu heilen. Hast du davon schon mal gehört? Normalerweise darf man nur im Rahmen einer Führung das Gelände betreten, aber diese Heilerinnen bekommen anscheinend Zutritt. Der Gedanke hat was, sich bei der Erde dafür zu entschuldigen, was wir ihr antun.

Du merkst sicher, dass mich der Besuch in Anrath viel mehr beschäftigt als mein einsamer Gang durch Lommerich. Vielleicht liegt das daran, dass Lommerich bald Vergangenheit sein wird und ich mich hier endgültig von meiner Kindheit und Jugend verabschiedet habe. Anraths Schicksal jedoch ist noch ungewiss, und ich will gerne zugeben, dass in meiner Begegnung mit Michael so viel zukunftsweisende Hoffnung liegt, dass ich alleine deshalb schon mehr Gedanken daran verschwende. Und das bringt mich darauf, dass Heimat zwar die Umgebung ist, in der ich aufgewachsen und durch die ich geprägt worden bin, sie aber auch oder vor allem aus den Menschen besteht, die mir etwas bedeuten. Mit anderen Worten: Zwar kann ich die Rheinländerin in mir nie verleugnen, weil ich dort herkomme, aber die gefühlsmäßige Bindung an einen Ort hat immer auch mit den Menschen zu tun, die einem dort nahestehen. Ich bin dir sehr dankbar, dass du mich mit deinem Brief auf diesen Weg geschickt hast. Jetzt bleibt mir nur abzuwarten, wohin er mich führt, aber ich habe das Gefühl, es könnte spannend werden. Ich werde dich auf dem Laufenden halten.

Alles Liebe für dich und deine Familie!
Birte

Kindheit in einem untergegangenen Dorf

Ich bin in den 1950er- und 1960er-Jahren aufgewachsen, in einem Dorf am südlichen Rand des rheinischen Braunkohlereviers. Der Tagebau mit seinen riesigen Gruben, den mächtigen Schaufelradbaggern und den langen Förderbändern war mir von frühester Jugend an vertraut, auch wenn er mein Leben nicht unmittelbar betraf. Die Mondlandschaften der Gruben waren von uns so weit entfernt wie die Kohlekraftwerke, die am Horizont dicke Rauchwolken in den Himmel schickten. Sie bildeten jedoch die Kulisse für die Erfahrungen, die ein Kind in dieser Zeit in einer dörflichen Umgebung machte.

Ins Schreiben fließt immer auch Autobiografisches ein, zumal wenn man über etwas schreibt, was man kennt. So ist es mir mit meiner Heldin gegangen. Bei manchen Passagen habe ich mich gefragt, ob ich das jetzt erfunden habe oder ob es aus meinen Erinnerungen stammt. Natürlich bin ich nicht Birte, ich erkenne mich aber in ihr wieder, weil auch sie in jenen Jahren aufwuchs, in denen Kindern zwar viele Freiheiten gelassen wurden, die aber auch geprägt waren von engen Moralvorstellungen, von Zwängen und strengen Regeln und nicht zuletzt von der Herrschaft der Kirche, die in meiner Kindheit noch ungebrochen war. Das Rheinland ist bis heute katholisch, und wer in den 50er- und 60er-Jahren einer anderen Glaubensrichtung angehörte, war zwar nicht zwangsläufig ein Außenseiter, aber doch ein Exot. Kinder mit der »richtigen« Konfession hatten es leichter. Diese Erfahrung habe ich gemacht, und auch Birte macht sie – sie ist evangelisch, will aber unbedingt katholisch sein, um dazuzugehören.

So wie mit Birte verhält es sich mit allen Figuren im Roman – sie haben einen realen Hintergrund. Ich kann an dieser Stelle meiner ältesten Freundin nicht genug danken, die bereitwillig immer neue Familienerinnerungen mit mir teilte.

Lommerich, der Haupthandlungsort meines Romans, findet sich ebenso wie die anderen Dörfer in *Himmel und Erde* auf keiner Landkarte, auch wenn man es im Rheinland verorten kann. Das fiktive Dorf steht stellvertretend für all die Ortschaften, die in Deutschland im Lauf der letzten Jahrzehnte dem Braunkohletagebau zum Opfer gefallen sind, gleich, ob im Rheinischen, im Mitteldeutschen oder im Lausitzer Revier, den flächenmäßig größten Tagebaugebieten in Deutschland.

Die Dörfer im Rheinischen Revier waren in den 1950er- und 1960er-Jahren geprägt vom Wiederaufbau nach dem Zweiten Weltkrieg. Braunkohle war einer der ergiebigsten Bodenschätze im Rheinland und ein preiswerter Energielieferant, zumal noch nicht einmal Bergwerke gebaut werden mussten. Und der Tagebau schuf unzählige Arbeitsplätze, so viele, dass schon zu Beginn des 20. Jahrhunderts Arbeiter vor allem aus Osteuropa und Süddeutschland in die Abbaugebiete am Niederrhein strömten. Dass für wirtschaftliches Wachstum das eine oder andere Dorf umgesiedelt und abgebaggert werden musste, war dem Fortschritt geschuldet, und kaum jemand hatte etwas dagegen. Im Gegenteil: Es gab Schulausflüge zu den Aussichtspunkten am Tagebau, und in der Zeitung wurde berichtet, wann die monströsen Bagger über die Landstraßen den Standort wechseln würden – ein Ereignis und sehenswertes Schauspiel, weil ihre Dimensionen den Rahmen normaler Straßen und Dörfer sprengten.

Nur manchmal muckte ein Grundbesitzer auf, der seinen denkmalgeschützten Hof nicht hergeben wollte, oder es ging jemand vor Gericht, wenn an seinem Haus Bergschäden festgestellt worden waren, eine unvermeidliche Folge der Grundwasserabsenkung, um an tiefer gelegene Braunkohleschichten zu kommen. Aber solche Vorstöße waren nur selten von Erfolg gekrönt, weil das noch aus dem 19. Jahrhundert stammende und von den Nationalsozialisten erweiterte Bergrecht dem Bergbautreibenden alle Vorrechte einräumt und sogar über dem Grundgesetz steht.

Die meisten Dörfer verfügten über eine funktionierende Infrastruktur mit zahlreichen Geschäften, Kindergärten, Schulen und oft beeindruckenden Bauwerken. Immerath zum Beispiel, seit der Gebietsreform im Rheinland Anfang der 1970er-Jahre ein Ortsteil der Stadt Erkelenz, hatte eine große katholische Kirche mit einer Doppelturmfassade, die im Volksmund auch »Immerather Dom« genannt wurde. Anfang 2018 wurde die Kirche abgerissen, weil das Braunkohlevorkommen unter dem Dorf nach und nach vom Tagebau Garzweiler abgebaggert werden soll. Nur größtenteils privater Initiative ist es zu verdanken, dass wertvolle Elemente des Sakralbaus wie die künstlerisch gestalteten Glasfenster kurz vor dem Abriss gerettet wurden. Auch wenn der »Dom« nicht das Vorbild für die Lommericher Dorfkirche in meinem Roman ist, so sind doch zumindest die Umstände ihrer Entstehung und ihres Untergangs ähnlich.

Der Immerather Dom, dessen Abriss bis zuletzt auf den Protest von Dorfbewohnern und Aktivisten stieß, stand seit

1985 unter Denkmalschutz. Auch weitere denkmalgeschützte Gebäude wie das Rittergut Haus Paland in Borschemich, uralte Höfe und Herrenhäuser, wurden und werden für den Tagebau abgerissen, weil nach dem Prinzip »Gemeinwohl vor Einzelwohl« die Förderung der Braunkohle wichtiger scheint als die Erhaltung von Kulturdenkmälern. Es geht unter die Haut, wenn man über den oft verzweifelten Kampf der Eigentümer liest, ihren Familiensitz zu erhalten, und es tut weh, solche gepflegten, liebevoll restaurierten und renovierten Häuser untergehen zu sehen. In meinem Roman ist es ein Vierkanthof im fiktiven Anrath, die »Burg«, wie er wegen seiner Bauweise im Dorf genannt wird, der von seinem Besitzer mit allen Mitteln verteidigt wird.

Mitunter zieht es sich lange hin, bis ein Dorf endgültig verschwindet. Oft wird die Umsiedlung schon Jahre vor dem endgültigen Abriss beschlossen, und so gibt es bis heute zahlreiche »Geisterdörfer« in der Umgebung der Braunkohlengruben.

Was eine lange Wartezeit mit sich bringt, liegt auf der Hand: Dorfgemeinschaften brechen auseinander, Misstrauen macht sich breit, weil jeder glaubt, der andere habe sein Haus, sein Grundstück zu einem besseren Preis verkauft. Freundschaften zerbrechen, weil die, die glauben, sich fügen zu müssen, den anderen den Widerstand übel nehmen. Die Dörfer veröden oft schon lange vor dem eigentlichen Untergang, weil unbewohnte Häuser verfallen und einst liebevoll gepflegte Gärten verwildern. Schon innerhalb kürzester Zeit nach Erteilung des Umsiedler-Status leben viele Bewohner in ständiger Angst vor Einbrechern und Plünderern, und mit jedem verlassenen Haus wird die Gefahr größer.

Mit dem wachsenden Umweltbewusstsein veränderte sich die Einstellung zum Braunkohletagebau. Zuerst bekamen die Werke, die jahrzehntelang ihren Schmutz ungefiltert in die Atmosphäre gejagt hatten, strengere Auflagen, und in dem Maße, wie die Gruben größer wurden, wuchs auch die Kritik am Raubbau, der an der Natur betrieben wurde. Es gab Zwischenfälle, den dramatischsten sicher in Sachsen-Anhalt, wo zwei Wohnhäuser bei einem Erdrutsch in Nachterstedt im Concordia-See, einer gefluteten ehemaligen Tagebaugrube, versanken. Nach einem solchen Unglück flammen immer wieder Diskussionen auf, wie sicher rekultiviertes Gelände in der Umgebung von Braunkohlengruben ist, was es mit der Landschaft macht, wenn sie derart ausgebeutet und umgeformt wird. Die Befürworter sagen, dass der Mensch gar nicht überlebt hätte, ohne sich schon immer die Natur nutzbar zu machen, und die Gegner weisen darauf hin, dass Mondlandschaften zurückbleiben und sich der Mensch seines eigenen Lebensraums beraubt, wenn er so weitermacht.

Seit Kurzem nun findet tatsächlich ein Wandel statt, und höchstwahrscheinlich wird der Braunkohletagebau früher eingestellt als ursprünglich geplant.

Begonnen hat dieses Umdenken mit dem Widerstand einzelner Dörfer, die abgebaggert werden sollten, um schließlich einen Höhepunkt in den Aktionen um den Hambacher Forst zu erreichen, dem kläglichen Rest eines Waldstückes, das bis zum Beginn der Rodungen durch das Rheinisch-Westfälische Elektrizitätswerk (RWE) einmal der größte zusammenhängende Wald im Rheinland war. Es war *das* Thema im Sommer 2018 und gleichzeitig der Beginn einer Wende in der Energiepolitik in Deutschland.

Himmel und Erde ist ein Roman über eine dörfliche Kindheit und Jugend in den 1950er- und 1960er-Jahren, inspiriert von eigenen Erinnerungen und den Geschichten der Menschen, die in diesen Dörfern gelebt haben. Es eröffnet den Blick in eine Welt, die nicht nur in der Zeit verloren, sondern in doppelter Hinsicht untergegangen ist. Was einmal Heimat war, existiert nur noch in den Köpfen der Menschen, die in den verschwundenen Dörfern gelebt haben. Und das macht die Erinnerungen umso wertvoller.

Danksagung

Diesen Roman würde es so nicht geben, wenn nicht so viele Menschen dazu beigetragen hätten.

Ganz besonders danke ich meiner Agentin Anoukh Foerg, die mich mit sanfter Beharrlichkeit immer wieder in die Spur gebracht hat, wenn ich mal etwas »ganz anderes« schreiben wollte und ihr die abwegigsten Vorschläge gemacht habe. Danke, Anoukh, für deine Geduld und für deinen langen Atem, der es mir erst möglich gemacht hat, zu diesem Thema, das ich schon so lange mit mir herumgetragen habe, zurückzufinden. Und danke auch dafür, dass du vom ersten Augenblick an von der Umsetzung des Themas überzeugt warst und dich daran gemacht hast, für mich den bestmöglichen Verlag zu finden.

Dass wir den im Piper Verlag tatsächlich gefunden haben, bezweifle ich nicht. Die Zusammenarbeit mit der Programmleiterin Andrea Müller war und ist für mich ein Segen. Das Gleiche gilt für meine Lektorin Clarissa Czöppan. Mit ihrer einfühlsamen Redaktion (und ihren kritischen Fragen) hat sie mir und meinem Buch sehr gutgetan.

Neben der professionellen Unterstützung gilt mein Dank vor allem Barbara Ziemann-Oberherr. Die Mitbegründerin der Initiative »Alle Dörfer bleiben« hat mir bereitwillig Einblicke in ihr Leben in Keyenberg, einem Ortsteil von Erkelenz, der 2025 abgebaggert werden soll, gewährt und mir viele wichtige Erkenntnisse vermittelt. Meine älteste Freundin, Josy Wirtz, und ihr Mann Herbert haben mich unermüdlich mit Geschichten aus der Kindheit unterhalten und mir erlaubt, alles im Roman zu verarbeiten. Danke euch dafür! Dankbar bin ich auch meinem Sohn, Alexander Linke, der mich immer wieder mit Artikeln und Berichten versorgte und mich auf die neuesten Meldungen über den Tagebau aufmerksam machte. Und last but not least gilt mein Dank meiner Familie und meinen Freundinnen und Freunden, die immer ein offenes Ohr für mich hatten, auch wenn ich vielleicht manchmal eine etwas eintönige Gesprächspartnerin war, die von nichts anderem mehr reden konnte als vom Braunkohletagebau.

Ich danke euch allen – ohne euch wäre alles nichts!